Dissonance

Erica O'Rourke

Dissonance

Traduit de l'anglais (américain)
par Magali Duez

Wiz
Albin Michel

Titre original :
DISSONANCE
(Première publication : Simon & Schuster BFYR,
an imprint of Simon & Schuster Children's Publishing Division,
New York, 2014)

À Danny, pour qui je traverserais les mondes,
À mes filles, qui illuminent le mien.

Au commencement étaient les ténèbres et le Seigneur parla ; il choisit la lumière et le monde se divisa. La musique du nouveau monde ainsi créé flatta Ses oreilles. Les deux mondes donnèrent naissance à d'autres mondes et s'étendirent comme les branches d'un arbre. Chaque branche s'attirant Ses faveurs fut touchée par Sa musique. Il bénit alors les oreilles de Ses enfants préférés et leur donna la liberté de parcourir les branches afin de préserver l'harmonie de Sa chanson.

La Bible des Marcheurs, Genèse,
chapitre premier, versets 1-3

Le devoir de chaque Marcheur est de préserver l'évolution et l'intégrité du Monde Clé – le seul vrai monde à partir duquel le multivers s'épanouit – et de le protéger des dégradations que pourraient causer les Échos. Être Marcheur requiert obéissance, zèle et sacrifice. La capacité de Marcher entre les mondes est à la fois un don et une charge, et ce manuel sera votre guide.

Note de l'auteur
Principes et pratiques du clivage, cinquième année

PREMIER MOUVEMENT

Chapitre premier

C'était nul comme façon d'honorer la mémoire d'un mort : deux bouts de bois pourrissants cloués ensemble pour former une croix plantée sur le bord de la route, dans un fossé envahi par les mauvaises herbes. Un nom, écrit avec application en cursive au marqueur noir à moitié effacé, et un bouquet fané d'œillets, de marguerites et de gypsophile, probablement acheté au supermarché, avachi contre le pied.

Ce n'était pas grand-chose, mais ça serait suffisant.

Plus que suffisant, si on m'avait demandé mon avis. Sauf qu'il n'y avait personne pour le faire.

Cette deux voies à la périphérie de la ville était peu fréquentée ; cependant, pour peu que vous ne fassiez pas attention ou que vous soyez jeune et convaincu d'être immortel, le virage était dangereusement serré. Mon sac sur l'épaule, je descendis dans le fossé en progressant péniblement au milieu des ronces et des herbes qui m'arrivaient aux genoux. Indifférente aux bruits de succion du sol sous mes pieds, je tendais l'oreille en quête du bourdonnement indiquant que je me rapprochais de mon but.

C'est alors que mon téléphone sonna. Je l'enfonçai un peu

plus dans ma poche. J'avais reçu l'appel le plus important juste après le déjeuner.

Del, c'est Papa. Je suis désolé de devoir à nouveau annuler notre Marche, mais j'ai une réunion urgente avec le Conseil de l'Orphéon. Ta mère m'a dit que ton devoir était à faire pour demain, alors pourquoi ne...

Je n'avais pas pris la peine d'écouter la suite. J'avais déjà entendu ce refrain, ou ses variantes, trop souvent à mon goût. Les urgences étaient une constante chez nous. Mes parents avaient toujours un problème à régler, une crise à gérer. Une situation si importante que tout le reste était mis de côté.

Et la plupart du temps, « le reste », c'était moi. Mais être ignoré a au moins un avantage : les gens oublient de vous dire non.

La bardane s'accrochait à mon sweat-shirt tandis que j'avançais avec précaution dans le fossé boueux. Des nuages blancs peuplaient le ciel, et l'odeur qui imprégnait l'atmosphère annonçait davantage de pluie. Avec un peu de chance, je serais de retour avant que l'orage n'éclate.

Mon devoir était facile. Je devais me rendre dans un Écho, y localiser les éléments instables et rentrer à la maison. Je l'avais fait un nombre incalculable de fois et connaissais suffisamment la marche à suivre pour me passer d'un chaperon. Mes parents n'étaient peut-être pas d'accord, mais s'ils avaient été vraiment inquiets, ils auraient trouvé le temps de m'accompagner, comme ils étaient censés le faire.

Je pouvais me débrouiller toute seule.

Il n'y avait que mon grand-père qui croyait en moi. Quand j'étais petite, alors que les enfants de mon âge étaient au parc en train de jouer au foot ou de grimper aux arbres, Monty me faisait découvrir d'autres types de branches : celles du multivers, une infinité de mondes partant du nôtre et se ramifiant comme sur un arbre. C'était Monty qui m'avait montré pour la première fois comment un choix pouvait créer deux réalités distinctes, celle du monde dans lequel nous vivions, et celle de la route délaissée. Il m'avait également montré comment me déplacer entre ces deux réalités en écoutant la fréquence unique à chacune, et en me servant du son comme passerelle. J'avais grandi en entendant sa voix me murmurer à l'oreille les secrets du multivers, tandis que les ondes acoustiques des mondes Échos résonnaient en moi telles des cloches. Mon grand-père m'en avait appris davantage sur la Marche que mes parents, ma grande sœur Addison, ou Shaw, mon professeur à l'Orphéon.

Pour eux, j'avais besoin de m'entraîner. De quelqu'un pour me tenir la main pendant que je faisais mes premiers pas, alors que je n'avais qu'une envie : courir.

Aujourd'hui, j'étais libre d'aller aussi vite et aussi loin que je le souhaitais.

Je tendis la main, paume vers le sol, en direction de la croix de bois. Aussitôt je sentis une vibration sur ma peau, telle une corde de harpe pincée brutalement. J'avais trouvé le pivot : la porte entre les réalités, un son à peine perceptible que seule une personne sur cent mille pouvait entendre.

Il y avait plus de six milliards d'êtres humains sur la planète, mais seulement soixante mille Marcheurs accrédités. Neuf cents résidaient dans la région de Chicago, dont quatre dans ma famille, et d'ici l'été, je serais la cinquième.

En général, les pivots sont plus faciles à entendre qu'à voir, mais l'air autour de la croix tremblait comme un feuillage secoué par un vent violent. Ce qui n'avait rien de surprenant, car les pivots les plus forts se créent aux endroits où les choix provoquent des changements radicaux et soudains, et rien n'était plus soudain ou radical qu'un décès inattendu.

Je m'engageai dans la poche d'air et la brèche s'élargit autour de moi. La dissonance glissa sur ma peau telle une fine pellicule de neige. À chaque pas, le bruit dans ma tête s'amplifiait et les fréquences sollicitant mon attention se multipliaient. Un pivot relie directement deux mondes, cependant, une fois à l'intérieur, on peut l'utiliser pour rejoindre n'importe quel autre Écho. Il faut juste savoir ce qu'on cherche.

Pendant le petit déjeuner, ma mère avait joué un extrait de la fréquence cible, celle dont j'avais besoin pour la Marche d'aujourd'hui. Mais mon devoir pouvait attendre.

Un pied dans le Monde Clé, l'autre dans le pivot, je tendis les mains vers la trame dense et mouvante du multivers et choisis un fil au hasard. La vibration se répercuta dans mes membres et l'air se fit aussi lourd que de l'eau. Je fredonnai à l'unisson de la corde que je tenais. Le chemin se dégagea et la résistance s'estompa, de même que ma vision. Un pas de plus et le pivot devint brumeux et gris.

Au suivant, je laissai derrière moi les règles, les déceptions, ainsi que le poids de l'ancien monde...

... pour me retrouver sur la route au milieu de la circulation.

Chapitre deux

Un pivot doit toujours être franchi avec prudence, car le point de sortie peut recéler des dangers inattendus.

Chapitre deux, « Navigation »

Principes et pratiques du clivage, cinquième année

Je débarquai en pleine heure de pointe.

Les voitures défilaient à toute vitesse, générant de violentes rafales qui faisaient voler mes cheveux et me les rabattaient sur le visage. Des camions crachaient des gaz d'échappement et une Harley rugit si fort que je tombai en arrière, le gravier s'enfonçant douloureusement dans mes paumes. Le bourdonnement du pivot se perdait dans la cacophonie ambiante. Voyant une vieille Chrysler me foncer dessus, je m'écartai précipitamment de son chemin, et évitai de justesse de lâcher mon sac à dos à deux doigts de passer sous ses roues.

Aucun véhicule ne klaxonna.

Techniquement, je n'étais pas invisible. Les Échos ne peuvent pas voir les Marcheurs sans qu'il y ait eu de contact physique. Nous entrions dans le champ de leur vision périphérique. Présents mais pas assez remarquables pour qu'ils s'attardent sur nous. En règle générale, c'était une bonne chose, cela nous permettait de nous déplacer librement dans les mondes Échos. Mais dans des cas comme celui-ci, cela augmentait considérablement mes chances de me faire renverser.

Un semi-remorque arrivait sur moi à toute vitesse. Je farfouillai dans les fils du pivot, afin d'en trouver un, n'importe lequel. L'un d'eux résonna plus fort que les autres et je me jetai dessus.

Une bourrasque parfumée au gasoil me fouetta le dos au passage du camion tandis que je m'engouffrais dans la faille.

Personne n'a jamais dit que Marcher était sans danger. Personne n'a jamais dit non plus que c'était barbant.

La route criblée de trous s'effritait sous mes pieds et des mauvaises herbes avaient poussé dans les fissures, tandis que de l'autre côté du parking se dressait un groupe d'immeubles décrépits, aux coursives affaissées, dont la moitié des portes avaient perdu leur numéro. Une note sourde et monocorde emplit mes oreilles et je laissai échapper un soupir de soulagement.

L'adrénaline courait dans mes veines, remplaçant la peur par un sentiment de triomphe. Parfois, Marcher ressemblait à une drogue. L'anticipation presque douloureuse, l'euphorie, brève et intense, le désir insatiable ; sauf que c'était complètement légal. Encore mieux, c'était ce que l'on attendait de moi. Je n'étais certes pas la Marcheuse que mes parents auraient souhaité – Addie remplissait parfaitement cette fonction –, mais c'était ma vocation, ma vie, et la seule chose que je voulais faire.

Et, cerise sur le gâteau, c'était sans fin.

Il était possible de trouver une multitude de mondes à partir d'un seul endroit. Si un Écho ne convenait pas, quelques pas et une pichenette vous transportaient dans un autre. Une source de plaisir inépuisable.

Choisissant chaque fois une nouvelle fréquence, je franchis le pivot à plusieurs reprises et visitai des hôpitaux, des centres commerciaux, des fermes et des usines, tout en savourant les sensations ressenties tandis que je glissais d'un monde à l'autre. Je ne restais jamais longtemps, et ne me lassais pas d'observer leurs différences ; chaque Écho étant une combinaison unique de choix et de circonstances.

Dans chaque monde, je laissais une étoile de papier plié, pas plus grande qu'une pièce de vingt-cinq *cents*. Mon grand-père appelait ça des « petits cailloux ». Un morceau du Monde Clé, qu'on semait derrière soi pour retrouver le chemin de la maison. Quand j'étais enfant, j'avais accepté de me prêter au jeu pour lui faire plaisir. Mais à présent je continuais à moitié par habitude, à moitié par superstition, mon rituel personnel.

Je venais d'arriver dans une forêt préservée quand une douleur sourde s'insinua dans ma tête. Mes oreilles se mirent à siffler. Il était temps d'accomplir la tâche qui m'avait été confiée avant de rentrer chez moi. Je pourrais alors terrifier Eliot en lui racontant que j'avais évité de justesse la catastrophe et découvrir quel nouveau désastre mes parents avaient réparé.

Fredonnant la fréquence donnée par ma mère, je m'engageai dans la faille. La corde répondit en se tendant, et je la suivis. Les imposants chênes disparurent et, quand ma vision s'éclaircit, le chemin de terre sous mes pieds avait cédé la place à de l'asphalte. De chaque côté de la route, je distinguais de l'herbe parsemée de feuilles. Soudain les nuages se dispersèrent et le soleil de la fin d'après-midi me réchauffa le visage. Faisant un tour complet sur moi-même, j'observai les changements. J'avais dû faire un sacré bond, car ce monde n'avait rien à voir avec le nôtre.

De l'autre côté du pivot, la croix vacilla, comme ces images résiduelles qui persistent sur la rétine après une trop longue exposition à une lumière vive.

Puis elle disparut complètement, et il ne resta qu'un léger pli pour désigner l'emplacement où quelqu'un était mort. Là où le monde s'était divisé en deux.

Chapitre trois

Les *vibrato fractum* (communément appelés « ruptures ») sont des zones d'instabilité que l'on trouve dans les Échos et qui indiquent de sérieux problèmes. Les contacts directs avec les *vibrato fractum* doivent impérativement être limités au minimum.

Chapitre premier, « Structure et formation »
Principes et pratiques du clivage, cinquième année

À en croire la légende familiale, j'ai Marché pour la première fois à l'âge de huit mois, bien avant d'avoir fait mes premiers pas, et des années plus tôt que la majorité des autres enfants. Arborant pour seuls atours une couche et ma fossette, j'avais traversé un pivot dans notre salon, laissant derrière moi mon panda en peluche et une grande sœur outrée.

Addie n'avait alors que quatre ans, mais était déjà particulièrement attachée aux règles, et la règle primordiale dans notre maison était « interdiction de Marcher sans un adulte ». Elle s'était donc empressée d'aller trouver notre grand-père Monty, qui était venu me récupérer.

Addie avait beau m'avoir surprise, c'était Monty qui m'avait ramenée.

Mon grand-père aimait à dire qu'il s'agissait d'un des

premiers signes indiquant que j'étais spéciale, même pour une Marcheuse. Mais d'après Addie, c'était plutôt le premier signe indiquant que j'allais être un véritable boulet. En tout cas, tout le monde s'accordait pour voir dans cet incident un avant-goût de mon avenir. À compter de ce jour, je fus considérée comme l'Enfant Terrible, tandis qu'Addie était Miss Parfaite. Seize ans plus tard, les étiquettes tenaient toujours bon.

La fréquence qui résonnait autour de moi me fit grincer des dents. Maman m'avait prévenue que la mélodie de ce monde sonnerait légèrement faux, mais la dissonance était plus forte et plus instable que je l'avais imaginé. Je n'allais pas pouvoir rester plus d'une heure ou deux.

Je suivis la piste de jogging autour du parc, passai devant la mare aux canards et l'abri à pique-nique, puis me dirigeai vers l'aire de jeux. L'endroit aurait été joli si cet Écho n'avait pas été si discordant. Deux garçons de mon âge jouaient au frisbee au bord de l'eau, leurs éclats de rire étouffés par un sifflement qui me fit grimacer.

Rupture à côté de la mare. C'est noté.

Pour qu'un Écho soit aussi instable, il devait y avoir dans les environs plusieurs ruptures qui, cumulées, prenaient le pas sur la fréquence principale. Je tendis l'oreille afin de repérer les autres tout en m'éloignant de la partie de frisbee.

Le vent soufflait, diffusant le riche parfum de l'automne, tandis que des joggeurs et des cyclistes me dépassaient, indifférents au bruit qui les entourait. Leur regard glissait sur moi sans me voir.

L'aire de jeux fourmillait de gosses en train de grimper dans les cages à écureuils, de descendre le toboggan la tête la première, de jouer à « un, deux, trois, soleil » ; au loin, deux mères poussaient leurs enfants sur les balançoires en échangeant des commérages sur la crèche et leurs déboires conjugaux. Distraite et nerveuse à cause de la dissonance, je sortis un carré de papier violet de mon sac à dos, et me mis à le plier jusqu'à obtenir une étoile à quatre branches. Alors que je me concentrais sur ma tâche, un autre bruit attira mon attention. Éraillé, moins musical. Agaçant. Je balayai les alentours du regard.

Une petite fille de quatre ou cinq ans était recroquevillée au pied d'un arbre, pleurant sans complexe à gros sanglots, comme seuls les enfants savent le faire. Le haut de sa tenue était trempé de larmes et de morve tandis que ses braillements parvenaient presque à couvrir la tonalité du monde.

À l'exception des ruptures, tout ce qui était situé dans un Écho, qu'il s'agisse d'objets inanimés ou d'êtres vivants, devait résonner à la même fréquence. Je m'approchai et effleurai les épaules dodues de la fillette en me demandant si j'étais passée à côté de quelque chose.

Ce n'était pas le cas. Son signal correspondait bien à celui de son monde, ce qui signifiait qu'interagir avec elle m'était interdit. Cela risquait d'empirer la situation, voire de créer une rupture. Il était donc plus raisonnable de continuer ma route et de la laisser pleurer.

Sauf que toucher un Écho, même stable, lui permet ensuite de nous voir. La gamine renifla et s'agrippa à ma manche en levant vers moi son visage baigné de larmes.

Une fois qu'un Écho nous a repérés dans son monde, tous les autres en sont capables. Mais personne dans le parc ne s'intéressait à l'une d'entre nous. Personne pour tourner la tête ou hausser un sourcil perplexe. Il était plus facile pour les gens de faire comme si elle n'existait pas que de l'écouter, et je savais l'effet que ça faisait.

Je détachai ses doigts de mon bras.

– Qu'est-ce qu'il y a ?

Elle se frotta les yeux.

– Je jouais et j'ai vu des canards. J'ai couru pour leur montrer mon ballon et je suis tombée. J'ai lâché le fil et maintenant mon ballon est parti. C'était un ballon rouge. Le rouge, c'est ma couleur préférée, mais j'ai perdu mon ballon rouge, lâcha-t-elle d'un trait.

– Tu as perdu ton ballon.

– Mon ballon rouge, gémit-elle, les yeux à nouveau pleins de larmes et la morve au nez.

Elle désigna un point.

– Tu vois ?

Pris dans les branches de l'arbre qui nous surplombait, je vis en effet un ballon rouge en piteux état.

– Ta maman ne peut pas t'en acheter un neuf ?

– Maman travaille. C'est Shelby qui me garde.

– Shelby ?

L'enfant me montra du doigt une brunette de l'âge d'Addie, l'air maussade, en train de siroter un smoothie, les yeux rivés sur son téléphone portable et le pouce en perpétuel mouvement.

– Ta baby-sitter ?

Le menton tremblant, elle hocha la tête.

Vu l'instabilité du monde, je pouvais bien faire une minuscule entorse aux règles. Comme dans une symphonie, une seule fausse note dans une interprétation parfaite peut ruiner l'ensemble. En revanche, si elle est déjà criblée de discordances, une de plus ne fait aucune différence.

– D'accord.

Si on m'avait dit ce matin-là que je devrais escalader un banc public pour récupérer un ballon rebelle, je me serais habillée autrement. Je posai néanmoins mon sac à dos et grimpai en priant pour qu'aucune brise soudaine venant de l'étang ne soulève ma jupe, façon Marilyn Monroe.

– J'y suis presque, dis-je en regrettant de ne pas être plus grande.

Même debout sur le banc et chaussée de mes bottes de moto, je n'arrivais pas à atteindre le ruban.

La gamine me dévisagea d'un air sceptique.

– T'as qu'à monter plus haut.

Je mis un pied sur le dossier du banc, vacillante dans mes grosses bottes. Ça ne se jouait pas à grand-chose, mais le lien se balançait toujours hors de ma portée.

Tu parles d'une intervention éclair.

– Besoin d'aide ? demanda une nouvelle voix.

Surprise, je perdis l'équilibre. Quelqu'un me rattrapa en posant une main sur ma jambe et l'autre sur ma taille. Je baissai les yeux sur les doigts qui m'enserraient la cuisse. Ils appartenaient à une main masculine, large, forte, légèrement calleuse, et au poignet orné d'un bracelet de cuir. Dans le même temps, la discordance s'amplifia considérablement. Mes genoux cédèrent.

Je le connaissais. Enfin, je connaissais une version de ce garçon. J'avais passé beaucoup de temps à observer cette main et sa consœur alors que j'aurais dû être en train de me concentrer sur les maths, l'histoire, ou Bach. C'était celle de Simon Lane. Mais, même dans la réalité principale, Simon évoluait dans un monde qui n'avait rien à voir avec le mien.

Il m'aida à redescendre sur le siège et à retrouver mon équilibre, sans que je puisse en dire autant de ma dignité. Quand il finit par me lâcher, le bruit persista. C'était lui, la rupture que j'avais perçue un peu plus tôt à côté de la mare. Je me focalisai sur son sweat-shirt orné du logo bleu délavé de l'équipe de basket du lycée George-Washington, ignorant volontairement la dissonance.

Il tourna la tête vers la gamine.

– Ton ballon s'est coincé dans l'arbre ?

– La fille est pas assez grande, répondit l'enfant, la lèvre tremblante.

Je fus tentée de lui signaler que, debout sur le banc, j'étais plus grande que Simon. Sauf que ce dernier ne s'était jamais tenu si près de moi. Ses cheveux bruns devaient faire cinq centimètres de plus que ce à quoi j'étais habituée, et ils étaient aussi moins bien coiffés. J'étais troublée et, à en juger par la lueur amusée qui traversa son regard, cela ne lui avait pas échappé.

– Je peux y arriver, protestai-je.

– Elle est têtue, dit-il à la petite fille sur le ton de la confidence. Si elle m'avait laissé la soutenir, nous aurions déjà récupéré ton ballon.

– Laisse-le faire, m'ordonna-t-elle.

– Charmant.

– Il paraît, approuva-t-il.

On pouvait s'éloigner autant qu'on voulait du Monde Clé, certaines choses – la couleur des yeux, la gravité, les chaînes de montagnes – restaient constantes. Et visiblement, la réputation de Simon – être le garçon que toutes les filles voulaient, même en sachant ce qui les attendait – était une de ces constantes.

Je secouai la tête pour me débarrasser du bruit parasite.

– D'accord, mais ne me laisse pas tomber.

Je posai une main sur son épaule et montai, les deux pieds sur l'étroite barre du dossier du banc. Voyant que je vacillais, il m'attrapa par la taille et je pus m'étirer afin de saisir la ficelle du ballon sur laquelle je tirai avec précaution, jusqu'à le libérer des branches.

– Je l'ai.

– Saute, me dit Simon.

J'obtempérai et sentis ses pouces m'effleurer les côtes plus longtemps que nécessaire. De près, je me rendis compte que ses yeux étaient d'un bleu plus sombre que je le croyais, et que ses cils étaient aussi plus longs. Je découvris également au coin de sa bouche une petite cicatrice que je n'avais jamais remarquée auparavant.

Simon Lane, pensai-je, perturbée, en m'écartant de lui.

J'attachai le ballon autour du poignet de la fillette et elle partit en courant sans même un merci.

– De rien, lançai-je à son attention.

– Une bonne action ne reste jamais impunie, commenta-t-il avec un sourire. Au fait, moi, c'est Simon. Ton visage m'est familier.

– Del, répondis-je. Je vais à Washington. Comme toi.

Il fronça les sourcils, essayant visiblement de se souvenir de moi, sans succès. À sa décharge, ce n'était pas sa faute. Les Marcheurs n'avaient pas d'Écho, mais nous laissions une impression dans les mondes, un peu comme un mirage. Quand j'assistais à un cours avec son Original, l'Écho de Simon voyait mon reflet flotter à la périphérie de son champ de vision. Il suffisait qu'il tente de me regarder directement pour que l'image se dissipe et qu'il m'oublie.

Ce qui, à bien y réfléchir, n'était pas très différent de ce qui se passait dans le Monde Clé.

– Tu ne devrais pas être en cours ? demandai-je.

Il baissa la tête, puis leva à nouveau les yeux sur moi avec un sourire malicieux.

Ce garçon est un nid à embrouilles, pensai-je.

Bien plus que son Original, ce qui n'était pas peu dire.

– Comme toi, non ?

Derrière moi, une voix autoritaire et supérieure retentit :

– Non, mais je rêve !

Addie.

Bien entendu, Simon ne l'entendit pas. Contrairement à moi, Addie avait dû faire attention à ne toucher aucun Écho. Je jetai discrètement un coup d'œil par-dessus mon épaule. Ma sœur se tenait à environ trois mètres de moi, les mains sur les hanches, et tapait du pied en me fusillant du regard.

– Tu as encore séché les cours, commenta-t-elle.

– C'est bon, c'est que le lycée, rétorquai-je sans quitter Simon des yeux, répondant ainsi aux deux questions en même temps. C'est barbant et ça ne sert à rien.

Je m'abstins cependant de préciser que je pensais la même chose de mes camarades, qui devaient probablement en avoir autant à mon service.

Soudain un labrador chocolat trempé jusqu'aux os déboula, en tenant dans sa gueule un frisbee. Il tourna deux fois autour d'Addie, puis lâcha le disque de plastique orange à mes pieds avant d'émettre un aboiement assourdissant et de me regarder la langue pendante, comme s'il attendait mon approbation.

– Iggy, dit Simon sur un ton d'avertissement.

– Bon chien, flattai-je l'animal exactement au même moment.

Ce qui était visiblement l'encouragement dont il avait besoin pour se secouer et m'asperger d'eau de la mare.

– Non ! grogna Simon. Vilain chien !

Je frottai mes vêtements pendant qu'Iggy bondissait joyeusement autour de moi.

– Bien fait pour toi, ricana Addie. Tu sais que Maman et Papa n'aiment pas que tu Marches seule.

Iggy aboya dans sa direction et me tendit la patte. Je la pris avec précaution. D'après Monty, les animaux appréciaient les Marcheurs car ils étaient capables de percevoir les différences de fréquence et qu'à leurs oreilles la nôtre sonnait juste. En tout cas, quelle qu'en soit la raison, le chien continua à me regarder la langue pendante, l'air réjoui et dépourvu de remords, même quand Simon l'attrapa par le collier.

– Laisse-la tranquille, Ig.

L'interpellé l'ignora superbement.

– Désolé. Je crois qu'il t'aime bien.

– J'ai souvent la cote avec les animaux, répliquai-je en tirant sur mon sweat-shirt trempé.

– Il a bon goût.

Addie tapota sa montre, le visage sévère. Le bruit commençait déjà à la gêner. Iggy aussi devait l'entendre, car il se colla à ma jambe en gémissant.

– Du calme, mon grand, dit Simon en le grattant derrière les oreilles. Et si je me faisais pardonner? Il y a un super groupe qui joue ce soir au Grundy, et je viens juste de récupérer de nouvelles pièces d'identité. Ça te dirait de m'y rejoindre?

– Sûrement pas. Réponds-lui non, m'ordonna Addie.

Le vrai Simon n'envisagerait jamais de se rendre dans un bar pendant la saison de basket-ball. Il avait trop à perdre. Je devais m'être renfrognée, car il haussa les sourcils, deux lignes sombres au-dessus de ses yeux bleu foncé.

– OK, pas le Grundy. Au Dépôt, alors?

Dans le Monde Clé, Le Dépôt était un café situé au sud de la ville à la place de l'ancienne gare ferroviaire. Après un accident épouvantable dix-sept ans auparavant, une nouvelle gare avait été construite au nord et Le Dépôt était devenu un monument commémoratif, ainsi que l'endroit où les locaux se retrouvaient pour boire un café.

Les Marcheurs croyaient fermement que chaque accident était la conséquence d'un choix. Pas loin de quarante personnes étaient mortes ce matin-là, et une centaine d'autres avaient été blessées, uniquement parce que le conducteur avait freiné au mauvais moment. Cet événement avait donné naissance à un nombre incalculable de mondes, démontrant de façon magistrale comment une seule décision pouvait affecter le multivers.

Je me demandai quels étaient les choix qui avaient modelé

cette version de Simon qui séchait les cours et utilisait une fausse pièce d'identité. Malgré sa discordance, j'avais envie d'en savoir plus. C'était bien ma veine, pour une fois qu'il s'intéressait à moi, il fallait qu'il y ait un problème majeur ; car il n'y avait pas de doute, la rupture venait bel et bien de lui.

Iggy se cogna contre mes jambes et je basculai à nouveau dans les bras de Simon. Il les referma sur moi et l'espace d'un instant, je me laissai aller à lui rendre son étreinte. Puis je reculai précipitamment.

– Je vais y réfléchir.

À présent c'était à son tour d'avoir l'air perplexe. La plupart des filles se seraient jetées sur une invitation pareille, mais je n'étais pas comme elles.

– Ce n'est plus l'heure de s'amuser, commenta Addie, furieuse. Finis-en.

Je caressai une dernière fois Iggy, et dis :

– À la prochaine.

– J'y compte bien.

Il ramassa le frisbee et l'envoya en direction de la mare.

Iggy s'élança pour le rattraper, suivi de son maître. Une fois qu'ils furent partis, je me tournai vers Addie, prête à subir son courroux.

– Nous ne sommes pas là pour draguer les garçons, Del.

– Pas toi, c'est certain. Pourtant je suis sûre qu'on pourrait te trouver quelqu'un, répliquai-je en désignant une fille en train de faire du vélo de l'autre côté de la mare. Elle est mignonne.

Jouer les entremetteuses pour Addie n'était pas une si mauvaise idée. Certes, les sportives n'étaient pas son genre. Mais si elle avait une petite amie, peut-être serait-elle trop occupée pour remarquer mes erreurs.

Une lueur d'avertissement fit briller ses yeux verts.

– Arrête ça, Del. Et oublie-le.

Je haussai les épaules.

– C'est l'une des ruptures. Je faisais juste une analyse pour mes devoirs.

– Et quelle analyse... ironisa-t-elle.

– Tu m'espionnais depuis longtemps ? demandai-je en essayant de détourner son attention de Simon.

– Assez longtemps pour te voir récupérer le ballon. Il n'y avait aucun problème avec cette gamine. Tu n'aurais pas dû t'en mêler.

Elle croisa les bras et prit cet air pincé qui la vieillissait, et pas de façon flatteuse.

– Si nous avons des règles, ce n'est pas pour rien, Del.

Je baissai les yeux sur mon vernis à ongles prune et commençai à l'écailler.

– Elle était en larmes.

– Et alors ? Ce n'est qu'un Écho. Quelle importance ?

Ça a de l'importance pour moi, eus-je envie de rétorquer.

Mais Addie avait raison. Les Échos n'étaient pas des personnes réelles. Même s'ils avaient l'air aussi vivants que nous, ce n'étaient que des copies. Néanmoins, sa réponse, pragmatique et dédaigneuse, m'agaça.

– Laisse tomber.

Je jetai un coup d'œil à Simon qui chahutait avec Iggy. La dissonance qui les entourait me vrillait les nerfs, et plus je les regardais, plus son volume augmentait.

– Pourquoi tu m'as suivie ?

– Papa m'a demandé de t'aider pour tes devoirs. Je t'ai laissé trois messages.

– Je ne les ai pas eus, répliquai-je sur un ton léger en sortant le portefeuille de Simon de ma poche.

J'examinai le permis de conduire d'un autre État selon lequel Simon était âgé de vingt-quatre ans.

– Cette pièce d'identité est atrocement mal faite. Il était sûr de se faire prendre.

– Tu lui as fait les poches ? C'est Monty qui t'a appris ça ?

– Qui veux-tu que ce soit ?

Elle afficha un air désapprobateur tandis que je poursuivais :

– Le Simon Original est une star du basket dans mon lycée. Il n'essaierait jamais de frauder pour entrer dans un bar. Quel mal y a-t-il à empêcher celui-ci de se retrouver en prison ?

– Ça ne sert à rien, répondit-elle en écartant une mèche de cheveux blond vénitien qui avait osé s'échapper de son impeccable chignon bas.

Je n'avais jamais compris comment elle parvenait à discipliner ses cheveux. Les miens étaient constamment emmêlés. Châtains, tirant sur le roux avec des pointes noires comme s'ils avaient été trempés dans de l'encre de Chine, ils étaient impossibles à coiffer.

– Il n'est même pas réel.

La paume de Simon sur ma jambe nue m'avait pourtant semblé sacrément réelle, mais je gardai cette remarque pour moi.

Je n'aurais su dire exactement pourquoi je lui avais chipé son portefeuille. Parce que c'était marrant. Parce que je voulais tester mes compétences. Parce que ce Simon-là flirtait avec moi, alors que l'Original savait à peine que j'existais. Parce que, même s'il n'était qu'un Écho, je n'avais pas envie qu'il finisse en centre de détention. Parce que Addie n'en était pas capable. Il y avait un million de raisons, mais la principale était... parce que je le pouvais.

Je secouai la tête et rangeai le portefeuille dans ma poche.

– J'espère qu'il ne l'a pas payé cher. C'est vraiment de la mauvaise qualité.

– Laisse ça ici, ordonna ma sœur sur un ton qui indiquait que sa patience avait atteint ses limites. Tu sais que c'est dangereux de rapporter des objets.

– Tu exagères. Ce n'est pas comme si ça pouvait blesser quelqu'un.

À en croire l'Orphéon, rapporter des objets Échos dans le Monde Clé revenait à y introduire la peste bubonique, sauf qu'ils n'avaient jamais expliqué pourquoi. C'était logique quand il s'agissait de gros objets, ou d'animaux. Embarquer Iggy aurait clairement été une infraction, d'autant que le *vrai* Iggy était en train de batifoler quelque part dans le Monde Clé ; mais un objet aussi insignifiant qu'un portefeuille ne pouvait pas plus affecter mon monde qu'un unique grain de sable ne pouvait retenir la marée.

Toutefois, il était plus facile de laisser Addie s'imaginer qu'elle avait gagné, surtout avec la migraine qui se profilait. Je jetai le faux permis à la poubelle et posai le portefeuille sur une table afin que Simon le retrouve en quittant le parc.

– T'es contente ?

– Pas vraiment, répondit-elle. Occupons-nous de tes devoirs. La première étape est de localiser les *vibrato fractum*.

– Déjà fait. Il y a Simon, un. Le joggeur, deux.

Je désignai du pouce le chemin sur lequel un homme chauve était en train de courir.

– La camionnette qui est partie pendant que j'étais en train de discuter avec Simon, ça fait trois. Et enfin, en quatrième, les balançoires. Je n'ai rien oublié ?

Je savais que le compte y était, mais il était plus amusant d'obliger ma sœur à l'admettre.

Elle me gratifia d'un regard noir.

– Puisque tu es si douée, va faire tes analyses.

– Je me suis déjà occupée de Simon, dis-je en montrant mon téléphone.

Je ne m'étais pas contentée de lui faire les poches, j'avais aussi enregistré sa fréquence afin de pouvoir déterminer la gravité de la rupture.

– Pas besoin de faire les autres.

– Trois ruptures, trois analyses, dit-elle d'une voix ferme.

Marcher, ce n'est pas voyager dans le temps. On ne peut pas revenir en arrière pour empêcher un événement. Une fois que la décision a été prise, une branche – correspondant au choix qui n'a pas été fait, un chemin alternatif, un autre monde – est créée. La plupart du temps, ça n'est pas bien grave. Cet autre monde, peuplé d'Échos, suit son cours. Il génère lui-même d'autres Échos et n'interfère plus jamais avec le Monde Clé.

Mais parfois, pour des raisons inconnues, quelque chose tourne mal. Un accroc dans la trame de la réalité, une fréquence trop forte ou trop instable. Laissée à elle-même, l'anomalie peut s'étendre jusqu'à déstabiliser le Monde Clé et affaiblir les autres branches du multivers. C'est là que les Marcheurs interviennent : traversant les pivots, ils viennent amputer un monde pour préserver les autres. C'est ce qu'on appelle le « clivage ».

Les ruptures sont les premiers symptômes indiquant un problème, mais elles ne nécessitent pas toujours des mesures drastiques. Comme pour les infections, il y en a qui sont plus sérieuses que d'autres ; il nous appartient donc de déterminer quels sont les mondes Échos qui doivent être placés sous surveillance et ceux qui doivent être clivés. Il ne faisait aucun doute que ce monde finirait par être sacrifié, sa fréquence était de plus en plus atroce, mais Addie n'allait pas m'autoriser à rentrer avant d'avoir terminé.

J'avais perçu la tonalité du joggeur à distance, mais pour mon devoir je devais effectuer une analyse directe. Je me dirigeai donc vers lui alors qu'il s'engageait dans le virage en vérifiant son pouls, le visage rouge et le T-shirt trempé de sueur. Je réprimai un frisson.

J'accélérai alors qu'il s'approchait et que sa fréquence gagnait en volume.

« Ne te fais pas prendre », disait toujours Monty.

Je pressai encore le pas, la main crispée sur mon téléphone.

Nos chemins se croisèrent et, de l'épaule, je lui effleurai le bras. Il trébucha dans l'herbe en poussant un cri et lâcha une bordée de jurons.

– Oups, dis-je sans m'arrêter.

Il leva les mains dans un geste de colère et continua à courir. Le contact avait été bref, mais suffisant pour que mon écran devienne rouge cerise. Je retournai auprès d'Addie.

– Répugnant, marmonnai-je.

– Alors ? demanda-t-elle.

– Je confirme, répondis-je en lui montrant mon téléphone. Pas besoin d'une lecture directe pour deviner qu'il s'agit d'une sale rupture.

– Une rupture accrue, me corrigea-t-elle en ajustant sa veste en tweed. Il n'y a pas de bonne ou de mauvaise rupture, la question est de savoir quel est le niveau de dégradation de sa fréquence individuelle.

– OK. On peut y aller, maintenant ? La résonance de ce monde est atroce et j'ai des projets pour ce soir.

Une note aiguë, comme la corde d'un violon qui se brise, retentit. L'instabilité de la fréquence s'accentua.

– Un rendez-vous avec Eliot n'est pas une raison suffisante pour bâcler tes devoirs, répliqua-t-elle en se massant les tempes. Va vérifier la balançoire.

– Ce n'est pas un rendez-vous. C'est Eliot.

Pour un Marcheur, tout est possible. Le multivers est infini, comme un très vieil arbre avec des branches partant dans toutes les directions donnant naissance à une multitude de rameaux, chaque rameau engendrant une ribambelle de mondes. Si on Marche assez loin, et en prenant ses précautions, on peut trouver à peu près n'importe quoi. Cependant, quand bien même nous aurions des Échos, jamais on ne tomberait sur un monde où je suis en couple avec Eliot Mitchell. Difficile d'éprouver des sentiments amoureux pour quelqu'un qu'on a connu en couche-culotte.

Je traversai la pelouse d'un pas rageur pour me rendre aux balançoires et agrippai une chaîne.

La discordance me vrilla le crâne et je lâchai prise, comme si je venais de me brûler. Le vacarme diminua instantanément. Je me baissai, les mains sur les joues, attendant que la nausée passe, avant de rejoindre Addie.

– C'est fait. Je te parie qu'ils auront clivé ce monde avant demain midi, commentai-je.

– L'Orphéon ne va pas cliver un monde parce qu'une étudiante de cinquième année a décrété qu'il fallait le faire, se moqua-t-elle. D'un autre côté, si c'était moi qui leur disais... je te parie qu'ils m'autoriseraient à les aider.

Évidemment, elle, ils l'écouteraient.

– C'est moi qui l'ai trouvé.

– Tu as volé un portefeuille et tu t'es laissé peloter par un Écho. Aucune chance qu'ils te permettent de participer.

Elle fit volte-face et se dirigea vers le pivot par lequel nous étions arrivées. En plissant les yeux, je pouvais voir le panneau apparaître et disparaître, confirmant que le monde se dégradait rapidement.

Je m'élançai après ma sœur.

– C'est injuste. Je devrais au moins avoir le droit d'essayer.

Un frisson impérieux me parcourut. Mes doigts se crispèrent et glissèrent dans l'air à travers le temps, l'espace et la perception jusqu'à toucher la trame de ce monde dont les cordes bruyantes tremblaient. Comme une clé dans une serrure dont j'ignorais l'existence, la sensation engendra un réflexe plus vieux que la mémoire, un besoin soudain de réparer les fils emmêlés frottant contre ma peau. Je commençai à fredonner une chanson à moitié oubliée, quand je fus interrompue par Addie.

– Tu. N'as. Pas. De. License ! assena-t-elle en détachant chaque mot et en m'attrapant le bras, l'air épuisée. Nous rentrons à la maison. Nous en parlons à Papa. Et nous laissons l'Orphéon s'en charger.

– Pourquoi ne pas leur faire gagner du temps en nous en occupant nous-mêmes ?

– Parce que tu sais comment faire, peut-être ?

Par-dessus mon épaule, je vis Simon lever la main pour me faire signe. Je lui répondis d'un sourire avant de me reprendre. Il n'était pas réel. Le Simon Original n'aurait jamais fait ça. Il ne m'aurait même pas remarquée. Et il ne m'aurait certainement pas invitée à aller écouter un groupe avec lui, à boire un café ou à quoi que ce soit d'autre. Il n'aurait pas fait naître en moi ce désagréable regret. S'il n'était pas réel, il était en revanche très dangereux.

– Ce n'est pas si difficile, répliquai-je, le cœur de ce monde vibrant sous mes doigts, aussi chaotique que le mien. Il suffit d'enclencher le processus.

Chapitre quatre

Lors de vos interactions avec des Échos, ne laissez pas vos émotions altérer votre jugement ou vous empêcher d'accomplir votre devoir.

Chapitre trois, « Propriétés des Échos et protocoles »
Principes et pratiques du clivage, cinquième année

Anéantir un monde ne devrait pas être si facile.

À bien y réfléchir, défaire la trame de la réalité devrait exiger plus d'effort que se couper les ongles. Alors qu'en fin de compte, il suffit de trouver le bon fil et de tirer.

Ou de tenir le fil en question pendant que votre sœur vous tire par le bras.

Les fils glissèrent avec une telle force que je crus un instant m'être entaillé les doigts, et il ne resta dans ma main que quelques fibres lâches et effilochées. Le sol à nos pieds se plissa comme une peinture de Salvador Dalí. Les arbres les plus proches s'affaissèrent puis se liquéfièrent, et le ciel ne fut plus qu'une immense tache bleu et blanc.

– Qu'as-tu fait ? s'exclama Addie en regardant autour d'elle, affolée.

– Ce n'est pas ma faute ! Tu m'as bousculée !

Une traînée argentée fila de l'aire de jeux à la mare, qui perdit ses couleurs avant de commencer à s'effacer.

– Tu n'aurais pas dû tripoter n'importe quoi, s'énerva-t-elle en m'entraînant vers un terrain plus stable.

– De toute façon, ils allaient le cliver, me défendis-je.

D'après l'Orphéon, les clivages étaient des procédures compliquées qui requéraient des outils, une formation et du temps.

Je venais de le faire accidentellement.

Mon ventre se noua en voyant les canards flotter sur la surface de plus en plus transparente. Ils vacillèrent, et l'image devint d'un noir et blanc granuleux, comme un vieux film, avant de céder brièvement la place à de la neige et de se dissiper tout à fait.

Un bruit blanc, ressemblant à celui qu'on entend quand on colle l'oreille à un coquillage, emplit l'air.

Simon lança son frisbee et Iggy sauta, le bandana autour de son cou désormais incolore. Mon cœur se serra. Je m'étais attendu à quelque chose de plus... propre. Une disparition rapide, à l'instar des étoiles s'éclipsant au lever du jour.

– Je ne l'ai pas fait exprès.

– Peu importe. Nous devons partir.

Elle commença à se diriger vers le portail, mais s'arrêta en constatant que je ne bougeais pas.

Une par une, les voitures sur le parking s'évanouissaient telles les flammes d'une bougie. Même celles avec des personnes à l'intérieur.

– C'est moi qui ai fait ça, dis-je sur un ton lugubre. Je dois regarder.

– Del, ils ne sont pas vivants, rétorqua ma sœur d'une voix étonnamment compatissante, malgré la note de panique perceptible en arrière-plan. Ils n'ont jamais vécu, ils n'étaient que des Échos.

– Sauf qu'ils ne le savent pas.

– Mais nous, oui. Le clivage est trop rapide, poursuivit-elle. Il aurait dû démarrer au niveau des ruptures avant de se répandre. Là, c'est... aléatoire.

Elle avait raison. Le but de notre formation était de s'assurer que les clivages soient faits dans les règles. Les cliveurs sectionnent la branche endommagée, puis retissent les fils afin que le reste de l'arborescence ne soit pas affaiblie. Le monde Écho s'effiloche alors à son rythme puis, entraînés par un effet domino, les mondes nés de cet Écho disparaissent à leur tour. Comme quand on élague un arbre : si on taille une branche à la base, les rameaux ainsi que les feuilles attachées tombent avec. Les effets mettent normalement du temps à être visibles, mais les clivages sont irréversibles.

Le chaos qui se déroulait sous nos yeux n'aurait pas dû se produire avant plusieurs jours. Pourtant, l'espace boisé au-delà du chemin s'était déjà transformé en un mur de brouillard grisâtre, et la dégradation commençait à ronger la pelouse. Le rugissement dans mes oreilles gagnait en puissance avec chaque Écho qui retournait au néant. Je fis volte-face, à la recherche de la faille par laquelle nous étions arrivées.

– Addie?

L'herbe autour de notre pivot était à présent recouverte de givre.

– Viens ! s'exclama-t-elle en s'élançant, gracieuse même quand elle courait pour sauver sa peau.

Je la suivis de mon mieux, handicapée par mes bottes trop grosses et mon sac à dos plein à craquer. L'asphalte sous mes pieds commença à mollir et le virage devant nous à s'effacer. Je distinguais les bords du monde, là où ils n'étaient plus correctement alignés, tandis que la fréquence du Monde Clé flottait dans l'air tel un signal.

À quelques centimètres du pivot, le panneau indiquant l'entrée du parc se mit à fondre. Nous n'avions pas la moindre chance de l'atteindre à temps.

– Attends !

J'attrapai l'ourlet de la veste de ma sœur, qui refusa de s'arrêter, et tirai plus fort.

– Nous n'arriverons pas à passer, et nous allons nous retrouver coincées dans le clivage.

Elle fit volte-face, les yeux brillants de peur.

– Si nous ne voulons pas nous retrouver coincées, il faut sortir d'ici, espèce d'idiote !

– Regarde.

Le panneau disparut, et l'instant d'après ce fut le tour du pivot, lui aussi remplacé par la grisaille informe qui rongeait le parc.

Addie poussa un gémissement de chaton en train de se noyer et s'affaissa.

– Nous sommes prises au piège.

La sorte de givre argenté qui couvrait petit à petit le sol se rapprochait de nous. Je tirai une fois encore sur le vêtement de ma sœur.

– Revenons sur nos pas. Vers le parc.

Pour une fois, elle ne protesta pas.

– Il doit bien y avoir un plan de secours, ajoutai-je.

– Oui. Il consiste à ne pas cliver un monde quand on se trouve au beau milieu !

Nous arrivâmes à l'aire de jeux qui se désintégrait déjà. Les bancs s'incurvaient vers le sol, sans que les mères et les assistantes maternelles y prêtent attention. Les enfants grimpaient toujours sur la cage à écureuils sans se soucier des barres qui se déformaient entre leurs mains.

– Aucun pivot en vue, commenta Addie. Et c'est le seul moyen d'entrer ou de sortir.

Elle avait raison. La coulure avait atteint l'extrémité de l'aire de jeux et le parking, là où la concentration de pivots était la plus importante. Impossible de traverser. Iggy et Simon, ainsi que la balançoire et l'endroit où j'avais heurté le joggeur, avaient été remplacés par une mer de lumière grisâtre. Les Échos ne s'étaient aperçus de rien. Ils avaient disparu avant de comprendre ce qui se passait, réabsorbés par la trame de l'univers.

Mais en ce qui nous concernait, c'était la mort qui nous attendait.

Addie se laissa tomber sur le banc et se mit à pleurer tandis que je réprimais tant bien que mal mon envie de vomir. À quelques pas de nous, la petite fille virevoltait avec son ballon dont la couleur se dissipait à vue d'œil.

Le ballon.

Le ballon qui aurait dû rester coincé dans les branches.

Je l'avais récupéré, et la gamine était retournée jouer au lieu de sangloter au pied de l'arbre.

Et elle était encore là. Mais plus pour longtemps.

– Viens ! criai-je à Addie en l'obligeant à se lever.

– C'est trop étroit, Del. Nous ne passerons jamais.

– Tu as une meilleure idée ? Bouge tes fesses, ou nous sommes mortes !

Je m'arrêtai en dérapant à quelques centimètres de l'enfant. Je me concentrai de toutes mes forces sur les sons, à la recherche d'une fréquence, n'importe quelle fréquence qui ne soit pas noyée dans le bruit blanc du clivage.

– Dépêche-toi !

– La ferme, Addie !

Le ballon clignota et un accord en *mi* mineur parvint à mes oreilles, doux et envoûtant. De la lumière filtra du pivot, à peine visible tant elle était pâle. Je me jetai dessus en serrant de toutes mes forces la main de ma sœur.

La dernière chose que je vis fut la petite fille qui disparut dans une explosion statique.

Chapitre cinq

Le terme « accident » est inapproprié. Chaque conséquence, même la plus inattendue, a pour origine un choix.

Chapitre dix, « Éthique et gouvernance »
Principes et pratiques du clivage, cinquième année

J'atterris douloureusement à quatre pattes, les oreilles sifflant dans le soudain silence. À quelques pas de nous, les bords du portail s'agitèrent comme les ailes d'un papillon monarque, avant de se refermer. Je m'assis avec précaution, puis me passai la main dans les cheveux afin de me débarrasser des copeaux de bois.

Addie était étendue près de moi, sur le dos, haletante, les yeux rivés sur le ciel. Le ciel bleu, si bleu. Azur. Outremer. Turquoise. Splendide, vif au point d'en être étourdissant. Après le gris implacable du monde que nous avions fui, je m'enivrai de ce bleu intense. Je me relevai en m'aidant de la cage à écureuils pour conserver mon équilibre.

Autour de nous, la scène était identique à celle à laquelle j'avais assisté dans le monde que nous venions d'anéantir. Les joggeurs et les enfants avec leurs nounous. Les canards barbotant dans la mare. Simon et son ami jouant au frisbee avec Iggy. Je sentis ma gorge se nouer tout en laissant échapper un soupir de soulagement. Tout était exactement pareil.

Enfin, presque. La petite fille était assise près de sa baby-sitter, la tête baissée, les épaules agitées de sanglots. Je levai les yeux et vis le ballon, pris dans les branches les plus hautes de l'arbre. Bientôt, le vent l'emporterait au loin.

J'enfonçai les mains dans mes poches et trouvai mon étoile, froissée et à moitié terminée. Je la lissai et finis le pliage en pilotage automatique, laissant les gestes familiers m'apaiser.

Addie se tenait à présent debout, pâle et le visage fermé.

– Pas mal, hein?

J'esquissai un sourire, aussi faible que mes jambes tremblantes.

– Non, Del. C'était mal. Très, très mal.

Elle se passa un doigt sous chaque œil afin d'effacer les traces de mascara.

– Nous devons avancer.

– Nous sommes en sécurité.

Elle secoua la tête en observant l'aire de jeux.

– Quand l'autre monde aura fini de se désintégrer, le clivage de celui-ci commencera. C'est un effet domino, et tu as fait tomber le premier.

Mon ventre se noua, et mes jambes menacèrent de céder à nouveau. Le Monde Clé était hors de danger, mais tous les Échos ayant pour origine le monde que j'avais baptisé Park World allaient se désagréger et disparaître. À cause de moi.

– Et les gens?

– Concentre-toi, Del. Nous devons trouver un pivot pour rentrer à la maison. À ton avis, quelle est notre meilleure option?

Elle devait être sacrément perturbée pour me demander conseil au lieu de me donner des ordres. C'en était presque amusant. Presque, comme ce monde était presque identique à celui que nous avions fui.

« Presque » dans le cas présent, signifiait « pas du tout ».

Un goût amer m'envahit la bouche.

– Le parking, répondis-je. Plein de décisions sont prises sur les parkings.

– Alors, allons-y. Et ne touche à rien.

Je jetai un coup d'œil par-dessus mon épaule à la fillette toujours en train de pleurer.

– Merci, petite, murmurai-je avant de suivre Addie vers les rangées de voitures et de pivots.

Juste avant de partir, je lançai mon étoile de papier vers la pancarte du parc. Un geste totalement inutile étant donné que ce monde allait bientôt s'évanouir, mais c'était une habitude.

Un petit caillou, comme Monty me l'avait enseigné.

Pour quelqu'un qui passait son temps à se vanter d'être la plus mûre de nous deux, une fois de retour chez nous, Addie retomba bien vite en enfance.

– Je vais le dire à Maman, déclara-t-elle en claquant la portière de la voiture de toutes ses forces avant de remonter l'allée d'un pas décidé.

Je lui courus après.

– Tu vas cafter ? Sérieux ? On n'a pas cinq ans !

– Les mômes de cinq ans contrôlent mieux leurs impulsions, siffla-t-elle. Nous aurions pu mourir. Et tu crois que l'Orphéon ne se rendra compte de rien ? Tu as clivé un monde, j'te rappelle !

– Tu m'as bousculée, rétorquai-je en luttant contre la peur qui menaçait de me submerger. Je ne l'ai pas fait exprès.

– Que tu l'aies fait exprès ou non est sans importance. Tu l'as fait. Et n'essaye pas de me faire porter le chapeau. Tu n'aurais pas dû toucher aux cordes. C'est entièrement de ta faute, Del.

Elle entra dans la maison.

Je restai dans l'allée, parcourue de frissons tandis que le froid s'insinuait sous mon sweat-shirt. À travers les fenêtres de la cuisine brillait une lumière jaune et agréable, la peinture écaillée était à peine visible dans la pénombre crépusculaire. La maison semblait chaleureuse. Sécurisante. Accueillante. Mais je savais exactement comment j'allais être reçue quand j'en franchirais le seuil, et ça ne correspondait à aucun de ces qualificatifs.

Les buissons de vinettier entourant le jardin s'agitèrent et Monty apparut, son gilet accroché aux épines. Il les frappa pour s'en débarrasser, indifférent aux égratignures ainsi récoltées.

– Tu es revenue ? demanda-t-il d'une voix flûtée rappelant le son du hautbois.

Autrefois, Monty avait été un homme imposant, mais au fil des ans il s'était rabougri. Avec l'âge, la plupart des Marcheurs finissaient par être atteints d'empoisonnement fréquentiel, mais le sien était particulièrement grave. De trop longues périodes au contact de mauvaises fréquences avaient courbé ses épaules et ralenti sa démarche. Il n'avait plus la notion du temps, oubliait régulièrement que ma grand-mère avait disparu. Et, pire que tout, il avait perdu son ouïe. Sans son ouïe, un Marcheur n'avait plus que le toucher pour naviguer dans le multivers. C'était difficile et dangereux, mais cela n'arrêtait pas mon grand-père.

– Salut, Papi, dis-je en le prenant par le coude. Ça fait longtemps que tu es là ?

– J'étais sur le point d'aller quelque part. Mais où ?

Il tâta ses poches et en sortit un petit carnet à spirale bon marché et un crayon à papier.

– Je l'ai pourtant noté. J'ai même fait une carte.

Les cartes de Marcheurs ne ressemblaient en rien au galimatias de lignes et de notes de musique qu'il examinait. Il se serait perdu. Les vraies cartes ne montraient que les branches les plus importantes et les plus stables d'un Écho, ainsi que les pivots majeurs, représentés avec des codes couleur en fonction de leur puissance et de leur stabilité. Grâce aux ordinateurs, elles étaient plus faciles à tenir à jour que les vieilles versions dessinées sur papier pelure et instantanément obsolètes. Même avec la technologie et l'expérience de notre côté, faire un plan exact du multivers était aussi irréaliste que faire une carte des vents.

– Tu n'es pas censé Marcher seul, le réprimandai-je gentiment en prenant le carnet.

Mais si on allait par là, moi non plus.

Une lueur de malice traversa son regard.

– On pourrait y aller ensemble.

– Je...

La porte-moustiquaire s'ouvrit brusquement et ma mère apparut, son expression fermée et sa posture trahissant sa colère. Addie se tenait derrière elle, l'air suffisante.

– Maman...

– Ne dis pas un mot, Delancey. Pas. Un. Mot.

Elle me désigna la table de la cuisine, et je passai tête basse devant elle pour gagner ma place habituelle. Monty me suivit à l'intérieur.

– Foster ! appela-t-elle dans la nuit.

Depuis son bureau dans le garage, mon père cria une réponse inintelligible, puis nous rejoignit. Personne ne faisait le malin quand ma mère utilisait ce ton.

Monty me tapota le bras.

– Elle est sacrément en pétard, hein ? Elle a été sur les nerfs toute la journée.

– Ne bouge pas de là, m'ordonna ma mère en me clouant à mon siège d'un regard furibond.

Addie afficha un petit sourire satisfait en suivant nos parents dans le bureau de Maman.

– Tu es partie longtemps, commenta Monty, une fois qu'ils eurent fermé la porte derrière eux.

Puis il sortit deux bouteilles en verre du réfrigérateur et demanda :

– Soda ?

– Pas soif, marmonnai-je tandis qu'il les décapsulait.

Il apporta les boissons et descendit la moitié de la sienne. Je fis tourner la mienne entre mes mains, en écoutant le sifflement et les minuscules explosions de gaz.

– J'ai fait une bourde, dis-je. Une énorme bourde.

Il laissa échapper un rot, et je grimaçai.

– Rien de fait qui ne puisse être défait, Delancey.

Il me disait toujours ça quand je n'étais encore qu'une gamine et que nous partions Marcher tous les deux. Il en avait même fait une chanson, spécialement pour moi.

Rien de fait qui ne puisse être défait,
Rien de perdu qui ne puisse être retrouvé,
Crée un monde en faisant un choix,
Une solution tu trouveras.

Cela m'avait remonté le moral chaque fois que nos escapades avaient tourné au vinaigre, ce qui avec Monty était souvent le cas. Mais depuis, j'avais compris qu'il y avait nombre de choses, et de gens, qui demeureraient perdus à jamais.

Comme ma grand-mère. Elle avait été l'équivalent pour les Marcheurs d'un docteur, avec pour mission de veiller sur la santé des cliveurs tels que mon grand-père et mon père pendant leurs voyages dans le multivers. Quelques mois avant ma naissance, elle était partie pour une Marche et n'en était jamais revenue.

Monty et Rose vivaient alors dans cette maison, tandis que mes parents habitaient avec Addie à New York. D'après ma mère, les équipes de l'Orphéon l'avaient cherchée pendant des semaines, mais elle s'était évanouie dans la nature. Ils avaient donc décrété que Rose avait été prise au piège lors d'un clivage, comme cela avait failli nous arriver aujourd'hui.

Mais Monty refusait cette explication. Ils étaient destinés à être ensemble, insistait-il. Montrose et Rosemont, les deux moitiés d'un tout. Mon grand-père s'était alors mis en tête de parcourir seul le multivers afin de la retrouver. L'Orphéon avait fini par intervenir en donnant à mes parents le choix entre revenir prendre soin de Monty, ou envoyer ce dernier dans une maison de retraite. C'est pourquoi, un mois après ma naissance, nous étions venus nous installer dans la demeure familiale.

La tradition voulait que les enfants de Marcheurs soient nommés d'après des pivots majeurs dans la ville d'origine de leurs parents, et il y avait peu de pivots plus importants que les gares, car de nombreuses décisions y étaient prises en permanence. Tout le monde dans ma famille portait un prénom en rapport avec Chicago, sauf moi. Le mien avait été choisi en référence à New York ; un rappel de ce qui aurait pu être. La disparition de ma grand-mère m'avait donné un nom et avait complètement changé le cours de ma vie.

Quand quelqu'un disparaît, il laisse derrière lui une plaie. Certaines guérissent mieux que d'autres. Ma grand-mère avait involontairement marqué toute notre famille. Maman voyait désormais le monde comme une accumulation de catastrophes à maîtriser. Addie, qui cherchait désespérément à plaire à notre mère, s'était approprié ce besoin d'ordre, ce qui se traduisait chez elle par une quête de la perfection. Quant à mon père, il essayait de faire en sorte que tout le monde soit content, un vrai pacificateur. Il ne me restait qu'un seul rôle, celui de la fauteuse de troubles.

Encore à ce jour, Monty refusait de croire que ma grand-mère avait disparu à jamais et il s'éclipsait à la moindre occasion pour poursuivre ses recherches. Mais au lieu de trouver Rose, il avait perdu la tête.

Sa chanson n'avait pas tenu ses promesses, ni pour lui ni pour moi, toutefois je m'abstins de le lui faire remarquer.

– Allons, dit-il en se laissant aller contre le dossier de sa chaise et en croisant les mains sur son ventre. Qu'est-ce qu'il y a ?

– J'ai clivé un Écho, répondis-je.

Chaque mot me semblait être lesté de plomb, et Monty eut un mouvement de recul comme s'il s'était pris un coup de poing. Je m'empressai d'expliquer.

– Pas volontairement. J'ai touché les cordes un instant, et ça s'est passé... d'un coup. Tout a commencé à se désintégrer à une vitesse folle. Je n'avais jamais assisté à un clivage de l'intérieur. J'ignorais...

Ma gorge se noua.

– Il y avait ce garçon qui va en cours avec moi, enfin, un Écho de lui. Simon Lane. À un moment j'étais en train de lui parler, et la seconde d'après il avait cessé d'exister.

Monty haussa les sourcils et son regard voilé se fit plus perçant.

– Je sais qu'ils ne sont pas réels, poursuivis-je. Mais... ça en donnait tellement l'impression. C'était affreux.

Il hocha la tête.

– C'est normal.

– Nous avons à peine eu le temps de sortir, Papi. Je croyais que la désintégration était censée prendre plusieurs jours.

Il m'observa comme si je venais de lui faire un cadeau et non de lui exposer un problème.

– Comment avez-vous réussi à vous échapper?

Quand j'eus fini de lui expliquer l'histoire du ballon, il gloussa.

– Petite futée.

Je me sentais malade, pas futée.

– Je ne voulais pas faire ça. C'était un accident.

– Il n'y a pas d'accident, déclara ma mère dans l'encadrement de la porte.

Mon père avait passé le bras autour de ses épaules, et ils me présentaient un front uni.

Je me tournai vers eux afin de plaider ma cause.

– Je voulais juste examiner les cordes. Je ne m'étais jamais trouvée dans un monde qui sonnait aussi faux. Puis Addie m'a tirée par le bras, et les cordes ont cédé. C'est tout.

– C'est tout?

La voix de ma mère claqua comme un fouet. Mon père s'interposa entre nous.

– Vous devez mourir de faim. Nous en parlerons après le dîner.

Je touchai à peine à ma nourriture. Monty se lécha les lèvres en tartinant un biscuit de beurre et de confiture. Comment pouvait-il être si joyeux après ce que je lui avais raconté? Mes parents gardaient un silence inquiétant tandis qu'Addie dégustait sa soupe avec des mouvements précieux, tout en affichant un air satisfait. J'ignorais quelle punition ils avaient décidé de m'infliger, mais sa mine réjouie n'augurait rien de bon.

Mon père finit par repousser son bol.

– Ce que tu as fait aujourd'hui était terriblement imprudent. Et dangereux. Tu te rends compte de ce qui aurait pu vous arriver, à toi et à ta sœur?

Je demeurai le nez baissé sur le liquide marron en train de se solidifier sous mes yeux.

– Vous auriez pu mourir. Et nous ne l'aurions jamais su. C'est la raison pour laquelle nous n'aimons pas que vous vous promeniez seules dans le multivers. Est-ce que tu as pensé à nous ? À ce que ça aurait fait à ta mère de traverser à nouveau une épreuve pareille ?

– Là n'est pas la question, intervint ma mère en pliant soigneusement sa serviette avant de la poser sur la table. Le problème, c'est ton comportement, Delancey, ton besoin constant d'enfreindre la moindre règle ayant pour objectif ta protection ou celle du Monde Clé.

– Je suis désolée.

Je me tassai un peu plus sur ma chaise.

– Je ne l'ai vraiment pas fait exprès.

– Tu ne le fais jamais exprès, rétorqua ma mère. Tu fonces tête baissée et tu espères que tes talents te suffiront pour te sortir de la panade que tu as créée.

Je repoussai mon bol. OK, j'avais fait une bourde, mais je nous avais également sauvées. Ça aurait dû aussi entrer en ligne de compte, non ?

– Admettez au moins que son astuce pour les sortir de là était bien trouvée, commenta Monty.

Une bouffée de gratitude m'envahit. Monty, lui, me comprenait.

– Elle n'aurait pas eu besoin d'une astuce si elle avait suivi les règles, répliqua Maman. Jamais pendant ses cinq ans de formation, Addie ne s'est comportée de la sorte.

Bien sûr que non. J'avais saisi depuis longtemps que je ne pouvais pas battre Addie à son propre jeu. Aussi avais-je cessé d'essayer.

Mon père ajouta :

– Un clivage ne peut pas être réalisé par une personne seule. Le protocole exige la présence de trois cliveurs pour que les conditions de sécurité soient optimales.

– Foutaises, grogna Monty. Ils envoient trois cliveurs afin que personne ne sache qui a coupé la dernière corde. Comme ça, ils se sentent moins coupables.

– Pourquoi quelqu'un se sentirait-il coupable ? s'enquit Addie. Ce ne sont que des Échos.

Monty secoua la tête, écœuré.

– Un clivage raté peut faire plus de mal que de bien, reprit mon père. Cela affaiblit le Monde Clé.

Endommager le Monde Clé était le pire des crimes. Et ce fut d'une toute petite voix que je demandai :

– On peut réparer les dégâts, hein ? Nous ne sommes pas forcés de faire un rapport ?

Les histoires que j'avais entendues me revinrent en mémoire. Des Marcheurs à qui on avait supprimé leur licence, les obligeant à vivre comme des gens ordinaires, privés à tout jamais du droit de parcourir le multivers. Ou d'autres, disparus pour de bon, jetés aux oubliettes.

Les oubliettes étaient des prisons si bien cachées que tout ce qu'on savait à leur sujet n'était que rumeur et spéculation. La version la plus répandue était que, pour enfermer les criminels les plus dangereux, l'Orphéon avait manipulé la trame du multivers et créé des mondes aussi petits que des cellules. Puis ils avaient coupé tous les fils les reliant au Monde Clé et aux autres Échos, sauf un. Un monde sans possibilités, sans aucune échappatoire. Et personne n'étant jamais revenu d'une oubliette, il n'y avait aucun moyen de savoir si c'était la vérité.

Mais j'avais été imprudente, pas mal intentionnée. Je n'avais même pas dix-sept ans, l'Orphéon ne pouvait pas aller jusqu'à condamner une adolescente à l'emprisonnement à vie. En tout cas, je n'avais pas envie de mettre cette théorie à l'épreuve.

– Papa, s'il te plaît. Ne le dites pas à l'Orphéon.

– Nous les avons déjà prévenus, dit-il d'une voix ferme teintée de regret.

– Vous êtes censés être de mon côté !

Je m'étais attendue à une trahison de ce genre de la part d'Addie. Mais pas de mes parents. Pas de mon père.

– Nous sommes de ton côté. Mais un clivage aussi important ne peut pas être dissimulé. Il vaut mieux que tu assumes ton erreur et que tu prennes tes responsabilités.

– C'était un accident !

– L'Orphéon a des règles, Del. Si tu veux être une Marcheuse, tu dois prouver que tu es capable de les respecter.

L'expression sévère de ma mère montrait bien qu'elle n'avait aucune intention de transgresser ces règles pour moi. La compulsion d'Addie à suivre le droit chemin était génétique, au même titre que notre capacité à Marcher.

J'aurais voulu lui rappeler que ce n'était pas les règles qui nous avaient sauvé la vie aujourd'hui, mais le fait de les avoir enfreintes. Et aussi lui dire que je ne serais jamais un Écho de ma sœur, quel que soit le monde dans lequel nous nous trouvions. Toutefois, je gardai mes réflexions pour moi, car ma mère ne les aurait pas réellement entendues.

Monty s'était assoupi, le gilet parsemé de miettes. Addie jouait avec son collier en faisant mine de ne pas écouter. Tandis que mon père tenait la main de ma mère, afin de lui apporter son soutien en silence.

J'étais seule.

Chapitre six

Un contrepoint est la combinaison harmonieuse de deux lignes mélodiques indépendantes.

Chapitre cinq, « Composition »
Introduction à la théorie musicale

– Tu peux me raconter à nouveau le passage avec le ballon ? me demanda Eliot le matin suivant.

– Tu plaisantes ? Je clive un monde et j'échappe de justesse à la mort, pour au final me faire dénoncer à l'Orphéon par ma famille, et tout ce qui t'intéresse, c'est ce fichu ballon ? (Je balançai mes livres de sciences dans mon casier et claquai la porte.) Mes parents ne savent même pas à quelle sauce je vais être mangée. Nous devons attendre que l'Orphéon prenne une décision. Et si jamais ils décidaient de me jeter dans une oubliette ?

– Ils ne feront jamais ça, dit-il. Il doit y avoir une raison qui explique pourquoi ce monde a été si facile à cliver. Et la seule bizarrerie était le ballon, non ? Le reste de la Marche s'est déroulé dans les règles. Donc ça veut dire que nous passons à côté de quelque chose.

Derrière ses lunettes, ses yeux marron se perdirent dans le

vide, adoptant ce regard lointain qui m'était si familier. À l'intérieur du superordinateur qu'était son cerveau, Eliot analysait tout ce que je lui avais rapporté à la recherche d'un indice, d'un schéma, d'une explication.

– C'est sûr, nous passons à côté de quelque chose.

– Je ne vois rien d'autre qui aurait pu avoir de l'importance, rétorquai-je en repensant à la main de Simon se refermant sur ma cuisse.

– Tout est important, Del.

Je changeai mes livres de bras. Le reste du monde ignorait tout de l'existence des Marcheurs. Et il y avait tout un tas de choses que je cachais à ma famille. Mais Eliot et moi n'avions jamais eu de secret l'un pour l'autre. Je lui avais parlé des Échos de Simon et d'Iggy ainsi que de la fausse pièce d'identité sans trop de difficulté, mais je n'avais pas réussi à lui raconter en détail la scène du banc. Je n'étais pas prête à partager ce moment avec lui.

Malgré les couloirs bondés, nous arrivâmes devant la salle de musique avec quelques minutes d'avance. Je m'apprêtai à entrer, mais Eliot me retint par le bras.

– Si nous parvenons à prouver que ce monde avait un problème et que c'est à cause de ça qu'il s'est clivé si facilement, ils seront moins durs avec toi.

– C'est l'Orphéon. Ils peuvent faire ce qui leur chante.

– Ils ne peuvent pas réécrire ton ADN.

Il marquait un point. L'Orphéon ne pouvait pas me retirer mon don, ses représentants pouvaient néanmoins me défendre de m'en servir. Je serais sous surveillance jusqu'à la fin de mes jours, avec l'interdiction de Marcher sans un chaperon.

– Imagine qu'ils ne m'accordent jamais ma licence? Je serais coincée ici.

Je vivrais la même vie qu'un Original, mais en pire, car je saurais de quoi je serais privée.

– Je t'emmènerai où tu voudras. Tu n'auras qu'à demander.

Eliot me dévisageait d'un air étrangement sérieux malgré son sourire, et j'eus soudain l'impression que maintenant c'était moi qui passais à côté de quelque chose. Avant que je puisse lui réclamer des éclaircissements, notre professeur, Mme Powell, apparut dans l'encadrement de la porte.

– Est-ce que je vous dérange ? s'enquit-elle aimablement en nous faisant signe d'entrer.

– Pas du tout, marmonnai-je.

Si on comparait l'école à un désert, l'orchestre et les cours de musique théorique étaient mon oasis, un répit au sein de ces journées monocordes, un endroit où les gens parlaient ma langue maternelle. Mme Powell était la seule enseignante qui ne me traitait pas comme une délinquante.

Je suivis Eliot au fond de la classe et m'assis à ma place. Simon était juste devant moi, ses cheveux bruns bouclant sur sa nuque. Comme d'habitude, il était légèrement ébouriffé et donnait l'impression de sortir du lit. Et, d'après les potins, il en avait testé pas mal, des lits.

La coupe du Simon de Park World été encore moins réussie : court sur la nuque et les cheveux tombant sur les yeux à l'avant. À ce souvenir, un sentiment de culpabilité m'envahit. Simon dut sentir mon regard, car il pivota sur sa chaise et m'adressa un sourire.

Je le lui rendis spontanément, mais me renfrognai aussitôt en constatant que sa voisine m'observait. Bree Carlson, la star du cours d'art dramatique, vedette de presque toutes les comédies musicales et pièces de théâtre jouées depuis la sixième. Jolie, mais pas assez belle pour que les autres filles la détestent ; populaire, mais sans susciter de rivalité au point d'être obligée de surveiller ses arrières, Bree était un caméléon. Elle pouvait endosser n'importe quel rôle, tant que cela lui permettait d'être sous les projecteurs.

Elle et Simon avaient commencé à sortir ensemble au début de l'année, mais il avait rompu environ un mois plus tôt. La relation avait suivi le schéma classique : ils avaient flirté, formé un couple, pour finir par devenir de simples amis. Être larguée par Simon était presque un titre honorifique. J'étais surprise que ses ex n'aient pas un club officiel, ainsi qu'une page spéciale dans l'annuaire de l'école.

À en juger par la façon dont elle lui caressait l'épaule, Bree avait décidé de reprendre le rôle de la petite amie de Simon. Mais depuis le temps que j'observais ce dernier, je ne l'avais jamais vu deux fois avec la même fille. Elle avait plus de chance de décrocher une tête d'affiche à Broadway.

Ce qui ne me fut d'aucun réconfort quand il se tourna vers elle comme si je n'étais pas là.

– Depuis quand tu souris à ce type? grommela Eliot.

Je le poussai du coude.

– Tu es jaloux?

Mme Powell éteignit la lumière et commença sa leçon sur le contrepoint en l'illustrant avec un diaporama. Sans plus faire attention aux bafouillages d'Eliot, j'essayai de me concentrer sur le cours. Sauf que mes pensées n'arrêtaient pas de revenir à Simon, comparant celui que j'avais rencontré dans le parc à son Original. Les cheveux en bataille n'étaient pas l'unique différence entre les deux versions. Le bracelet de cuir à son poignet avait disparu, remplacé par une montre sportive à affichage numérique, qui visiblement ne faisait pas que donner l'heure. Celui qui était assis devant moi avait des cernes sous les yeux, de celles que l'on n'acquiert pas en se couchant tard une seule fois. Je me demandais à quoi, ou à qui, il les devait. Eliot avait toujours été meilleur que moi pour repérer les divergences entre les réalités, mais solliciter son avis m'aurait obligée à admettre que je m'étais trouvée extrêmement proche de l'autre Simon pendant l'épisode du Grand Sauvetage de Ballon.

Quarante minutes plus tard, la lumière revint et Mme Powell frappa dans ses mains avec enthousiasme. Ses cheveux blond filasse, ramenés en chignon au sommet de sa tête, étaient maintenus par des stylos et elle portait une robe-chemisier ornée de merles bleus ainsi que des chaussures vernies orange à talon. On aurait dit un croisement entre un savant fou et une ménagère des années 50.

– Votre prochain devoir sera à faire en équipe et consistera à développer votre propre contrepoint sur seize mesures. Sympa, non?

– Quand je pense que j'avais choisi ce cours parce que je croyais qu'il n'y aurait pas de devoirs, souffla Bree à Simon qui haussa les épaules.

Mme Powell avait beau avoir l'âge de mes parents, elle était nouvelle dans l'établissement et assez naïve pour s'imaginer que tous les élèves inscrits à son cours aimaient la musique autant qu'elle. C'était attendrissant.

– Cette fois, poursuivit l'enseignante, j'ai décidé que pimenter un peu l'exercice vous ferait le plus grand bien.

Rien de bon n'était jamais sorti du désir d'un professeur de pimenter les choses, aussi me préparai-je au pire.

– Plutôt que de vous laisser choisir vos partenaires pour le devoir, je vais vous les assigner.

Elle gloussa en entendant le concert de grognements qui suivit sa déclaration.

– Vous savez ce qu'on dit : la familiarité engendre le mépris.

La pièce était en effet pleine de mépris, mais principalement dirigée contre elle. J'aurais pu avoir de la peine pour elle, si je n'avais pas eu l'impression que son petit discours m'était directement adressé. Que ce soit dans le cadre de notre formation de Marcheurs ou ici, au lycée, Eliot et moi formions une équipe, et elle était sur le point de nous séparer. Je m'affaissai sur ma chaise tandis qu'elle remontait l'écran. Deux colonnes de noms apparurent sur le tableau.

Eliot s'étouffa, mais j'ignorais si c'était parce qu'il se retrouvait avec Bree, qui semblait aussi ravie que lui, ou si c'était parce que Powell m'avait appariée avec Simon.

– On peut changer de partenaire, madame? demanda Bree en ramenant ses cheveux en arrière. Si les deux binômes sont d'accord?

– Si j'avais voulu que vous choisissiez vos coéquipiers, je vous l'aurais dit dès le début, répliqua Mme Powell, indifférente au regard assassin que lui décocha Bree.

Cette dernière souffla et tourna la tête de façon théâtrale, puis elle se pencha pour chuchoter quelque chose à l'oreille de Simon.

– Ça va? me murmura Eliot. Tu as l'air bizarre.

– Merci de t'inquiéter, répondis-je, les dents serrées, mais ça va.

Il jouait avec son portemine, effectuant avec ses doigts une figure compliquée qu'il avait passé des heures à pratiquer.

– Fais attention à lui, OK? Il est...

– Je sais ce qu'il est.

Synonyme d'ennuis. Ma spécialité.

– Mais je préfère encore me retrouver avec lui qu'avec Bree.

– Elle n'est pas si horrible que ça, la défendit Eliot en remontant ses lunettes. En tout cas, pas horrible à regarder.

Le pincement que je ressentis à ces mots ne correspondait pas exactement à de la jalousie. Plutôt de l'agacement en constatant qu'il était déjà sous le charme de Bree, comme n'importe quel garçon. De l'inquiétude aussi. Je connaissais son niveau d'expérience avec les filles, et c'était loin d'être suffisant face à quelqu'un comme elle. Elle allait le dévorer au petit déjeuner et l'aurait oublié avant le repas de midi.

– Ça risque d'être les seize mesures les plus longues de ma vie, commentai-je.

Puis je me figeai en voyant Simon se tourner à nouveau vers moi.

– Salut, dit-il sur un ton amical malgré la tension perceptible entre nous quatre.

– Salut, répondis-je en me sentant idiote, les yeux rivés sur la cicatrice au coin de sa bouche, celle que j'avais remarquée dans un autre monde.

– Maintenant que vous avez vos partenaires, prenez quelques minutes pour faire connaissance, et nous...

La sonnerie interrompit Mme Powell, si fausse qu'à l'instar d'Eliot, je ne pus réprimer une grimace.

– Peu importe. Nous reprendrons demain.

– À demain, partenaire, me dit Simon en se retournant pour rassembler ses affaires.

– À tout à l'heure.

Il me jeta un coup d'œil par-dessus son épaule, l'air perplexe, et j'ajoutai :

– Nous avons histoire ensemble, en dernière heure.

Il hocha la tête lentement, mais il était évident qu'il ne s'en était jamais rendu compte. Je sentis mes joues s'empourprer.

– Incroyable, cette prof! commenta Bree en le tirant vers la porte. Ce cours est une vraie perte de temps.

Il partit sans même m'accorder un regard, comme d'habitude.

Je rangeai mes affaires dans mon sac à dos et suivis Eliot dans le couloir.

– J'arrive pas à croire qu'elle nous ait séparés.

Eliot leva le nez de son téléphone et cligna des yeux.

– Hein ? Oui, ça craint. Dis, pourquoi ta mère vous a envoyées avec Addie dans cet Écho ?

– Elle ne l'a pas fait. Le devoir était de choisir nous-mêmes l'Écho, tu te rappelles ? Et Addie n'était pas censée m'accompagner. Mon père m'a lâchée à la dernière minute.

– Mais pourquoi a-t-elle approuvé ton choix ? J'ai jeté un coup d'œil aux données que tu as rapportées et les ruptures étaient bien au-delà du seuil acceptable d'instabilité. Elle aurait dû le remarquer en vérifiant la carte.

– La carte était parfaitement normale quand elle a regardé.

Les Marches effectuées dans le cadre de ma formation devaient être préalablement analysées par un Marcheur certifié. Des années plus tôt, cela signifiait qu'un navigateur devait contrôler en personne chaque Écho, mais de nos jours il suffisait de rentrer la route prévue dans l'ordinateur et un programme déterminait si l'Écho était assez sûr. Ma mère était l'une des meilleures navigatrices ; si elle déclarait qu'un monde était assez stable pour des travaux pratiques, il l'était.

– Il n'est pas rare que des Échos partent en vrille.

– Une branche aussi grosse aurait dû mettre des semaines à se dégrader. Et là, quelques heures ont suffi. (Il secoua la tête.) Peut-être que ta mère s'est trompée. Si le monde était endommagé avant ton arrivée, alors ce n'est pas ta faute. Mais la sienne.

L'Orphéon serait beaucoup plus sévère avec une Marcheuse accomplie qu'avec une étudiante. Elle pourrait perdre son poste, ou pire.

– Ma mère ne fait pas ce genre d'erreur.

– Et moi non plus, rétorqua Eliot. Ce n'était pas de ta faute, Del.

Je me remémorai les cordes au bout de mes doigts, nouées

et tendues, en me demandant si pour une fois Eliot n'avait pas tort.

La journée n'alla pas en s'améliorant.

– Delaney, s'écria Bree avec un enthousiasme forcé alors que j'étais en route pour ma neuvième heure de cours.

Faisant mine de ne pas l'avoir entendue, je continuai à marcher.

– Delaney. (Elle me tapa sur l'épaule.) Je t'ai appelée.

– Delancey, la corrigeai-je. Pas Delaney.

Bree agita la main.

– Peu importe. Tu as vu ce que nous a fait Powell ? J'en reviens pas.

J'aurais dû me douter qu'elle ne laisserait pas tomber cette histoire de devoir. Nous n'étions pas amies. Je n'avais pas d'amis parmi les Originaux, et si j'en avais eu, elle n'en aurait pas fait partie. Je croisai les bras et attendis.

– Nous devrions avoir le droit de changer de partenaire, poursuivit-elle sur un ton faussement aimable. Tu ne crois pas ? Notre note ne devrait pas dépendre de notre collaboration avec quelqu'un que nous ne connaissons pas, ce n'est pas juste. Et si on ne s'entend pas ? Si l'autre est un idiot fini ?

Je me hérissai, mais répondis néanmoins d'une voix mielleuse.

– Eliot ne t'en tiendra pas rigueur. Il est très patient.

Ma repartie fit tomber son masque.

– Pas la peine de jouer les garces. Tu ne préférerais pas avoir affaire à quelqu'un du même milieu que toi ?

– Du même milieu ?

À mon avis, elle ne faisait pas allusion aux Marcheurs.

Elle minauda.

– Tu sais, socialement parlant. J'essaye seulement de t'aider.

– C'est vraiment adorable de ta part de t'inquiéter pour moi. Mais Powell ne nous autorisera pas à changer de partenaire.

– Elle le fera si tu le lui demandes. Je ne sais pas pourquoi, mais elle t'aime bien, dit-elle en m'examinant d'un œil critique avant d'ajouter : tu dois la convaincre de nous laisser faire l'échange.

Mon agacement se mua en colère.

– Pour que tu puisses faire les yeux doux à Simon ? Il s'était déjà lassé de toi en septembre. Il ne remettra pas le couvert.

Et sur ces mots, je tournai les talons et la plantai au milieu du couloir, bouillante de rage.

Pour Bree et ses amis, il y avait deux types de personnes : celles qui pouvaient servir de tremplin, et les souffre-douleur. J'étais la fille bizarre qui séchait les cours et bâclait ses devoirs, trop en marge de la vie sociale pour rentrer dans l'une ou l'autre de ces catégories. Je n'étais pas éblouie par son talent et elle ne parvenait pas à me berner, mais je n'avais jamais essayé de l'éclipser. Jusque-là, je n'avais été, au mieux, qu'une figurante.

Mais à présent, je représentais une menace.

– Del, m'accueillit Mme Gregory alors que je m'asseyais, comme c'est aimable à toi de te joindre à nous. Tu nous as manqué hier. Comme souvent.

– Pas à tout le monde, commenta Bree en entrant derrière moi, ce qui provoqua une vague de ricanements.

– Urgence familiale, répliquai-je.

– Et curieusement l'administration n'a aucune trace d'un message de tes parents nous informant de cette... urgence. Ce qui, comme tu le sais sûrement depuis le temps, signifie qu'il s'agit d'une absence injustifiée.

Je laissai échapper un soupir. Les expéditions que je faisais pendant les heures de cours n'avaient aucun rapport avec ma formation de Marcheuse. C'était mes excursions secrètes. Cela avait beau être illégal, j'étais incapable de m'en empêcher. Je ne pouvais pas rester enfermée dans une classe alors qu'à chaque fois que je croisais un pivot j'entendais l'appel du multivers, résonnant de nouvelles fréquences aussi irrésistibles que le chant d'une sirène. La guerre de 1812 et les équations quadratiques ne faisaient pas le poids. Raison pour laquelle j'étais souvent convoquée chez le proviseur.

– À demain, dis-je en rassemblant mes livres et en saluant mollement la classe de la main.

– Ne pars pas tout de suite, rétorqua Mme Gregory avec un sourire narquois en me tendant une liasse de feuilles. Distribue ça, veux-tu ? Tu pourras aller voir le proviseur après l'interrogation surprise.

Comme si une interrogation surprise allait changer quelque chose à ma moyenne abyssale. Quand j'arrivai à côté de Bree, elle me prit une copie des mains et fit délibérément tomber le reste.

– Désolée.

Je me baissai pour ramasser les papiers et elle ajouta à voix basse :

– Au moins il sait que j'existe.

– Pardon ?

Elle écrasa avec sa ballerine léopard la feuille que j'étais sur le point de récupérer.

– Simon. Tu crois vraiment pouvoir lui mettre le grappin dessus grâce à ce stupide devoir ? Si tu disparaissais demain, il ne s'en rendrait pas compte. Il ne connaît même pas ton nom.

Je me levai, les copies froissées dans mon poing serré.

– Del, les questionnaires ? Nous n'avons pas toute la journée, me réprimanda Mme Grégory.

– Fais gaffe, la barjot, murmura Bree.

Je me forçai à ouvrir le poing. Elle se redressa, l'air

triomphante, sa queue-de-cheval se balançant tandis qu'elle balayait la pièce du regard. Je baissai les yeux sur les questions, elles auraient tout aussi bien pu être écrites dans une autre langue, alors à quoi bon essayer d'y répondre ?

Je décidai donc de m'abstenir.

– Del ! Que fais-tu ? s'exclama Mme Gregory.

– Je gagne du temps, répliquai-je prenant mon sac. Je saluerai le proviseur de votre part.

Chapitre sept

Tous les Marcheurs naviguant à travers les Échos laissent derrière eux une trace audible, de même que tous les objets originaires du Monde Clé. Au fil du temps, cette trace s'efface jusqu'à devenir indétectable, cependant le signal émis par les objets inanimés perdure plus longtemps que celui des êtres vivants.

Chapitre deux, « Navigation »
Principes et pratiques du clivage, cinquième année

Quand je rentrai chez moi après les cours, le mot du proviseur planqué au fond de mon sac, ma mère était installée à la table de la cuisine, un bocal rempli de boutons posé à côté de son coude, et l'un des gilets de Monty sur ses cuisses.

– Le lycée a téléphoné.

– Je sais, répondis-je. (J'étais dans le bureau du proviseur quand il avait passé l'appel.) Je serai plus prudente la prochaine fois.

– Il vaudrait mieux pour toi qu'il n'y ait pas de prochaine fois, rétorqua-t-elle en coupant un fil qui dépassait. Assieds-toi.

Je me laissai tomber sur ma chaise.

– Tu as eu des nouvelles de l'Orphéon?

– Ils veulent te voir ce soir.

Elle tira sur le bouton pour vérifier qu'il était bien fixé et émit un petit bruit satisfait.

– Ton père et moi t'accompagnerons.

Je n'avais vraiment pas envie de me faire sermonner pendant l'heure de voiture jusqu'à l'Orphéon. Mon regard fut attiré par la théière, carrée et rouge vif, de la même couleur que le ballon de la fillette. Je sentis ma gorge se nouer, mais réussis néanmoins à articuler :

– J'irai avec Eliot.

– Il peut venir avec nous. Mais nous devons être présents.

– Non, vous ne devez pas être présents. Vous m'avez déjà dénoncée, Maman. Cela ne vous suffit pas ?

– Ce n'est pas...

Elle fut interrompue par Monty, qui entra dans la pièce en tenant à la main la page des sports du journal.

– J'ai froid, se plaignit-il.

– Tu arrives à point, l'accueillit ma mère avec un enthousiasme forcé en l'aidant à enfiler son gilet.

Il devait lui avoir donné du fil à retordre aujourd'hui, car plus il était difficile, plus elle se montrait enjouée, comme si elle pouvait inverser son déclin par la seule force de sa volonté.

– Sérieusement, Papa, je me demande comment tu fais pour perdre autant de boutons.

Monty m'adressa un clin d'œil en posant l'index sur ses lèvres.

Bien que toujours de mauvaise humeur, je réprimai un éclat de rire.

– Comme neuf, et en plus, j'ai la joie de voir ma petite fille préférée, dit-il en me gratifiant d'un baiser sur la joue. Es-tu allée Marcher aujourd'hui ? As-tu vu Rose ?

– J'étais en cours, Papi.

– Il est tard. Elle devrait être de retour, poursuivit-il en prenant des boutons dans le bocal. Nous devrions partir à sa recherche.

– Que dirais-tu d'un en-cas ? lui proposa Maman.

Elle rangea son nécessaire à couture avec un soin exagéré, comme si le fait que les aiguilles et les fils soient parfaitement organisés pouvait permettre à tout le reste de rentrer dans l'ordre.

Mon grand-père s'arrêta, la main sur la poignée de la porte.

– Un en-cas ?

– Je vais te préparer quelque chose, m'empressai-je de confirmer.

Quand Monty perdait la notion du temps, détourner son attention était le seul moyen de l'empêcher de sortir.

– Un bol de céréales te ferait plaisir ? Avec du miel ?

Il se gratta le menton d'un air pensif, puis s'assit comme s'il nous faisait une faveur.

Maman poussa un soupir de soulagement.

– J'ai du travail à terminer. Del, nous partons dans une heure.

Je ne répondis pas.

– Es-tu allée Marcher ? demanda à nouveau Monty quand elle eut quitté la pièce. As-tu vu Rose ?

– Non. En cours, tu te rappelles ?

Il faisait souvent ça : poser en boucle la même question, comme s'il espérait que la réponse finirait par changer.

– Tu es dans le pétrin, dit-il. Je les ai entendus discuter.

– Oui.

Je parlai d'une voix neutre, le visage caché par la porte du garde-manger.

– J'ai en quelque sorte fait une erreur, lors de ma dernière Marche avec Addie.

Il émit un grognement.

– Rien de ce qui est fait...

Je n'étais pas d'humeur à écouter des comptines. Pas alors que mon avenir était en jeu.

– J'ai clivé un monde, Papi. C'est le genre de chose sur lequel on ne peut pas revenir.

Puis en baissant le ton, j'ajoutai :

– C'était un accident. Je sais qu'ils ne me croient pas, et pourtant c'est vrai.

Monty ne dit rien, et je cherchai dans les étagères l'énorme bocal à céréales en poursuivant :

– Tu sais, il y a quelque chose que je ne comprends pas. Si les Échos sont une telle menace, pourquoi veut-on me sanctionner pour en avoir clivé un ?

Je sentis une vibration dans l'air. Je sortis la tête du placard aussi doucement que possible pour ne pas perturber l'accord et me tournai vers la table.

– Bon sang, Papi !

Monty avait disparu. Le pivot qu'il avait utilisé tremblait légèrement. Si je me dépêchais, j'avais une chance de le ramener avant que Maman se rende compte qu'il s'était fait la belle. Je ne pus m'empêcher d'admirer la façon dont il nous avait manipulées, mais il était peu probable que mes parents voient ça du même œil que moi.

C'est pourquoi ils ne devaient pas l'apprendre.

Il fallait que je fasse très vite, non seulement pour éviter que ma mère découvre que j'avais laissé Monty prendre la poudre d'escampette, mais également parce que sa signature ne serait bientôt plus perceptible. Je devais le retrouver avant que sa piste refroidisse.

Même pour une expédition éclair, je préférais avoir mes outils à portée de main. J'attrapai donc mon sac, puis m'engageai dans la faille empruntée par mon grand-père.

Monty recherchait ma grand-mère depuis si longtemps qu'il arpentait à présent les mondes au hasard, dans l'espoir de dénicher une trace de sa fréquence indiquant qu'elle serait passée par là. Il n'en avait jamais trouvé.

Je fus plus chanceuse. Je laissai la cacophonie du pivot m'envelopper et me concentrai à la recherche de la douce et cristalline note du Monde Clé. Seulement quelques minutes s'étaient écoulées et Monty n'était pas allé bien loin, son signal était encore fort, caché dans un Écho à la fréquence proche de celle du nôtre.

Il s'agissait d'un vieil Écho. Quelqu'un d'autre avait emménagé dans cette version de notre maison et l'avait retapée. La cuisine déserte était rutilante et semblait tout droit sortie d'un magazine de décoration, avec des bouquets de fleurs artistiquement arrangés et pas le moindre signe de désordre ; contrairement à celui qui régnait actuellement dans tous les recoins de notre foyer malgré les efforts incessants de Maman. Des sacs à dos ornés d'initiales brodées étaient proprement suspendus aux crochets de la porte de derrière.

Je fonçai dehors et entendis un pivot, pareil aux stridulations d'un criquet au crépuscule. De l'autre côté, un gigantesque épicéa avait remplacé notre érable rouge. Niché dans le tronc, je vis un bouton jaune vif, résonnant avec la fréquence du monde clé.

Le petit caillou de Monty.

Un jour, alors que j'avais cinq ans, je m'étais égarée. Mes parents étaient en train de travailler pendant qu'Addie jouait du piano et je m'étais éclipsée toute seule. J'avais atterri dans une version inconnue de notre jardin avec un portique de jeux équipé d'un toboggan, d'une balancelle et d'une cage à écureuils, au lieu de la simple balançoire que mon père avait fabriquée et que je devais partager avec Addie. Je m'étais amusée comme une folle, jusqu'à ce que je perde la notion du temps. La mélodie que j'avais trouvée de prime abord intrigante avait saturé mon ouïe ; je ne savais plus où était le pivot par lequel j'étais arrivée et je n'en discernais pas d'autres.

Puis Monty était apparu, un bouton à la main. Il m'avait prise dans ses bras en m'appelant sa petite fille préférée et la plus futée. Ces mots m'avaient réchauffé le cœur, car même à l'époque j'étais lasse d'entendre sans arrêt vanter l'intelligence de ma sœur. Mon grand-père m'avait alors donné le bouton qui résonnait avec la fréquence du Monde Clé. Ce jour-là, il m'avait promis que si je continuais à semer sur ma route des petits cailloux, il me retrouverait toujours, et que tous les deux nous retrouverions le chemin de la maison.

Ces derniers temps, je n'avais pas vraiment envie qu'on me trouve. Pourtant, je semais toujours derrière moi des étoiles de papier, par habitude, mais aussi en souvenir des bons moments que nous avions passés ensemble.

Je traversai le portail suivant et le vis qui m'attendait, appuyé contre une boîte à lettres en forme de poisson géant.

– Tu m'as fait une de ces peurs !

– Il n'y avait aucune raison d'avoir peur, dit-il en sortant un bouton argenté de sa poche. Je voulais juste me dégourdir les jambes.

– Maman va me tuer, répliquai-je. Il faut qu'on rentre.

– C'est un magnifique après-midi, Delancey. Viens te promener un peu avec moi.

D'un coup de pouce, il jeta le bouton par terre et partit en chantonnant. Au loin, je distinguais le château d'eau du village. La vue était la même que celle à laquelle j'étais accoutumée, mais nous étions entourés de constructions de style Tudor avec leurs toits pointus, leurs colombages et leurs balcons sculptés, exactement là où aurait dû se trouver notre majestueuse maison Queen Anne.

En tant que Marcheur, on apprend rapidement à ne pas juger

les changements d'un monde à l'autre. Il ne nous appartient pas de décider quels Échos sont les meilleurs, notre rôle est seulement de déterminer quels sont ceux qui représentent une menace pour le Monde Clé. Malheureusement, une architecture kitsch n'est pas considérée comme dangereuse.

Je courus après Monty et passai mon bras sous le sien.

– L'Orphéon veut me voir, Papi. Ce soir.

– Bah. Il nous reste du temps.

Il s'arrêta net.

– Tu as senti ça ?

Il avait beau avoir perdu l'ouïe et ne plus avoir toute sa tête, son sens du toucher était toujours aussi impressionnant. Je tendis la main, calmai mon esprit et sentis la vibration d'un pivot multiple que je n'aurais pas remarqué si j'avais été seule.

Le sol changea à plusieurs reprises sous nos pieds. De trottoir, il devint chemin de terre, puis ciment, bitume, herbe. Signe que nous faisions de grands sauts entre les mondes. Dans chaque monde, il laissa tomber un autre bouton en souriant comme un enfant ayant réussi une bêtise sans se faire prendre. Nous étions à présent loin du Monde Clé, errant parmi des Échos d'Échos.

Lors de ces Marches, je savourais l'immensité du multivers, avide d'en explorer les possibilités. Un de ces jours, je ne me contenterais plus de parcourir les Échos du monde que je connaissais, j'irais explorer ceux de toute la planète. Vu la variété que j'avais rencontrée dans les environs, je n'osais imaginer ce que ce serait de visiter les Échos de Rome, de l'Inde, ou de l'Antarctique.

Je ralentis le pas. Combien d'Échos avais-je détruits en clivant Park World ? Combien de possibilités avais-je anéanties ?

– Tu as clivé des mondes autrefois, n'est-ce pas ? demandai-je à Monty. À l'époque où tu étais chef d'équipe ?

– Quand j'étais jeune et inconscient.

Puis sur un ton plus doux, il ajouta :

– Ce qui s'est passé te tracasse, on dirait.

– Je n'arrête pas de penser à eux.

À ces gens se dissolvant avant de disparaître tout à fait, comme s'ils n'avaient jamais existé.

– Et toi, ça te dérangeait ?

Il observa un moment une fissure sur le trottoir avant de répondre :

– Ça me dérange encore. Et c'est normal.

– Mais ce sont juste des Échos. C'est ce que tout le monde dit.

– Pas tout le monde.

Soudain, son visage s'illumina, notre conversation oubliée.

– C'est toi qui choisis le prochain.

Je consultai ma montre.

– Je choisis de rentrer.

Eliot n'allait pas tarder à arriver. Si je parvenais à l'intercepter, nous aurions une chance de nous mettre en route avant que ma mère se rende compte de notre départ.

J'aurais pu nous ramener directement dans le Monde Clé, mais il nous aurait quand même fallu refaire le trajet du centre-ville à la maison.

– On s'amusait tellement, avant, plaida mon grand-père, le menton en avant, l'air buté. Encore un.

– Le dernier, et après nous rentrons.

Je parcourus du regard l'Écho dans lequel nous nous étions arrêtés. Une vitrine sur trois était condamnée. Des graffitis recouvraient les planches de contreplaqué et le caniveau était jonché d'emballages vides, de mégots de cigarettes et de journaux déchirés. Chez nous, nous nous serions tenus juste devant un bar à smoothies.

– As-tu faim ? s'enquit Monty avec un sourire en coin.

Une femme avec un T-shirt Snoopy hésita à l'intersection,

puis décida d'attendre que le feu piéton passe au vert. Un pivot se créa aussitôt.

L'instant d'après, une Ford Sedan passa à l'orange.

Je frissonnai en me demandant si, de l'autre côté du pivot, l'Écho de la femme avait réussi à traverser sain et sauf.

Quoi qu'il en soit, son choix venait de nous offrir une ouverture. Monty chantonna une mélodie cible et s'engagea dans la faille.

– Allez. Doigts agiles.

Une autre comptine de nos Marches d'antan, gravée dans ma mémoire avec autant de netteté que l'alphabet.

Doigts agiles, esprit ouvert,
Fredonne un air, trouve une brèche,
Doigts agiles, esprit ouvert
T'aident à traquer ce que tu cherches.

Je tendis la main, la bonne fréquence accaparant mon attention tel un signal radio par-dessus les grésillements. Tenant fermement Monty par la manche, je l'entraînai dans l'Écho suivant. Une fois en sécurité de l'autre côté, j'inspirai profondément, me délectant du parfum sucré qui flottait dans l'air.

Sur le trottoir d'en face se trouvait une pâtisserie avec un auvent rayé blanc et rose et une vitrine pleine de sucreries.

– Doughnuts ! s'exclama-t-il en se frottant les mains. Ne dis rien à ta mère, elle se plaindrait que je me suis coupé l'appétit pour le dîner.

– Crois-moi, je ne risque pas de lui dire quoi que ce soit. Comment as-tu déniché cet endroit ?

– En me promenant, répondit-il distraitement en tirant sur ma manche. Dis, pourquoi n'offrirais-tu pas une petite friandise à un vieil homme affamé ?

Je savais qu'il avait une raison de m'emmener là. La fréquence sonnait légèrement faux, mais pas assez pour que ce soit gênant. Nous pouvions sans danger rester quelques minutes. Je lui tendis un billet froissé en espérant qu'il serait valable dans ce monde.

– Un doughnut. Et fais vite, d'accord ? Il faut que je rentre.

Il me tapota le bras.

– Nous sommes pile à l'heure.

Il traversa la rue et je le suivis. Cette version du centre-ville n'avait rien à voir avec celle que nous venions de quitter. Les rues étaient propres, les vitrines toutes occupées, même si elles n'étaient pas aussi haut de gamme que chez nous. Une quincaillerie avait remplacé la galerie d'art et un prêteur sur gage le magasin d'antiquités, tandis qu'une pharmacie occupait les locaux de la salle de yoga. Des voitures étaient garées le long des trottoirs, et des tas de gens discutaient. Monty s'était assuré d'effleurer quelqu'un en pénétrant dans le magasin, et il était à présent visible de tous. Devant la pâtisserie, un chien était attaché à l'accoudoir d'un banc. Un labrador marron avec un bandana rouge.

– Iggy ? murmurai-je.

Les Échos se chevauchaient souvent, mais recroiser Iggy si peu de temps après l'avoir vu disparaître était perturbant.

Il m'accueillit par un aboiement qui fit vibrer la vitrine et bondit en tirant sur la laisse.

Je clignai des yeux. Certains animaux ont une ouïe si sensible qu'ils peuvent déceler des Marcheurs avant qu'ils entrent en contact avec qui que ce soit. Iggy était apparemment de ceux-là.

– Bon chien, le flattai-je en me penchant, main tendue. Que fais-tu là ?

Comme en réponse, la porte de la pâtisserie s'ouvrit et Simon en sortit avec un sac en papier blanc. Un Simon différent, me rappelai-je en remarquant qu'il portait une chemise de flanelle. Disparus, le cuir, les rangers usés et les cheveux en bataille. Et pas le moindre ballon de basket en vue.

– Calme-toi, dit-il en détachant la laisse.

Le chien bondit et une boule de poils d'une trentaine de kilos m'atterrit dessus. Je frottai ses oreilles soyeuses en observant mon troisième Simon en deux jours, tout en essayant de me souvenir de la fréquence de Park World. Celle-ci était moins désagréable, et beaucoup plus stable. Ce Simon-là était en sécurité et je sentis le nœud dans mon ventre se relâcher. Je n'aurais pas supporté de le voir à nouveau se dissoudre.

– Arrête, Ig. (Il attrapa Iggy par le collier et sa main effleura la mienne. La force de son signal me frappa de plein fouet, et quand il croisa mon regard, j'aperçus dans ses yeux une lueur d'intérêt.) À cause de toi, je vais faire mauvaise impression.

Il aurait fallu beaucoup plus que ça pour que Simon fasse mauvaise impression. Même sa ribambelle d'ex soupirait en évoquant ses yeux, ses mains, son rire. Elles disaient toutes qu'il n'était pas du genre à se caser, mais qu'elles s'étaient bien amusées.

M'amuser ne m'intéressait pas.

– Iggy ne mord pas, promis, me dit Simon, interprétant de travers mon silence abasourdi.

Je baissai les yeux sur la main qui tenait la laisse. Au lieu du bracelet de cuir ou de la montre digitale, il portait une espèce de gros clou en argent tordu autour de son poignet. Mais ses mains étaient les mêmes, fortes et légèrement calleuses.

– On se connaît?

Je me sentis soudain nerveuse et des papillons s'agitèrent dans mon ventre avant de se répandre dans tout mon corps, leurs millions d'ailes battant à l'unisson.

– Del, répondis-je d'une voix rauque. Peut-être que tu m'as croisée au lycée.

– Peut-être. Ou peut-être que j'ai besoin d'aller voir un ophtalmo.

– Ah ? m'étonnai-je en jetant un coup d'œil à Monty, qui était à l'intérieur de la pâtisserie en train de lorgner les gâteaux.

– J'ai forcément un problème de vue pour ne pas t'avoir remarquée avant, expliqua-t-il sur un ton enjôleur.

Je reportai mon attention sur lui.

– Sérieux, tu n'as pas mieux ?

À la maison, j'aurais bafouillé et trébuché. Interagir avec lui se révélait infiniment plus aisé dans ce monde, car il ne s'agissait pas de la réalité, ce qui s'y passait était donc sans importance. Il esquissa un sourire triste, ce qui le rendit encore plus séduisant.

– Trop facile ?

– C'est clair que ce n'est pas avec ce genre de réplique que tu vas marquer des points pour l'originalité. Que fais-tu ici ?

– C'est jeudi. (Il souleva son sachet.) Mon tour de m'occuper du dîner. J'achète toujours des gâteaux pour ma mère afin de me faire pardonner l'inévitable désastre culinaire.

– Tu pourrais apprendre à cuisiner.

– Ça ne me dérange pas de ne pas savoir, rétorqua-t-il en haussant les épaules. Et puis, sans ça, je ne serais pas tombé sur toi aujourd'hui.

Il y avait un Écho dans lequel il n'était pas allé à la pâtisserie, et la joie que j'éprouvais à être dans ce monde-ci et non dans l'autre avait quelque chose d'inquiétant.

– Il y a un groupe qui joue ce soir au Grundy, reprit-il. Il paraît qu'ils sont plutôt bons. Ça te dirait d'y aller avec moi ?

Cette invitation me surprit autant que la première fois. Il était courant que des Échos se comportent de façon identique si leurs branches étaient suffisamment proches. Et comme dans Park World, j'avais des tas de raisons de dire non. Mais parfois les meilleures décisions étaient celles prises d'instinct, sur une impulsion. Parfois le choix n'était pas un simple oui ou non ; mais la vérité révélée, assez forte pour soutenir un monde.

Je n'étais pas certaine d'être prête pour ce genre de vérité.

La clochette de la porte retentit et Monty sortit de la pâtisserie, un éclair dans une main, un café dans l'autre et un beignet coincé entre les dents.

– Je dois y aller.

Sûrement pas la réaction à laquelle Simon était habitué quand il invitait une fille. Il fronça les sourcils.

– C'est un oui ?

Je me mordis la lèvre.

– C'est un peut-être. Ciao, Iggy. Sois sage.

J'attrapai le bras de Monty et l'entraînai en direction du pivot.

– Tu t'es fait un nouvel ami ? demanda-t-il la bouche pleine.

Le regard plus vif que d'ordinaire, il suivit des yeux Simon et Iggy qui traversèrent avant de monter dans une vieille Jeep noire.

– Simon Lane. Un garçon du lycée.

Je consultai ma montre. Eliot n'allait pas tarder.

– Simon, dit Monty. Ce n'est pas celui...

– Du clivage, terminai-je pour lui. Oui.

Il hocha la tête, visiblement content de s'en être souvenu.

Le retour dans le Monde Clé fut rapide et facile. Nous arrivâmes dans notre rue au moment où Eliot garait la Subaru de sa mère à la place de la voiture d'Addie. Normalement à cette heure, cette dernière avait fini sa journée d'apprentissage. Elle débarquait en général quelques minutes avant qu'Eliot et moi partions pour notre formation et nous abreuvait de conseils non sollicités. Puis elle montait dans sa chambre où elle achevait la rédaction de son rapport quotidien.

– Où est Addie ? m'étonnai-je.

– Ta mère a dit qu'elle avait rendez-vous avec l'Orphéon, répondit Monty en léchant le glaçage sur son pouce.

– Toute seule ?

Cela n'avait aucun sens. Si je devais absolument y aller accompagnée, pourquoi pas Addie ?

– Apparemment, oui.

Puisque ma sœur pouvait les affronter sans chaperon, alors moi aussi.

– Peux-tu rentrer à la maison sans nous ? Tu ne vas pas te sauver à nouveau ?

– Ne t'inquiète pas pour moi, dit-il en me tapotant la main. Allez, file avant que ta mère te voie.

Je l'embrassai sur la joue et, tandis qu'il contournait la maison, je me précipitai vers la voiture d'Eliot.

– Fonce ! m'exclamai-je en jetant mon sac sur la banquette avant de me glisser à l'intérieur du véhicule.

– Moi aussi je suis content de te voir. Il y a un problème ?

– Seulement si on se fait griller par ma mère. On peut y aller, s'il te plaît ? J'aimerais avoir le prochain train.

– Mets ta ceinture, répondit-il en passant la marche arrière. J'ai l'impression d'être en fuite.

– Alors, fais comme si c'était le cas.

Tandis qu'il s'engageait sur la route, ma mère sortit sur le perron, les mains sur les hanches.

– Delancey !

Elle n'avait pas crié bien fort, mais j'étais certaine qu'elle se rattraperait plus tard.

Chapitre huit

Bien que les Marcheurs habitent le Monde Clé avec les Originaux, nous évoluons dans des sphères complètement différentes. Entretenir des relations superficielles est acceptable, mais il est défendu de créer des liens forts et durables.

Plus important, révéler l'existence et les aptitudes des Marcheurs est strictement interdit. Les Originaux étant incapables d'appréhender l'étendue de nos responsabilités, ils chercheraient à se servir de nous ainsi que du multivers, ce qui engendrerait inévitablement un désastre.

Chapitre dix, « Éthique et gouvernance »
Principes et pratiques du clivage, cinquième année

Cela faisait des années qu'Eliot et moi nous rendions dans les locaux de l'Orphéon. Quand nous étions petits, lors de sorties en famille puis, à partir de onze ans, dans le cadre de notre formation. Au début, sa mère ou la mienne nous déposaient et venaient nous chercher. Jusqu'au jour où elles nous avaient fait confiance pour résister à la tentation que représentaient les pivots criblant Union Station. Nous avions cours quatre fois par semaine, et j'apprenais plus durant une seule leçon qu'en un mois au lycée.

Pour les Originaux, le siège de l'Orphéon ressemblait à n'importe quel bâtiment du Loop, le célèbre quartier d'affaires de

Chicago. Même le nom sur la porte se fondait dans le décor : Orphéon, Conduite du Changement. Personne n'était capable de dire exactement ce qu'ils faisaient. Bien que discrète, leur présence dans la ville semblait remonter aux origines de celle-ci. C'était eux qui payaient mes parents, lesquels remplissaient tous les ans leurs déclarations de revenus, avaient une mutuelle et cotisaient pour la retraite. L'OCC avait des locaux disséminés sur toute la planète, des communautés entières de Marcheurs dissimulés dans la population. Le groupe était financé par des investissements faits grâce à des informations glanées dans les mondes Échos. Une version améliorée du délit d'initié.

Suivant avec Eliot le chemin habituel en sortant de la gare, je résistai à l'envie de regarder l'eau verdâtre en franchissant Adams Street Bridge, et attendis avec impatience de pouvoir traverser Wacker Drive.

– Toute la classe doit être au courant, dis-je en agrippant les bretelles de mon sac à dos. Ils sont sûrement en train de parler de moi en ce moment.

Le feu passa enfin au rouge. Eliot me prit par le bras et m'entraîna à sa suite, se faufilant dans la cohue des gens qui sortaient du travail.

– Arrête de traîner des pieds. Tu adores quand les gens parlent de toi.

– Quand c'est pour dire que j'assure, oui. Mais ce n'est pas le cas cette fois.

– Ils ne le sauront probablement jamais.

Je laissai échapper un grognement.

– Ils seraient pourtant ravis. Et ça va me faire chuter dans le classement.

Contrairement au lycée, où mes résultats étaient catastrophiques, la formation de Marcheur n'attribuait pas de notes. Au lieu de ça, ils avaient recours à un classement et, à mon grand désespoir, je stagnais au milieu.

Ce classement était établi en partie sur les exercices de terrain, dans lesquels j'excellais, et en partie sur les devoirs en classe, que je ne maîtrisais pas du tout. Marcher était facile pour moi. Naviguer de branche en branche, traverser les pivots, suivre un signal me venait naturellement. Je me déplaçais avec la vitesse et la précision d'une flèche.

La théorie en revanche, c'était une autre paire de manches. On ne recevait pas de points pour l'intuition ou l'improvisation, mais pour la répétition méticuleuse des protocoles mis en place par l'Orphéon. Eliot avait beau essayer de me les expliquer avec toute la patience du monde, cela ne faisait que souligner le fait que mon esprit ne fonctionnait pas de la même façon que le leur. Aux yeux de l'Orphéon, « différent » était le contraire de « meilleur ».

Mon classement, combiné aux résultats de l'examen final, déterminerait à quel corps de métier je serais affectée pour la durée de mon apprentissage. Nous pouvions faire part de nos souhaits, mais la décision revenait comme toujours à l'Orphéon. Je pris alors conscience du fait que mon avenir n'était pas réellement entre mes mains, mais entre les leurs, et cela me donna envie de frapper. Fort.

Nous fîmes une pause devant les portes vitrées de l'OCC. Le hall d'entrée ressemblait à celui de n'importe quelle société : un sol de marbre, un comptoir d'accueil derrière lequel se tenait un membre de l'équipe de sécurité, une rangée d'ascenseurs et quelques fauteuils avec des tables basses. Nos camarades de classe étaient agglutinés dans un coin, portant encore leurs manteaux et leurs sacs à dos.

– Écoute, me dit Eliot en regardant du coin de l'œil les deux gardes. Quand tu seras devant l'Orphéon, aie l'air repentante. Comme si tu regrettais ce que tu as fait.

– Mais je le regrette, répliquai-je en me rappelant ce que j'avais ressenti en voyant le monde se dissoudre. Ce n'est pas du cinéma.

– Bien. Et ne cherche pas non plus à rejeter la faute sur Addie. Comme ils pensent qu'elle est extraordinaire, ils prendront sa défense.

– Tu ne m'apprends rien.

Il me prit la main.

– Il ne faut pas que nous soyons en retard.

Je hochai la tête, et il m'ouvrit la porte.

J'avais la chair de poule chaque fois que je franchissais la porte de ce bâtiment. Détenir des connaissances cachées est une source de pouvoir. Et plus ces connaissances sont secrètes, plus grande est la tension dans l'air. Cet immeuble recélait des secrets qui dépassaient l'imagination des Originaux, et ni les reproductions de Monet accrochées au mur ni le jazz diffusé par les haut-parleurs ne parvenaient à masquer totalement le bourdonnement du pouvoir.

Pour la première fois, je pénétrais en ces lieux glacée de peur.

– Del ! appela Callie Moreno depuis le coin.

Tout le groupe se tourna pour me dévisager bouche bée. Marmonnant dans sa barbe en leur lançant un regard noir, elle traversa le vestibule. Le claquement de ses bottes sur le sol retentit dans le hall trop calme. Elle m'adressa un demi-sourire chaleureux teinté d'inquiétude.

– C'est vrai ce que Logan a dit ? Tu...

– Delancey Sullivan ? m'interpella l'un des agents de sécurité en sortant de derrière le comptoir. Veuillez me suivre.

Le sourire de Callie s'évanouit.

J'ouvris et fermai la bouche sans émettre le moindre son, tel un poisson hors de l'eau.

– Où ? s'enquit Eliot en s'interposant. Et sur ordre de qui ?

Du coin de l'œil, je vis mes camarades de classe se rapprocher, comme pour mieux entendre, quand bien même les mots résonnaient aux quatre coins de la pièce.

– Au seizième étage, répondit le garde en bombant le torse. À la demande de l'Orphéon.

– Le cours commence dans cinq minutes, protestai-je d'une voix rauque.

Il esquissa un rictus narquois.

– Pas pour toi.

Eliot tourna le dos à mon interlocuteur afin de me faire face, sa peau sombre luisante de stress.

– Je viens avec toi.

Le garde fit un geste de la main. Une femme portant le même uniforme – pantalon noir mal coupé, chemise blanche bordée de noir ainsi qu'une épaisse ceinture de cuir, noire elle aussi, à laquelle étaient accrochés un Taser et tout un attirail de défense – le rejoignit.

Afin de ne pas risquer de créer des pivots trop importants dans le bâtiment, les membres de la sécurité n'avaient pas le droit aux armes mortelles. Avant ce jour, je croyais que le Taser et la bombe lacrymogène étaient destinés à protéger le secret des Marcheurs des Originaux indiscrets, mais en voyant la façon dont le second agent dévisageait mon meilleur ami, je reconsidérai mon point de vue.

D'une voix nasillarde et assourdissante, elle dit :

– La convocation ne concerne que Delancey. Nous l'escorterons jusqu'à la salle d'audience. Les autres iront en cours, comme d'habitude.

Eliot croisa mon regard.

– C'est bon, le rassurai-je en essayant d'empêcher ma voix de trembler. On se voit tout à l'heure.

Peut-être qu'ils me laisseraient m'en tirer avec un avertissement. S'ils faisaient ça, je me jurais d'être une élève modèle jusqu'à la fin de ma formation, d'aider à la maison, et même d'être plus gentille avec Addie. J'étais prête à faire n'importe quoi, tant qu'ils ne m'interdisaient pas de Marcher.

L'accès à l'ascenseur était bloqué par mes camarades de classe. Derrière nous, les plus jeunes arrivaient pour leur cours, certains accompagnés de leurs parents. Tandis que le hall se remplissait et que le murmure des conversations s'amplifiait, je me sentis rougir. Je voulais être connue pour mes exploits, et non pour mes erreurs.

Je gardai les yeux rivés sur les ascenseurs en me coupant des chuchotements et des rires, puis je traversai la salle en pilote automatique. La honte brûlait en moi, plus intense à chaque pas. Mais ce fut seulement une fois à l'intérieur, quand les portes métalliques se refermèrent, que je faillis craquer. L'expression d'Eliot, inquiète et compatissante, était infiniment pire que le mépris des curieux.

On pourrait croire la pitié plus facile à supporter que les moqueries, mais c'est faux. Les moqueries renforcent les défenses ; la pitié, elle, se faufile à travers, trouve l'endroit le plus sensible et s'y plante profondément.

La pitié vous brise, à tous les coups.

L'un des gardes glissa une carte dans le lecteur puis appuya sur le bouton du seizième. J'envisageai de leur demander ce qui m'attendait, mais ils regardaient droit devant, les pieds écartés, les mains croisées dans le dos. Ils n'avaient pas l'air disposés à discuter.

Étaient-ils au courant de toute l'histoire ? Ou se contentaient-ils d'exécuter les ordres de l'Orphéon sans s'enquérir des détails ? C'était probablement la seconde hypothèse la bonne. Personne n'interrogeait l'Orphéon. Leurs jugements étaient absolus, leurs directives respectées à la lettre. Même mes parents ne remettaient pas en cause les ordres qu'ils recevaient.

Les étages défilèrent et, tandis que l'ascenseur ralentissait, je me mis à me tordre les doigts. Les portes s'ouvrirent et mes poumons se comprimèrent.

Mon père et ma mère patientaient dans le foyer, décoré dans les tons crème et ébène. Ils étaient penchés l'un vers l'autre, tête baissée. Monty était assis sur un banc tapissé de noir et regardait autour de lui avec de grands yeux. Il avait dû venir ici des centaines de fois, et pourtant il se comportait comme s'il n'avait jamais vu cet endroit.

L'un des gardes me poussa dans le dos, et je sortis en trébuchant de l'ascenseur. Ma mère releva brusquement la tête, les lèvres pincées.

– Del ! Pourquoi t'es-tu enfuie ? Je t'ai dit que nous irions ensemble.

– Et je t'ai dit que je ferais le trajet avec Eliot, répliquai-je, les mains moites. Je peux faire ça sans vous.

– Tu es mineure. L'Orphéon ne peut pas rendre son verdict sans que nous soyons présents.

– Son verdict ? répétai-je. Je vais être jugée ?

– Non, ma puce, intervint mon père en me serrant contre lui, comme s'il pouvait me protéger de ses propres mots. Le procès est fini. Ils ont appelé des témoins, examiné les rapports...

Je m'écartai vivement de lui.

– Je n'ai même pas pu me défendre.

– Tes actions sont ta défense, Del. Les intentions n'entrent pas en ligne de compte, pas plus que les justifications. Tout ce qui importe, c'est le résultat final.

– Bouchés à l'émeri, grommela Monty. Tous autant qu'ils sont.

Maman lui fit signe de se taire.

– Papa !

Il balaya ses protestations d'un geste de la main.

– Rose disait qu'on aurait dû me donner un siège à l'Orphéon. Selon elle, j'aurais pu améliorer le système. Ne les laisse pas te terroriser, Del. Tu vaux mille fois mieux qu'eux.

Maman se pinça l'arête du nez.

– Papa, ça ne nous aide pas. Peux-tu, s'il te plaît, garder tes réflexions pour toi jusqu'à ce que nous soyons rentrés ?

Le mépris de Monty pour l'Orphéon n'avait rien de nouveau. Depuis que j'étais toute petite, il leur reprochait de ne pas avoir su retrouver ma grand-mère. Mais si ses mots arrivaient aux oreilles de la mauvaise personne, ils pouvaient être déformés.

– Je conserve tout un tas de choses ici, dit-il en se tapotant le front de son index crochu.

Il aurait été préférable pour lui qu'il reste à la maison. Je pris alors conscience qu'il manquait quelqu'un.

– Où est Addie ? demandai-je.

Mon père tira sur le nœud de sa cravate. Les cliveurs portaient rarement des costumes, et à présent je comprenais pourquoi. Ce n'était pas la tenue la plus pratique pour courir.

– Elle est à l'intérieur.

J'éprouvai un élan de sympathie pour ma sœur, mais il était réconfortant de savoir que je n'étais pas la seule à être jugée. Vu qu'elle n'était plus considérée comme mineure, ils devaient déjà avoir rendu leur verdict la concernant.

La femme qui m'avait escortée posa le doigt sur son oreillette et me désigna la double porte menant à la salle d'audience de l'Orphéon.

– Allez-y.

Monty se leva avec un grognement. Ma mère me débarrassa de mon manteau et de mon sac à dos qu'elle confia à mon père. Puis elle ouvrit la bouche pour me dire quelque chose, mais elle se ravisa et me coinça les cheveux derrière les oreilles en soupirant, comme si c'était ce qu'elle pouvait faire de mieux. En prenant soin d'éviter mon regard, mon père tendit la main vers la poignée. Je me mis à trembler. Tous les scénarios catastrophes auxquels j'avais essayé de ne pas penser se bousculaient dans ma tête. Prison. Oubliette. Un autre clivage auquel je ne pourrai échapper.

Une main veinée de bleu se referma sur la mienne, fraîche et rassurante. Monty désigna la porte d'un mouvement de tête.

– Ensemble ?

Au moins Monty veillait sur moi, lui.

– Ensemble.

Je levai les yeux sur la plaque de marbre au-dessus de la porte. La fréquence du Monde Clé était gravée dans la pierre blanche, une ligne de pics et de vallées parfaitement symétriques. La devise au-dessous résumait tout ce que j'avais appris.

Au vrai chant, tous les honneurs
Du vrai chant, tous les bienfaits.

Pour la première fois de ma vie, ces mots sonnaient faux. Marcher était mon droit, mon don, mais les gens à l'intérieur de cette pièce avaient le pouvoir de m'en priver. Tout mon avenir, le seul que j'avais jamais envisagé, se jouait là, maintenant. Sur une unique décision.

Et ce n'était pas moi qui allais la prendre.

Chapitre neuf

Les Orphéons mineurs sont au nombre de quarante-huit, chacun est responsable d'une tranche de fuseau horaire d'un côté de l'équateur. Ils gouvernent les branches ainsi que les Marcheurs dépendants de leur territoire et ne rendent des comptes qu'à l'Orphéon majeur.

Chapitre dix, « Éthique et gouvernance »
Principes et pratiques du clivage, cinquième année

La salle d'audience de l'Orphéon mineur : le nom était impressionnant. En revanche, la pièce elle-même était dépouillée et impersonnelle : une moquette grise standard, des murs blancs et pas de chaises à part celles derrière la table placée au centre. Les trois membres du Conseil de l'Orphéon étaient déjà assis, observant avec attention mes moindres mouvements. Addie se tenait sur le côté, les bras croisés sur le ventre.

Ces conseillers étaient en poste depuis aussi loin que remontaient mes souvenirs. Ils avaient probablement travaillé avec Monty.

Avant que ma grand-mère disparaisse, ce dernier était monté assez haut dans la hiérarchie et avait dirigé l'équipe de cliveurs à qui étaient assignés les Échos les plus dangereux. Cependant, rien n'indiquait qu'il les avait reconnus.

Ma mère le guida jusqu'au mur en lui parlant d'une voix trop basse pour que je parvienne à distinguer les mots. Addie les rejoignit et prit place à côté de mon père. Elle était pâle, mais affichait une expression déterminée. Ils ne devaient pas avoir été tendres avec elle.

– Avance, Delancey, dit la femme au centre. Je suis la conseillère Crane.

Je savais qui elle était. Même si je ne les avais jamais rencontrés en chair et en os, je les connaissais tous. L'Orphéon était composé de trois membres, un pour chaque section : éthique, sciences et clivage. Les éthiciens étaient ceux qui édictaient les règles et étaient responsables de l'administration. Les scientifiques étudiaient les propriétés physiques du multivers et du Monde Clé. Quant aux cliveurs, ils s'occupaient de résoudre les problèmes posés par les mondes Échos et se chargeaient des clivages. Les trois groupes étaient représentés au sein de l'Orphéon afin de prendre les décisions les plus équitables. Chaque décision devait être adoptée à l'unanimité pour symboliquement éviter la création de pivots. De toute évidence, ils étaient tombés d'accord sur le verdict.

Crane parlait d'une voix d'alto légèrement éraillée. Ses cheveux blancs coupés court lui conféraient un air sévère, mais ses traits étaient doux derrière ses lunettes sans monture. Elle ne semblait pas vraiment gentille, mais elle donnait l'impression d'être juste. En tant qu'éthicienne, c'était à elle d'énoncer le verdict.

Je m'avançai jusqu'au centre de la pièce en essayant d'avoir l'air repentante.

À sa gauche était assise la conseillère Bolton, la responsable des scientifiques. Ses cheveux noirs striés de gris, aussi longs que les miens, étaient coiffés en une multitude de tresses très fines rassemblées en une queue-de-cheval basse. Ses yeux marron étaient plus durs que ceux d'Eliot, toujours si chaleureux. Elle m'observait comme si elle était en train de répertorier mentalement mes moindres défauts. Nerveuse, je recroquevillai mes orteils dans mes chaussures et tentai de déchiffrer mon avenir sur leurs figures.

L'homme à la droite de Crane était le plus facile à lire, mais pas le plus rassurant. Il avait un visage étroit, le front haut avec des cheveux gris peignés en arrière, et un grand nez. L'ensemble aurait pu dégager une certaine noblesse, mais il aperçut Monty et retroussa brièvement les lèvres. La noblesse céda alors la place à l'arrogance. Le conseiller Lattimer, qui chapeautait les cliveurs.

Avant ce jour, tous trois n'avaient été que des noms ; rien que des noms de famille. Je les voyais imprimés au bas des lettres que je recevais chaque mois de juin afin de me féliciter d'avoir réussi mon année et me souhaiter la bienvenue dans la classe supérieure. Ils étaient parfois mentionnés à table, quand mes parents discutaient des changements de politique, ou en formation, pendant les cours sur la gouvernance. Je n'avais jamais pensé à eux comme à des personnes réelles.

Et à présent, ils me semblaient encore moins humains.

Je me tournai vers Monty, dans l'espoir de trouver un peu de réconfort. Il évitait délibérément de regarder les membres de l'Orphéon, tripotant nerveusement les boutons de son manteau, les yeux rivés sur la porte comme s'il attendait le bon moment pour s'enfuir.

– Commençons, dit la conseillère Crane.

Je verrouillai les genoux pour qu'ils ne cèdent pas.

– Hier nous avons reçu un rapport nous informant que lors d'une Marche accompagnée, tu as clivé un monde, dont la fréquence était...

Elle lut sur un papier devant elle une série d'au moins vingt chiffres, avec des décimales et des exposants.

– C'était un accident, protestai-je d'une voix haut perchée et plaintive, comme celle d'un enfant.

– Chaque accident est la conséquence d'un choix, rétorqua Bolton, l'air sévère.

J'ouvris la bouche, mais Lattimer leva une main pour me faire taire.

– Nous ne sommes pas intéressés par tes excuses ou tes opinions. Seuls le résultat et les preuves comptent.

La conseillère Crane écarta le papier et poursuivit.

– Nous avons parlé avec ton instructeur. L'exercice qui t'avait été demandé n'exigeait ni ne permettait aucun contact direct avec les cordes. Nos enquêteurs ont confirmé que la fréquence en question a cessé de transmettre. D'après la déposition du témoin, tu es responsable de ce qui s'est passé.

– La déposition du témoin ? m'exclamai-je en faisant volte-face.

Addie refusa de croiser mon regard.

– Tu m'as dénoncée ?

– Étant donné qu'il n'y avait, en dehors de vous deux, aucun autre Marcheur présent, son témoignage était requis, intervint Bolton. Au vu des éléments rapportés par nos enquêteurs, nous pensons que sa déposition est conforme à ce qui s'est produit.

Addie se mordillait le pouce, la tête baissée. Je fis un pas vers elle, et les gardes en faction à la porte portèrent la main à leurs armes. Leurs visages étaient impassibles, mais leurs intentions ne faisaient aucun doute.

Je plantai les ongles dans les paumes de mes mains en essayant de distinguer les conseillers à travers le voile de colère qui me brouillait la vue. Cela ne suffisait pas à Addie d'être parfaite, d'être celle devant qui tout le monde se pâmait. Il fallait en plus qu'elle m'enfonce.

La conseillère Bolton lut à son tour un papier.

– Ton interaction avec l'enfant Écho n'était pas nécessaire et a aggravé les dommages préexistants. Tu n'as pas écouté les directives de ton accompagnatrice et ton comportement a mis sa vie en danger. Ce clivage n'a pas été fait selon la procédure, ce qui a engendré une défaillance à l'emplacement du pivot.

– Chacun de ces points constitue une infraction majeure, renchérit Lattimer. En avoir commis autant en une seule Marche indique une tendance à la négligence, de mauvais augure pour ton avenir.

Il esquissa un sourire sournois en jetant un coup d'œil à Monty avant de revenir à moi.

– Tu es exclue de la formation de Marcheur jusqu'à la fin de l'année. Tu n'assisteras pas aux cours avec ton groupe. N'étant désormais plus autorisée à Marcher seule, tu devras toujours être accompagnée d'un membre de ta famille licencié. Et au terme de ta suspension, tu passeras l'examen final avec tes camarades. Si tu es reçue, tu commenceras ton apprentissage. Si tu échoues, ou si tu ne respectes pas ces règles, tu redoubleras ta cinquième année, tandis que les autres poursuivront leur chemin.

J'eus soudain la sensation que la pièce se mettait à tourner autour de moi.

– Toute l'année ? Comment suis-je censée réussir les examens sans formation ?

– Cette responsabilité incombera à ta famille. Vous devrez nous envoyer chaque semaine un compte rendu de ce qui a été fait, afin que nous puissions nous assurer que l'enseignement prodigué est conforme à nos attentes. Il va de soi que tes parents devront se charger de ça en plus de leurs fonctions habituelles.

Mes parents n'arrivaient déjà pas à dégager du temps pour m'aider à faire un simple devoir ; je ne voyais pas où ils allaient en trouver pour me former. L'examen de cinquième année était particulièrement difficile, car il portait sur l'ensemble des cinq années et couvrait tous les aspects de notre travail. Les trois derniers mois de cours n'étaient qu'une gigantesque session de révision, et Shaw faisait le nécessaire pour que nous soyons bien préparés. Sans sa supervision, j'étais sûre d'échouer.

En juin, mes camarades auraient leurs licences. Eliot commencerait son apprentissage. Et tout le monde saurait que j'étais restée à la traîne.

Marcher était la seule chose pour laquelle j'étais douée, et ils me l'enlevaient. Le sentiment de perte me fit l'effet d'un coup dans le ventre.

La conseillère Crane se racla la gorge pour me signaler qu'elle attendait une réponse. Sous le choc, je la fixai du regard, incapable de prononcer le moindre mot.

Son expression s'adoucit.

– Tu peux accepter cette sentence ou renoncer de façon définitive à ton droit de Marcher.

Les gens ne plaisantaient pas quand ils disaient que l'Orphéon faisait en sorte de limiter au maximum les choix. J'étais prête à tout pour être Marcheuse, et ils le savaient. Je me tournai vers mes parents, qui affichaient un air solennel, mais aucunement surpris. Ils avaient même presque l'air soulagés. Près d'eux, Allie était figée, la main devant la bouche.

– Objection ! s'écria Monty.

Ma mère lui agrippa le bras, mais il se libéra d'une secousse et me dépassa pour se planter devant la table. Crane et Bolton échangèrent un regard entendu, tandis que Lattimer s'empourprait.

– Rejetée, répondit calmement Crane. Ce n'est pas un tribunal, Montrose. Vous ne l'avez probablement pas oublié.

– Elle a plus de talent dans son petit doigt que n'importe lequel d'entre vous. Je l'ai formée moi-même.

– Ah bon? s'étonna Lattimer en me dévisageant avec une curiosité nouvelle, comme si j'étais une grenouille en classe de sciences naturelles, sur le point d'être disséquée. Et on voit le résultat.

– Ce verdict a été mûrement réfléchi. Nous avons tenu compte de son âge, de ses capacités, des états de service de votre famille, ainsi que de votre...

Crane marqua une pause, à la recherche du mot adéquat.

– ... sacrifice. Nous espérons qu'elle utilisera ce temps pour perfectionner ses talents. Mais nous avons pris notre décision, et maintenant elle doit prendre la sienne.

Elle reporta son attention sur moi.

– Delancey...

Parfois, à l'instant où un Original fait un choix, on peut percevoir la création du pivot. L'air claque et s'agite, comme si le monde s'entrouvrait afin de faire de la place pour qu'une autre réalité prenne forme. Cela ne se produit jamais avec les Marcheurs. Nos pivots sont trop faibles pour durer, et quand nous faisons un choix, nous ne pouvons qu'imaginer ce qui aurait pu être.

J'acceptai, et écoutai le silence.

Chapitre dix

– Eh bien, ça aurait pu être pire, commenta mon père en sortant, sur un ton faussement enjoué qui ne trompa personne.

Il passa son bras autour de mes épaules, mais je m'écartai brusquement.

– Ils m'ont virée, crachai-je. Je vais rater mon examen. En quoi ça aurait pu être pire?

Monty me tapota la main.

Addie se tenait à côté de ma mère, le dos voûté.

– Ils auraient pu t'envoyer dans une oubliette, rétorqua cette dernière d'une voix sèche. Tu devrais...

La porte de la salle d'audience s'ouvrit à nouveau.

– Winfield, Foster, appela la conseillère Crane en s'appuyant lourdement sur une canne à pommeau d'ivoire. Il y a un autre point dont nous devons discuter avec vous.

Mes parents se concertèrent du regard.

– Attendez-nous ici, dit Maman. Et tenez-vous tranquilles. Je parle aussi pour toi, Papa.

– Stupides, marmonna Monty, une fois qu'ils furent partis, en broyant son chapeau entre ses mains. Stupides et bornés.

– De quoi crois-tu qu'ils sont en train de discuter? demanda Addie, sans se préoccuper de lui.

– Sûrement du fait que tu es une garce, répliquai-je. Tu ne t'es même pas fait taper sur les doigts, n'est-ce pas ? C'est pour ça que tu voulais tellement me dénoncer. Pour conclure un marché ?

– Il n'y a pas eu de marché, se défendit-elle en rougissant. Ils m'ont interrogée sur ce qui s'était passé. Je leur ai raconté la vérité.

– Ta vérité.

Ce n'était pas la même chose.

« La vérité est aussi fluide que de l'eau, comporte autant de facettes qu'un diamant et est aussi défaillante que la mémoire », disait toujours Monty. Les gens voyaient ce qu'ils avaient besoin de croire sur le moment. Ce n'était pas faux pour autant, me rappelait-il. Seulement ce n'était qu'une partie de la vérité. Et Addie avait besoin de croire que j'étais la méchante.

– Grâce à toi, je suis exclue jusqu'à la fin de l'année.

– Tu devrais me remercier, espèce d'ingrate. Lattimer était convaincu que tu l'avais fait exprès. Un clivage non autorisé peut être jugé comme une trahison. Tout comme le fait de mentir à l'Orphéon. Alors, oui, je leur ai raconté que tu t'étais comportée de façon stupide, et ils ont été indulgents avec toi.

– Trahison ? répétai-je en sentant mon sang se glacer.

– De rien, répliqua-t-elle d'un air sévère tandis que Lattimer, tiré à quatre épingles, nous rejoignait.

Décidément, cet homme me mettait mal à l'aise.

– Je suis étonné de te voir ici, Montrose. Mon Dieu, c'est presque comme au bon vieux temps, dit-il avec délectation. Il ne manque que Rose.

Monty se redressa brusquement et se pencha vers moi comme pour me chuchoter un secret. Cependant, sa voix emplit le couloir.

– Rose ne l'a jamais aimé.

Une veine se mit à pulser sur la tempe de Lattimer, mais il considéra le gilet élimé de Monty, ses cheveux en bataille, ses mains tremblantes et ses épaules voûtées, puis sourit.

– Son jugement n'était pas des plus fiables, sinon elle serait encore parmi nous.

À ma grande surprise, Monty ne rétorqua pas en affirmant que ma grand-mère reviendrait. Il s'affaissa, en murmurant :

– Comme au bon vieux temps.

– Il ne semble pas aller très bien, dit Lattimer à Addie.

– Il y a des jours meilleurs que d'autres, temporisa-t-elle. Il est fatigué.

– Bien sûr. Il avait du talent, vous savez. Ses recherches lui ont vraiment causé du tort, quel gâchis.

– Pas mes recherches, vous, grogna Monty.

Un silence gêné suivit avant d'être brisé par Addie :

– Je suis désolée, conseiller. Il n'a plus toute sa tête.

– Je vois ça, répliqua Lattimer sur un ton compatissant en tapotant l'épaule de Monty malgré le mouvement de recul de ce dernier. Je voulais juste prendre de tes nouvelles, mon vieil ami. Je ferais mieux de rejoindre mes collègues. L'appel du devoir, vous savez ce que c'est.

Je gardai les dents serrées tandis qu'il tendait la main vers la poignée de la porte.

Puis, il se retourna :

– Nous avons apprécié ta franchise cet après-midi, Addison. Sauf erreur de ma part, tu es en dernière année d'apprentissage.

Elle hocha la tête.

– Oui, monsieur.

– Excellent. Si tu continues à nous impressionner de la sorte, tu auras une belle carrière devant toi.

– Merci, monsieur, bafouilla-t-elle.

– Quant à toi, Delancey, poursuivit-il, les yeux rivés sur

Monty, tu ferais bien de choisir tes modèles avec plus de discernement si tu espères aussi faire carrière.

La porte se referma derrière lui avec un léger clic.

– C'est si bon de se sentir soutenue.

– Il m'en veut, m'expliqua Monty, à nouveau lui-même. Et tu te retrouves prise au milieu.

– Pourquoi t'en voudrait-il ? s'enquit Addie.

– Une vieille histoire. Une très vieille histoire.

Je n'y croyais pas, pas plus que je n'avais cru au rôle du grand-père sénile et inoffensif qu'il avait joué à l'attention de Lattimer. Ce qui éveilla ma curiosité.

Il enfonça son chapeau usé sur sa tête.

– Allons-y. Plus vite nous serons loin d'ici, mieux ce sera.

– Maman nous a demandé d'attendre, protesta Addie.

– Reste si tu veux, lui dit-il avant de se tourner vers moi. Nous, nous n'avons plus rien à faire ici. Tu viens, Del ?

Jusque-là, Monty n'avait jamais trahi ma confiance, aussi je le suivis.

Chapitre onze

Quand vous visitez un Écho, les interactions avec ses habitants doivent se limiter à l'analyse des fréquences. N'engagez pas la conversation avec eux, que ce soit par jeu ou pour votre bénéfice personnel.

Chapitre trois, « Propriétés des Échos et protocoles »
Principes et pratiques du clivage, cinquième année

– C'est l'heure de manger, dit Maman en poussant la porte de la maison. Del, mets la table.

Je balançai mon manteau sur le canapé.

– Je n'ai pas faim.

– C'est l'heure de manger, répéta-t-elle.

Ma mère tenait absolument à ce que toute la famille soit réunie pour le repas du soir. Même quand nous étions petites et que mon père devait procéder à un clivage, il faisait systématiquement en sorte d'être présent. Nous pouvions donc dîner à seize heures comme à vingt et une heures, mais toujours tous les cinq, ensemble, regroupés autour de l'immense table en pin. Une constante.

À part Monty, personne ne montra d'appétit.

– Lequel d'entre vous va s'occuper de ma formation ? demandai-je au bout d'un moment.

J'espérais que ce serait mon père. Il chapeautait des équipes dans les Échos les plus discordants afin d'en superviser le clivage. Tout le monde plaisantait sur le fait qu'il adorait les causes perdues.

Soudain, je ne trouvais plus ça aussi drôle.

Cependant, je préférais encore être avec lui qu'avec ma mère. En tant que navigatrice, elle analysait les pivots de notre zone géographique, ainsi que les ramifications qui en partaient, afin de déterminer quels Échos nécessitaient un clivage. Rester avec elle signifiait me retrouver coincée dans son bureau pendant les six prochains mois, à répertorier les fréquences et à compiler des chiffres.

Elle réarrangea ses couverts et but une gorgée d'eau afin de gagner du temps. Étant experte à ce petit jeu, je reconnus sans mal la technique.

– Ton père et moi travaillons sur un projet qui requiert toute notre attention.

Addie se redressa, tel un chien de chasse ayant flairé un lièvre.

– C'est de ça que l'Orphéon voulait vous parler?

Mon père hocha la tête.

– L'Orphéon majeur nous envoie des équipes des quatre coins du pays, et on nous a demandé de prendre en charge leur coordination.

– L'Orphéon majeur? Mais c'est énorme, commenta Addie. Quel genre de projet?

– C'est confidentiel, répondit Maman. Nous espérons que cette mission sera de courte durée, mais pour l'instant, c'est notre priorité absolue.

Ce qui signifiait que je passais après.

– Il n'y a pas de raison que ça te pénalise pour ta formation, ajouta mon père. Addie te fera travailler le temps que nous terminions cette mission.

Je reposai mon verre avec violence.

– C'est une blague ? C'est autant sa faute que la mienne.

– Sûrement pas ! s'écria ma sœur. Tu étais censée m'obéir et tu n'as pas écouté un seul mot de ce que je disais.

– Si je t'avais écoutée, nous n'aurions pas réussi à sortir à temps. Tu es furieuse parce que tu as paniqué, et que j'ai dû sauver ta peau.

– Je te rappelle que ce n'est pas moi qui me suis fait exclure. Je refuse de m'occuper d'elle ! Et mon apprentissage, dans tout ça ? Je suis censée me concentrer sur mon travail, je ne peux pas perdre mon temps à jouer les baby-sitters !

– Stop ! intervint ma mère en se pinçant l'arête du nez. Ça suffit. Nous sommes conscients que ce n'est pas idéal, mais ce n'est pas négociable.

– L'Orphéon a dit que c'était à vous de me former, pas à Addie, protestai-je d'une voix qui laissait percevoir ma détresse.

– Ils ont dit « ta famille ». Ce qui inclut Addie.

– À mon grand désespoir, persifflai-je.

– C'est réciproque.

– L'Orphéon reconnaît que, pour le moment, c'est la meilleure solution. D'ailleurs, c'est le conseiller Lattimer qui l'a suggérée. Ce sera seulement pour quelques semaines, insista mon père.

Monty tira la langue en imitant un bruit de pet, et Maman leva les yeux au ciel.

– C'est une bonne chose, Papa. Le conseiller doit avoir une très haute opinion d'Addie pour lui confier une telle responsabilité. C'est un honneur, en réalité.

Addie n'avait pourtant pas l'air honorée.

– Pourquoi suis-je punie alors que c'est Del qui a fait une erreur ?

– Tu étais responsable d'elle pendant cette Marche, rétorqua mon père avec douceur. Il semble juste que tu assumes une partie des conséquences.

– Pourquoi ne pourrais-je pas t'accompagner, Papa ? J'apprendrais des tas de trucs avec toi. Bien plus qu'avec Addie.

– Pas possible, ma puce.

– Mais...

– Je peux garder un œil sur elles deux, intervient brusquement Monty. Ça me permettrait de ne pas perdre la main. Et je parie que je connais une ou deux astuces qui ne sont pas dans tes manuels, Addie.

– Ce n'est pas vraiment le but de la manœuvre, protesta ma mère, sourcils froncés en reposant sa fourchette.

Mais il était déjà en train de divaguer.

– Je devrais faire plus d'exercice. C'est bon pour le cœur. Mon cœur.

Son visage se radoucit. Il se leva en faisant tomber sa serviette.

– D'ailleurs, j'y vais.

– Papa, non, s'exclama Maman en s'élançant à sa suite. Assieds-toi.

– Rose a besoin de moi. Elle est là-bas, Winnie. Ta mère. J'ai promis que je la retrouverais.

Dans notre famille, ma mère était beaucoup de choses : la colle, la colonne vertébrale, le compas, mais plus que tout, elle était le roc. C'était elle qui faisait les choix difficiles, qui prenait les décisions désagréables. Quand nous nous étions éraflé le genou et qu'il nous fallait un pansement, un bisou et un cookie, nous allions trouver mon père. Mais si c'était un os brisé, nous nous tournions vers ma mère afin d'être emmenées aux urgences en toute sécurité. Elle se frayait un chemin dans la vie avec une telle détermination, une telle volonté, qu'il était facile d'oublier que quand mon grand-père avait perdu sa femme, ma mère avait perdu la sienne. Sa prise sur le bras de Monty se relâcha.

Ce dernier en profita pour se libérer, puis remonta son pantalon et tendit la main à la recherche du pivot le plus proche. Mon père se redressa, prêt à le saisir à son tour, mais je savais que c'était une mauvaise idée. Si on prenait Monty de front, il se faisait la malle. Le secret, c'était de le distraire.

– Brownies, dis-je sur un ton enjoué. Il y a des brownies en dessert. Je les ai vus tout à l'heure. Et de la glace.

Il se figea.

– Pour mettre sur le brownie, renchérit Addie.

Il réfléchit en lissant les quelques cheveux blancs qui se dressaient sur son crâne selon des angles étranges.

– Tu pourras avoir la part du coin, minaudai-je.

Avec raideur, comme s'il nous faisait une faveur, il revint à table. Ma mère laissa échapper un soupir de soulagement, et mon père lui prit la main.

Addie se leva sans un mot et servit le dessert. Alors qu'il en était à la moitié de son assiette, Monty reprit la parole :

– C'est décidé, alors. Je superviserai les filles.

– Je n'ai pas besoin de supervision, rétorqua Addie. C'est moi le superviseur.

Mes parents eurent un de ces échanges silencieux dont ils étaient coutumiers – haussements de sourcils, hochements de tête à peine perceptibles, un duo dans une tonalité connue d'eux seuls.

– Il faudra que tu les surveilles de près, Montrose, dit mon père à contrecœur, surtout Del.

Je le fusillai du regard, mais ma mère secoua la tête à mon attention et, cette fois, le message était parfaitement clair : « Ne discute pas. »

L'idée de Monty responsable de nous était absurde. La plupart du temps il ne savait même plus quelle année on était ni où on rangeait le lait. Mais il était sans l'ombre d'un doute plus drôle qu'Addie, dont l'expression alternait entre amour-propre blessé et indignation à la pensée d'être remplacée.

– Ça me va, dis-je. J'aime passer du temps avec Papi.

Maman se tourna vers Addie.

– Et toi ?

– OK, se résigna ma sœur avec un sourire pincé.

– Parfait. Je préviendrai l'Orphéon.

Maman s'essuya les mains, comme si tout était à nouveau parfaitement en ordre.

Monty quitta la table, mon père sur les talons.

Addie partit bouder à l'étage. Et moi, je montai au grenier.

Ma sœur et moi avions partagé une chambre jusqu'à mes dix ans, quand mes parents m'avaient proposé de m'installer là-haut. J'avais emménagé dans l'après-midi. Il y faisait une chaleur infernale en été et un froid de canard en hiver, mais j'y étais tranquille. L'escalier, étroit et raide, décourageait les visiteurs.

La pièce était un bric-à-brac inachevé avec des fenêtres biscornues et une toiture en pointe. Je l'avais meublée avec des objets que j'avais récupérés, et avec d'autres empruntés au reste de la maison. Il y avait une méridienne vert bouteille, un fauteuil de cuir usé et un énorme coffre avec des finitions en cuivre. Une vieille porte posée sur des tréteaux me servait de bureau, mais ce dernier était difficilement visible sous les piles de partitions et de cartes.

Des étoiles en origami étaient suspendues aux poutres et au-dessus des fenêtres, formant ma galaxie multicolore personnelle. Elles se balancèrent quand je claquai la porte derrière moi avant de m'emparer de mon violon.

Bach était pour moi l'évasion ultime. Sa musique, rafales de notes denses et exigeantes, nécessitait de ma part une concentration absolue. L'instrument avait autrefois appartenu à ma grand-mère, qui le tenait elle-même de sa grand-mère. Le son s'en échappa, riche, mélodieux et déchirant. Il m'était facile de me perdre dans le jeu de mes doigts sur les cordes, de manier l'archet avec toute la colère que je n'avais pas pu exprimer devant l'Orphéon.

Alors que j'en étais à la moitié du second mouvement, ma mère entra dans ma chambre.

– Très joli, mais ce passage n'est pas censé être *largo*?

Bien sûr, elle aurait préféré que je ralentisse. J'avais accéléré pour les dernières mesures et terminé avec des fioritures.

– J'ai le droit d'improviser, non? À moins que l'Orphéon ne souhaite aussi exercer un contrôle sur ma façon de jouer?

Elle soupira.

– Tu vas sans doute avoir du mal à le croire, mais nous veillons sur toi.

Concentrée sur mes gestes, je détendis mon archet et le rangeai.

– Personne ne met en doute ton talent, mais tu dois t'appliquer davantage. Marcher n'est pas un jeu, Del. Cela requiert de la discipline et de la pratique. C'est comme pour ta musique, tu dois connaître les règles avant de pouvoir jouer avec.

Je pouvais interpréter le *Concerto pour deux violons* de Bach en sens inverse, je l'avais même fait, suite à un pari avec Eliot. La réplique me brûlait les lèvres, mais ma mère n'aurait pas trouvé ça drôle.

– Monty enfreint sans arrêt les règles.

– Regarde où ça l'a mené. Si tu te demandes pourquoi les règles sont si importantes, c'est l'exemple parfait.

Puis en baissant la voix, comme si elle craignait qu'il entende :

– Son état empire.

Je pinçai les cordes du violon et laissai le son résonner en moi, tandis qu'en bruit de fond, plus forte que jamais, je percevais la fréquence du Monde Clé. Monty avait été mon premier professeur, et je n'avais pas envie de penser à son déclin.

– Il n'est pas si difficile que ça à gérer. Il suffit d'avoir quelque chose qu'il veut.

– Tout ce qu'il veut, c'est ta grand-mère. Je sais qu'Addie et toi n'avez pas besoin d'un chaperon, mais lui, oui.

Soudain, je compris ce qu'elle avait en tête.

– En fait, tu veux que nous gardions un œil sur lui. Et non le contraire.

– Addie peut vous surveiller tous les deux ; dans les faits, c'est elle qui sera responsable de vous. Toutefois, de nous tous, c'est toi qu'il écoute le plus. Depuis toujours.

C'était vrai. Quand Addie avait commencé à aller à l'école, Monty et moi nous étions souvent retrouvés seuls, tous les deux. « Marche avec moi, Del », me disait-il en tendant la main. Et nous partions en exploration. Pour lui, les Échos avaient une musique propre, et il me l'avait enseignée en même temps que le piano. Je l'avais écouté à l'époque et, à présent, il me rendait la pareille.

– Nous allons devoir prendre des mesures le concernant, mais...

Elle s'interrompit et se mit à triturer le pendentif qu'elle portait autour du cou. Un diapason miniature, identique à celui d'Addie. Tous les Marcheurs en avaient un. Enfin, tous les Marcheurs licenciés.

– ... Je ne suis pas prête à le faire interner.

Dans une institution. Une « maison » où il serait surveillé et drogué, enchaîné au Monde Clé. Ce qui le tuerait plus vite que n'importe quoi.

– Ne me regarde pas comme ça. Nous espérons que travailler avec vous l'empêchera de s'attirer des ennuis.

Elle tendit la main et replaça une mèche de cheveux derrière mon oreille.

– Tu lui ressembles beaucoup, tu sais. À ma mère.

J'avais vu sa photo dans le couloir, mais pas la ressemblance. C'était le portrait de mariage de mes grands-parents : elle avait la tête haute, le menton en avant et regardait directement l'objectif. Ses yeux noirs et brillants d'intelligence ainsi que son sourire généreux donnaient l'impression d'une femme forte et franche. Ma grand-mère était ce que les gens appelaient une très belle femme. Au mieux, on me trouvait mignonne, mais on parlait davantage de ma taille que de mon apparence. J'entendais aussi beaucoup le terme «jolie» dans des phrases du genre : «Del pourrait être jolie si elle faisait plus attention à ses vêtements/ses cheveux/son attitude.»

– C'est pour ça que je suis sa préférée?

Elle redressa la partition posée sur mon pupitre, en suivant du doigt l'acajou finement sculpté. À l'instar de mon violon, il avait appartenu à ma grand-mère. Monty avait insisté pour que j'utilise ces objets; ils étaient mon seul lien avec elle.

– Physiquement tu es le portrait craché de ma mère, mais pour le reste, Monty et toi vous ressemblez comme deux gouttes d'eau. Tu veilleras bien sur lui?

Je fermai l'étui. Si cela pouvait lui éviter la maison de repos, comment aurais-je pu dire non?

Plus tard, alors que toute ma famille était endormie, je regardai les étoiles tourner au plafond et imaginai ce que serait ma vie si j'échouais. Si plus jamais je n'étais autorisée à Marcher. Chaque choix irrévocable, chaque décision définitive. Ne plus jamais voir la beauté et les possibilités des Échos. Comment les gens pouvaient-ils vivre ainsi ? À cette pensée, je me sentis oppressée, comme si soudain ma peau était devenue trop petite pour moi d'au moins deux tailles, et des fourmillements s'emparèrent de mes jambes.

Parfois l'intérêt que je portais aux Échos me semblait démesuré, et cela m'inquiétait. Le danger d'être attiré par quelque chose qui n'est pas réel est de devenir accro à un monde dont on ne peut pas faire partie, au lieu de faire sa vie là où on est. Mais je ne parvenais pas à résister à l'appel de cette multitude de mondes au potentiel infini.

Je quittai mon lit et enfilai mon gros gilet ainsi qu'un vieux jean usé jusqu'à la corde. Puis je roulai mes cheveux en chignon et rangeai dans ma poche un petit bloc de feuilles avant de me faufiler dehors.

Il était sûrement stupide de sortir seule, surtout après que l'Orphéon me l'eut interdit. Mais j'étouffais à la pensée que j'allais me retrouver sous la coupe d'Addie pendant les six prochains mois. Je voulais être, pour une dernière nuit, maîtresse de mes choix.

J'avançais à petits pas, passant d'un monde à l'autre, chacun plus différent que le précédent, savourant la sensation de pouvoir et de liberté. J'écoutais avec tout mon corps – peau, muscles, sang et os –, tout mon être résonnant en accord avec la musique de l'univers. La plupart des Marcheurs disaient que les mondes étaient une cacophonie de bruits, mais ils avaient tort. Il y avait de la beauté dans ce bruit, pour qui savait tendre l'oreille.

La pâtisserie était fermée pour la nuit et les lampadaires avaient transformé la vitrine en surface réfléchissante. Je m'y regardai ; j'avais l'air pâle et effrayée. Toutefois, j'avais aussi l'air heureuse, une expression que je ne voyais pas souvent dans le miroir au-dessus de ma commode.

À quelques rues de là, j'entendais le son des guitares et les pulsations des basses. Le concert au Grundy. L'invitation de Simon. Peut-être avait-il changé d'avis. Peut-être avait-il oublié sa proposition... mais j'espérais que non.

Une légère pluie commença à tomber et je me dirigeai vers la musique, cherchant Simon.

Simon et les ennuis.

Chapitre douze

Un contact direct avec un Écho vous permettra de mieux entendre la fréquence du monde dans lequel vous vous trouvez, et augmentera la perception que ses habitants ont de vous. C'est pourquoi, lors de vos déplacements, il est fortement recommandé de limiter les contacts physiques.

Chapitre cinq, « Physique »
Principes et pratiques du clivage, cinquième année

Lumière tamisée. Un groupe de country alternative sur la scène. Les odeurs de sueur, de bière bon marché et de pizza. Les boxes bondés de femmes en train de papoter, de couples de motards et d'Échos de mes camarades de classe entassés à cinq sur des banquettes conçues pour trois personnes. Je me dirigeai vers l'autre extrémité de la salle, tapotai l'avant-bras du barman et commandai un rhum-Coca. À sa demande, je lui tendis ma fausse pièce d'identité, de bien meilleure qualité que celle du Simon du parc, et attendis qu'il ait fini de l'examiner en affichant un air blasé.

Un verre à la main, je me rapprochai de la scène puis je m'adossai à un pilier de bois. Le groupe était bon, la parfaite dose de douleur dans l'alto du chanteur, rauque, mais pas emo, accompagné par les notes claires et inattendues d'une mandoline. Ce n'était pas si souvent que j'avais l'occasion d'apprécier une chanson ; une partie de mon cerveau se mit en marche et commença à l'analyser, comme si une fréquence pouvait être cachée parmi les notes.

Je sirotai mon verre, laissant le sucre me stimuler et l'alcool me détendre, tout en balayant la foule du regard. Pas de Simon. Peut-être avait-il décidé de faire autre chose. Auquel cas, dans un Écho voisin, il avait fait le contraire. Avec un peu de motivation, j'aurais pu facilement trouver cette réalité alternative. Mais, là encore, traquer Simon au hasard des mondes revenait à faire beaucoup d'efforts pour un garçon que je connaissais à peine, dans cet univers et dans les autres.

De la buée s'était formée sur le verre. J'essuyai ma main sur mon jean en essayant de ne pas être blessée par son absence. Il était tard. C'était la semaine. Rentrer se coucher tombait sous le sens.

– Le batteur n'est pas mauvais, dit Simon derrière moi, si près que je sentis son souffle sur ma nuque.

La raison était une notion dépassée.

Réprimant un sourire, je me tournai pour lui faire face.

– La plupart des gens se focalisent sur le guitariste. Ou le chanteur.

Me rappelant vaguement que le Simon Original avait joué de la batterie quand nous étions au collège, j'ajoutai :

– Tu joues ?

– Ça m'arrive. (Il enroula un bras autour du pilier, son bracelet d'argent brillant à son poignet.) Je commençais à croire que tu m'avais posé un lapin.

– J'ignorais que c'était un rencard.

Je n'avais même pas eu la certitude qu'il se souviendrait de moi. D'un autre côté, il s'était écoulé moins de douze heures depuis la dernière fois que nous nous étions parlé. Pas assez longtemps pour qu'il oublie, mais suffisamment pour que ma vie soit bouleversée.

– Tu ne m'as pas invitée, ajoutai-je.

– Vraiment ?

La lumière était trop faible pour distinguer s'il affichait une expression taquine, déçue, ou vraiment curieuse. Je n'avais pour indice que le son de sa voix, légèrement rauque avec une pointe de chaleur.

– Grave erreur. Je pourrais le faire maintenant.

– Nous sommes déjà là. Le moment est passé.

Je trouvais étonnant de constater qu'en présence d'un Simon différent, j'étais moi aussi différente.

– Et si nous allions autre part ? Dans un endroit plus calme ?

Je m'étouffai avec ma boisson.

– C'est un peu rapide. Même pour toi.

– Je parlais d'aller prendre un café, Del.

Il s'esclaffa, les yeux pétillants de malice.

– Que croyais-tu que je proposais ?

– Rien.

Le rouge me monta aux joues, et je priai pour qu'il ne le remarque pas. Je pris le bras qu'il m'offrait. Sous ma main, ses muscles semblaient durs comme de l'acier. Dissonante, mais stable, sa fréquence n'avait pas changé depuis notre rencontre devant la pâtisserie. Son rythme régulier, identique à celui des battements de mon cœur, était déjà gravé dans mon esprit.

– Café ?

Les coins de sa bouche s'étirèrent.

– Pour commencer.

Je le poussai gentiment, mais sans lâcher son bras.

– Il n'y avait pas un match de basket-ball ce soir ?

– Aucune idée.

Je crus discerner dans sa voix une note de tristesse.

– Ce n'est plus trop mon truc.

Il enfila sa veste en cuir noir, usé et souple, qui mettait en valeur ses larges épaules. Quand il me prit la main, je ne cherchai pas à me dégager.

La pluie tombait sans discontinuer, tel un rideau d'argent sous la lumière des lampadaires. L'air froid me fit du bien après la chaleur étouffante de la salle, et j'inspirai profondément.

– Tu es partie drôlement vite tout à l'heure.

– Il fallait que je rentre, répondis-je en m'arrêtant sous un auvent. Tu sais, je n'ai pas vraiment envie de café.

– Ah bon?

Il se rapprocha, l'eau formant comme des gouttes de mercure sur sa veste et ses cheveux.

Je fis signe que non. La fréquence qui se propageait sur ma peau, l'air frais et humide ainsi que Simon tout près de moi, sentant le cuir et la pluie, me donnaient le tournis.

– Pourquoi es-tu revenue? demanda-t-il.

– Tu m'as invitée, le taquinai-je.

Il tira sur la pince qui maintenait mon chignon et mes cheveux tombèrent en cascade sur mes épaules.

– Tu aimais la musique, et pourtant tu as quitté le Grundy avant que le groupe ait fini de jouer. Tu as commandé un verre, mais tu l'as à peine touché. Tu as dit toi-même que ce n'était pas un rencard, et tu ne veux pas de café. Es-tu juste venue pour marcher sous la pluie?

– Tu as déduit tout ça après dix minutes passées dans une pizzeria mal éclairée?

Ces derniers temps, on ne me prêtait attention que pour me faire remarquer que j'étais dans l'erreur.

– Alors, insista-t-il. Pourquoi es-tu là?

Ce monde n'était pas le mien. Je pouvais y déballer mes secrets et partir sans que personne n'en entende parler. Il avait beau se souvenir de moi pour l'instant, il ne faudrait que quelques jours pour que notre rencontre s'efface de son esprit. Mais pour le moment j'étais là, et je pouvais me laisser aller.

– Je suis en quelque sorte punie. À compter de demain, je serai quasiment tout le temps sous surveillance.

– Et tu as décidé de faire le mur ? Une dernière nuit de liberté ?

– C'est à peu près ça.

Il m'effleura le menton.

– Alors, autant en profiter au maximum.

Quand je relevai la tête, il n'était plus qu'à quelques centimètres de moi, la chaleur de son corps chassant le froid. Il ramena en arrière mes cheveux trempés et me caressa la joue, les yeux rivés sur ma bouche.

Je ne pouvais détacher le regard de son sourire légèrement en coin, comme s'il me lançait un défi. Ce n'était pas un sourire parfait, il y avait toujours la cicatrice au coin de ses lèvres et ses dents de devant étaient un tout petit peu de travers. Ces imperfections l'empêchaient de paraître trop beau, tout comme l'impression de témérité qu'il dégageait lui évitait d'avoir l'air trop gentil.

Les gentils garçons n'étaient pas ma tasse de thé.

Il ne faudrait pas croire qu'on ne m'avait jamais embrassée. Mais jamais on ne m'avait regardée avec une telle détermination ; toute son attention était focalisée sur le peu d'espace qui nous séparait.

Ses lèvres se posèrent sur les miennes, telle une question silencieuse, et sa discordance tourbillonna autour de moi comme des particules de poussière, aiguisant mes sens. Je m'avançai à mon tour et, agrippée aux pans de sa veste, je répondis par un autre baiser. L'air me sembla soudain plus chaud, mais en réalité c'était Simon qui m'attirait à lui. Mon sang se mit à chanter dans mes veines, comme il le faisait quand je Marchais dans un monde pour la première fois, excitée par ses mystères et ses possibilités.

Il n'est pas réel, me répétais-je en boucle.

Pourtant, il me parut on ne peut plus réel – solide, fort et vivant – quand il m'enveloppa dans ses bras et me serra contre lui tandis que le monde se mettait à tourner. Simon avait un goût de menthe et de secrets. Il m'en fallait plus. J'entrouvris les lèvres. Du bout des doigts il traça des cercles langoureux sur mes reins. Un frisson me parcourut et j'essayai de combler le peu d'espace qui nous séparait encore.

Il cessa de m'embrasser et, la respiration haletante, cala ma tête sous son menton.

– Tu as froid.

– Ça va.

– Ma voiture est là-bas, dit-il en indiquant la Jeep du pouce. Nous y serions à l'abri de la pluie. Et des regards.

J'effleurai mes lèvres, là où les siennes s'étaient trouvées quelques instants plus tôt. Son goût était encore présent, et mon pouls irrégulier.

– Ou pas, ajouta-t-il, en haussant les sourcils. À toi de choisir.

Autour de nous, je pouvais entendre les fissures se former, une centaine de pivots créés par un simple baiser, l'univers en train de s'ouvrir à cause de cet instant, de ce garçon.

Le temps n'est pas statique. Il est impossible de revenir sur un choix, ou sur un moment. Tout ce qu'on peut faire, c'est être témoin des conséquences.

Je voulais ce moment. Chaque parcelle de mon être me hurlait de prendre la main de Simon, de monter dans sa voiture et de partir.

Sauf que ce n'était pas vraiment Simon. Ce Simon-là n'était qu'un Écho et le lendemain j'allais devoir m'asseoir à côté de l'Original et faire comme si j'ignorais tout du contact de sa main dans la mienne, ou de la texture de ses lèvres. Je devrais subir son regard passant sur moi sans ciller, car rien de tout cela ne serait arrivé.

Je ne pouvais pas rester.

La fréquence commençait déjà à me vriller les oreilles, faisant concurrence aux battements de mon cœur. Dans deux heures j'aurais mal à la tête. Dans trois, une migraine. D'ici à ce que le soleil se lève, je serais devenue incapable de retrouver mon chemin pour rentrer. J'avais trop Marché aujourd'hui.

Je sortis de ma poche un papier bleu nuit d'un côté, argenté de l'autre, trempé par la pluie. Simon regarda l'étoile prendre forme entre mes mains.

– Dois-je en déduire que c'est non ?

Je terminai le pliage et le posai sur le rebord de la vitrine. Je n'avais pas besoin d'un petit caillou pour revenir dans ce monde. Cette étoile était la preuve de ce moment, quelque chose qui resterait lorsque j'aurai disparu.

– Ce n'est que partie remise, répondis-je sans vraiment y croire.

Puis je me hissai sur la pointe des pieds et l'embrassai à nouveau. Les mains sur mes hanches, il me tint fermement tandis qu'il suivait de ses lèvres la ligne de ma mâchoire.

– Tu n'as pas envie de partir.

– Je n'ai jamais dit que j'en avais envie.

Je m'écartai, les jambes tremblantes et ma détermination guère plus vaillante.

– À une prochaine.

– Je vais te ramener, proposa-t-il en m'attrapant la main.

Je me libérai.

– Merci, mais je préfère marcher.

Alors que je tournais au coin de la rue, je jetai un coup d'œil par-dessus mon épaule à travers la pluie battante. Je voulais voir son visage une dernière fois, tant qu'il se souvenait encore de moi.

Debout sous l'auvent, il prit l'étoile et la fit tourner entre son pouce et son index, sans me quitter des yeux.

Chapitre treize

Les décisions des Marcheurs créent des pivots, cependant notre incapacité à engendrer des Échos fait que ces pivots ne peuvent se maintenir. Ainsi les nouveaux mondes sont presque aussitôt réabsorbés par la branche qui leur a donné naissance. On appelle cela une « transposition ».

Les transpositions peuvent également se produire quand des Originaux ou des Échos font un choix entraînant un changement de fréquence important.

Chapitre premier, « Structure et formation »
Principes et pratiques du clivage, cinquième année

– Où étais-tu la nuit dernière ? demanda Eliot tandis que nous nous dirigions en traînant les pieds vers la cafétéria. Tu n'as pas reçu mes messages ?

– Désolée. Je me suis couchée tôt.

La culpabilité me rongeait. D'abord un secret, et maintenant un mensonge. Je n'avais vu les messages d'Eliot qu'en rentrant de Doughnut World, trop tard pour répondre. De plus, il n'aurait pas aimé apprendre que j'avais manqué à ma parole pour aller batifoler avec l'Écho de Simon.

Je changeai donc de sujet.

– Que s'est-il passé après mon départ, hier soir ?

« Départ » n'était pas le terme exact, mais ça sonnait mieux que « Après que les gardes de l'Orphéon m'ont escortée vers mon funeste destin ».

Eliot détourna le regard, et je me demandai ce qu'il me taisait pour éviter de me blesser.

– Un cours normal. Rasoir sans toi.

– Sur quoi allez-vous travailler ensuite ? Vous continuez les analyses de rupture ?

La réponse ne pouvait qu'accentuer mon mal-être, mais c'était plus fort que moi, il fallait que je pose la question.

– Pendant encore une semaine à peu près. Shaw a dit que nous n'allions pas tarder à attaquer les inversions.

Je serrai les dents.

– C'est injuste. Je me retrouve coincée avec Addie pour les six prochains mois alors que tu vas vivre de super aventures.

– Je ne suis qu'un navigateur. Les aventures, c'est plutôt ton domaine.

J'enfonçai les mains dans les poches de mon sweat-shirt.

– Tu crois que je peux réussir le test ? Je vais manquer tous les exercices sur le terrain.

– Addie est bonne sur le terrain. Elle était première de sa classe, non ?

– Évidemment. Tu sais comment elle est. Je vais passer mon temps le nez dans les manuels à rédiger des essais. Je suis foutue.

Il ne me contredit pas.

– Nous devons trouver pourquoi l'Écho s'est détérioré aussi rapidement.

– L'Orphéon s'en moque. Ils sont convaincus que je l'ai fait exprès.

Mon réflexe sur le moment n'avait pas été de cliver, mais de faire autre chose, à la fois nouveau et familier, comme un couplet supplémentaire dans une chanson que l'on connaît par cœur.

– S'ils ne m'ont pas définitivement exclue, c'est seulement parce que Addie leur a raconté que j'étais trop stupide pour comprendre la portée de mes actes.

– Ils l'ont crue ?

– Qui ne la croirait pas ? répliquai-je avec amertume. Maintenant, c'est elle qui est responsable de ma formation. Elle est censée leur faire un rapport toutes les semaines. Il n'y a pas conflit d'intérêts, là ? Elle me dénonce, et en plus c'est elle qui va me noter ?

– Une minute.

Il remonta ses lunettes sur son nez et se laissa tomber sur un des canapés amassés dans le foyer que nous étions en train de traverser.

– Il faut que je réfléchisse.

Tout en attendant un de ses éclairs de génie, je contemplais l'armoire à trophées contre le mur du fond, remplie de preuves des prouesses de Simon sur le terrain de basket. Championnats d'État, tournois. Des filets étaient drapés par-dessus les coupes, derrière lesquelles étaient accrochées des photos d'équipes représentant des groupes de grands garçons, larges d'épaules, arborant des tenues bleu roi et le regard sévère pour aller avec. C'était peut-être un jeu, mais dans la région, les gens prenaient le basket-ball très au sérieux. Même Simon avait l'air solennel et déterminé... jusqu'à ce qu'on distingue la légère courbe au coin de sa bouche.

Je repensai à la veille, à son Écho et à la façon dont ce dernier m'avait souri. D'une certaine façon, ça avait aussi été un jeu.

Eliot toussota, et je sursautai comme s'il m'avait prise en faute.

– Nous devons prouver que tu n'es pas responsable de ce qui

s'est passé. Si nous y parvenons, ils devront réviser leur jugement. Ils seront obligés de te réintégrer.

Je sentis l'étau qui me compressait la poitrine se relâcher un tout petit peu devant cette lueur d'espoir, même si elle était minuscule. Mais l'espoir est un sentiment dangereux, fragile, et facilement mis en miettes. Je ne pouvais pas me le permettre.

– Joli plan, mais l'Écho n'existe plus. S'il y avait une preuve, je l'ai détruite.

Je frissonnai en me remémorant le ciel en train de fondre et les enfants qui clignotaient.

– Les enregistrements, dit-il en se relevant, avec le ton patient qu'il employait pour m'expliquer les devoirs de trigonométrie. La carte de ta mère. Les échantillons de fréquences prélevés par les Marcheurs qui ont parcouru ce monde avant. Il se peut même qu'on trouve des informations utiles dans les branches similaires. Chaque jour, l'Orphéon ajoute aux archives des téraoctets de données. Je te parie ce que tu veux qu'elles contiennent ta réponse.

J'ignorais ce que représentait un téraoctet, mais ça avait l'air énorme. Et chronophage. Sans parler du fait que ça avait très peu de chances de donner des résultats. Cela raviva néanmoins mes espoirs et je décidai de les réfréner.

– Addie ne va pas me laisser perdre du temps à fouiller dans les archives. Elle a déjà programmé la moitié de mes leçons.

– Je m'occuperai des recherches, proposa-t-il en me tenant la porte.

– Et qu'est-ce que je vais faire pendant que tu seras là-bas ?

Le bruit et l'agitation de la cafétéria me submergèrent tandis que l'odeur des hamburgers à la vapeur et des haricots verts en conserve me retournait l'estomac.

– Tu fais bien de poser la question, répondit Eliot. Il y a une théorie que j'aimerais que tu testes.

Je sentis mes muscles se détendre. Eliot avait des théories sur tout, et il me demandait sans arrêt de les mettre à l'épreuve. Parfois ça se passait bien, comme lorsque nous avions trouvé comment loger un air dans la tête des gens en amplifiant la fréquence du Monde Clé dans les chansons les plus populaires. Et d'autres fois, je me retrouvais avec une entorse et une épaule disloquée, comme quand nous avions huit ans. Ce jour-là, j'avais démontré avec succès que, contrairement à son idée, même en sautant de haut, on ne pouvait pas tomber à travers un pivot.

– Je t'écoute, dis-je en m'installant à notre table habituelle.

– Regarde, dit-il en sortant une feuille de papier pour y dessiner un plan de la cafétéria. Trois pivots se sont formés depuis que nous sommes entrés.

Il encercla les trois emplacements – un juste devant les portes, un autre à une table pleine d'élèves de seconde, et un troisième près de la caisse – puis fredonna leur fréquence.

Je fermai les yeux et laissai le brouhaha de la pièce s'estomper.

– Il y en a plus que ça. J'en compte au moins une douzaine.

– La moitié est déjà en train de disparaître, répliqua-t-il, sûr de lui. Oublie-les, ils seront réabsorbés dans les minutes qui viennent. Les trois dont je te parle sonnent faux, mais ils sont stables.

– Comment peux-tu le dire ? demandai-je, étonnée.

La plupart des Marcheurs devaient se trouver à l'intérieur d'un Écho pour estimer sa stabilité. Même moi, je ne pouvais pas le faire d'aussi loin.

– Parce que j'ai une carte.

D'un geste théâtral, il me montra son téléphone, un prototype avec un écran plus grand que ma main.

– Et j'ai besoin de la tester.

– Donne.

Il obtempéra. Sur l'écran, je vis des petits points lumineux, comme des étoiles par une nuit sans nuages.

– Comment ça fonctionne ?

– C'est comme un GPS. Au lieu de lire les informations satellites, le programme utilise le micro pour situer les différentes fréquences. Les plus fortes d'entre elles sont représentées par des cercles plus grands, celles qui sont instables clignotent, et la luminosité est en corrélation avec le ton.

– Si j'ai bien compris, les grands cercles qui brillent et qui clignotent ne sont pas bons, contrairement à ceux qui sont petits, pâles et fixes ?

Il baissa la tête.

– Je sais, ce n'est pas très subtil...

– Depuis quand on se soucie d'être subtil ? Tu es un génie !

Je lui sautai au cou.

– Une carte qui se met à jour en temps réel ! Tu vas devenir célèbre.

Il me rendit brièvement mon étreinte, puis s'écarta, l'air embarrassé.

– Je ne cours pas après la célébrité. Je ne l'ai même pas encore montrée à Shaw.

– Pourquoi ? Dès qu'il l'aura vue, tu vas passer en tête du classement.

– Il reste quelques bugs dans le logiciel, que j'aimerais résoudre. Si je l'installe sur ton téléphone, tu me promets de l'utiliser ?

Son ton était pressant, et je fronçai les sourcils.

– Bien sûr, si ça peut t'aider. Qu'est-ce qui t'inquiète tant ?

Il haussa les épaules.

– Cet Écho s'est détérioré bien trop vite. Ça pourrait se reproduire.

– Park World était un coup de malchance.

– Un coup de malchance qui a bien failli te tuer. J'ai vérifié les Échos dont la fréquence était similaire, et ils se portent bien. Ce programme te dira si un monde est trop dangereux avant même que tu le traverses.

Il contempla un instant son plan de la cafétéria et tapota les pivots les plus importants.

– Promets-moi d'utiliser la carte, Del.

Un éclat de rire à l'autre bout de la salle attira mon attention : Simon tenait salon à l'une des grandes tables rondes près des fenêtres. Il se balançait sur sa chaise, complètement indifférent à ma présence.

D'un autre côté, pourquoi m'aurait-il remarquée ? Ce n'était pas lui qui m'avait embrassée avec passion sous la pluie. Les événements de la nuit dernière étaient un secret connu uniquement de moi et d'un garçon qui n'était pas réel.

Bree se faufila derrière lui, et lui couvrit les yeux. La chaise retomba avec un bruit sourd. Bree le libéra, puis laissa échapper un petit rire quand il passa le bras derrière lui afin de lui saisir la main. C'était le genre d'interaction que j'avais beaucoup de mal à interpréter. Étaient-ils en train de flirter ? Ou en couple ? Un vrai couple ?

Simon avait toujours une fille à son bras. Souvent blonde, en général très mignonne, et rarement intéressée par une relation durable. Je pensais que Bree faisait partie du lot. Jusqu'à ce que je voie la façon dont sa main libre jouait avec le col du T-shirt de Simon, taquine en apparence, mais en réalité possessive.

– Pourquoi remettre à plus tard ? dis-je à Eliot en quittant la table. Allons voir ce que vaut ton nouveau jouet.

– Ce n'est pas un jouet, grommela-t-il. C'est du matériel scientifique on ne peut plus sérieux.

– C'est trop brillant pour ça ! m'exclamai-je en lui donnant un coup de hanche.

Tournant le dos à Simon, je me dirigeai vers un groupe appartenant à la troupe de théâtre en effervescence à cause des auditions pour le spectacle de Noël. Une dizaine de points s'allumèrent sur l'écran.

– Là, dit-il en désignant l'un des cercles. Il est différent des autres.

– Quelqu'un a changé d'avis à propos de l'audition? murmurai-je.

– Probablement. Vu la quantité de choix possibles, les auditions génèrent beaucoup de pivots, commenta-t-il.

– C'est comme une antisèche.

Sauf que, pour une fois dans ma vie, je n'étais pas en train d'enfreindre les règles.

Il zooma sur la carte et me montra un point spécifique.

– Là, regarde. Le cercle devient de plus en plus grand.

Je le suivis hors de la pièce, jusqu'à la fontaine. Le mouvement dans l'air était facile à voir, en plissant les yeux. Sans réfléchir, j'effleurai les bords du pivot. C'était comme si la vibration m'appelait.

– Qu'est-ce qui l'a déclenché?

Il consulta sa carte, puis balaya le couloir du regard.

– J'en sais rien.

– Allons jeter un coup d'œil.

Eliot grogna.

– Pas question. Que se passera-t-il si nous nous faisons prendre?

– Par qui?

Le couloir était pratiquement désert, et voir quelqu'un se volatiliser était si étrange que la plupart des Originaux préféraient occulter l'événement.

– Nous avons cours dans cinq minutes.

– Cinq minutes. Plus les trois de l'intercours, ça fait huit. Je te parie que huit minutes nous suffiront pour trouver la source.

– Del...

Il s'arrêta de jouer avec son téléphone.

– On se voit dans huit minutes, dis-je en me faufilant dans la faille.

L'Écho semblait identique et la fréquence gazouillait, se différenciant progressivement de celle du Monde Clé, comme une partition de violon jouée par un violoncelle. À mesure que les événements s'éloigneraient de ceux du Monde Clé, les fils de cette réalité se mettraient en place jusqu'à atteindre leur résonance définitive.

Je balayai la pièce du regard, à la recherche d'un indice susceptible d'expliquer pourquoi ce monde s'était formé.

Je finis par trouver un paquet de fiches sous la fontaine à eau, juste là où Eliot s'était tenu. Elles avaient dû tomber quand leur propriétaire s'était arrêté pour boire.

Des fiches pour un contrôle, à en croire les lignes d'équations chimiques tracées d'une écriture ronde et enjouée. Si ça avait été des mots au lieu de symboles, il y aurait eu des petits cœurs en guise de point sur les *i*.

Je n'avais jamais traqué la source d'un pivot avant ce jour. La fréquence serait-elle différente de celle du reste de l'Écho ? Plus forte ? Serait-elle instable, comme une rupture ? Facile à savoir. Je me dirigeai vers la partie du bâtiment qui abritait les classes de sciences en montant les marches quatre à quatre.

– Del ! appela Eliot derrière moi.

– Contente que tu aies pu me rejoindre.

– Marcher seul est dangereux, me réprimanda-t-il. Et si quelque chose tournait mal ?

– Tu t'inquiètes trop.

Si Eliot préférait la navigation aux Marches, ce n'était pas seulement parce que son cerveau était calibré comme un superordinateur. Sa mère gérait l'une des maisons de retraite pour Marcheurs de l'Orphéon, du genre de celle où la mienne voulait envoyer Monty. Eliot avait grandi avec sous les yeux les séquelles que nos capacités pouvaient engendrer. Je passai mon bras sous le sien.

– Et puis, tu veilles sur moi. C'est la Marche la plus sûre qui soit.

– Pourquoi est-ce que je te laisse m'embarquer là-dedans ? demanda-t-il en avançant.

Il se contorsionna pour éviter les élèves qui déambulaient dans le couloir.

– Parce que je suis irrésistible. Qui fait un contrôle de chimie aujourd'hui ?

– Reese, répondit-il. J'ai entendu quelqu'un en parler en littérature ce matin.

– Allons donc voir Reese.

La sonnerie retentit, nous faisant sursauter.

– Nous allons être en retard pour le cours de musique. Encore une fois. Je déteste être en retard.

– Alors nous ferions mieux de nous dépêcher.

Je pressai le pas, jusqu'à ce qu'il m'attrape par le coude, si brusquement que je faillis basculer.

– Stop. Ça fait plus de huit minutes.

Les gens nous dépassaient sans nous voir, et je les esquivais afin de prévenir tout contact physique pour ne pas attirer leur attention. À l'intérieur de la classe, les élèves s'installaient, sortant leurs stylos, calculatrices et... bingo ! Leurs fiches.

Le professeur Reese se tenait derrière son bureau, portant comme d'habitude une blouse de laboratoire et un nœud papillon. Il serrait dans ses mains noueuses une épaisse liasse de papier.

– Plus vite vous serez assis, plus vite nous commencerons, dit-il d'une voix morne.

Les vibrations émises par les fiches augmentaient à mesure que la fréquence gagnait en puissance. Je jetai un coup d'œil par l'étroite vitre de la porte, observant le dos de toutes les filles présentes dans la pièce. Perchées sur leurs tabourets comme des oiseaux aux couleurs vives, elles vérifiaient leurs stylos et révisaient leurs notes. Seule l'une d'elles était accroupie, en train de vider frénétiquement son sac.

– Trouvé. Troisième rangée, sur la gauche.

Eliot vérifia une nouvelle fois la carte.

– Super. Il est temps d'y aller, maintenant.

Je me libérai de sa prise.

– Et si nous lui rendions les fiches ? Que se passerait-il ?

– Nous serions encore plus en retard.

– Cinq minutes, rétorquai-je. Vois ça comme une expérience.

Il me fusilla du regard, mais n'essaya pas de m'arrêter.

La pièce sentait le soufre et le stress. Je me faufilai entre les élèves en train de faire la queue pour le taille-crayon et lâchai les fiches à proximité du sac à dos de la fille. Sa tonalité s'accentua tandis que j'attendais qu'elle les remarque.

La panique devait l'aveugler. Elle fouillait son sac avec des mouvements saccadés. Et j'entendais ses reniflements derrière le rideau de ses cheveux châtains. La seconde sonnerie retentit. Depuis le pas de la porte, Eliot me faisait de grands signes en désignant sa montre.

Tant pis pour les interactions limitées. Je lui effleurai l'épaule.

– Tu as fait tomber quelque chose.

Elle leva la tête, ses yeux rouges écarquillés de surprise. Je lui désignai les fiches, et elle se précipita dessus en poussant un cri aigu.

– Oh, mon Dieu ! Merci !

– Pas de souci, dis-je, mais elle était trop absorbée par ses fiches pour répondre.

En revanche, Reese me repéra.

– Puis-je vous aider ?

– Je partais, répliquai-je en me dirigeant vers la porte.

– La tonalité est en train de changer, m'informa Eliot.

À l'écran, le point lumineux se ramassait sur lui-même comme une étoile en train de mourir.

– À cause des fiches ?

– Sûrement. Ça a commencé juste après que tu les lui as rendues. Je ne pensais pas qu'il était possible d'altérer la fréquence d'un Écho.

– Moi non plus. C'est plutôt cool, commentai-je en remontant le couloir à son côté en luttant pour suivre ses grandes enjambées.

Un étrange courant d'air agita l'atmosphère.

– Tu as entendu ? demandai-je en ralentissant.

Eliot tapota son écran.

– La fréquence change à nouveau pour revenir à celle du Monde Clé.

Je m'arrêtai.

– Ne me dis pas que j'ai créé un second Monde Clé.

– Tu es douée, Del, mais il ne faut pas exagérer.

Il examina le couloir derrière nous.

Un bref instant, les casiers devinrent flous avant de retrouver leur netteté, comme l'objectif d'un appareil photo en train de faire le point. Eliot se renfrogna davantage, et la peur déferla en moi.

– Je l'ai clivé ?

– Non, marmonna-t-il. Je pense que nous assistons à une transposition.

Les choix créent des mondes, mais tous ne subsistent pas. Quand pour votre petit déjeuner vous hésitez entre un yaourt à la fraise et un yaourt à la myrtille, il y a de grandes chances que votre matinée se déroule exactement pareil, quel que soit votre choix. Lorsque cela se produit, le multivers réabsorbe la nouvelle branche dans l'ancienne, qui est aussi la mieux établie.

La même chose se produisait quand des Marcheurs prenaient une décision : sans Écho pour maintenir le pivot, la branche réintègre le Monde Clé presque immédiatement. C'est ce qu'on appelait une « transposition ».

Le souci est que les conséquences sont comme les gens : difficiles à prévoir et encore plus difficiles à changer. Si le yaourt à la myrtille est périmé, vous pouvez vous retrouver victime d'une intoxication alimentaire et passer les trois jours suivants à l'hôpital au lieu d'être en classe. Une grosse différence prenant racine dans un choix anodin. Nous ne savons jamais quels mondes sont susceptibles de se transposer et quels sont ceux qui généreront des Échos importants. Mais comme les transpositions sont à la fois courantes et sans danger, durant les cours nous n'avions fait que survoler le sujet.

À présent que j'étais à l'intérieur d'un de ces phénomènes, cela ne me paraissait plus aussi inoffensif. De l'autre côté du couloir, le laboratoire de chimie se dédoubla puis fusionna, le Monde Clé absorbant l'Écho.

– Ça ne va pas du tout, commenta Eliot, son regard faisant des allers-retours rapides entre son écran et le couloir. Depuis quand pouvons-nous provoquer des transpositions ?

– Aucune idée, répliquai-je en le tirant vers l'escalier. Que se passera-t-il si nous n'arrivons pas à sortir avant que l'Écho soit entièrement absorbé ?

– La fréquence nous portera jusque dans le Monde Clé, quel que soit l'endroit où nous nous tiendrons à ce moment-là. C'est un peu comme de surfer jusqu'au rivage. Mais l'atterrissage risque d'être rude.

Ça ne pouvait pas être pire que d'échapper à un clivage.

– Les gens ne vont pas tiquer si nous nous matérialisons comme par magie ?

– Non. C'est un transfert continu. Leurs Échos nous verront avant et les Originaux après. Une fois les deux fusionnés, ils penseront que nous avons tout le temps été là.

C'était logique. Quand ils voyaient quelque chose qu'ils ne pouvaient comprendre, la plupart des gens préféraient faire comme si de rien n'était. C'était plus confortable ainsi, et les Marcheurs exploitaient en permanence cette faiblesse.

– Alors pourquoi est-ce que nous courons ? demandai-je en m'arrêtant brusquement.

– Parce que nous sommes en retard pour le cours de musique. Tu avais dit huit minutes. Et là ça fait presque un quart d'heure.

– Peut-être pas. Si nous arrivons à nous glisser dans la classe avant la fin de la transposition, Powell ne se rendra même pas compte de notre retard.

Eliot désigna l'escalier en train de se stabiliser.

– La transposition est presque terminée. Elle va nous griller.

– Pessimiste, répliquai-je en m'élançant à nouveau en direction de l'aile de musique.

Le mur de ciment incurvé pulsait au rythme des fréquences en train de fusionner et le carrelage bougeait sous mes pieds. Je trébuchai, et la transposition nous rattrapa, propulsant Eliot contre moi. Mon épaule heurta le mur et je laissai échapper un juron.

Quand je levai les yeux, Mme Powell se tenait devant la salle de classe, l'air perplexe. Sur son visage, la confusion céda la place à l'exaspération tandis que le signal de l'Écho disparaissait complètement sous celui du Monde Clé. Le son se verrouilla.

Elle nous avait vus. La transposition était complète, et nous étions en retard.

– Désolé, souffla Eliot en passant devant elle. Vraiment désolé.

Simon tourna la tête un instant, mais reporta son attention sur Bree sans avoir prononcé un mot. J'observai sa nuque, la largeur de son dos sous le fin tissu gris de son T-shirt et inspirai profondément à plusieurs reprises afin de me remettre de mon sprint. Un parfum de coton et d'agrumes émanait de lui, si différent de celui de son Écho.

– Eliot, Del, dit Powell alors que nous nous laissions tomber sur nos chaises. Je suis ravie que vous ayez décidé de vous joindre à nous.

Chapitre quatorze

La capacité à Marcher est héréditaire. Les avancées récentes de la génétique et de la neurologie ont révélé une mutation du chromosome 8q24.21 se traduisant par un hyperdéveloppement du cortex auditif primaire. Cette mutation permet aux Marcheurs de détecter et de manipuler la matière au niveau quantique. Les autres caractéristiques fréquemment liées à ce chromosome incluent l'oreille absolue et une prédisposition à la démence sénile précoce.

Chapitre quatre, « Physiologie »
Principes et pratiques du clivage, cinquième année

Mme Powell s'appuya contre son bureau, comme une chanteuse de cabaret sur un piano.

– Vu que tout le monde est enfin là, rejoignez vos partenaires pour commencer à vous organiser. Ce sera le dernier projet important avant l'examen de fin de semestre, vous avez donc un bon mois pour écrire et répéter votre composition. Je vous laisse toute l'heure pour démarrer, mais le gros du travail devra être fait sur votre temps libre.

Je relevai brusquement la tête. Du temps avec Simon. Le vrai Simon, celui devant qui j'étais incapable de prononcer une phrase intelligible. L'impatience et l'angoisse ont parfois beaucoup en commun, pensai-je, quand mon cœur manqua un battement.

Tandis que mes camarades repositionnaient leurs bureaux pour se placer face à leur partenaire, je demeurai assise en retenant mon souffle, incertaine quant à la façon d'approcher Simon.

En fin de compte, je n'eus pas besoin d'en trouver une, car il se tourna vers moi. Ses jambes cognèrent contre les miennes, et il les laissa là. Je l'avais vu utiliser cette technique au moins un million de fois sur les autres filles. Mais, à présent que j'en étais la cible, cela n'avait plus rien d'anodin.

– Alors, Delancey.

Il n'avait jamais prononcé mon nom avant. Jamais dans ce monde en tout cas. Et dans les autres, il n'avait jamais utilisé mon prénom complet. Et la façon dont il l'avait dit, lente et réfléchie, comme s'il goûtait chaque syllabe, me coupa à nouveau le souffle.

– Simon, dis-je en essayant d'imiter son ton, de chasser ma gêne et surtout de ne pas rester la bouche ouverte. Et c'est Del.

– Del. Tu es douée pour ce genre de chose, non?

Il me tendit le paquet distribué par Powell, lequel contenait des instructions ainsi que des feuilles de portées vierges.

– C'est ton truc, ajouta-t-il.

– Mon truc?

– Tu n'es pas une sorte de prodige musical? Tu connais toujours les réponses aux questions de Powell. En plus elle t'a plusieurs fois demandé de jouer du violon pour nous. Et du piano aussi.

Je baissai les yeux sur mes mains et le bout de mes doigts durcis par les heures innombrables passées sur mes instruments. C'était ce qu'il avait remarqué à mon sujet? Mes dons musicaux hors norme?

– Ma famille est très portée sur la musique.

Et pas seulement ma famille. Tous les Marcheurs avaient

l'oreille absolue. L'amour de la musique avait beau ne pas être inscrit dans nos gènes, je n'en avais jamais rencontré qui ne joue pas au moins de trois instruments.

– Et toi ? demandai-je dans le but de détourner son attention.

Son Écho avait observé le groupe avec la concentration d'un musicien. L'Original partageait-il cette sensibilité ?

– Tu ne faisais pas de la batterie ?

– Oui, en sixième. On avait formé un petit groupe et on répétait dans le garage de Matt Lancaster. (Il secoua la tête.) Je n'arrive pas à croire que tu te souviennes de ça.

Je ne me souvenais pas que de son groupe ridicule. La sixième était aussi l'année où sa mère avait appris qu'elle était atteinte d'un cancer, et toute la communauté avait fait acte de solidarité en lançant des opérations lavages de voitures, ventes de gâteaux, tombolas et marchathons. Même ma mère avait filé un coup de main, en apportant des ragoûts et des soupes. Mme Lane avait fini par guérir, et toutes les mères de la ville avaient eu envie d'adopter Simon. Cinq ans plus tard, c'était toujours le cas.

– Ma mère m'a fait essayer plusieurs instruments, mais ça a été un désastre. Et d'après elle, je serais incapable de chanter même si ma vie en dépendait.

Puis il ajouta, un ton plus bas :

– Ne sois pas trop dure avec moi.

– La composition n'est pas un exercice si difficile, promis.

Je grimaçai en entendant l'enthousiasme dans ma voix. J'avais été assez brave pour flirter avec lui dans Doughnut World, pourquoi ne pouvais-je pas faire la même chose ici ?

Parce que la bravoure vient facilement quand elle est sans conséquence. Tout était possible dans les Échos. Si un monde ne me plaisait pas, je n'avais que quelques pas à faire pour en trouver un mieux. Je pouvais embrasser le Simon de Doughnut World sans crainte des retombées. Malgré l'intensité de ses baisers, il n'était pas réel. C'était la chaleur et les étincelles sans risque de me brûler.

J'aimais celle que j'avais été la nuit précédente, et je tentai de l'invoquer à nouveau en disant :

– Est-ce que les filles tombent toutes dans le panneau quand tu leur fais du charme pour éviter d'avoir à bosser ?

À quelques pas de là, Bree nous regardait, les yeux plissés, en ignorant royalement Eliot qui essayait d'attirer son attention.

– Ça dépend des filles. Apparemment, ce n'est pas ton cas.

– Eh non.

Il me dévisagea en tapotant le bureau avec son stylo.

– Nous avons déjà eu cours ensemble les autres années, non ?

Biologie en troisième. Géométrie et instruction civique en seconde. Et cette année, en plus de la musique théorique, il y avait l'histoire américaine. Mais s'il ne s'en souvenait pas, ce n'était pas moi qui allais le lui rappeler.

– Probablement.

– C'est donc pour ça.

– Que je suis immunisée contre ton charme ?

– Que tu me sembles familière, répliqua-t-il en faisant mine de s'offusquer. Et qui a dit que tu étais immunisée ? Tu souris, non ?

– Je ne...

– Bien sûr que si. Regarde, là.

Il me prit délicatement le menton et exerça une très légère pression du pouce sur le coin de ma bouche. La fréquence du Monde Clé, autour de nous, augmenta.

J'eus beau ne pas me jeter sur lui ou faire quoi que ce soit d'aussi flagrant, j'eus l'horrible sensation de me comporter comme une gourde. Empotée et naïve, aux antipodes de l'image que je souhaitais donner en sa présence. La décharge que je ressentis à son contact dut se lire sur mon visage.

Il aurait dû avoir l'air triomphant. Tout ce que je savais de Simon Lane m'avait préparée à ce que son regard s'illumine comme le tableau d'affichage après un panier à trois points. Mais au lieu de ça, il semblait perturbé.

– Vous avancez ? s'enquit Mme Powell en passant à côté de nous.

Simon me lâcha en secouant la tête, comme pour reprendre ses esprits.

– À pas de géant, m'dame.

Pour une fois, je réussis à me taire.

Chapitre quinze

Identifier le choix qui a généré un Écho est extrêmement difficile. Une analyse historique peut parfois se révéler efficace, mais à moins que la formation du pivot ne se soit faite sous les yeux d'un témoin, les théories concernant l'origine d'un Écho ne peuvent être démontrées avec certitude.

Chapitre premier, « Structure et formation »
Principes et pratiques du clivage, cinquième année

– Tu es sûre que tu vas pouvoir bosser avec lui ? demanda Eliot, à la fin du cours.

Devant nous, Bree et Simon marchaient ensemble, la tête couronnée de cheveux bruns de celui-ci penchée vers sa tête blonde à elle. L'étrange et électrique moment que nous venions de partager me sembla alors encore plus aberrant que celui volé avec son Écho.

– Sans problème, répondis-je avec dans la voix une légèreté que j'étais loin de ressentir. Ça peut difficilement être pire que de se retrouver coincé avec Bree. D'ailleurs tu avais l'air de t'amuser comme un petit fou.

Eliot grimaça.

– Je n'aurais jamais cru en arriver là un jour, mais je suis d'accord avec elle. Powell devrait nous laisser changer de partenaire.

« Il ne connaît même pas ton nom », avait-elle craché.

– Ça fera du bien à Bree de goûter un peu à la frustration. Il paraît que ça forge le caractère.

La grimace d'Eliot m'était à présent destinée.

– Ne me dis pas que tu as envie de travailler avec lui ?

Simon et Bree s'arrêtèrent devant la salle d'histoire. Après une brève conversation durant laquelle Bree, avec la subtilité d'un marteau-piqueur, joua avec ses cheveux en battant des cils, la main posée sur le bras de Simon, ce dernier se glissa dans la classe.

Dès qu'il fut hors de vue, les amies de Bree se précipitèrent sur elle en poussant des cris d'excitation.

– Alors, tu l'as invité ? s'enquit l'une d'elles en faisant mine de chuchoter.

Le sourire de Bree s'évanouit.

– Peut-être demain, répondit-elle jetant un coup d'œil dans ma direction avant de disparaître dans le couloir.

La haine dans son regard était si intense que même Eliot eut un mouvement de recul.

– Tu devrais envisager de sécher le cours de Mme Gregory, dit-il.

– Bree ne me fait pas peur.

Il était facile d'affronter une hostilité affichée. C'était plutôt l'attitude inattendue et imprévisible de Simon qui représentait un danger.

– Prête-moi ton téléphone.

– Pourquoi ?

– Pour commander une pizza, rétorquai-je. À ton avis ? C'est encore la remplaçante aujourd'hui. Je vais avoir besoin de m'occuper pendant qu'elle nous passe un film.

– Tu pourrais essayer de regarder le film, pour une fois.

– Pour quoi faire ? demandai-je en glissant la main dans la

poche de son blouson et en en sortant le téléphone. Tu es un amour.

– Je suis une carpette, oui. Promets-moi de ne pas te faire prendre.

Je lui envoyai un baiser.

– Je ne me fais jamais prendre.

Le film était aussi abrutissant que je l'avais pressenti. Cinq minutes après le générique, la remplaçante jouait au solitaire sur son ordinateur pendant que la classe était divisée à parts égales entre ceux qui s'octroyaient une sieste et ceux qui envoyaient des textos. Simon, les jambes étendues devant lui, le menton posé sur le poing, faisait partie de la première catégorie.

Quant à moi, je jouais avec le dernier gadget d'Eliot.

Je ne pensais pas du tout à Simon et au contact de son pouce sur mes lèvres. Ou à Simon sous la pluie. Ou dans le parc. Je ne pensais à rien de tout ça quand je zoomai sur la salle de musique afin de regarder les pivots qui s'étaient créés pendant notre cours.

Des débuts signifient des branches. Personne en cours d'histoire ne prenait de décision à l'exception de la remplaçante, et l'application montrait une pièce presque dénuée de vie. En revanche, pendant l'heure de musique, alors que nous planifions nos projets, chaque groupe avait fait plusieurs choix : quand se voir, comment diviser le travail, quels instruments utiliser. L'écran aurait dû clignoter comme un sapin de Noël.

Mais au lieu de ça, il n'y avait qu'une seule lumière, de plus en plus grande et brillante à mesure que le cercle s'élargissait, un seul et immense pivot.

Puis la carte planta.

Je tapotai l'écran et appuyai sur les boutons, mais rien n'y fit.

Je ne savais pas grand-chose à propos des gadgets d'Eliot, mais chaque fois qu'il y avait un raté, il me posait un milliard de questions techniques : « Que faisais-tu quand l'erreur s'est produite ? Qu'y avait-il écrit à l'écran ? Quels réglages utilisais-tu ? »

Et vu que j'avais cassé son bébé, il allait sûrement doubler la dose. Le mieux pour l'aider était probablement de faire un tour dans la salle de musique afin d'observer en direct ce qui s'y passait.

Je me levai et allai demander à la remplaçante si je pouvais me rendre aux toilettes.

Elle me désigna la porte, trop absorbée par sa partie pour se soucier de moi. Quelques minutes plus tard, j'étais de retour dans l'aile de musique. J'avais redémarré le téléphone et l'application fonctionnait à nouveau correctement. Tout avait l'air normal. Je n'entendais que des bruits ordinaires : des troisièmes braillaient dans une des salles tandis qu'une chorale de swing répétait dans une autre. La fréquence du Monde Clé était stable et forte. Je jetai un coup d'œil sur la carte à la classe vide de Powell : elle brillait toujours autant et, quand j'ouvris la porte, je perçus le bourdonnement d'un unique pivot.

Et de bonne taille. Il était si important que la lumière fluorescente des néons en éclairait les bords, créant des ombres suspendues. La faille était située directement au-dessus de la chaise de Simon. Je me remémorai notre conversation. Il avait flirté avec moi, mais ça ne pouvait pas venir de là. Une fréquence aussi forte avait forcément pour origine une décision délibérée et significative. Mais laquelle ?

Il m'avait touchée.

Sur le moment j'avais cru que c'était sa technique de drague habituelle – un peu lourd sur la forme, et léger sur le fond –, mais l'air vibrant au-dessus de son bureau semblait indiquer le contraire. S'il m'avait touchée dans le Monde Clé, qu'avait-il fait différemment dans l'Écho ?

D'après la carte d'Eliot, le pivot était assez stable et solide pour une petite visite. Je glissai le téléphone dans la poche de mon sweat-shirt, y récupérai une étoile que j'avais pliée en cours, et traversai en retenant mon souffle, comme avant un plongeon en eaux profondes.

La pièce dans laquelle j'émergeai était vide. Quelle que soit la décision prise par Simon, les conséquences n'étaient pas immédiatement visibles, toutefois la fréquence était étonnamment sonore. Si je voulais découvrir ce qui avait changé, j'allais devoir faire vite.

Ma meilleure chance d'y parvenir était de localiser son Écho. Je lâchai mon étoile sur le piano et me dirigeai vers la salle d'histoire.

Personne ne me vit entrer. Profitant du film en train de passer, je me faufilai jusqu'à la chaise à côté de lui et le réveillai volontairement. Sa discordance me fit sursauter, tandis que, les yeux encore pleins de sommeil, il esquissait un sourire penaud.

– Del. Qu'est-ce qu'il y a ?

Son chuchotement se glissa sous ma peau et je résistai tant bien que mal à l'envie de me pencher un peu plus vers lui afin de recréer le lien établi dans le Monde Clé. Sortir avec Simon était une mauvaise idée, quel que soit le monde, mais dans le cas présent j'avais en plus besoin de réponses et peu de temps pour les trouver.

La certitude est un luxe, que l'on ait affaire au multivers ou à un être humain. Il est impossible d'être sûr à cent pour cent du choix ayant donné naissance à un pivot, à moins d'assister à sa formation. Tout comme il est impossible de comprendre parfaitement les gens, même ceux dont nous sommes les plus proches. Tant pour les garçons que pour les branches, revenir en arrière et émettre des suppositions ne pouvait donner que des images imparfaites, incomplètes, de la réalité.

J'essayai de raisonner de façon logique : dans ce monde, Simon ne m'avait pas touchée. Nous n'avions pas éprouvé cet étrange et délicieux moment de tension. Powell ne nous avait pas interrompus. Et après ?

– Peux-tu me rappeler quand nous avons prévu de nous voir ?

Je me frottai la nuque dans l'espoir d'en dénouer les muscles, contractés par le stress.

– Tu as oublié ? (Le film projetait des ombres sur son visage.) Dimanche. À la bibliothèque.

Comme dans le Monde Clé. Il avait l'air identique, mais sa fréquence était indubitablement différente. Je serrai les dents, exaspérée. L'altération était importante, j'aurais dû être capable de repérer ce qui avait changé.

Sauf si je me trompais de personne.

– Et donc... toi et Bree ?

Il se redressa, agacé.

– Où est-ce que tu as entendu ça ?

– La rumeur. Alors comme ça vous êtes à nouveau ensemble ?

– Le fait de l'accompagner à une fête ne veut pas dire que c'est reparti entre nous. Et puis je ne lui ai pas encore dit oui.

À présent que je savais qu'elle lui avait demandé, je pouvais retracer l'enchaînement des événements comme une chute de dominos. Dans notre monde, Bree avait vu notre échange et décidé d'attendre. Dans celui-ci, Simon ne m'avait pas touchée, elle n'avait donc eu aucune raison de remettre à plus tard son invitation. La réponse de Simon avait dû créer un second pivot, et la réaction de Bree un troisième. La carte d'Eliot aurait dû montrer une véritable galaxie d'Échos, mais au lieu de ça, il n'y avait qu'une supernova. Ça ne collait pas.

– Est-ce qu'il s'est passé quelque chose d'intéressant après le cours ? Quelque chose d'étrange ?

Il tapota avec son stylo sur son jean.

– Une fille que je viens juste de rencontrer me pose des tas de questions, ça compte ?

– Ah. Une fille bizarre, répliquai-je, heureuse que la lumière soit éteinte.

La remplaçante releva la tête et Simon fit semblant de regarder le film jusqu'à ce qu'elle se replonge dans son jeu.

– Les questions étaient bizarres.

– Pas la fille ?

– Trop tôt pour le dire.

Il me détailla de la tête aux pieds, mais je ne pouvais pas rester plus longtemps. Le cours était presque terminé et je n'avais vraiment pas besoin d'une nouvelle heure de colle.

– Je dois y aller, dis-je en me levant, légèrement chancelante.

– Tu vas quitter la classe, comme ça ?

– Crois-moi, personne ne s'en apercevra.

J'arrivai juste quelques instants avant que la remplaçante ne rallume. Elle cligna des yeux en me voyant, et je lui fis un signe accompagné d'un sourire.

Avant que je puisse m'échapper, une main se referma sur mon bras.

– Où étais-tu ? me murmura Simon en alignant son pas sur le mien. Partie voir ton petit copain ?

– Je n'ai pas de petit copain.

– Et ce suçon, il vient d'où ? demanda-t-il en écartant mes cheveux.

– Le... oh.

Je portai la main à mon cou, consciente de l'aspect que devait avoir la marque rouge.

– Je me suis fait ça avec mon violon.

– Bien sûr. Donc, si je comprends bien, toi et le maigrichon n'êtes pas ensemble ? C'est juste pour passer le temps ?

– Eliot est mon meilleur ami, rétorquai-je, mon agacement perceptible malgré le brouhaha assourdissant du couloir. C'est tout. Et qu'est-ce que ça peut te faire, de toute façon ?

– J'aimerais juste te cerner un peu mieux.

Quelqu'un me bouscula et Simon plaça la main sur ma hanche pour me retenir, s'attardant un peu plus que nécessaire.

– Me cerner ? répétai-je en essayant d'avoir l'air sceptique plutôt que perturbée.

– Nous sommes partenaires. Et quand ma partenaire sèche un cours, ça éveille ma curiosité. Je finirai par trouver la réponse, Del.

– N'y compte pas trop.

Chapitre seize

Une fois qu'un clivage a été réalisé, le chef d'équipe doit remettre un rapport aux archives de l'Orphéon. Les Marcheurs ont également coutume de tenir un journal de leurs excursions personnelles afin de servir de référence aux générations futures.

Chapitre trois, « Propriétés des Échos et protocoles »
Principes et pratiques du clivage, cinquième année

– Debout, m'ordonna Addie le lendemain matin.

– Va te faire voir.

Je me cachai sous la couette. Elle me découvrit d'un coup sec, et le brusque courant d'air frais m'arracha un cri.

– Ça va pas la tête ?

– Il est quasiment midi.

Les yeux plissés, je regardai mon réveil.

– Il est dix heures trente. Et on est samedi.

– Exclue ne veut pas dire en vacances. En temps normal, tu serais déjà partie depuis plusieurs heures pour aller à ta formation.

– Mais grâce à toi, je n'y vais plus. Sors de ma chambre.

– Maman a dit que tu pouvais nettoyer les toilettes ou travailler avec moi. À toi de choisir.

Je me redressai en dégageant les cheveux emmêlés qui me tombaient devant les yeux.

– Tu es vraiment une garce.

– Je serai dans la cuisine, réplique-t-elle. Tu as quinze minutes pour te préparer, ou tu es bonne pour récurer les toilettes.

Je trébuchai hors de mon lit, fonçai au rez-de-chaussée prendre une douche et déboulai dans la cuisine trente secondes avant l'expiration du délai octroyé par Addie.

– Où sont les parents ?

– À une réunion en ville avec les nouvelles équipes. Ils seront de retour pour le dîner. Ne va pas dégouliner sur la table, conclut-elle en désignant mes cheveux mouillés.

Sans tenir compte de sa remarque, je me dirigeai vers la cafetière. Mon humeur ne fut pas améliorée par la caféine. Pas plus que par les piles de manuels qui attendaient sur le plan de travail, et sur lesquels je me fis un plaisir de laisser goutter mes cheveux.

– Tu n'es pas à jour de tes lectures, commenta-t-elle, l'air contrariée.

– Je lis des journaux. C'est déjà énorme.

Depuis toute petite, j'étudiais les journaux de Monty, déchiffrant son écriture tassée et brouillonne. Je dévorais les récits des fois où il avait échappé de justesse à la catastrophe et autres folles histoires. En comparaison, les manuels étaient secs et ennuyeux.

– Tu dois comprendre la théorie avant de passer à la pratique, rétorqua-t-elle en poussant les livres vers moi.

Je les éloignai.

– Ou, je pourrais... pratiquer. Ce n'est pas la théorie qui nous a tirées d'affaire l'autre jour.

– Sauf que si tu avais mieux maîtrisé les bases, tu n'aurais pas clivé cet Écho.

– C'est moi qui nous ai sauvées, m'énervai-je, incapable de contenir plus longtemps ma colère, pas tes livres débiles. C'est ça que tu n'arrives pas à digérer ? Les gens n'arrêtent pas de crier à tout-va que tu es parfaite, que tu respectes les règles à la lettre, et patati et patata. Mais ce n'est pas parce que tu es intelligente. C'est parce que tu manques de cran, alors que moi j'en ai, et maintenant tout le monde le sait.

– Va te faire voir, siffla-t-elle. Tu crois que tu es spéciale ? Mais tu vas te planter à l'examen. Et ce jour-là, l'Orphéon – et le reste du monde – comprendra enfin que tu ne vaux pas la peine qu'on se donne du mal pour toi. Et tu n'imagines pas à quel point j'ai hâte !

J'avais déjà traversé la moitié de la pièce, le poing levé, quand Monty entra en traînant les pieds.

– Impossible de jouer de la musique avec vos hurlements. J'parie qu'on vous entend à cinq mondes d'ici.

– C'est elle qui a commencé, protestai-je tandis qu'Addie se plaignait de mon attitude irrespectueuse.

– Stop ! cria-t-il, nous faisant taire instantanément. Il y a encore des cookies ?

Je vis Addie compter mentalement jusqu'à dix.

– On n'en a plus, répondit-elle. Mais on est samedi. Maman en refera ce soir.

Le visage de Monty s'illumina.

– Ta mère aussi avait l'habitude de se mettre aux fourneaux le samedi. Elle rentrait à la maison et préparait un gâteau aux pommes. Puis nous faisions une partie de rami. Rose triche au rami, chuchota-t-il sur un ton de conspirateur. Ça m'est égal, mais bon, inutile qu'elle sache que je sais.

Son esprit était reparti à la dérive et il confondait Addie avec Maman.

– Papi, c'est Addison. Tu te souviens de moi ?

Elle lui toucha le bras dans l'espoir de stimuler sa mémoire.

Il la regarda en clignant des yeux comme une chouette.

– Je suis vieux, Addie, ma grande, pas stupide.

L'instant d'après, il traversa la pièce à une vitesse surprenante pour aller récupérer son chapeau.

– Venez faire un tour avec moi, les filles. C'est une journée magnifique, et je n'ai pas encore perdu la main.

Addie souleva un livre.

– Del est censée étudier.

– Elle en sait assez pour arriver à destination.

Voyant qu'Addie ne semblait pas décidée à bouger, il ajouta :

– Montrons-lui comment il faut faire.

Ma sœur soupira et rassembla un tas de feuilles tandis que je prenais mon sac. Monty me fit un clin d'œil et sortit en esquissant un pas de claquettes.

Vingt minutes plus tard, nous étions en train d'observer un terrain de football. Le ciel était d'un bleu limpide, avec seulement quelques traînées de nuages, et l'air était assez frais pour que je me réjouisse d'avoir mis mon manteau. Addie consulta sa carte papier, et la compara avec le parking désert.

– J'avais prévu de faire ça la semaine prochaine, mais on peut tenter le coup aujourd'hui.

J'avais du mal à m'imaginer planifiant aussi loin dans le temps, mais connaissant Addie, elle devait déjà avoir mis au point un programme à suivre pour toute la durée de mon exclusion. Sans lâcher la carte, elle sortit un rectangle plat et noir de sa poche. Si on n'y regardait pas de trop près, il était facile de prendre l'objet pour un téléphone portable. Elle fit voler ses doigts sur le clavier et tapa une série de numéros.

Il suffisait de saisir la résonance spécifique à un Écho pour que le générateur joue la fréquence. Plus fiable que la mémoire, cet instrument était réservé aux Marcheurs diplômés. Pour en avoir un, je devais attendre mon entrée en apprentissage, si cela arrivait un jour.

– Ne pars pas sans nous, avertit-elle avant d'appuyer sur le bouton d'envoi.

Le générateur émit un bruit d'accordéon.

Je trouvai presque immédiatement le pivot correspondant.

– Le stand de confiserie.

Monty approuva d'un signe de tête, et j'ouvris la voie.

Ce monde semblait similaire au nôtre, mais je n'eus pas le temps de relever les différences, car Addie joua une autre fréquence.

– Et là ?

– C'est du niveau maternelle, protestai-je.

Si c'était ça qu'elle avait prévu pour la semaine suivante, la progression s'annonçait mortellement lente. Je risquais de mourir d'ennui, sans compter que j'allais me retrouver avec des mois de retard le jour de l'examen. Ce qui était probablement son intention. Profitant du fait qu'elle lui tournait le dos, Monty laissa négligemment tomber un bouton.

– Alors ça ne devrait pas te poser de problème, répliqua-t-elle, mielleuse. Allez !

Je consultai mon téléphone sur lequel Eliot avait installé son logiciel. La lumière correspondant au pivot était brillante et fixe. Sans danger. Je trouvai la nouvelle fréquence et traversai une fois de plus, sentant l'air s'agiter autour de moi avant de se stabiliser.

– Je te l'avais dit, un gosse pourrait le faire.

– Encore.

Elle choisit une autre fréquence.

Après avoir répété cinq fois l'opération, je perdis patience. Nous étions désormais en centre-ville. À l'instar de la dissonance, ma frustration s'était accrue avec chaque monde visité.

– C'est débile. On ne pourrait pas faire autre chose?

– Ça ne lui ferait pas de mal que tu augmentes un peu la difficulté, non? suggéra Monty en donnant un petit coup de coude à Addie. Tu n'auras qu'à la corriger si elle se trompe.

– OK, c'est bon.

Elle embrassa d'un geste ample les bâtiments environnants et les piétons en train de se promener.

– Cartographie-moi ça.

Je clignai des yeux.

– Complètement?

– Tu trouves ça trop? Si tu es si douée, prouve-le. Il nous reste deux heures, note autant de pivots et de ruptures que possible. Nous comparerons ton relevé avec la carte la plus récente en rentrant à la maison, et tu pourras rédiger une analyse des changements.

Si son plan était de me faire mourir d'ennui, ça fonctionnait. J'ouvris la bouche pour me plaindre, mais Monty me devança.

– Commence par là, dit-il en désignant un café de l'autre côté de la rue. J'ai un p'tit creux.

Quelques minutes plus tard, Monty dévorait un brownie au caramel de la taille d'un jeu de cartes tandis qu'Addie sirotait une tasse de thé. Je me laissai tomber sur l'une des chaises exagérément rembourrées à l'autre bout de la pièce, avec sur les genoux un carnet à l'intérieur duquel j'avais dessiné un plan du café. J'aurais bien essayé d'utiliser le logiciel d'Eliot, mais Addie ne me quittait pas des yeux. Je fus donc obligée de le faire à l'ancienne.

Ignorant la musique indie folk diffusée à plein volume par la radio, je tendis l'oreille. Des bribes de conversations flottaient autour de moi : des projets pour l'après-midi, des rumeurs, des disputes, des amis échangeant des conseils. Je fis courir mon stylo sur le papier, marquant d'une croix chaque pivot. En revanche, il m'était impossible de déterminer clairement leur force. Si Addie voulait ce genre de détails, il faudrait qu'elle me laisse Marcher davantage.

C'était à proximité du comptoir que l'on trouvait le plus de pivots. À la caisse, là où les clients passaient leur commande, mais aussi là où ils se postaient pour étudier le menu écrit sur l'ardoise. Certaines fractures se formaient pour se dissoudre aussitôt avec un bourdonnement de moustique. Probablement des transpositions. Je les reportai sur ma carte en dessinant des ondulations.

Eliot était resté perplexe devant la transposition d'hier. En rendant à la fille ses fiches, nous avions modifié la fréquence de tout un Écho. Mais les Marcheurs n'étaient pas censés altérer les Échos, ils les clivaient. Pas plus mes parents que nos professeurs n'avaient jamais, ne serait-ce qu'une fois, suggéré l'existence d'autres possibilités. Pourquoi ?

Un groupe de filles en pleine discussion – identiques avec leurs bottes en daim et leurs polaires –, les bras chargés de sacs après une séance de shopping, s'approcha de la caisse. Je ne reconnus aucune d'entre elles, mais bizarrement – peut-être à cause de leur assurance ou de leur attitude, comme si elles pensaient que tout le monde devait s'écarter sur leur passage – elles me rappelèrent Bree.

L'une des filles, aux cheveux d'un blond terne et aux lèvres trop rouges, demanda :

– Est-ce que Soren travaille aujourd'hui ?

La femme derrière le comptoir, qui arborait un nombre impressionnant de piercings et un trait de khôl parfaitement appliqué, leva les yeux au ciel.

– Pas avant une heure.

– Oh.

La blonde se décomposa. L'air autour d'elle vibra de façon presque imperceptible, signalant le début d'une rupture.

– On peut l'attendre, n'est-ce pas ? Pour lui faire une surprise ?

– Si ça vous chante, dit la barmaid sur un ton laissant entendre que ce n'était pas quatre filles en train de glousser, le nez dans leur caramel latte allégé, qui allaient surprendre le fameux Soren.

Le café était presque plein, il ne restait qu'une table basse près de la devanture, avec un canapé d'un côté et deux fauteuils de l'autre. L'endroit parfait pour voir et être vu, et le seul endroit assez grand pour accueillir les quatre filles.

Tandis qu'on leur préparait leurs boissons, Monty me rejoignit d'un pas tranquille et me tendit un cappuccino.

– Tu t'amuses bien ?

– Pas vraiment.

Il m'adressa un clin d'œil complice.

– Ça te dirait de changer ça ?

– Oh que oui !

D'un signe de tête, il désigna les minettes en train de papoter devant le comptoir.

– Difficile de se concentrer avec leurs babillages, tu ne trouves pas ? Je te parie que tu pourrais les convaincre de partir.

– Elles sont trop stables, rétorquai-je. La rupture près de la fille au rouge à lèvres est infime. Et Addie me tuera si j'interfère.

Addie et Monty avaient dû établir un contact afin que le caissier les voie et prenne leur commande, mais cela faisait trente minutes que j'étais assise sur ma chaise sans que personne m'ait remarquée. J'avais même envisagé d'en profiter pour faire une petite sieste.

– Influencer, pas interférer, pinailla-t-il. Une astuce vieille comme le monde.

Il me demanda alors d'aller poser mon sac à dos sur l'un des fauteuils libres ; perplexe, je m'exécutai.

La meneuse, une grande brune, qui surveillait la table, cligna des yeux et se tourna vers ses amies.

– Pourquoi n'ont-ils pas plus de sièges? se plaignit-elle. Nous allons devoir nous serrer.

Le plan de Monty devint clair. Je jetai en vitesse mon manteau sur l'autre fauteuil et m'étalai sur le canapé, les pieds sur les coussins, juste quelques secondes avant que les filles récupèrent leurs boissons. Elles s'arrêtèrent à quelques pas de moi, confuses. Dans le Monde Clé, j'aurais eu droit à des regards dédaigneux et des commentaires acerbes, peut-être même à des menaces voilées.

Mais ici la clique de l'Écho ne garderait aucun souvenir de moi. Elles savaient que leur intention de s'asseoir près de la fenêtre avait été contrariée, mais si on leur demandait d'expliquer pourquoi, tout ce qui leur viendrait à l'esprit serait : « Quelqu'un a pris notre table. » Je n'avais pas de substance et il était facile de m'oublier, mais je pouvais modifier leurs projets.

– Allons plutôt à la librairie. Peut-être que le beau garçon qui y travaille sera là, lui.

La brunette balaya ses cheveux en arrière et se dirigea vers la porte, tandis qu'un pivot se formait là où elle s'était tenue. Les autres la suivirent en silence et la rupture autour de la blonde au rouge à lèvres se stabilisa.

Monty se laissa tomber à côté de moi sur le canapé en poussant un grognement et examina ma carte. J'ajoutai deux sucres à ma boisson et, machinalement, pliai les emballages jusqu'à obtenir une étoile.

– Je donne ma langue au chat, capitulai-je au bout d'un moment. Que s'est-il passé? La rupture s'est réparée toute seule?

– C'est ce qu'on appelle un « accordage », expliqua Monty tandis qu'Addie nous rejoignait. Addie a déjà vu ça, n'est-ce pas ?
– Oui, confirma-t-elle en posant mon sac par terre afin de s'asseoir.
– C'est un effet secondaire un peu bizarre des Marches. Quand nous interférons avec une rupture, il arrive que sa tonalité se stabilise.
– Tu peux les remettre dans le ton, dit Monty avec enthousiasme. Chouette astuce, tu ne trouves pas ?
– Certes, quand ça n'empire pas la situation, rétorqua Addie. Tu ne devrais pas l'encourager, Papi.
Je repensais à l'incident des fiches.
– Est-il possible d'accorder tout un Écho ?
– En théorie, oui. Mais cela n'a aucun intérêt. Il est plus rapide de cliver un Écho que de le réparer. Et c'est aussi plus sûr, répondit Addie en agitant la main. Tu as terminé ?
– Presque. Je crois qu'il y en a dans la pièce du fond.
À l'arrière du café, il y avait une porte portant une pancarte « Privé ».
– Va vérifier, dit-elle. Et n'y touche pas. Contente-toi de faire un relevé et nous partirons.
Je traversai la salle en essayant de faire le lien entre l'explication d'Addie sur l'accordage et la transposition de la veille. J'aurais si bien accordé l'Écho que cela aurait provoqué une transposition ? Était-ce illégal ? Vu que j'avais enfreint ma suspension à l'instant où j'avais franchi le pivot, il m'était impossible d'en parler à ma sœur.
La porte était fermée. Je collai l'oreille contre le bois pour entendre la rupture de l'autre côté. La fréquence fluctuait de façon impressionnante, et je n'arrivais pas à me faire une idée de sa force.
– Pas pu entrer, dis-je en revenant au canapé.

Je dessinai un point d'interrogation sur la carte, et Addie me fusilla du regard. Depuis toujours, elle détestait les questions qui restaient sans réponse.

– Va prendre sa clé à la caissière.

– Comment veux-tu que je fasse ça sans la toucher ? rétorquai-je. Tu m'as demandé de reporter les ruptures sur la carte, je l'ai fait. Point final.

– Non. Pas point final. Imaginons que les vaches aient des ailes et que tu obtiennes ta licence. Les cliveurs commencent à couper aussi près que possible de la rupture afin de garder le contrôle de la situation. Si tu étais en mission, il te faudrait pénétrer dans cette pièce.

– J'ai également une astuce pour ça, intervint Monty.

Il se donna une claque sur les genoux et s'extirpa du canapé.

– Il est temps de s'amuser un peu.

– Ce n'est pas censé être amusant, protesta Addie.

– Je ne trouve pas ça drôle, crois-moi, marmonnai-je.

– Inutile de se chamailler, dit Monty. Del est là pour apprendre, nous irons donc faire un tour à l'école.

– Il y a un match de basket ce soir ? demanda Addie.

La statue de George Washington devant la porte d'entrée était vêtue d'un uniforme rouge pompier. Dans le Monde Clé, nos couleurs étaient le bleu et le blanc, mais apparemment, la tradition, elle, demeurait la même.

– Comment veux-tu que je le sache ?

Monty se dirigea vers une porte latérale, et je m'élançai après lui.

– Tout est fermé le week-end. Il n'y a que les gardiens et les professeurs qui ont les clés.

– Du jour où j'ai rencontré Rose, je n'ai plus jamais eu besoin de clé. (Il poussa un soupir et sortit son portefeuille.) Observe et apprends.

– Un crochet? (La queue-de-cheval d'Addie se balançait frénétiquement de droite à gauche.) Tu ne peux pas entrer par effraction dans l'école, Papi !

– Tu as raison, admit-il en s'accroupissant. Vous n'apprendrez jamais, si vous ne le faites pas vous-même. Del?

Je pris le fin crochet de métal qu'il me tendait.

Addie me l'arracha des mains et le lui rendit.

– Non. C'est une infraction.

Monty émit un petit bruit désapprobateur.

– D'après quelle loi? Nous dépendons de quelle juridiction, Addison?

Elle hésita à répondre, mais finit par dire :

– Celle de l'Orphéon?

– En effet. Tout crime commis dans l'intérêt du Monde Clé n'est pas un crime. C'est ce qu'ils vous enseignent, non? Comment justifient-ils ce qu'ils font?

Sa voix avait beau trembler, il manœuvrait le crochet avec des gestes sûrs et précis.

Une minute plus tard, la porte s'ouvrit.

– Y a plus qu'à entrer, dit-il.

Je l'aidai à se relever, et sentis son bras noueux et fragile sous ma main. Malgré son tempérament malicieux et têtu, il était vieux. J'avais parfois tendance à l'oublier. Tout comme j'oubliais le tribut qu'il payait pour toutes les Marches qu'il avait effectuées.

– Nous n'avons pas toute la journée. Et j'ai besoin d'un autre en-cas.

Le bâtiment principal avait la forme d'un rectangle et nous étions entrés par l'un des coins, lequel débouchait sur l'angle d'un couloir en L. La voix de Monty résonna dans l'espace vide au-delà des salles de classe plongées dans l'ombre et des rangées de casiers.

Et chacune de ces portes était équipée d'une serrure.

J'avais le bout des doigts qui me démangeait devant tant de possibilités, exactement comme avant une Marche. Tant de choses à voir, même si ce lycée était identique à celui que je fréquentais tous les jours.

Je me dirigeai vers une salle dans laquelle j'avais suivi un cours de géographie en première année. Ici, c'était une classe d'allemand : un drapeau était accroché devant les fenêtres et des cartes ornaient les murs, tandis que des devoirs et la conjugaison de plusieurs verbes étaient notés au tableau. Rien d'intéressant, si ce n'était que la poignée refusait de tourner. J'étais sur le point de demander son crochet à Monty quand Addie recouvra ses esprits.

– Ça suffit, dit-elle en l'attrapant par le bras. Nous rentrons à la maison. Tout de suite. Quelqu'un doit se comporter en adulte, ici.

Il se libéra avec une force surprenante.

– C'est moi, l'adulte, répliqua-t-il sèchement. Et nous ne partirons pas tant que vous n'aurez pas toutes les deux appris quelque chose d'utile. Vous ne pouvez pas compter sur l'Orphéon pour vous enseigner ce dont vous, vous avez besoin. Ils vous transmettront uniquement ce qui peut leur servir. Ce n'est pas la même chose.

Alors que je lançais à Addie un regard triomphant, Monty me tomba dessus.

– L'instinct non plus ne suffit pas. Tu veux montrer que tu es plus maligne que tout le monde, alors il faut que tu t'entraînes.

Il claqua des mains et balaya le couloir du regard.

– Allons-y.

La leçon de Monty dura plus longtemps que prévu. Étourdis et la tête douloureuse à cause de l'exposition prolongée aux mauvaises fréquences, nous arrivâmes après la tombée de la nuit dans une maison vide : nos parents n'étaient pas encore revenus du travail. Addie consulta sa boîte vocale tandis que j'envoyais un message à Eliot pour savoir s'il était rentré de formation.

– Ils vont rentrer tard, annonça Addie. Il y a un ragoût au frigo.

– Pas de gâteau aux pommes ? demanda Monty d'une voix plaintive.

– Maman en fera un demain, dit ma sœur en préparant une assiette géante de brownies pour le faire patienter jusqu'au dîner.

Il la prit en grommelant et l'emporta dans sa chambre. Une fois qu'il fut parti, Addie laissa échapper un long soupir.

– Ça te dit, un chocolat chaud ?

– Avec la dose de Chamallows, approuvai-je en allant en chercher un sachet dans le cellier.

Allie versa du lait dans une casserole, l'air troublée.

– Nous devrions le dire à Maman.

– Que nous avons passé la journée à crocheter des serrures ? Elle péterait un câble.

– Et à raison.

– C'est toi qui dis que les Échos ne sont pas réels, alors qu'est-ce que ça peut faire ? Et s'ils pensent que nous ne pouvons pas nous occuper de Monty, ils l'enverront dans une maison de retraite.

Elle regarda en silence le lait en train de chauffer, puis y ajouta le chocolat ainsi que le sucre et mélangea jusqu'à ce que la boisson soit fumante, avant de parler :

– Ce n'est pas la première fois qu'il t'apprend un de ses trucs louches, n'est-ce pas ?

Je sortis deux tasses dans lesquelles je mis plusieurs Chamallows.

– Ça n'a rien de louche... ce sont juste des connaissances complémentaires. Comme quand j'ai volé le portefeuille de Simon.

– Tu crois vraiment que c'est utile?

Personnellement, je trouvais surtout ça amusant. Une façon de frimer, même si personne ne le remarquait. Mais j'y avais eu assez souvent recours pour savoir que cela pouvait avoir un gros impact, impact d'autant plus important que les gens ne s'y attendaient pas.

– C'est une autre compétence dans notre boîte à outils, répondis-je en pensant à la pochette de cuir pleine de crochets rangée dans mon sac.

Monty me l'avait donnée quand Addie avait eu le dos tourné en insistant sur le fait que ça pouvait toujours servir.

– Rien ne t'oblige à la mettre en pratique, mais il peut être rassurant de savoir que tu as cette possibilité, au cas où.

Addie remplit les tasses, et les Chamallows flottèrent à la surface, telles des bouées.

– Ça a l'air... mal.

– C'est comme pour un tournevis. Le bien et le mal sont dans l'usage que tu en fais.

Apprendre à crocheter des serrures me semblait mineur par rapport à la leçon d'accordage que m'avait prodiguée Monty. Personne ne m'avait jamais dit qu'on pouvait réparer les Échos. Et si j'avais pu empêcher le clivage de Park World? Si j'avais pu sauver Simon, Iggy et les autres? Soudain nauséeuse, je repoussai mon chocolat.

– Peut-être, admit-elle, les yeux rivés sur sa tasse avant de relever la tête en entendant quelqu'un frapper à la porte d'entrée. C'est Eliot?

Eliot utilisait celle de derrière et ne se donnait jamais la peine de frapper. L'espace d'un instant, j'espérai que ce soit Simon, mais c'était impossible. On frappa à nouveau. J'allai ouvrir et reculai vivement, comme si je venais de trouver un serpent à sonnette sur le pas de ma porte.

– Bonsoir, Delancey, dit le conseiller Lattimer. J'aimerais entrer.

Chapitre dix-sept

Je ne m'habituais pas à la façon dont les membres de l'Orphéon évitaient de poser des questions. Ils faisaient des déclarations, une formalité farfelue pour réduire les pivots autour d'eux. Ce qui ne servait strictement à rien, vu que les pivots créés par des Marcheurs ne pouvaient se maintenir. Et pourtant, ils s'accrochaient à cette tradition.

– Mes parents sont absents, dis-je au conseiller Lattimer tandis qu'il franchissait le seuil. Ils travaillent.

– Je le sais. Je suis là pour prendre des nouvelles de tes progrès, conformément au jugement rendu.

– Ça ne devrait pas être à Shaw de le faire ?

Il observa le salon avec son fatras d'instruments de musique.

– Je te garantis que je suis qualifié.

Addie renversa son chocolat en voyant un membre de l'Orphéon entrer dans notre cuisine.

– Ce n'est pas Eliot, commentai-je.

– Conseiller ! s'exclama-t-elle en se levant d'un bond. Nous sommes... Je suis... Que puis-je pour vous ?

– Je suis là pour le rapport concernant les progrès de Delancey. Étant donné que vos parents t'ont confié la responsabilité de sa formation, je me suis dit qu'il serait plus simple de voir ça directement avec toi.

Il lui lança un regard insistant, comme s'il commençait à perdre patience.

– Je ne l'ai pas encore rédigé, répondit-elle, sur ses gardes. Mais elle s'en sort bien. Nous avons passé la journée à réviser la navigation et la cartographie, et nous avons discuté des différentes stratégies possibles pour analyser une rupture en direct.

Impressionnant. Ça sonnait beaucoup mieux que : « Nous avons traîné dans un café et cambriolé un lycée. »

– Et elle ne Marche que dans le cadre d'entraînements supervisés.

– Oui, monsieur. Nous la surveillons étroitement.

– Nous. Toi et votre grand-père, je suppose.

Il leva la tête vers l'étage, d'où nous parvenait la démarche traînante de Monty.

– Es-tu certaine que ni l'un ni l'autre ne se sont éclipsés sans que tu t'en aperçoives ?

Une question directe de la part d'un membre de l'Orphéon, c'était du jamais vu. Il devait être réellement curieux, et sa curiosité alimenta la mienne. Était-il là pour se renseigner sur moi, ou sur Monty ?

Addie était trop préoccupée par le sous-entendu qui suggérait qu'elle n'était pas assez stricte avec moi pour remarquer cette entorse.

– Les exigences de l'Orphéon étaient très claires. Je n'ai pas quitté Del des yeux un seul instant.

Je fis mon possible pour avoir l'air docile et repentante.

– Il est important que tu surveilles ton grand-père aussi attentivement que ta sœur afin qu'il n'aille pas vagabonder. Par ailleurs, je me dois de t'informer que ses méthodes vont souvent à l'encontre des pratiques couramment admises.

– Il a des années d'expérience, lâchai-je. Pourquoi ne pourrions-nous pas profiter de ses connaissances ?

Lattimer se tourna vers moi, tel un prédateur vers sa proie.

– Ce qu'il pourrait t'enseigner serait au mieux soumis à caution. Tu devrais plutôt prendre exemple sur Addison. Nous avons besoin de davantage de Marcheurs comme elle.

Addie se redressa tandis qu'il se tournait vers elle, sa posture encore plus parfaite que d'habitude.

– Nous apprécions ta volonté de bien faire, Addison. Une fois ton apprentissage terminé, et en partant du principe que ton travail avec Delancey sera une réussite, l'Orphéon s'assurera que tu obtiennes un poste à la hauteur de tes compétences.

En surface, cela ressemblait à un compliment, mais la menace sous-jacente était claire : si j'échouais, je ne serais pas la seule à être sanctionnée.

– Oui, monsieur. Merci, répondit humblement ma sœur à qui l'insinuation n'avait pas échappé.

– Très bien. Tu m'enverras ton rapport écrit ainsi que le programme que tu as établi pour la semaine à venir. Je continuerai à prendre des nouvelles en personne.

– Ce n'est pas nécessaire, monsieur. Del vous a déjà causé bien assez de souci comme ça.

– Cela ne me pose aucun problème, répliqua-t-il avec un sourire dénué de chaleur. Veiller sur ses petites-filles est le moins que je puisse faire pour mon vieil ami. Surtout vu son état.

Addie n'eut pas le temps d'articuler un autre timide « oui, monsieur » qu'il était parti.

– Eh bien, ce n'était pas du tout effrayant, commentai-je en verrouillant la porte avant de retourner à la cuisine. Pourquoi l'Orphéon s'intéresse-t-il autant à moi ? Je pensais que ce serait Shaw qui assurerait mon suivi, d'autant plus qu'ils ont l'air super occupés avec le projet spécial sur lequel travaillent les parents.

Le nez dans sa tasse, Addie était perdue dans ses pensées.

– Papi était un personnage de premier plan quand il était cliveur. Beaucoup de gens étaient convaincus qu'il serait nommé à l'Orphéon avant que Mamie disparaisse. Peut-être qu'ils s'imaginent lui rendre service.

– Tu parles d'un service. Monty et Lattimer se détestent.

– Oui, c'est vrai. Mais reste que Papi n'était pas n'importe qui. Tout comme Maman et Papa. Ils ne peuvent pas publiquement faire de favoritisme, mais en coulisse... (Elle haussa les épaules.) Quoi qu'il en soit, Lattimer a raison quand il dit que Monty peut avoir une mauvaise influence. Il n'arrête pas de perdre la notion du temps, Del. Il décline.

Le chocolat me collait au palais et rendait ma diction difficile.

– Juste un peu. Quand c'est important, il arrive à se concentrer.

– C'est ce qu'il estime important qui m'inquiète, répliqua-t-elle.

Toute ma vie, Monty m'avait encouragée à repousser mes limites. À chercher à savoir ce dont j'étais capable plutôt qu'à suivre aveuglément les consignes.

– Nous apprendre à Marcher. Faire en sorte que nous sachions toujours retrouver le chemin de la maison.

– Tout ça, ça vient en second. Il veut surtout retrouver Mamie, et s'il ne peut pas y parvenir tout seul, il se servira de nous. Il serait prêt à utiliser n'importe qui. Il nous forme pour qu'on continue les recherches quand lui ne pourra plus.

– Tu crois qu'il sait qu'ils envisagent de l'envoyer dans une maison de retraite?

– Je pense qu'il n'est pas aussi perdu qu'il en a l'air.

Elle secoua la tête, puis se leva pour rincer sa tasse.

– Je vais aller rédiger ce rapport.

Après son départ, j'écrivis un message à Eliot : *Tu es revenu ? On se fait un film ce soir ?*

La réponse fut immédiate : *J'arrive.*

Les manuels au sujet desquels Addie et moi nous étions disputées le matin étaient éparpillés sur la table. Je voulus les ranger, mais le bureau de ma mère, une pièce aveugle et minuscule donnant sur le couloir, était comme d'habitude fermé. Les seuls livres que je pus remettre à leur place furent les journaux reliés de cuir de mes grands-parents et d'autres membres de la famille, morts et enterrés depuis longtemps. De nos jours, la plupart des Marcheurs tenaient leur journal sur ordinateur, mais il y avait quelque chose de rassurant à contempler ces rangées de volumes, estampillés avec les initiales de leurs auteurs.

Le Monty dont j'avais eu un aperçu dans les journaux était agile et rusé, même s'il ne suivait pas les procédures. Il se fiait davantage à son instinct et à sa maîtrise de la manipulation des cordes qu'aux données froides telles qu'on nous les enseignait à l'école.

Ses dernières notes étaient des propos décousus à propos de l'Orphéon et de ses tentatives personnelles pour retrouver Rose.

Quant aux journaux de ma grand-mère, ils ressemblaient à des scrapbooks : quelques cartes, de nombreux commentaires sur les cas qu'elle avait traités, des remèdes, des recettes de dessert que Monty aimait, de brèves mélodies qu'elle avait composées...

Quand j'étais enfant, je lisais ces journaux en boucle dans l'espoir de trouver des indices sur l'endroit où était Rose, et des renseignements sur la façon dont Monty l'avait cherchée. Je pensais à l'époque que si je parvenais à la ramener, mon grand-père redeviendrait lui-même, pas seulement le grand-père loufoque que j'adorais, mais également le brillant Marcheur dépeint dans ces pages. Il aurait été à nouveau heureux, et j'aurais enfin rencontré ma grand-mère au lieu de me contenter d'écouter des histoires à son sujet.

Mais je ne me faisais plus d'illusions. Il s'était écoulé trop de temps et trop de mondes pour qu'il subsiste encore la moindre chance de retrouver Rose. Tout ce que nous souhaitions désormais était que Monty ne se perde pas à son tour.

Je me rendis dans le salon, pris l'alto de ma mère et jouai quelques arpèges, mes doigts dansant sur les cordes. Ces gammes entraînantes et complexes étaient en général un remède souverain à mes crises de mélancolie.

Eliot entra par la porte de derrière.

– Je t'ai manqué?

– Tu n'imagines même pas à quel point. (Je le rejoignis dans la cuisine et le serrai dans mes bras.) Tu as passé tout ce temps dehors?

– Oui. Le cours était compliqué aujourd'hui, dit-il en prenant une canette de soda dans le réfrigérateur avant de la boire bruyamment. C'était rasoir sans toi.

– Ça ne m'étonne pas. Est-ce que les autres ont demandé de mes nouvelles?

– Callie a dit que tu devrais l'appeler. Tout le monde était dégoûté que tu ne sois pas là.

J'avais envie de le croire, mais depuis le jugement, mon téléphone était atrocement silencieux.

– Et Shaw? A-t-il dit quelque chose?

Eliot s'assit dans le fauteuil de brocard bleu, en croisant les mains derrière la tête.

– Sois gentille avec Addie.

– Pfff. Il sait comment elle est.

Satisfaite, je jouai un autre arpège. Shaw était de mon côté. Si nous parvenions à prouver que le clivage n'était pas ma faute, il me soutiendrait auprès de l'Orphéon.

– Je suis allé aux archives après le cours, dit-il. J'ai récupéré un paquet de fichiers que j'ai lus sur le chemin du retour.

Je sentis mon pouls s'accélérer.

– Qu'as-tu trouvé ?

– Rien pour l'instant. La majeure partie des données a disparu lors du clivage. Mais je vais continuer à chercher.

– Est-ce que Shaw a aimé le programme ? demandai-je en essayant de cacher ma déception.

– Je ne suis pas prêt à le lui montrer.

Eliot pourrait attendre d'avoir quatre-vingts ans, qu'il ne serait toujours pas prêt. C'était un véritable perfectionniste. D'habitude, ça me rendait folle, mais cette fois il avait raison.

– Tu as bien fait, il a des bugs. Je voulais t'en parler hier.

Il fronça les sourcils.

– Qu'as-tu fait à ma carte ?

– J'étais en train de la tester pendant le cours d'histoire, et l'affichage a en quelque sorte... explosé, répondis-je en faisant un grand geste avec mon archet pour illustrer mon propos.

– Pourquoi ne m'as-tu rien dit ?

– J'ai redémarré le téléphone et tout semblait normal. Et puis, nous n'avons pas vraiment eu le temps de discuter depuis.

Entre ma retenue et son entraînement, nous ne nous étions presque pas vus.

– Il ne semble pas y avoir de problème pour l'instant, dit-il en passant les doigts sur l'écran. Que faisais-tu quand il a planté ?

– Rien ! J'étais assise et je testais sa portée quand il s'est figé. Je suis allée avec dans la salle de musique afin de voir en personne ce qui avait pu se passer et il a recommencé à fonctionner.

Il me fusilla du regard.

– Je préférerais que tu ne Marches pas en solo.

– Chut.

Avant qu'il puisse me faire un sermon, ou me demander qui j'avais vu, j'ajoutai :

– Il aurait dû y avoir un million de pivots dans la salle de musique, mais il n'y en avait qu'un seul. Comment expliques-tu ça ?

– Un seul ?

Il se mit à faire les cent pas dans la pièce tout en manipulant l'application.

– Tu en es sûre ?

– Absolument certaine. Je l'ai vu, entendu et senti.

Plutôt que de le regarder user la moquette, je recommençai à jouer, essayant de recréer la mélodie entendue au Grundy.

– Je suis prête à parier que Maman pourrait nous dire ce qui s'est passé.

– Arrête de faire l'andouille, intervint Addie en descendant l'escalier. Et n'allez pas embêter Maman. Elle n'a pas le temps de réparer ton dernier gadget, Eliot. Sans vouloir te vexer.

– C'est bon, marmonna-t-il.

– Ce n'est pas un gadget, répliquai-je en mettant de côté l'alto de Maman et le souvenir de l'Écho de Simon.

La façon désinvolte dont Addie avait envoyé promener Eliot m'avait énervée.

– C'est une carte. Une carte en temps réel. Et elle est géniale.

– En temps réel ? Laisse-moi voir ça.

Elle lui prit le téléphone des mains.

– Il y a encore quelques petits problèmes à résoudre, dit-il.

– Prenons-la avec nous ce soir, proposai-je. On pourra la tester à nouveau.

– Tu as Marché avec ? s'enquit sèchement Addie.

– Je n'ai pas le droit de le faire, n'est-ce pas ?

Ce qui n'était pas réellement un non, et Addie le savait. Elle savait également qu'elle ne pouvait rien prouver. Je la laissai donc ruminer et me tournai vers Eliot.

– Nous ferions mieux d'y aller.

– Tes désirs sont des ordres, répondit-il en récupérant son téléphone.

– Vous n'irez nulle part, rétorqua-t-elle avec une expression sévère qui la fit ressembler à notre mère. Nous n'en avons pas fini avec ta formation.

– Tu n'as pas d'amis ? Ou un rencard ? Autre chose à faire que me pourrir la vie ?

– Pour ton information, j'avais des projets pour ce soir. Mais comme je n'ai pas envie de parler des aventures de ma délinquante de sœur, j'ai préféré renoncer.

Elle ne semblait pas si contrariée que ça.

– C'est le prétexte le plus stupide que j'aie jamais entendu. Comme s'il t'arrivait de parler de moi avec tes amis. C'est quoi la vraie raison ?

– Je n'ai pas à me justifier devant toi. Prends ton manteau, Del. Nous allons voir un match de basket, et tu vas le cartographier.

– C'est une blague ?

– Est-ce que j'ai l'air de plaisanter ? demanda-t-elle d'une voix pincée.

– Tu as l'air d'avoir besoin de...

Eliot m'interrompit d'un coup de coude dans les côtes, et je le gratifiai d'un regard noir.

– Quoi, c'est vrai !

– Ça n'aide pas, marmonna-t-il en adressant à Addie un sourire d'excuse. Nous avions prévu de sortir. C'est samedi. Soirée ciné.

– Elle le sait, rétorquai-je. On va au cinéma tous les samedis. Elle fait sa garce, c'est tout.

Addie renifla avec mépris.
– Sympa, Del. Et très élégant.
– Tu ne peux pas nous empêcher d'y aller.
– Tu crois ça ?
Elle brandit son téléphone comme s'il s'agissait d'un badge de shérif.
– J'ai parlé avec Maman et elle est d'accord avec moi. Tu n'auras qu'à lui demander. Ils seront là d'une minute à l'autre.
– Je vais la tuer, dis-je à Eliot, les dents serrées, en suivant Addie dans la cuisine. L'étouffer avec un oreiller. L'étrangler avec une corde de violon. Ou mettre un serpent venimeux dans son lit. Tu te rends compte de la chance que tu as d'être enfant unique ?
– Ça a ses avantages, admit-il.
Quand mes parents franchirent le seuil de la maison, je fus tentée de me défouler sur ma mère, mais voyant combien elle paraissait épuisée – les yeux cernés, des cheveux s'échappant de son chignon d'ordinaire impeccable, et le teint pâle –, je me ravisai.
– Eliot. J'ai l'impression qu'on ne t'a pas vu depuis une éternité. Comment vas-tu ? dit-elle d'une voix chaleureuse.
– Bien. Papa dit que vous lui donnez beaucoup de travail.
Le père d'Eliot supervisait une des équipes avec lesquelles Maman travaillait.
– Les journées ne sont pas assez longues, répliqua-t-elle avec un rire sans joie avant de se tourner vers moi. Vide ton sac, Del. Quel est le problème ?
– Addie prétend que je dois aller voir un match de basket, alors qu'aujourd'hui c'est soirée ciné !
Constatant que ça la laissait de marbre, j'ajoutai :
– J'ai passé toute la journée à travailler, et maintenant elle veut faire sauter notre soirée.

– Arrête de geindre, s'agaça Addie. Vous pourrez faire joujou avec la nouvelle carte d'Eliot une autre fois.

– Une nouvelle carte ? s'enquit Maman en s'asseyant à la table de la cuisine.

Monty nous rejoignit et s'installa à sa place habituelle.

Eliot tendit le téléphone, en affichant une expression à la fois gênée et fière. Durant quelques minutes ma mère se concentra sur le logiciel, posant des questions et n'écoutant qu'à moitié les réponses. Pendant ce temps, j'essayais de ne pas être blessée par le fait qu'elle semblait plus intéressée par un programme informatique que par moi.

– Impressionnant. Tu veux bien me faire une copie ? demanda mon père. Ça pourrait nous être très utile sur le terrain.

– Il faut encore que je l'améliore, protesta Eliot.

– Pourquoi remettre au lendemain ce que l'on peut faire le jour même, répliqua ma mère en échangeant avec mon père un regard entendu. Envoie-nous une copie, Eliot. Dès ce soir.

Ma mère avait toujours encouragé Eliot lorsqu'il lui présentait ses inventions et ses gadgets, mais jamais sur un ton aussi sérieux. Si mes parents voulaient sa carte, ce n'était pas pour s'amuser avec.

– Maman, rassure-moi, Addie n'est quand même pas autorisée à régenter ma vie ?

– Ta sœur sait qu'il n'est pas dans son intérêt d'abuser de sa position, répondit-elle en adressant à Eliot un sourire compatissant. Vu la nouvelle situation de Del, je crains que vous ne puissiez plus passer autant de temps ensemble qu'avant.

Elle n'avait pas tort. Entre la formation, que continuait à suivre Eliot, et moi à la merci d'Addie en mode dictateur, nous allions forcément nous voir moins souvent. Eliot était une partie de ma vie si familière que d'une certaine façon, je n'y faisais plus vraiment attention, un peu comme le Monde Clé. Il était ma constante. À l'idée qu'il puisse commencer son apprentissage sans moi, je sentis mon cœur se serrer.

– Vous pouvez y aller tous les trois, proposa ma mère. Addie a raison, les événements sportifs sont parfaits pour pratiquer la cartographie. Et, Eliot, tu pourras faire passer à ton logiciel l'épreuve du feu. Tout le monde y gagne.

Addie me décocha un sourire moqueur qui aurait pu se traduire par « Je te l'avais bien dit ».

Monty se leva en repoussant sa chaise qui crissa sur le parquet de bois. Il avait été si silencieux que j'en avais oublié sa présence.

– C'est parti, les filles. Je vais chercher mon manteau.

Addie en resta bouche bée, et ce fut mon tour de sourire.

Chapitre dix-huit

Une demi-heure plus tard, l'odeur de pop-corn et de nachos parfumait l'air. Cependant, au lieu de la moquette bordeaux et des fauteuils confortables du cinéma, nous avions du parquet et des vieux gradins, avec en fond sonore les couinements des baskets et le bruit mat des rebonds du ballon. Les gradins de l'équipe locale étaient bondés, et les seules places restantes situées tout en haut.

– Les événements sportifs ont tendance à générer une forte concentration de pivots, expliqua Addie. Les émotions sont à leur comble, ce qui engendre davantage de décisions tranchées ayant d'importantes répercussions sur le futur. Quant au match en lui-même, c'est un cycle compressé de choix et de réactions.

– Beaucoup de choix, traduisit Monty entre deux bouchées de hot-dog. Beaucoup de branches. Plein de choses à voir et, cerise sur le gâteau, un visage familier.

D'un mouvement de menton, il désigna Simon en remuant les sourcils. Je fis mine de ne pas savoir de quoi il parlait.

Le nombre de pivots s'ouvrant et se fermant autour de nous était étourdissant. Le bruit ressemblait au vent dans les hautes herbes, ou à celui d'un millier d'oiseaux prenant leur envol.

Une multitude de mondes se pressaient sous mon nez comme autant de nouvelles chansons n'attendant que d'être jouées.

Sauf qu'au lieu de partir en exploration, j'étais coincée avec mon carnet, à noter tous les pivots qui se créaient : personnes choisissant un siège, joueurs en action, jugements de l'arbitre et directives des entraîneurs. C'était une tâche barbante et abrutissante, et je dus me retenir pour ne pas me venger en poussant Addie au bas des gradins.

Pendant que je travaillais à la main, Eliot analysait la scène avec son téléphone, les lumières s'éparpillant et tourbillonnant comme un kaléidoscope. Il ne levait même pas la tête pour regarder le match. Mes yeux ne cessaient d'être attirés par ce qui se passait sur le terrain.

Par Simon. Je n'aurais pas autant protesté si je m'étais rappelé qu'il serait là. À cette pensée, je me sentis si superficielle que je l'écartai pour me concentrer sur son jeu et sur la façon dont il criait des instructions à ses coéquipiers. J'observai Simon depuis des années, mais c'était la première fois que j'assistais à un de ses matchs. Il se déplaçait avec une détermination qui me surprit. La grâce nonchalante qui le caractérisait d'ordinaire avait cédé la place à une vivacité presque rageuse.

Il était facile de percevoir les pivots créés par Simon. Je n'avais pas besoin de consulter l'écran d'Eliot pour me rendre compte de la force des branches qu'ils engendraient, je pouvais les entendre, et l'enchevêtrement des réalités y était d'une complexité alléchante.

Près de moi, Eliot sursauta.

– Que se passe-t-il ? criai-je par-dessus le brouhaha de la foule.

– Ton partenaire, dit-il en tapotant l'écran. Regarde.

Des points brillants étaient éparpillés sur l'écran et d'autres, plus petits, se regroupaient autour.

– C'est lui, là, précisa-t-il en indiquant une lumière clignotante. Il absorbe les autres branches.

J'étais tellement focalisée sur Simon lui-même que je ne l'avais pas entendu. Mais à présent que je voyais tout le terrain en miniature, le phénomène était évident. Les pivots de Simon se nourrissaient des plus faibles et gagnaient en puissance à chaque seconde.

Monty jeta un coup d'œil à l'écran par-dessus l'épaule d'Eliot, puis au terrain.

– On ne voit pas ça tous les jours.

– Qu'est-ce que c'est ?

– Un événement Baroque, répondit Addie en inclinant le téléphone vers elle. Une branche dans un groupe aux fréquences similaires provoque une migration des plus faibles. Une fois qu'un nombre suffisant a commencé à migrer, elles fusionnent. La branche ainsi formée est beaucoup plus solide. Ce n'est pas très courant, mais on en voit parfois lors de manifestations sportives.

Elle se lança alors dans une explication élaborée, pleine de détails techniques et de références. C'était comme écouter quelqu'un lire une dissertation à voix haute.

– Une transposition, quoi, commentai-je.

Ce qui me valut un regard en coin d'Eliot qui devait sans doute penser à la façon dont nous avions transposé le contrôle de sciences du professeur Reese.

– Pas tout à fait. La transposition fusionne les nouveaux Échos avant que leur fréquence soit stabilisée. Les événements Baroques concernent des Échos installés, et sont par conséquent beaucoup plus complexes.

– À quoi sont-ils dus ? s'enquit Eliot.

– Personne ne le sait, répondit ma sœur. Tant que la branche finale est stable, ce n'est pas un problème. Quoi qu'il en soit, les conditions pour ce genre de phénomène sont là.

Sur le terrain, l'événement Baroque était enfin audible. C'était comme écouter un orchestre en train de s'accorder : des myriades de notes qui s'entrechoquaient, effectuant des réglages minute. Même le vacarme du match – la foule qui tapait des pieds en criant, les coups de sifflet de l'arbitre, les encouragements des pom-pom girls – ne parvenait pas à couvrir le bruit qui se répandait dans le gymnase.

– C'est plutôt cool, admis-je en regardant les pivots qui se formaient dans le sillage de Simon.

Le signal sonore indiquant la fin de la première mi-temps retentit et l'événement Baroque s'arrêta. Notre équipe menait par 52 à 37, et la foule enthousiaste faisait trembler les gradins. Les joueurs se dirigèrent vers les vestiaires, poings levés, et l'activité des pivots se calma.

Eliot se mit debout.

– Quelqu'un veut des nachos?

Addie grimaça d'un air dégoûté :

– Le fromage qu'ils mettent là-dedans n'est qu'un agglomérat de colorants artificiels et de matières grasses hydrogénées.

– J'aime vivre dangereusement, répliqua-t-il gaiement. Allez viens, Del. Tu as dit que tu voulais du pop-corn.

– Pop-corn? répéta Monty.

Mais Addie le retint par la manche.

– Nous, nous restons ici. Et soyez revenus avant que le match reprenne.

Eliot m'attrapa la main et descendit les gradins pour rejoindre l'entrée surpeuplée. Des enfants couraient au milieu de la foule tandis que les parents bavardaient. Quant à nos camarades de classe, ils étaient agglutinés en petits groupes solidaires refusant d'accueillir de nouveaux membres.

– Tu détestes les nachos.

– Je ne voulais pas parler devant les autres. Dis-moi exactement à quoi ressemblait la carte avant de planter hier.

– Une grosse lumière qui occupait tout l'écran.

– Et quand tu as traversé, sa fréquence était comment ?

– Forte, répondis-je en me remémorant la scène. J'aurais pu y rester au maximum une heure.

– Je pense que tu as vu les vestiges d'un événement Baroque. Comme celui qui vient de se produire, de nombreux pivots fusionnant en un seul. Tu es arrivée à la fin, après l'absorption des branches, dit-il en accompagnant son explication de gestes. Je te parie qu'il va y en avoir un autre durant la seconde mi-temps. Crois-tu qu'Addie nous laissera jeter un coup d'œil ?

– Même pas en rêve. (Mais l'attrait d'une excursion était plus fort que la crainte de ma sœur.) Nous pourrions y aller sans elle. Attendre un moment d'inattention et aller voir.

– Elle t'a déjà dénoncée une fois, me rappela Eliot. Ne lui donne pas l'opportunité de recommencer. Allons plutôt lui demander.

La mi-temps était sur le point de se terminer. De l'autre côté des portes, nous entendions les musiciens jouer un air conquérant dominé par le trombone et la grosse caisse.

– Je suis sûre et certaine qu'elle dira non, répliquai-je en haussant les épaules.

Même si écouter la voix de la raison était pour moi contre-nature, j'en comprenais l'intérêt.

– Mais tu peux toujours essayer, ajoutai-je alors que nous remontions les gradins.

Pendant la seconde mi-temps, Addie nous fit un cours magistral sur la théorie des branches et le protocole de la Marche. Monty s'assoupit malgré le bruit assourdissant. Assis le dos droit comme un I, Eliot comparait ce qui se passait sur le terrain avec son écran, les sourcils de plus en plus froncés. Quant à moi, je gardais les yeux rivés sur Simon et l'événement Baroque.

Sans avoir besoin de regarder, je sus que la carte d'Eliot venait de planter quand les pivots accumulés sur le terrain s'amalgamèrent pour n'en former qu'un à la résonance puissante, comme une cloche d'église. Je me bouchai les oreilles. Même Monty se réveilla en sursaut.

– Et c'est comme ça que fonctionnent les événements Baroques, conclut Addie comme si nous étions des élèves de maternelle, et elle l'enseignante blasée.

La partie se termina peu après, et les supporters des vainqueurs se levèrent en hurlant pour laisser libre cours à leur joie.

Simon et son équipe exécutèrent un rituel complexe de poignées de main avec l'équipe adverse, puis ils échangèrent des accolades entre eux hors du terrain. Ayant joué pendant presque tout le match, Simon avait le T-shirt trempé de sueur et le visage empourpré. Il affichait une expression triomphale à la limite de l'arrogance, comme si leur victoire n'avait jamais fait aucun doute. Le poing levé, l'équipe rejoignit en courant les vestiaires.

Tandis que la foule se dispersait, je me tournai vers Addie.

– Est-ce qu'ils ont perdu, dans l'Écho Baroque ?

– Impossible à dire sans traverser pour voir.

Alors que j'ouvrais la bouche pour proposer que nous le fassions, elle leva la main pour m'arrêter.

– Hors de question que je t'emmène dans un monde que nous n'avons pas analysé en amont, Del. Ce serait trop dangereux.

Je lançai à Eliot un regard entendu, qui aurait pu se traduire par « Je te l'avais bien dit ».

– Nous resterons de ce côté, promit ce dernier en m'attrapant la main pour me faire descendre les gradins.

Tandis que nous traînions près de la ligne de touche en

attendant que la salle se vide, je sentais les bords des pivots couvrant le terrain m'effleurer telles des ailes de papillon. Fantômes de matchs antérieurs, ils n'avaient pas été affectés par le phénomène auquel nous venions d'assister.

J'enfonçai les mains dans les poches de mon manteau, les yeux rivés sur le pivot Baroque. Il était situé sur un demi-cercle rouge de l'autre côté de la salle, les bords en étaient si prononcés que si je les abordais par le mauvais angle, ce serait comme heurter le chambranle d'une porte. À l'opposé, Addie expliquait les subtilités des événements Baroques à Eliot, qui avait l'air de n'avoir qu'une envie : s'échapper.

Un ballon roula jusqu'à moi. Je le ramassai et fus étonnée par son poids. J'essayai de dribbler et écoutai le rythme régulier des rebonds tout en mémorisant la nouvelle fréquence. Peut-être aurais-je l'occasion de l'explorer pendant les cours, quand Addie ne risquerait pas de me surprendre.

Sorti de nulle part, Simon me subtilisa le ballon.

– Il faut rester sur tes gardes, dit-il en esquivant mes tentatives pour le reprendre. Je n'aurais pas cru que tu étais une fan de basket.

– Je ne le suis pas.

Je déglutis, la gorge soudain sèche. Ses cheveux étaient humides et ébouriffés à cause de la douche, et il avait l'air plutôt intrigué.

– C'est ma première fois. À ce propos, félicitations.

Il jeta un coup d'œil au score.

– C'était pas mal.

– Vous avez gagné. De vingt points.

Même si je n'y connaissais pas grand-chose en sport, je savais que c'était bien.

– C'est vrai.

Il balaya les alentours du regard avec un faux air de conspirateur et ajouta :

– Tu veux que je te dise un secret ?

– Bien sûr.

Il se pencha vers moi et m'effleura l'épaule du bout des doigts, son souffle chaud contre mon oreille.

– C'est plus drôle quand la partie est serrée.

Je m'ordonnai de ne pas rougir et répliquai :

– Ah bon ?

– La victoire est toujours meilleure quand tu dois te battre pour l'obtenir.

Il me tendit le ballon.

– Fais-moi un lancer franc.

– Je suis incapable de marquer un panier.

– Tu as déjà essayé ?

– En cours d'éducation physique. C'était pas beau à voir.

– N'en sois pas si sûre. Regarde.

Il reprit la balle et s'avança jusqu'à la ligne de lancer franc. J'observai le changement qui s'opéra en lui, la détermination avec laquelle il se concentra sur le sol, le ballon et le filet. L'autre nuit, c'était sur moi qu'il s'était focalisé de la sorte, et ce souvenir me coupa le souffle.

Il dribbla deux fois, leva la balle, les doigts écartés, et lança en cassant le poignet et en gardant ensuite les mains en l'air. J'entendis le frottement du filet et le rebond qui suivit, mais j'avais les yeux rivés sur Simon qui laissait retomber ses mains avec un sourire.

– Joli, commentai-je.

– L'année dernière, ce tir nous a permis de gagner le championnat. Durant les prolongations.

– J'en ai entendu parler en effet.

Cela avait été le seul sujet de conversation du lycée pendant toute une semaine.

– Le jour où j'ai remporté ce match a été le plus beau jour de ma vie. Ils m'ont même autorisé à découper le filet en souvenir.

Il me redonna le ballon en recouvrant mes doigts avec les siens, et je perçus sa fréquence, forte et juste.

– À toi, maintenant.

– C'est ton truc, pas le mien.

Son sourire s'épanouit, et ses yeux pétillèrent de malice.

– Tu as la trouille ?

Je relevai le menton.

– Non.

– Alors, vas-y. Les pieds sur la ligne, Sullivan.

Il me positionna face à la ligne de lancer franc et appuya son index dans mon dos, m'obligeant à avancer jusqu'à ce que j'arrive à l'endroit où il s'était tenu.

– Montre-moi ce que tu as dans le ventre.

Le ballon effleura à peine le panneau.

– Tu vois ? Je suis un cas désespéré.

– Retire ton manteau, m'ordonna-t-il. Il restreint tes mouvements.

Je luttai pour enlever les manches, et il m'aida, ôtant mon vêtement avec l'aisance de la pratique et un sourire carnassier.

– OK, tu es droitière, donc tu dois placer ton pied droit ici, expliqua-t-il en poussant ma botte de la pointe de son pied. Et il doit être pointé vers le panier.

Mes membres étaient raides, comme ceux d'un pantin de bois, comme si j'avais oublié comment bouger.

– Plie légèrement les genoux, dit-il en posant les mains sur mes épaules. Les bras levés. Tu vas lancer avec ta main droite, la gauche n'est là que pour l'équilibre.

Chaque consigne était ponctuée d'un contact, et je sentis la tête me tourner.

– Vas-y, essaye.

Le ballon heurta le panneau et repartit sur le côté.

– Je t'avais prévenu.

– Il ne faut pas abandonner si facilement.

Il reprit la balle et la fit tourner comme une toupie.

– Alors tu es venue m'encourager pour notre match d'ouverture? Ça me touche beaucoup, partenaire.

– C'est ma sœur qui a voulu venir.

D'un mouvement de tête, je désignai Addie et Eliot qui étaient à moitié en train de regarder la carte et à moitié en train de me regarder moi, tous deux clairement mécontents. Il n'y avait aucune trace de Monty, mais pour une fois je laissai à Addie le soin de s'occuper de lui.

– Je suis privée de sortie, à moins d'être avec elle.

– Et moi qui croyais que tu étais là pour moi.

Il me lança le ballon et se plaça juste derrière moi, m'entourant de ses bras afin de positionner mes mains.

– Doigts écartés. Il faut que tu le fasses rebondir sur le panneau afin qu'il retombe dans le filet. Et ne quitte pas des yeux l'arrière du cerceau.

Je luttai contre l'envie de me retourner pour lui faire face. Ce n'était pas le bon Simon pour ce genre de pensée. Au lieu de ça, je me concentrai donc sur le contact ferme de son torse contre mon dos et sur l'image de nos mains réunies, des mains fortes, aussi bien les siennes que les miennes, mais pour des raisons complètement différentes.

– As-tu fait une grosse bêtise pour être privée de sortie? s'enquit-il d'une voix profonde et gentiment moqueuse. Réponds oui, s'il te plaît.

Je continuai à regarder droit devant.

– C'est une longue histoire. Disons que j'ai un problème avec l'autorité.

– Je suis choqué.

Il s'esclaffa et ajouta :

– Tire, Del.

Ses mains me guidèrent, et le ballon décrivit un arc puis passa dans le filet avec un chuintement à peine audible.

– J'ai réussi !

Je me tournai pour voir se dessiner sur son visage un immense sourire reflétant le mien.

– Avec mon aide, précisa-t-il.

Il tira sur la petite natte que j'avais tressée dans mes cheveux.

– Tu es punie pour de scandaleuses raisons. Tu sèches les cours. Je commence à bien te cerner.

– Ah ?

– Tu es une fauteuse de troubles.

À l'entendre, c'était plutôt un compliment.

– C'est marrant. C'est ce que les gens disent de toi.

– Tu devrais les écouter, murmura-t-il.

Sa peau dégageait de la chaleur, comme l'autre nuit, et ce souvenir me donna le courage de me rapprocher de lui.

– Simon !

Bree arriva en courant et se jeta à son cou.

– Tu as été formidable ! Ils auraient aussi bien pu ne pas être là, vous avez super bien joué ! Et ce panier à trois points était incroyable. Le recruteur d'Arizona n'a eu d'yeux que pour toi.

Son sourire envolé, Simon se libéra doucement. Bree pencha la tête sur le côté et afficha une moue implorante.

– Peux-tu m'emmener chez Duncan ? Il n'y a plus de place dans la voiture de Cassidy.

– Bien sûr, pas de problème.

Il se tourna vers moi et ajouta à mon intention d'une voix désolée :

– Il y a une fête. Chez Duncan.

– J'en ai entendu parler.

Un frisson glacé me parcourut et je ramassai mon manteau par terre en évitant le regard de Simon.

– Tu pourrais venir, si ça te dit. Ça va être une soirée tranquille.

– Duncan n'aimerait pas voir débarquer un groupe de gens qu'il ne connaît pas, l'interrompit Bree. Nous ne pouvons pas inviter tout le lycée.

L'espace d'une seconde, je crus qu'il allait le faire malgré tout. Il était assez populaire pour pouvoir inviter une lépreuse – une véritable lépreuse, pas juste son équivalent social – sans que personne y trouve à redire. Il sembla hésiter, mais sa décision était évidente.

Je le coiffai au poteau.

– Je suis privée de sortie, tu as oublié? Et les fêtes de lycée ne sont pas vraiment mon truc.

– Vraiment? répliqua Bree, sarcastique. Pourquoi?

J'adressai un sourire à Simon en essayant d'avoir l'air nonchalante.

– Ça manque de challenge. Amusez-vous bien tous les deux.

– Del... commença Simon.

Mais je me dirigeais déjà vers la porte. Mieux valait toujours être celle qui partait.

Chapitre dix-neuf

Hormis le besoin de dissimuler le secret des Marcheurs aux Originaux et aux Échos, les relations amoureuses avec les uns et les autres sont mal vues pour une raison supplémentaire, et des plus importantes : le futur de notre peuple et du Monde Clé dépend du maintien de notre patrimoine génétique.

Chapitre quatre, « Physiologie »
Principes et pratiques du clivage, cinquième année

– Tu l'aimes bien, constata Eliot tandis que nous étions assis sous le porche après le match.

– Simon ? Pas du tout.

– Tu te comportes bizarrement depuis que Powell vous a mis ensemble. Tu vas Marcher alors que tu n'en as pas le droit. Tu flirtes avec lui en classe. Et quand il t'a draguée tout à l'heure, tu l'as laissé faire. Les preuves ne mentent pas.

C'était la devise d'Eliot, mais cela ne m'empêcha pas de nier.

– Tu n'as pas entendu quand Bree lui a interdit de m'inviter ? Et qu'il a obéi ?

Je posai la pointe de mes pieds au sol et poussai. La balancelle se mit en mouvement avec un grincement sonore.

– Tu devrais garder tes distances, dit Eliot. Il te rend vraiment malheureuse.

– C'est cette discussion qui me rend malheureuse.

Eliot n'avait pas davantage apprécié mes petits amis Marcheurs, et je n'étais pas d'humeur à avoir cette conversation. De plus, je ne sortais pas avec Simon.

– Il y a quelque chose de bizarre chez ce gars. Deux événements Baroques en deux jours, et comme par hasard il était au centre des deux. Laisse-moi approfondir la question avant de te jeter dans ses bras.

Je le fusillai du regard.

– Je ne me jette pas dans ses bras ! Et puis, il n'est pas du tout mon genre.

– Qui n'est pas ton genre ? demanda Addie de l'autre côté de la moustiquaire. Le joueur de basket ? Celui avec les mains baladeuses ?

– Lâche l'affaire.

Je me rencognai dans la balancelle.

– Tu sais que ça ne mènera nulle part, m'avertit-elle. Il n'est pas Marcheur.

– Il n'est rien du tout, répliquai-je. Juste un garçon.

– Bien, approuvèrent en chœur Eliot et Addie.

La règle qui interdisait les liaisons entre Marcheurs et Originaux était stupide. Même l'Orphéon fermait les yeux au-delà de l'apprentissage, quand les gens commençaient à se poser et à former des relations durables. Je comprenais le besoin de transmettre nos gènes, car sans futures générations de Marcheurs, le Monde Clé finirait un jour ou l'autre par s'effondrer. Mais je n'avais pas l'intention d'épouser Simon. Je voulais juste... en réalité j'ignorais ce que je voulais, mais ce n'était pas le mariage.

Addie retourna à l'intérieur. J'avais dû avoir l'air d'une idiote à flirter avec Simon pour qu'au final il parte avec Bree. À cette pensée, je me sentis si gênée que j'eus envie de disparaître.

Eliot me passa un bras autour des épaules.

– Trouve quelqu'un d'autre, Del. Quelqu'un qui en vaut vraiment la peine.

Je me raidis.

– Ne me dis pas ce que j'ai à faire.

– Ce n'est pas mon intention. Je te conseille seulement de bien réfléchir, pour une fois.

– Parce que tu es un expert en relations amoureuses, maintenant ? Je ne te vois pas conclure avec Bree Carlson, ou avec qui que ce soit d'autre, rétorquai-je avec plus de méchanceté que je n'en avais eu l'intention.

– Pourquoi le voudrais-je ? demanda-t-il en fronçant les sourcils. Et pourquoi es-tu furieuse contre moi ? C'est Simon qui t'a lâchée, pas moi.

– Pourquoi serais-je furieuse ? C'est vrai quoi, j'adore m'entendre dire qu'il est impossible que Simon Lane s'intéresse à moi. Vas-y, continue. Je t'en prie.

– Ce n'est pas ce que j'ai... commença-t-il.

– Tu es jaloux, l'interrompis-je.

Voyant se dessiner sur son visage une expression froide et distante, je compris que j'aurais dû me taire. Mais l'humiliation qui couvait depuis le match s'était transformée en colère, j'étais incapable de m'arrêter. Elle se déversait, contaminant tout sur son passage, empoisonnant la seule bonne chose qu'il me restait.

– Tu es jaloux parce que moi, au moins, quand je veux quelque chose, je fais ce qu'il faut pour l'avoir, et ça marche.

– Ça n'a pas marché ce soir, rétorqua-t-il d'une voix tranchante.

– Au moins j'ai essayé. Tu préfères passer ton temps à analyser des données plutôt que de prendre un véritable risque. Bon sang, Eliot. Trouve-toi une copine. Tente quelque chose. Peut-être qu'alors tu ne seras plus sans cesse sur mon dos.

– Et peut-être que si tu t'intéressais à autre chose qu'à ta petite personne, ne serait-ce que cinq minutes, tu...

Il s'interrompit, comme s'il ravalait les mots qu'il avait envie de prononcer.

– Tu veux être en pétard ? Sois-le après Simon ou Bree. J'ai vu ton visage quand il a choisi cette soirée au lieu de toi. Je vais me répéter, mais les preuves ne mentent pas. Ne me dis pas que tu n'es pas attirée par lui.

– Ce ne sont pas tes oignons.

– Tu es...

Il baissa la tête, inspira profondément et croisa mon regard.

– Tu es un boulet, et ce soir tu te comportes comme une garce, mais tu es ma meilleure amie. Et je ne veux pas que tu sois blessée.

La vérité contenue dans sa déclaration fit en partie retomber ma colère.

– Tu penses qu'il va me blesser.

– Il l'a déjà fait. (Il leva les mains, en signe de reddition.) Fais comme tu veux, Del. De toute façon, tu n'en feras qu'à ta tête, comme d'habitude.

Il descendit les marches du perron sans un mot de plus, les épaules voûtées, les mains enfoncées dans les poches de son manteau. Je n'étais pas la seule à être en pétard.

En seize ans, nous nous étions rarement fâchés. Chaque fois, j'avais ressenti comme un vide affreux dans la poitrine. Et cette fois, ce vide était teinté de culpabilité. Eliot avait toujours été à cent pour cent de mon côté. Et si j'avais brisé notre amitié de façon irrémédiable ?

À l'intérieur, Addie buvait une tasse de thé en examinant une carte.

– Sacrée dispute.

– Je vais arranger ça.

Dans certains cas, il n'y avait pas d'autre choix. Et recoller les morceaux entre Eliot et moi était un de ces cas.

– Bonne chance.

– Il est tard, dis-je, surprise par le calme qui régnait dans la maison. Où sont les autres ?

– Monty dort, et les parents sont terrés dans le bureau de Maman. Une fois de plus. J'aimerais bien qu'ils nous disent ce qui se passe.

– Bonne chance, l'imitai-je.

Elle me lança un regard noir, empli de frustration.

Toute ma vie j'avais regardé Addie suivre les règles, récoltant ainsi compliments et attention.

À aucun moment je n'avais réussi à égaler sa perfection, sans même parler de la surpasser. Et puis, j'avais fini par arrêter d'essayer. Addie et les règles étaient interchangeables, et j'avais fini par en vouloir aux deux. Jamais je n'avais réfléchi à ce qui la rendait si déterminée. Si les gens vous aiment parce que vous êtes parfaite, qu'advient-il le jour où vous faites une erreur ? Je pris soudain conscience que la perfection permanente était une autre sorte de pression, et je ressentis pour ma sœur un élan de sympathie inattendu.

– Il a raison à propos de ce garçon. C'est quoi son nom, déjà ?

– Simon, répondis-je après une courte hésitation.

– C'était avec lui que tu discutais au parc, n'est-ce pas ? Avant le clivage.

– Son Écho, la corrigeai-je.

Des cheveux si longs qu'ils lui tombaient devant les yeux, des bracelets de cuir, des mains chaudes et une invitation plus chaleureuse encore.

– Tu ne devrais pas t'impliquer avec lui, surtout si Eliot pense qu'il peut être source d'ennui.

– Eliot a tort.

– Son jugement est biaisé, mais il n'a pas tort. Sois prudente.

Je levai les yeux au ciel. Notre moment était passé.

Je montai dans ma chambre et me laissai tomber sur mon lit. Les vieux ressorts protestèrent en grinçant. Au-dessus de moi, mes guirlandes d'origami se balançaient au gré du courant d'air en provenance de la fenêtre. Des centaines d'étoiles, identiques à celles que j'avais semées en Marchant.

Y compris celle que j'avais faite pour le Simon de Doughnut World.

Le Simon qui me voulait. Celui qui avait quitté une salle pleine de monde pour passer du temps avec moi. Celui qui ne me jugeait pas, ne m'abreuvait pas de sermons, qui ne faisait rien à part accélérer les battements de mon cœur et chanter le sang dans mes veines.

Les Échos n'étaient pas réels, mais j'étais attirée par l'un d'entre eux. Ou est-ce que je l'étais par le vrai Simon et que je me servais de son Écho parce que c'était la seule façon d'être avec lui ?

Je me relevai en retenant mon souffle. Mon sac à dos contenait encore le matériel utilisé pour l'entraînement de la journée : gros scotch, couteau suisse, allumettes, bonbons, et à présent les crochets de Monty. Son poids était réconfortant. J'étais peut-être imprudente, mais je n'étais pas stupide.

J'avais fait le mur à de nombreuses reprises par le passé, mais jamais l'enjeu n'avait été aussi important. Il aurait été plus futé de rester là afin de trouver un moyen de me réconcilier avec Eliot et de convaincre mes parents que j'avais compris la leçon.

Mais vous pouvez demander à qui vous voulez : la fille intelligente, c'était Addie.

Chapitre vingt

Les pivots engendrés par les Marcheurs avaient beau ne pas durer dans le temps, la plupart des habitations en contenaient quelques-uns, créés par les précédents occupants, des plombiers, des visiteurs... Même si nous avions choisi de ne pas fréquenter les Originaux, certaines interactions étaient inévitables. Les pivots criblant notre foyer étaient vieux mais fonctionnels, parfaits pour s'échapper.

Je traversai la pièce sur la pointe des pieds, à la recherche de la déchirure dans l'air près de mon pupitre de musique. Les bords étaient aussi doux que le brouillard, et je me faufilai à l'intérieur, l'oreille tendue afin de percevoir la fréquence de Doughnut World.

Cela faisait des années que j'utilisais ce passage pour quitter ma chambre, depuis le jour où Monty me l'avait montré. Même si notre maison existait dans un nombre incalculable d'Échos, nous n'en étions pas toujours les propriétaires. Parfois, je la trouvais abandonnée et en ruine, mais la plupart du temps, quelqu'un y habitait. J'avais fini par m'habituer à voir à la place de ma chambre une suite, un fatras poussiéreux, voire un bureau, cependant je n'étais jamais parvenue à me défaire du sentiment d'être une cambrioleuse dans ma propre maison.

Cette fois, j'arrivai dans un grenier vide, identique à ce qu'il avait été avant que j'y emménage en primaire. Je descendis au rez-de-chaussée, surprise de reconnaître le mobilier et les photos accrochées au mur. Un silence complet régnait sur les lieux et tout était recouvert d'une épaisse couche de poussière, mais c'était bien chez nous.

Étrangement, cela ne m'intéressait pas autant que de retrouver le Simon de ce monde.

Il m'avait probablement déjà oubliée, mais je pouvais tenter de lui rafraîchir la mémoire. Comparé à ma vie dans la réalité, cela ne pourrait qu'être mieux, ne serait-ce que pour quelques heures. Je sortis et traversai la pelouse qui n'avait pas dû être tondue depuis un bon moment.

À la fenêtre du salon, un rideau s'agita brièvement, pâle comme un fantôme. Je me dissimulai derrière un érable, en essayant de distinguer l'ombre d'un mouvement. Mes parents étaient-ils venus vérifier que j'étais dans ma chambre et m'avaient-ils suivie à travers le pivot? Est-ce que l'Orphéon me surveillait à mon insu?

Rien. Le rideau demeura immobile tandis que les nuages filaient dans le ciel. Seuls étaient audibles le bruit du vent dans les feuilles et la fréquence de Doughnut World, encore plus forte que lors de ma dernière visite.

Je soufflai un grand coup et partis en quête de Simon.

Je me rendis d'abord au Grundy. Un groupe de jazz raisonnablement bon était sur scène, mais pas de Simon. Je savais où vivait son Original, mais j'avais du mal à imaginer cette version de lui restant à la maison un samedi soir. Qu'est-ce qui m'avait permis de croire que je le connaissais assez bien pour deviner où il était?

J'aperçus les entraîneurs de basket-ball attablés dans un angle, riant et parlant fort devant une pinte de bière. Soir de match. Si eux étaient ici, les jeunes devaient être en train de faire la fête ailleurs.

Chez Duncan. J'avais beau être dans un autre univers, les fêtes d'après-match étaient une constante. Et même si l'Écho de Simon ne faisait pas partie de l'équipe de basket, il affichait l'assurance de quelqu'un certain d'être bien accueilli.

Le vent passait à travers mon manteau tandis que je me dirigeais vers le quartier de Duncan. S'il n'y avait pas de fête ou si Simon n'y assistait pas, j'allais me retrouver en hypothermie pour rien. S'il était là… ça en vaudrait la peine.

Mon intuition fut la bonne. Je repérai sa Jeep noire en même temps que j'entendis les pulsations des basses s'échapper des fenêtres d'une maison coloniale de brique rouge. Je commençai à gravir les marches du porche et m'arrêtai. Simon n'était peut-être pas seul, il avait pu venir accompagné de Bree ou d'une autre fille. Sans compter qu'il pouvait très bien avoir envie de profiter de la fête. Il avait été bien trop facile de penser à ce Simon comme « le mien », mais cela ne signifiait pas pour autant que c'était le cas.

Je soufflai sur mes doigts et consultai ma montre. Minuit passé. Je pouvais attendre un peu. Il me restait encore assez de temps pour mener mon enquête, si je ne finissais pas congelée avant.

C'est alors que la pluie se mit à tomber. Une pluie fine et drue, qui s'engouffra dans le col de mon manteau. Mon regard fut attiré par la Jeep qui me semblait de plus en plus accueillante, et je remerciai silencieusement le ciel que Monty ne se soit pas contenté de m'enseigner l'art du vol à la tire.

Je sortis mon kit à crocheter et me mis au travail. Une minute plus tard, à moitié frigorifiée, mais à l'abri de la pluie, je me repassai ma dispute avec Eliot.

« Deux événements Baroques en deux jours, et il était au centre des deux », avait-il dit. Mais la fréquence du Simon Original était normale. Je l'avais clairement entendue quand nous nous étions touchés, après le match. Si les événements Baroques étaient monnaie courante durant les manifestations sportives, il était logique que le capitaine de l'équipe soit impliqué. Et il y avait des millions de facteurs qui auraient pu générer le problème que j'avais rencontré avec la carte d'Eliot. Il collait ça sur le dos de Simon parce qu'il était inquiet pour moi.

Demain, quand Eliot rentrerait de sa formation, j'irais chez lui pour l'aider à réparer sa carte, et recoller les morceaux entre nous.

Je me redressai en entendant la portière s'ouvrir, et poussai un cri de surprise. Simon fit un bond en arrière et laissa échapper un juron, puis il m'examina à la lumière du plafonnier.

Il pouvait encore me voir, comme si notre précédent contact n'avait pas cessé de faire effet. Je retins mon souffle, en espérant que ses souvenirs aussi étaient encore présents.

– Toi, tu sais comment te faire remarquer, dit-il en montant dans le véhicule. Il pleut encore, ajouta-t-il tandis que l'eau crépitait sur la vitre. Est-ce que je vais seulement te voir quand il pleut?

Je lui lançai un regard perplexe.

– Comment ça?

– Je t'ai cherchée au lycée.

– Ah bon?

L'idée était flatteuse. Je n'y étais pas, bien sûr. Même s'il avait pu avoir l'impression de me voir, comme une silhouette dans un rêve que l'on ne parvient pas à distinguer. Je m'autorisai à imaginer une version du lycée où Simon me cherchait.

– Ma présence aux cours est... aléatoire.

– C'est pour ça que tu as été privée de sortie ?

– Pas vraiment.

– Alors, c'est parce que tu t'introduis par effraction dans les voitures des gens au milieu de la nuit ?

Il porta mes mains à ses lèvres et souffla doucement pour les réchauffer. Je me rapprochai de lui.

Il était tellement plus facile d'oser avec ce Simon-là, et rien n'était plus osé que l'honnêteté.

– J'avais envie de te voir.

– Tu aurais pu venir à l'intérieur.

– Je voulais te voir toi, pas tout le lycée.

Il me dévisagea et je lui rendis son regard, mon cœur battant la chamade.

– Tu as fait le mur pour me voir ? Ou pour mettre en rogne tes parents ? Quelle que soit la réponse, je ne vais pas m'en plaindre.

Je repensai au fouillis d'émotions qui m'avaient submergée ce soir, me propulsant d'une réalité à l'autre.

– J'ai passé une journée pourrie.

– Pauvre Del, dit-il en m'effleurant la joue du dos de la main, en une caresse aussi légère qu'un soupir.

Puis il glissa ses doigts chauds et agiles sous mes cheveux.

– Je parie que je peux te remonter le moral.

Je penchai la tête sur le côté en faisant mine de réfléchir.

– Tu en es sûr ?

– Absolument certain, répondit-il, assez proche pour que, même dans l'obscurité, je parvienne à voir les coins de sa bouche se relever irrésistiblement.

– Prouve-le.

J'attrapai les pans de son manteau, sentis le doux contact du cuir sous mes doigts, et retins mon souffle.

Il m'embrassa, sans hésitation, sans l'ombre d'un doute. Les possibilités firent crépiter l'air autour de nous, un millier de mondes surgirent au contact de ses lèvres, et tous mettaient en évidence que ce baiser était exactement ce qu'il voulait.

Et ce que j'avais voulu, moi aussi. Lorsque j'étais avec Simon, je manifestais une insouciance plus prononcée, plus avide, que mon impulsivité habituelle. Je ne pouvais pas demeurer éternellement dans cet Écho. Mais quand ses lèvres quittèrent les miennes pour descendre dans mon cou et qu'il fit glisser sa main le long de ma colonne, je sus que je ne pourrais pas davantage rester loin de lui.

Cette idée aurait dû m'inquiéter, mais au lieu de ça, l'excitation monta encore d'un cran et je m'enivrai de lui autant que possible.

Il s'écarta un instant, puis posa son front contre le mien.

– Ça te suffit, comme preuve?

Ses paroles comportaient une note de défi, mais le geste était doux. Plutôt que de répondre, je penchai la tête et l'embrassai à nouveau, lentement et avec application, découvrant la texture de ses cheveux entre mes doigts, la façon dont sa respiration s'accélérait, et le rythme de son pouls au niveau de son cou. Je découvrais Simon en faisant la sourde oreille à la petite voix qui me rappelait que ce n'était pas vraiment lui. Ne pas écouter ce que je ne voulais pas entendre était depuis longtemps une de mes spécialités.

– Raconte-moi cette journée pourrie, dit-il quand nous nous décidâmes à faire une pause pour reprendre notre souffle.

Ses mots firent tout remonter, et je secouai la tête, essayant de chasser ces pensées. Il n'y avait dans cette Jeep de la place que pour nous deux.

– C'est rien.

– Ce n'est pas rien si ça te rend triste.

Alors que je caressais du pouce l'arc de sa bouche, il l'attrapa entre ses dents.

Surprise, j'éclatai de rire.

– Je ne suis plus triste, maintenant.

– Tu m'en vois ravi. Nous devrions aller quelque part.

– Pourquoi ? On est très bien ici.

Il regarda par la vitre. La fête se terminait et des gens passaient devant nous en voiture.

– C'est un peu trop public pour ce que j'ai en tête. Et il fait froid.

Je frissonnai, pour des raisons qui n'avaient absolument rien à voir avec la température.

– Je ferais mieux d'y aller.

Il me tendit la main. Mon étoile reposait au creux de sa paume, les pointes arrondies, comme usées. La fréquence de Monde Clé qu'elle émettait était à peine audible. Je caressai l'un des bords et le signal gagna en puissance, comme une fleur s'épanouissant sous les rayons du soleil.

– Tu l'as gardée.

– Tu avais disparu, expliqua-t-il. C'était une preuve que tu étais réelle.

Était-ce à cause de l'étoile, ou plutôt de la fréquence qu'elle portait, qu'il se souvenait de moi ? J'avais du mal à croire qu'une parcelle si infime du Monde Clé pouvait avoir eu un tel effet sur lui, mais sa réaction suggérait le contraire.

– Je suis réelle. Promis.

– Allons chez moi, murmura-t-il en entremêlant ses doigts aux miens. Iggy sera si content de te voir. Nous pourrions regarder un film, ou juste discuter. Apprendre à mieux nous connaître.

– Et ensuite...
– Nous verrons bien, répondit-il avec un sourire malicieux.
Puis il m'embrassa encore, en me pressant contre la portière, ses caresses me donnant une idée très claire de ce qui se passerait ensuite.
– Dis oui.
– Une autre fois.
Voyant un éclair de déception traverser son regard, j'ajoutai :
– Je dois rentrer avant qu'on s'aperçoive de mon absence.
– Et on pourra se voir au lycée ?
– Je te trouverai, dis-je en réajustant mon T-shirt.
– Laisse-moi au moins te ramener.
Je ne souhaitais pas avoir à expliquer l'Écho de ma maison à l'abandon.
– Je ne préfère pas. Il faut que je sois aussi discrète que possible.
– Mais il pleut.
Comme j'hésitais, il fit démarrer la voiture.
– Quelle direction ?
Quelques minutes plus tard, il se garait à l'entrée du pâté de maisons. Le bruit régulier des essuie-glaces emplissait l'habitacle.
– Merci de m'avoir raccompagnée. Et remonté le moral.
– Quand tu veux.
Alors que je tendais le bras pour ouvrir la portière, il m'attira à lui pour un dernier baiser torride et ajouta :
– Ne m'oblige pas à te chercher, Del.
Il aurait beau essayer, ça ne le mènerait nulle part.

J'attendis qu'il soit parti, puis traversai le jardin et gravis en courant les marches du perron, aux aguets du moindre mouvement suspect. Rien. La maison se dressait telle une crypte et la porte grinça quand je l'ouvris à nouveau.

Les empreintes de mes pas étaient encore visibles sur le tapis poussiéreux du couloir menant à l'escalier qui montait à ma chambre. Mais je vis autre chose également, un chemin dans la poussière. Non pas des traces de pas, mais les marques laissées par quelqu'un ayant cherché à en effacer.

FIN DU PREMIER MOUVEMENT

DEUXIÈME MOUVEMENT

Chapitre vingt et un

Le temps passé dans des Échos ne peut être récupéré dans le Monde Clé. Gardez à l'esprit que les événements suivront leur cours pendant votre absence.

Chapitre deux, « Navigation »
Principes et pratiques du clivage, cinquième année

Je me réveillai le dimanche matin avec les yeux irrités et les nerfs à fleur de peau. J'avais passé la première moitié de la nuit convaincue que mes parents m'avaient surprise en train de faire le mur, et la seconde persuadée d'avoir tout imaginé. Il n'y avait pas eu, dans le couloir, d'autres traces que les miennes. La traînée dans la poussière pouvait parfaitement avoir été faite par un animal ou par l'appel d'air provoqué par l'ouverture et la fermeture de la porte. Vu à travers le prisme de la culpabilité, le moindre détail devenait accablant.

Comme par exemple, quand Addie sourit en me voyant pénétrer dans la cuisine. Elle n'était jamais contente de me voir, il devait donc y avoir une raison à sa bonne humeur. Une fraction de mon cerveau, prise de panique, craignit qu'elle ait découvert mon escapade nocturne, mais attendre n'était pas le style de ma sœur. Si elle s'était rendu compte de ma disparition, il se serait écoulé à tout casser cinq minutes avant qu'elle me dénonce, et non cinq heures.

– Qu'est-ce qui te rend si heureuse ? demandai-je en me préparant une tasse de café.

– Lattimer a approuvé mon programme de leçons pour la semaine. Il a dit que j'étais très efficace.

– Quand l'as-tu vu ?

Je me méfiais de l'intérêt soudain que le conseiller semblait porter à mes progrès. Lattimer était le genre de personne à m'espionner et à garder les informations pour plus tard, quand elles seraient susceptibles de causer un maximum de dégâts.

Addie me lança un regard étrange en rassemblant un paquet de feuilles avant de les ranger dans son sac.

– Je le lui ai envoyé par email. J'ai reçu sa réponse il y a environ un quart d'heure.

Ce n'était donc pas Lattimer.

– Vous avez de grands projets ce matin, les filles ? demanda mon père en sortant de son atelier.

Il me serra contre lui avec une main, et de l'autre attrapa un muffin sur le comptoir.

– Nous allons à la gare, répondit ma sœur.

Il hocha la tête d'un air approbateur.

– La nouvelle ou l'ancienne ?

– La nouvelle. Il y aura plus d'éléments sur lesquels travailler pour Del.

Je grognai.

– Si je dois encore me farcir une carte, Addie, inutile de compter sur moi. Tant pis si l'Orphéon ne me laisse plus jamais Marcher.

– Cette exclusion n'est pas une plaisanterie, rétorqua mon père d'une voix sévère.

– Qui a dit que je plaisantais ?

Je m'assis lourdement à table en consultant mon téléphone. Aucun message d'Eliot ; en revanche, j'en avais un de Simon. Il confirmait notre rendez-vous de l'après-midi à la bibliothèque.

– Calme-toi, dit ma sœur. Si tu échoues à l'examen, ça va donner une mauvaise image de moi.

– Et ça, ça serait intolérable, n'est-ce pas ?

Mon père me lança un regard d'avertissement.

– Lattimer est d'accord sur le fait que nous devrions reprendre là où tu en étais avant ton exclusion, poursuivit Addie. Et cette fois, essaye de ne rien cliver.

– Très drôle.

Mon ventre se noua et je décidai de renoncer au muffin.

– Au fait, je dois retrouver quelqu'un cet après-midi. C'est pour le lycée.

Mon père me posa la main sur l'épaule.

– Je suis sûr que ta sœur peut s'adapter. Ça fait plaisir de te voir motivée par ton travail.

– Qu'avez-vous prévu, aujourd'hui, Maman et toi ? s'enquit Addie d'une voix nonchalante.

– Votre mère est déjà en ville. Elle avait besoin des ordinateurs de l'Orphéon. En ce qui me concerne, mon équipe me rejoint ici dans quelques minutes, et ensuite nous serons en mission toute la journée.

– Ces clivages doivent être compliqués, commenta Addie.

Mon père hocha la tête, avant de se reprendre.

– Rien dont vous ayez à vous inquiéter, répondit-il en se dirigeant vers le garage, non sans lui ébouriffer les cheveux au passage.

Après son départ, Addie se tourna vers moi.

– Tu as une idée de la puissance des ordinateurs de l'Orphéon ?

– Énorme ?

Elle laissa échapper un soupir.

– Oui, énorme. À côté d'eux, ceux de la NASA ressemblent à un projet scolaire.

De toute évidence, elle n'avait jamais vu les projets d'Eliot. Ce souvenir me rappela combien il me manquait. D'habitude, à cette heure, nous étions ensemble, en route pour notre formation.

– Moi, ce qui m'a surtout frappée, c'est que l'Écho qui les préoccupe est proche.

– Proche ?

– D'ordinaire, Papa et son équipe se donnent rendez-vous à l'Orphéon et ils partent de là-bas. S'ils se retrouvent ici, cela signifie que la branche sur laquelle ils travaillent est dans le coin. (J'esquissai un sourire.) Je parie qu'on pourrait la trouver.

Elle hésita un instant, puis secoua la tête.

– Lattimer a approuvé le programme de la journée. Nous nous en tenons à ce qui était prévu.

– Il y a un programme ? demanda Monty en faisant son entrée dans la pièce. Tu as l'air fatiguée, Del. Tu t'es couchée tard ?

Je tressaillis et renversai mon café. Pendant que je dévisageais mon grand-père, Addie ramassa à la hâte les papiers qui traînaient encore en criant :

– Del, attrape une serviette !

J'épongeai au mieux le café et, pendant qu'Addie avait le dos tourné, je chuchotai :

– C'était toi ?

Il m'adressa un clin d'œil, mais avant que je puisse le cuisiner davantage, ma sœur nous poussa vers la porte.

– Reprenons : tu localises les *vibrato fractum*, tu les testes, tu enregistres les résultats et tu passes au suivant, répéta Addie après que nous eûmes traversé l'un des milliards de pivots situés aux alentours de la gare.

– Compris. Trouver les ruptures, faire une analyse aussitôt. Et rebelote.

Les transports en commun étaient en général bourrés de pivots, et les gares, qu'elles soient ferroviaires ou routières, l'étaient encore plus. Un voyage en avion nécessitait un minimum d'organisation : quand une personne arrivait à l'aéroport, elle avait déjà pris la plupart de ses décisions. Les trains, métros et bus étaient plus flexibles et plus peuplés, ce qui permettait davantage d'interactions.

L'Écho choisi était plus animé que celui de notre monde. Des gens attendaient le prochain train en faisant les cent pas sur le quai, et un marché rural installé sur le parking attirait la foule. Les pivots donnaient l'impression qu'on faisait cuire du pop-corn, émettant des explosions irrégulières, tandis qu'en arrière-plan, la fréquence des lieux était un bémol monotone.

– Pas de clivage, poursuivit Addie. Interdiction de toucher aux cordes. De flirter avec les garçons. D'interférer avec les Échos stables. Et pas de vol à la tire.

– Je sens qu'on va s'amuser, marmonnai-je. Je peux commencer ?

– Oui. Je serai juste là... Papi, reviens !

Elle s'élança après Monty qui avait traversé et observait la vitrine d'un magasin de bonbons.

Je n'avais pas besoin de la carte d'Eliot pour m'aider. Les tremblements étaient parfaitement audibles. Mais je consultai néanmoins mon écran, repérant une poignée de ruptures en formation et plusieurs déjà bien établies. Une sur le quai de la gare, une au niveau du marché, et une à la caisse du cinéma à un dollar de l'autre côté de la rue.

Si Eliot et moi étions allés voir un film, comme prévu, nous ne nous serions jamais disputés.

D'un autre côté, si nous avions maintenu notre soirée ciné,

Simon ne m'aurait jamais appris à marquer un panier. Il ne m'aurait pas laissée en plan pour aller faire Dieu sait quoi avec Bree. Je n'aurais pas fini la soirée dans la voiture de son Écho, haletante et brûlante de désir.

Chaque choix que nous faisons est à la fois un sacrifice et une opportunité. Je me demandai si celle de la veille valait le prix que je risquais de payer.

Ne souhaitant pas penser davantage à Eliot et à la soirée ciné, je me dirigeai vers le marché. La forte affluence jouait en ma faveur ; je pouvais faire mes relevés et prendre des notes avant que quiconque remarque ma présence. Un vendeur de miel, un trio de musiciens, un couple qui se tenait par la main en regardant un étal de choux frisés : tous des ruptures, même si aucune n'était assez sérieuse pour justifier un clivage. Plus je me promenais dans les allées, plus je trouvais de ruptures. La tête commença à me tourner. Je regardai derrière moi à la recherche d'Addie, mais elle était dissimulée par la foule.

Je venais d'acheter une tasse de cidre chaud à l'un des stands en espérant que ça me donnerait un coup de fouet quand j'entendis un rire familier.

Simon, vêtu d'un anorak court, la coupe militaire, marchait main dans la main avec une fille à la chevelure noire. Il l'attira à lui pour l'embrasser, et leurs corps semblèrent fusionner.

Je sentis monter une vague de jalousie, qui s'évanouit aussitôt. Prises séparément, les ruptures étaient insignifiantes, mais cumulées, cela pouvait être suffisant pour constituer une menace. Quand je rendrais mon rapport, est-ce que cela entraînerait le clivage de ce monde ? Allais-je être à l'origine de la disparition d'un autre Simon ? Soudain nauséeuse, je m'assis sur le trottoir.

– Il n'est pas encore perdu, dit Monty quelque part au-dessus de moi.

– Pas encore, répliquai-je, morose. Combien de temps leur faudra-t-il pour venir le cliver ?

– Ça dépend. (Il m'aida à me relever.) Il y a toujours un autre moyen, Del.

À travers la foule, j'aperçus un éclair de rouge.

– Il n'est pas réel. Rien de tout ça ne l'est.

– Si c'est vrai, pourquoi es-tu si contrariée ?

Je n'avais pas de réponse à cette question, et il me tapota le bras.

– Nous pouvons accorder les ruptures, tu sais. Accordes-en suffisamment, et ils laisseront ce monde tranquille. Je peux t'apprendre.

– Papi. Nous devons cliver. C'est ce que nous faisons.

– C'est ce qu'ils font. Tu es meilleure qu'eux.

Un rire me chatouilla la gorge.

– Je ne suis pas meilleure. J'ai été exclue. Si j'accorde des ruptures au lieu de les signaler, ce sera définitif. Addie me dénoncera à Lattimer en moins de temps qu'il n'en faut pour le dire.

En entendant le nom de Lattimer, Monty perdit tout son allant. Il sembla se recroqueviller sur lui-même.

– Ne lui en parle pas, dit-il d'une petite voix. Ne lui en parle pas.

– Promis. (Je lui pris la main.) C'est toi qui m'as suivie la nuit dernière, n'est-ce pas ?

– Je n'ai pas quitté la maison, répondit-il avec un air angélique. Je voulais savoir où tu étais, m'assurer que tu retrouverais ton chemin. Je n'en parlerai pas non plus.

– Merci. (Je lui donnai le reste de mon cidre.) Allons rejoindre Addie et partons d'ici.

Il hocha la tête et m'attendit tandis que je calais une étoile à la base d'un arbre tout proche.

Addie était assise sur un banc de la gare et regardait le couple amateur de chou frisé que j'avais repéré un peu plus tôt monter dans une vieille camionnette rouge.

– As-tu fait tes relevés ?

Je lui tendis mon carnet, et elle parcourut mes notes.

– Bien. Je les enverrai dès que nous serons rentrés. Bon travail, Del.

Son compliment n'allégea pas ma conscience, mais je réussis à esquisser un sourire.

À mon grand soulagement, les trois Échos suivants abritaient beaucoup moins de ruptures que le premier et je ne croisai plus aucun Simon. Monty nous accompagna sagement, chantonnant pour lui-même en vidant méthodiquement un paquet de bonbons. La sensation de vertige s'était atténuée, mais une migraine commençait à pointer, m'enserrant peu à peu le crâne dans des doigts de fer.

– Encore un arrêt, nous informa Addie.

– Est-ce qu'on pourrait déjeuner ? ronchonna Monty. La moindre des choses serait de nourrir votre vieux grand-père.

– Déjeuner ? (Mon ventre se noua.) Quelle heure est-il ?

Addie consulta sa montre.

– Oh, waouh ! Presque deux heures.

– Je suis en retard !

Je me dirigeai vers le pivot le plus proche, Addie et Monty sur les talons.

– En retard pour quoi ? s'enquit Addie. Del, Attends !

Avec à l'esprit la fréquence du Monde Clé, je franchis le pivot pour regagner la maison et me mis en route vers la bibliothèque, à quelques pâtés de maisons de là. Mon mal de tête se dissipa, mais pas mon inquiétude.

– J'ai rendez-vous avec quelqu'un, expliquai-je quand Addie et Monty me rattrapèrent au carrefour.

J'appuyai frénétiquement sur le bouton du feu, mais la lumière ne changea pas plus vite pour autant.

– Enfin, j'avais rendez-vous. Il y a une heure.

– Ton devoir pour le lycée ? Depuis quand te soucies-tu de tes devoirs durant le week-end ?

– J'avais promis à mon partenaire de le retrouver.

– Et depuis quand tiens-tu tes promesses ?

Je fonçai jusqu'à la bibliothèque et me précipitai vers les salles d'étude. La femme à l'accueil me lança un regard noir.

Les salles aux murs vitrés étaient vides. Aucun signe de Simon. Je laissai échapper un juron dans ma barbe, ce qui me valut une nouvelle œillade assassine.

– Y a-t-il un autre espace de travail ? demandai-je à la bibliothécaire.

– Juste les tables, répondit-elle sèchement en me les montrant.

– Est-ce qu'il y avait quelqu'un ici plus tôt ? Dans les salles d'étude ?

– J'ai vu un jeune homme, à peu près à l'heure du déjeuner. Mais il est reparti.

Je consultai mon téléphone et poussai un grognement. Nous n'avions pas de réseau dans les Échos, mais à en juger par la série de messages envoyés par Simon, il devait penser que j'avais choisi de l'ignorer.

Arrivé.
T'en es où ?
J'm'ennuie.
Ça va ?
C'est quoi ce plan ?

Le temps est fixe. Les minutes passées dans les Échos sont perdues dans le Monde Clé. On nous enseigne que c'est le prix à payer pour Marcher, et cela ne m'avait jamais dérangée.

Jusqu'à aujourd'hui.

Sur le chemin du retour, j'envoyai à Simon plusieurs textos d'excuse, mais mon écran resta noir. Rien non plus de la part d'Eliot.

Tu m'en veux? écrivis-je à Eliot, roulée en boule sur la méridienne élimée de ma chambre. Pas de réponse. Peut-être était-il de sortie avec notre classe. Peut-être qu'il était si concentré sur son logiciel de cartographie qu'il n'avait pas entendu la notification de message. Ou peut-être qu'il m'ignorait.

Je suis désolée. Vraiment désolée. Tu me manques.

Je pris mon violon afin de faire des essais de mélodies pour le devoir de musique. Aucune ne convenait, elles étaient trop tristes, trop insipides, trop clichés... et puis, je n'arrivais pas à détacher les yeux du téléphone.

La patience n'avait jamais été mon fort. J'inspirai profondément et composai le numéro.

– Salut, dis-je quand Eliot décrocha. Tu as reçu mes textos?

– Oui.

Pas de doute, il m'en voulait.

– Je suis désolée. J'ai dépassé les bornes.

– Je sais.

Je me mis à faire les cent pas.

– J'étais énervée à cause de la façon dont Simon m'avait plantée, et j'ai reporté ma colère sur toi.

– Je sais.

– Et j'en avais marre des grands airs d'Addie, et du fait que je vais devoir la supporter jusqu'à la fin de ma suspension. Et là encore, j'ai reporté ma frustration sur toi.

– Je sais, répéta-t-il sans chercher à cacher son agacement.

– Tu es super intelligent. Et tu as probablement raison à propos de Simon.

Avant qu'il ait le temps de dire que ça aussi il le savait, j'ajoutai précipitamment :

– Comment se sont passés les cours, aujourd'hui ?

– Ça a été. Tranquille.

– Tu m'étonnes. Tu as montré ta carte à Shaw ?

– Pas encore. Je veux qu'elle soit parfaite.

– Rien n'est parfait, lui rappelai-je. Même pas moi.

– Surtout pas toi.

Sa voix avait retrouvé un peu de chaleur, prémices d'un dégel.

– Mais tu m'aimes quand même, répliquai-je, soulagée au-delà des mots.

– Il est tard. On se voit demain, OK ? dit-il après un court silence.

– Je serai là.

Ne cessant d'imaginer l'expression sur le visage de Simon quand il avait fini par renoncer à m'attendre, je ne parvins pas à dormir. Je voulus travailler notre composition, mais mes doigts étaient gourds, je n'arrivais pas à garder le rythme, et la mélodie flottait hors d'atteinte à la lisière de mon esprit. Peut-être qu'une petite visite au Simon de Doughnut World pourrait aider. Sans prendre le temps de réfléchir, je me dirigeai vers le pivot, puis m'arrêtai. Une autre session de baisers allait me distraire, ce n'était pas comme ça que je trouverais une solution. Eliot avait apparemment commencé à me pardonner, mais je ne pouvais pas en dire autant de Simon.

Demain, j'aurais ma réponse.

Chapitre vingt-deux

À en juger par la posture raide du dos de Simon quand j'entrai dans la salle de musique le lendemain, le pardon n'était pas à l'ordre du jour.

– Je suis désolée, murmurai-je pendant que Powell démarrait la leçon.

Simon resta immobile, dégageant une telle froideur qu'elle en était presque visible.

– J'ai eu un souci de famille.

Il se pencha vers Bree et lui chuchota quelque chose d'inaudible. Elle inclina la tête vers lui en gloussant, attirant l'attention de Powell qui nous regarda par-dessus ses lunettes papillon.

– Changement de programme, dit-elle. Prenez quinze minutes pour faire le point avec votre partenaire, et assurez-vous que vous êtes bien sur la même longueur d'onde.

La classe se sépara, mais Simon continua à me tourner le dos.

– Eh. (Je lui tapai sur l'épaule.) J'ai dit que j'étais désolée.

– Tout va bien, vous deux? demanda Powell en croisant les bras.

– Super, répondis-je en serrant les dents.

– Simon?

Il s'enfonça davantage dans sa chaise.

– Génial.

– C'est ce que je vois, ironisa-t-elle en poursuivant son tour.

– Tu ne vas pas pouvoir m'ignorer pendant tout le projet.

– Tu m'as posé un lapin ! grogna-t-il en se retournant.

Il avait l'air d'être davantage choqué qu'énervé. Pour Simon, un lapin était probablement aussi inconcevable que la Terre arrêtant de tourner.

– Je ne l'ai pas fait exprès. J'étais de sortie avec ma famille et j'ai perdu la notion du temps. Et je t'ai présenté mes excuses.

– Et alors ? Tu ne vaux pas mieux que les autres, rétorqua-t-il.

Ma culpabilité se transforma en colère.

– Les autres ? Ou Bree ? Comment était la soirée, au fait ? Le trajet en voiture s'est bien passé ?

Je vis sa mâchoire se contracter.

– Tu m'as planté parce que tu m'en voulais à cause de la fête ?

– Arrête. Comme si j'en avais quelque chose à faire.

– Alors pourquoi t'es-tu dégonflée ?

– Je ne me suis pas dégonflée. J'ai dû aller faire un truc avec ma sœur et ça a pris plus de temps que prévu.

Voyant son expression s'adoucir, j'ajoutai :

– Regarde. J'ai bossé sur le projet la nuit dernière.

– C'est censé être un travail d'équipe, dit-il en acceptant la partition.

– Parfait. Tu feras la prochaine partie pendant que je ferai une sieste. J'essaye de faire la paix, idiot.

Il baissa les yeux sur les notes.

– Je n'y comprends absolument rien. Est-ce que ça sonne bien ?

– Bien sûr que oui.

J'allai m'installer au piano. Il me rejoignit à contrecœur sur le banc, pendant que je jouais les premières notes.

– C'est joli, admit-il. Ça évoque... je sais. La nuit par temps de pluie.

– Peut-être un peu.

J'avais improvisé en partant de la musique entendue au Grundy, ajoutant et retranchant jusqu'à ce que la mélodie soit à la fois nouvelle et familière. Un peu comme Simon.

– La fête était nulle, dit-il.

– Trop bête.

Impossible de réprimer la satisfaction dans ma voix.

– Ça aurait été mieux si tu étais venue.

Ses mots ne contenaient pas la moindre tentative de séduction, seulement une honnêteté toute simple qui balaya les dernières traces de blessure.

– Je n'étais pas invitée, répliquai-je sur un ton léger en gardant les yeux sur la partition.

Il appuya sur la touche du *do* grave.

– Je suis désolé. J'aurais dû...

Je haussai les épaules.

– Nous sommes quittes.

– Je suppose que oui. (Son regard devint pensif.) Tu peux le rejouer?

Il suivit de l'index les notes que je jouais, et, malgré moi, la façon dont il m'avait caressée sous la pluie se rappela à mon souvenir.

– Comment fais-tu pour trouver les notes justes? demanda-t-il. Dès que les deux mélodies partent dans des directions différentes, je suis perdu.

– L'oreille absolue, ça s'appelle. Je peux reconnaître les notes et m'en souvenir plus clairement que la plupart des gens. Sans compter que j'ai commencé le violon à quatre ans.

– Un prodige, donc, dit-il en secouant la tête. Tous les membres de ta famille sont musiciens? Même ta sœur?

– Addie est bonne en tout. (Je levai les yeux au ciel.) Non. Addie est parfaite en tout. Bonne n'est pas assez bien pour elle.

J'étais habituée à considérer mon don comme faisant partie de mon patrimoine génétique, mais la question de Simon en amena une autre. Si Marcher était mon droit par la naissance, pourquoi avais-je le sentiment d'être une étrangère dans ma propre famille ?

– Est-ce que Miss Parfaite aurait pu écrire ça ? J'en doute.

Il plaisantait, mais ses mots étaient également empreints de sympathie.

– La perfection est rasoir. Ça manque de challenge. Et tu sais à quel point j'aime les challenges.

Troublée, je réorientai la conversation sur lui.

– Et toi ? Tu as des frères et sœurs ?

– Ni l'un ni l'autre. Ma mère avait bien assez à faire avec moi, répondit-il avec une note de regret. Mais ça aurait été chouette. Surtout maintenant.

– Pourquoi maintenant ?

Il me donna un coup d'épaule en esquissant un sourire.

– Je pourrais leur faire faire mes devoirs.

Je reportai mon attention sur la partition à moitié remplie.

– Je peux finir à la maison. Ça ne me pose pas de problème.

– N'oublie pas que c'est un travail d'équipe.

Il rassembla les feuilles et les tint hors de portée. Apparemment ce Simon était têtu comme une mule.

– Le travail d'équipe, ce n'est pas ton truc, on dirait.

Eliot, assis à quelques pas de là, toussota. Je me contorsionnai sur mon siège pour le fusiller du regard. Il leva les mains en signe de reddition et fit mine de reporter son attention sur Bree.

– J'y arrive très bien, répliquai-je en serrant les dents.

– Tant mieux. Nous ne finirons jamais ce projet ici, tu sais. Retrouvons-nous pour créer une mélodie divine, dit-il avec un abominable accent italien en tapotant la partition et en agitant comiquement les sourcils.

Je lui jetai un des papiers froissés à la figure.

– Très drôle.

– Désolé, dit-il en me renvoyant le projectile. Écoute, Del, j'ai besoin d'avoir la moyenne à ce cours.

Je m'esclaffai.

– Tu ne risques pas de redoubler. Tout le monde dit que ta bourse de basket-ball est déjà dans la poche. Qui va se soucier de ta note en musique ?

– Ma mère, répondit-il, l'air sincèrement inquiet. Que dirais-tu de jeudi ? J'ai trois matchs cette semaine, et mes autres soirées sont prises.

Passer du temps avec lui en dehors du lycée n'était pas une corvée.

– Tous les soirs de la semaine ont été réquisitionnés par ma sœur. Samedi, ça t'irait ?

– Match en extérieur, désolé. Dimanche ?

Sept jours avant de le voir seul, en dehors des cours. Je ravalai ma déception.

– Pas de souci, tant que c'est dans l'après-midi. À la bibliothèque ?

– Il nous faudra un piano, non ? Que dirais-tu de se retrouver chez toi ?

La dernière chose dont j'avais besoin était que Simon rencontre ma famille.

– Et pourquoi pas plutôt chez toi ?

– Je n'ai pas de piano.

Il tapota avec son stylo, sur un rythme de 7/8. Même s'il n'avait pas l'oreille musicale, son cas n'était pas désespéré pour autant.

– Tu ne veux pas que je vienne chez toi. Me cacherais-tu quelque chose, Delancey Sullivan ?

– Rien.

Tout. Je n'étais pas habituée à ce que les gens me voient. Me voient vraiment. À la maison, tout ce que je faisais était éclipsé par les performances d'Addie, ou par le travail de mes parents. Au lycée, je restais en marge : la fille avec les cheveux en bataille, les vêtements d'occasion et un mauvais caractère. Et je cultivais mon isolement comme un bouclier.

Les gens voyaient ce qu'ils s'attendaient à voir. Leurs esprits étaient conditionnés pour ajuster l'impossible jusqu'à le transformer en probable. Voir la vérité demandait de la patience et de l'attention, et voir une personne pour ce qu'elle était vraiment était encore plus difficile.

Mais Simon me voyait. Dans le Monde Clé, ainsi que dans les Échos, il me voyait d'une façon qui échappait aux autres, et il ne détournait pas le regard. C'était terrifiant, irrésistible, et addictif. Je ne pouvais m'empêcher de craindre qu'un jour il en voie trop.

– Je pourrais te retourner la question, tu ne m'ouvres pas non plus ta porte en grand.

Son stylo dérapa sur le papier, dessinant un trait noir.

– Je ne te cache rien.

« N'essaye jamais d'arnaquer un arnaqueur », disait Monty. Mais je souris à Simon comme si je le croyais.

– OK, alors. Va pour dimanche après-midi chez moi.

– Dimanche. (Le soulagement se répandit dans tout son corps, la tension quitta ses épaules et sa mâchoire, et il retrouva son sourire nonchalant.) C'est noté.

Chapitre vingt-trois

Isoler les fils à l'origine des ruptures est une étape de la procédure de clivage. Déterminer ceux qui sont responsables de l'instabilité d'un Écho permet d'effectuer le clivage dans de meilleures conditions. Toutefois, gardez à l'esprit que tout contact direct avec un *vibrato fractum* augmente les risques d'empoisonnement fréquentiel.

Chapitre cinq, « Physique »
Principes et pratiques du clivage, cinquième année

– Tu as dit que tu voulais quelque chose de différent, argumenta Addie plus tard dans l'après-midi, alors que nous étions de sortie pour une courte leçon.

– Je passe huit heures par jour ici. Ce n'est pas différent, c'est cruel.

Dans le lycée Washington Original, seules les équipes de sport étaient encore dans les parages pour leur entraînement.

Ici, les couloirs étaient bondés de jeunes en pantalon beige et pull bordeaux.

– Tu n'as qu'à t'en prendre à Papi, c'était à son tour de choisir.

Je tournai la tête vers Monty qui était en train de marmonner dans sa barbe en tirant sur les boutons de son gilet.

– Pourquoi ici, Papi ?

– Il avait l'air bien.

Ce qui était le cas. Ce monde était strident, mais stable. Pas de rupture à proximité. Il était aussi sûr qu'un Écho pouvait l'être.

Addie désigna les étudiants qui défilaient en silence devant nous.

– Pour être différent, c'est différent, dit-elle. Tu ne tiendrais pas dix minutes dans cet uniforme.

Je baissai les yeux sur mon jean déchiré et mon T-shirt « runs with scissors ». Elle n'avait pas tort. Autour de nous, le couloir se vidait rapidement.

– Je voulais quelque chose de nouveau. D'excitant.

– Excitant est synonyme de problèmes. Et tu en as déjà plus qu'il n'en faut.

Addie se dirigea vers la cafétéria en ajoutant par-dessus son épaule :

– Nous pouvons rentrer afin que tu puisses rattraper ton retard de lecture, si tu préfères.

Monty me lança un regard désolé et la suivit.

Je me mis en route d'un pas traînant, tournant les verrous de chaque casier devant lequel je passai. Elles roulaient trop librement sous ma main et, sur une intuition, je tirai sur une porte. Elle s'ouvrit, révélant une veste de toile beige et une pile de livres bien nette. Intriguée, j'essayai le suivant : même chose. Quatre casiers d'affilée au contenu absolument identique.

Quel genre de lycée n'avait pas de verrou sur ses casiers ?

Un lycée où il n'y avait pas de problème de vol.

Et où l'intimité n'était pas une préoccupation, comme en attestaient les caméras de surveillance installées à chaque extrémité du couloir. Caméras dont je n'avais pas à me soucier tant que je ne touchais pas un Écho. Malgré tout, leur présence me mettait mal à l'aise.

– À la cafèt', m'appela Addie.

J'accélérai le pas pour les rejoindre. Les tables étaient parfaitement alignées. Je passai la main sur le revêtement immaculé de l'une d'elles. Chez nous, elles étaient criblées de trous et sculptées par des années de graffitis. Monty fit le tour de la pièce en tapant chaque brique du doigt, comme pour lire leurs fréquences individuelles. Addie l'observa un moment, puis reporta son attention sur moi.

– Nous allons isoler les fils d'une rupture, dit-elle. Alors, dis-moi pourquoi j'ai choisi cet endroit plutôt qu'un autre.

– Pas pour l'odeur.

Le parfum universel de désinfectant et de légumes bouillis imprégnait l'air. Je respirai par la bouche et ajoutai :

– Beaucoup de décisions répétitives. Chaque jour, les gens optent pour les mêmes repas et les mêmes sièges. La résonance des pivots est monotone, les ruptures sont donc plus faciles à repérer.

Elle hocha la tête, satisfaite.

– Une fois que l'Orphéon autorise un clivage, la première étape est d'isoler les fils instables. Ce seront les premiers à être coupés, mais d'abord, il faut les réparer.

– Pourquoi ?

– Parce que sinon le clivage ne cicatrisera pas correctement et les dégâts s'étendront.

Elle désigna le tableau blanc sur lequel était inscrit le menu.

– Essaye celle-ci.

Je posai la paume à plat sur le panneau, me préparant à ressentir le tremblement de la rupture.

– Elle n'a pas l'air si terrible.

– Non. L'idée n'est pas de travailler sur un monde qui aurait besoin d'être clivé, mais juste de trouver les fils et de les relâcher. Je t'aiderai avec les premiers. Recourbe tes doigts et attrape la rupture, comme quand tu choisis une fréquence au cœur d'un pivot.

Je m'exécutai. Le mouvement me parut étrangement naturel et familier. La rupture s'intensifia et courut sur ma peau. Une grimace involontaire déforma mes traits, arrachant un sourire à ma sœur.

– Tu t'y habitueras. Maintenant, garde ta main en contact avec la rupture, et...

Elle s'interrompit tandis que je repliais l'index, rassemblant un groupe de cordes. D'instinct, je passai mon autre main dessus, les triant au toucher en fredonnant doucement. *Doigts agiles, esprit ouvert...*

La plupart des cordes, lisses et tendues, résonnaient à l'unisson. Mais il y en avait une qui était désynchronisée. Elle était rêche et pleine de nœuds. Frissonnant à son contact, je la transférai dans ma main libre. *Fredonne un air, trouve une brèche...*

– Et ensuite ?

Sans un mot, Addie recouvrit mes mains avec les siennes afin de sentir les fils. Ses doigts se refermèrent sur celui que j'avais séparé des autres, et elle les retira comme si elle venait de se brûler.

– Lâche-le. Maintenant.

J'obéis, puis frottai mes mains sur mon jean pour me débarrasser de la sensation laissée par la corde défectueuse.

– Est-ce que j'ai raté l'exercice ?

– Non. Tu t'es très bien débrouillée, dit-elle en me dévisageant. Quand as-tu appris à faire ça ?

– Heu... il y a trois minutes.

– Ce n'était pas la première fois que tu isolais un fil. (Elle tourna ses mains, paumes vers le ciel.) Ça nécessite un entraînement intensif. Est-ce que tu as bidouillé dans ton coin ?

Je n'avais pas l'impression qu'elle faisait allusion à mes

Marches en solo, mais je choisis néanmoins mes mots avec précaution.

– Je n'ai jamais essayé de faire ça. Je te le jure.

– Alors, comment as-tu su ce qu'il fallait faire ?

– Je ne sais pas ! L'instinct, je pense. Mes mains ont en quelque sorte pris le pas sur mon cerveau.

Doigts agiles, esprit ouvert.

– Tu as dû apprendre ça quelque part. De quelqu'un. (Elle se redressa et balaya la salle du regard.) Où est Monty ?

La cafétéria était vide.

– Il ne manquait plus que ça, grogna-t-elle. Nous ferions mieux de le retrouver.

Elle se dirigea vers la double porte et je lui emboîtai le pas dans un silence sinistre. Les cours avaient recommencé et, contrairement à chez nous, personne ne traînait dans les couloirs. Monty non plus n'était nulle part en vue.

– Quel côté ?

– Je vais à gauche et toi à droite, répondit-elle. Celle qui le trouve le ramène à la cafèt'.

– Et s'il a traversé un pivot ? demandai-je en élevant la voix tandis qu'elle s'éloignait.

– Il n'aura qu'à se débrouiller pour rentrer, rétorqua-t-elle, agacée. Non. Viens me chercher, et nous le rattraperons ensemble.

Je pris la direction de ce qui chez nous correspondait aux salles de musique. Ici, on y enseignait apparemment la mécanique. De l'équipement industriel et des pièces de voitures étaient visibles à travers les fenêtres. Quand je retrouverais Monty, je lui tordrais le cou. Pour une fois qu'Addie me montrait quelque chose d'intéressant, il fallait qu'il gâche tout. Il devait probablement être à la recherche d'un dessert.

Trop occupée à tendre l'oreille pour repérer les pivots, je ne m'aperçus pas que quelqu'un arrivait à l'angle du couloir avant de le percuter. Je tombai sur les fesses en jurant.

– Eh, regarde où tu vas ! s'énerva Simon.

– Toi ?

Je commençai à perdre le compte du nombre de Simon que j'avais rencontrés ces derniers temps. Parfois les cordes formant un Écho se croisaient avec celles du Monde Clé, entraînant des duplications, mais jamais je n'avais entendu parler d'une telle récurrence. Je frottai mon épaule endolorie.

– Je vais bien, merci. Inutile de m'aider à me relever.

Il marqua une pause et me tendit la main. Je la pris, et faillis m'étouffer quand la rupture dans sa fréquence me heurta de plein fouet. Tandis qu'il me dévisageait, son irritation céda la place à l'amusement.

– Sympa, l'uniforme.

– Les uniformes ne sont pas vraiment mon truc.

– Super. Peut-être que comme ça, ils s'occuperont de toi et me laisseront tranquille.

Je l'observai plus attentivement : il portait la même tenue que les étudiants que j'avais vus en arrivant, mais son pantalon était usé et lui tombait bas sur les hanches. De plus, ses cheveux, badigeonnés de gel, étaient hérissés de pointes façon porc-épic. Visiblement, chez lui, il n'y avait pas que la fréquence qui était instable.

– Ils ?

Il me décocha un sourire. Un tatouage représentant une vigne grimpante lui encerclait le poignet, les pousses entremêlées formant des arabesques sur sa peau. Je sentis ma bouche s'assécher.

– Que tu sois nouvelle ne changera rien pour eux, dit-il. « Nul n'est censé ignorer les règles. » Mais ils ne parlent jamais du fait qu'ils nous cachent ce qui se passe dans le monde réel.

OK. J'étais dans une dystopie où vivait un Simon clairement en colère. À présent, je comprenais pourquoi Monty avait sélectionné cet endroit. Un Écho où les choix étaient limités offrait un environnement plus stable, ce qui rendait les ruptures plus faciles à identifier. À sa façon, il avait essayé d'aider.

– Je suis seulement en visite.

– Veinarde.

– C'est ce que tu crois. Tu ne devrais pas être ailleurs ? Tout le monde est...

– Est-ce que j'ai l'air d'être tout le monde ?

Il tendit le bras pour s'appuyer contre le mur et se pencha vers moi, si près que je sentis la caresse de son souffle sur ma joue.

– Non, couinai-je.

Il s'esclaffa.

– J'ai été convoqué. À cause de toi, je vais être en retard. (Cela ne semblait pas le gêner.) Alors, autant ne pas y aller. Tu viens avec moi ?

– Ne pas y aller ?

Voilà qui était nouveau : Simon dans le rôle du renégat, et moi dans celui de la voix de la raison.

– Que se passera-t-il si on se fait prendre ?

– Je suis déjà dans la panade, dit-il en m'attrapant la main et en m'attirant vers la porte la plus proche.

Et plus encore que ce qu'il imaginait. Sa rupture était plus forte que toutes celles de la cafétéria. Si j'avais écouté Monty l'autre jour, j'aurais pu l'accorder.

– Un peu plus, un peu moins... ajouta-t-il.

– Del ! Où vas-tu ?

Remorquant Monty, Addie remontait le couloir au pas militaire, ses bottes claquant sur le lino. Je ne pouvais pas lui laisser entendre le signal de Simon. Elle repérerait aussitôt la rupture et ne manquerait pas de faire un rapport.

– J'ai eu assez de problèmes pour aujourd'hui. Mais pars, toi.

– Tu es sûre?

– Une autre fois, dis-je sans le penser, mais souhaitant désespérément éviter qu'Addie l'approche de trop près. Quelqu'un arrive.

Il tourna les talons et reprit son chemin, se déplaçant rapidement sans pour autant avoir l'air de se presser.

– Tu étais censé rester avec nous, réprimandai-je Monty quand Simon fut hors de portée de voix.

– Il était dans les bureaux de l'administration. Nous avons de la chance que personne ne l'ait vu. (Elle plissa les yeux en regardant la silhouette de Simon qui s'éloignait.) C'est le joueur de basket?

– En quelque sorte.

Mais avant qu'elle puisse m'interroger davantage, je demandai :

– On retourne à la cafétéria?

– Tant que Papi se tient tranquille.

– Bah. Je suis là maintenant, non? répliqua-t-il sans complexe. Allons voir comment elle s'en sort avec ces ruptures.

Je m'en sortis assez facilement, à la surprise d'Addie. En revanche, la façon dont j'avais réagi à la rupture de Simon était autrement plus inquiétante.

Voir Simon dans le « camp de redressement », comme j'avais secrètement baptisé cette version du lycée, avait mis Addie sur le qui-vive. Pendant le reste de la semaine, elle le chercha à chacune de nos Marches. Et la plupart du temps, elle le trouva.

Il y avait Simon le batteur, qui portait des T-shirts noirs moulant ses biceps et arborait plusieurs piercings sur l'un de ses sourcils. Simon le timide qui, à la bibliothèque, m'aida à attraper un livre que je n'avais pas l'intention de lire, puis disparut entre les étagères. Simon le scientifique avec qui je passai presque une heure à discuter de la relativité avant qu'Addie anéantisse sa théorie avec des notions basiques de physique de Marcheur. Simon le coureur de jupons qui, en l'espace de quinze minutes, réussit à draguer Addie et moi.

«Tu n'es pas mon genre», lui avait-elle répondu avec mépris. J'avais alors été prise d'un fou rire qui m'avait accompagnée sur tout le trajet du retour.

– Il y a quelque chose de bizarre chez ce garçon, commenta Addie.

– Ce n'est rien, dis-je en consultant mon téléphone.

Eliot n'avait pas beaucoup avancé dans ses recherches concernant les problèmes de Park World, mais sa carte fonctionnait à merveille.

– Toutes nos Marches se font à l'école ou en ville. Simon n'est pas le seul Écho que nous voyons souvent.

Il y avait également Bree Carlson, par exemple, même si elle ne me remarquait jamais. Elle changeait de façon aussi drastique que Simon : de la gothique à la pom-pom girl, en passant par la chouchoute des profs. Dans certains Échos, elle et Simon étaient de toute évidence en couple, tandis que dans d'autres leurs chemins se croisaient à peine. Leur relation n'étant pas une constante dans tous les Échos, je me plaisais à croire qu'ils n'étaient pas destinés à être ensemble dans le Monde Clé, où Bree poursuivait Simon, comme une lionne pourchassant un grand et magnifique zèbre.

– Oui, mais Simon est le seul que nous rencontrons presque systématiquement. Ce n'est pas un accident, Del. Tu le cherches.

– Il est agréable à regarder.

En réalité, ses fréquentes apparitions me rendaient nerveuse, moi aussi. Mais hormis le Simon de la dystopie, les derniers avaient eu l'air stables ; j'avais donc mis le reste sur le compte du hasard.

Cette fois, nous étions tombés sur Simon le délégué des élèves. Propre sur lui, intelligent et sensible, et ne faisant pas partie de l'équipe de basket. Au lieu de ça, il tenait le stand de confiseries avec Bree.

– Qui aurait cru que remplir la machine à pop-corn était si difficile ? marmonnai-je, la troisième fois que Bree aida Simon à préparer une nouvelle fournée.

– Qu'est-ce que ça peut faire ? rétorqua Addie. La rupture est quelque part sur le stand. Isole-la, puis nous récupérerons Papi et Eliot avant de rentrer à la maison.

Monty s'était éclipsé si souvent ces derniers temps que nous avions fait appel à ce pauvre Eliot. Tous les deux étaient à l'intérieur en train de regarder un match et de repérer des pivots pendant que je travaillais dans le foyer quasiment désert. Le gloussement de Bree résonna dans la pièce, suivi par le rire d'Eliot.

– Avec plaisir.

Simon me tournait le dos, et Bree était trop concentrée sur lui pour prêter attention à quoi que ce soit d'autre, sans même parler d'un Marcheur.

– Cassidy recevra du monde chez elle après le match, dit Bree. Nous devrions y aller.

– Juste pour quelques minutes, alors, répondit Simon.

– Seulement quelques minutes ?

Elle fit mine de bouder et, baissant la voix, elle minauda.

– Ça sera marrant, je te le promets.

– J'en suis sûr, admit-il avec un sourire dans la voix.

La jalousie me broya le cœur, tandis que je m'appuyais au comptoir.

– Excusez-moi…

Je lui avais à peine effleuré le coude, mais sa fréquence ricocha à travers moi, comme l'écho d'un micro.

Simon se tourna vers moi et son sourire s'épanouit.

– Qu'est-ce que je te sers ?

Bon sang ! La rupture venait de lui, comme au camp de redressement. Et cette fois, je ne pouvais pas le cacher à Addie. Mon esprit fonctionnait à plein régime, et il se renfrogna.

– Tu sais ce que tu veux, au moins ?

Que tu te stabilises.

– Un Coca, s'il te plaît.

Bree reporta son attention sur moi et, malgré la distance, je sentis son agacement aussi clairement que la rupture de Simon.

Il sortit une canette du réfrigérateur à boissons et me la tendit : de la glace fondue coula sur nos mains.

– Un dollar cinquante.

– Merci.

Je laissai tomber la monnaie sur le comptoir et m'empressai de rejoindre Addie.

– Tu n'as rien fait, constata-t-elle.

– C'est lui, la rupture. Ce n'est pas le comptoir ou la caisse. Mais lui.

Elle leva à peine les yeux de sa carte.

– Et alors ? Retournes-y et isole les fils.

Mon pouls ralentit. Si cela n'inquiétait pas Addie, je paniquais probablement pour rien.

– Comment ? Je ne peux quand même pas aller là-bas et commencer à le tripoter.

– Arrête, tu adorerais ça. Mais non, tu n'as pas besoin de contact direct, les débutants le font parce que c'est plus facile. En réalité tu peux travailler dans un rayon d'environ un mètre. Allez ! dit-elle en me faisant signe de repartir.

– Encore soif? s'enquit Simon en me voyant revenir.

– On va dire ça.

Je glissai la monnaie vers lui. Le déplacement vers le réfrigérateur le mit hors de portée. J'allais donc devoir le faire parler.

– Alors comme ça, tu vas à la fête de Cassidy? demandai-je.

Il me tendit la canette, en me regardant avec un intérêt nouveau.

– C'est pas sûr, on va voir. Et toi?

– Possible.

J'attrapai une poignée de fils et commençai à les trier, sous le comptoir, car il aurait été difficile d'expliquer les mouvements de mes doigts sans passer pour une folle. Puis d'une voix enjôleuse, j'ajoutai :

– Ce n'est pas trop mon truc, d'habitude.

Bree, qui était en train de verser de l'huile dans la machine à pop-corn, nous observait en grimaçant.

Simon se pencha vers moi, les coudes sur le comptoir :

– Et c'est quoi, ton truc?

– Il paraît qu'il y a un chouette groupe au Grundy, ce soir.

J'étais trop concentrée sur les cordes pour être originale. Sentant enfin celle qui posait problème, rêche et noueuse, je poussai un soupir de soulagement.

– Tu as tout ce qu'il te faut? me demanda Bree en se collant à Simon. J'ai encore besoin de ton aide pour la machine à pop-corn, mon cœur.

Mon cœur. J'avais trouvé la corde, mais interprété de travers le comportement de Simon. Mon poing se crispa.

Autour de moi le monde tressauta. Alarmée, je lâchai tout et lançai un regard paniqué à Addie qui se précipitait déjà vers nous.

– C'est bon, merci, dis-je tandis qu'elle me faisait signe de la suivre.

Une fois suffisamment loin, elle me fusilla du regard.

– Je t'ai dit de la trouver, pas de jouer du banjo.

– Ma main a dérapé. La corde est OK, dis ? Je ne l'ai pas...

– Tu ne l'as pas clivée.

Mais la rupture produisit un bruit strident qui me vrilla les tympans.

Addie plaqua les mains sur ses oreilles et observa Simon. L'instant d'après, Eliot et Monty étaient à nos côtés.

– C'est toi qui as fait ça ? demanda Eliot. J'ai vu la rupture sur la carte. On aurait dit une explosion de pétard.

– Bien sûr que c'était elle, s'énerva Addie.

Je me tournai vers Monty, luttant contre la peur.

– Comment fait-on pour réparer ça ? Peut-on l'accorder ?

– Les Marcheurs clivent, me rappela-t-il sur un ton angélique. Nous n'accordons pas.

Ses mots sonnèrent comme une punition.

– Addie, je t'en supplie. Si l'Orphéon pense que j'ai anéanti un nouveau monde...

– Je vais m'en occuper, m'interrompit Addie d'une voix pincée en me collant son sac dans les mains. Vous trois, vous ne bougez pas. Et pour l'amour de Dieu, Del, ne t'approche pas de Simon.

Elle traversa rapidement la pièce et se positionna sur le côté du stand. Sa poitrine se souleva tandis qu'elle prenait une grande inspiration, les yeux fermés. Sa main remonta jusqu'à ce que son bras soit parallèle au sol et ses doigts se mirent à faire de minuscules mouvements fluides et gracieux. Elle touchait les cordes afin d'accorder leur tonalité à celle de ce monde.

Des gouttes de sueur perlaient à la naissance de ses cheveux et des rides de stress encadraient les coins de sa bouche, mais elle demeura concentrée. Petit à petit le son strident s'atténua tandis que la rupture disparaissait. Pendant ce temps, Simon discutait avec Bree comme si de rien n'était. Nous étions les seuls à percevoir le changement.

Addie continua à travailler, le souffle court, le teint pâle, enroulant et lissant patiemment les fils invisibles. Elle finit par pousser un long soupir. La voyant vaciller, j'accourus pour la rattraper.

– Ça va, Addie, ma puce? s'enquit Monty.

Elle ouvrit les yeux.

– Oui. Que je ne te surprenne pas à essayer ça, Del. Tu n'es pas prête.

– Compris, dis-je, trop soulagée pour me vexer.

Plus tard, je passai la tête dans l'entrebâillement de la chambre d'Addie. Je fus épatée par l'ordre qui y régnait. Il n'y avait pas un seul vêtement sur le sol, pas un livre abandonné sur le tapis de laine verte. Ma sœur leva les yeux de son ordinateur portable.

– Qu'est-ce qu'il y a encore?

– Rien. Je voulais juste te remercier pour tout à l'heure. Tu m'as sauvée.

Elle haussa les épaules.

– Je suis là pour ça. Mais tu n'as jamais voulu de mon aide avant.

– Je croyais que, pour toi, accorder n'était pas une solution.

– Je n'ai pas changé d'avis. Tu as vu à quel point c'était difficile. Nous ne pouvons pas accorder toutes les ruptures, Del. Nous ne pouvons pas sauver tous les mondes.

J'entrai et m'assis sur le bord de son lit.

– Pourquoi l'as-tu fait?

Elle posa son ordinateur à côté d'elle et ramena ses genoux contre sa poitrine.

– Contrairement à ce que tu penses, je ne suis pas complètement insensible.

– Je ne...

– Bien sûr que si. D'ailleurs tout le monde le pense.

Elle pinça les lèvres, mais pas avant que j'aperçoive le léger tremblement qui les agitait.

– Ils sont persuadés que je fais passer les Marcheurs avant tout parce que le reste m'indiffère. Mais c'est faux. Seulement, trop de compassion empêche d'avoir du recul. Sans les Marcheurs, nous perdrions tout, y compris les gens qui nous sont chers. La compassion est un luxe, Del, et tout le monde ne peut pas se le permettre.

Addie n'avait jamais parlé de notre don avec tant d'amertume et de résignation. Elle avait toujours affirmé que Marcher était sa vocation, ce qu'elle aimait le plus. Mais à présent, tandis qu'elle se frottait les yeux, je commençais à me demander si c'était tout ce qu'elle avait aimé.

– Tu n'es pas insensible, répliquai-je fermement. Quelqu'un d'insensible ne m'aurait pas aidée tout à l'heure.

Elle balaya mes mots d'un geste de la main.

– J'aurais dû intervenir plus tôt. J'avais oublié que tu n'avais jamais isolé de personne auparavant. Les gens sont plus durs à gérer.

– Parce qu'ils bougent?

J'avais été si distraite par Simon et Bree que j'avais perdu ma concentration.

– Les gens sont imprévisibles. Ça les rend dangereux.

– Votre grand-père est déjà au lit, dit Maman depuis le pas de la porte. Vous n'avez pas eu de problème, ce soir?

– Rien d'insurmontable, répondit ma sœur. Et vous? Votre travail avance?

Maman se renfrogna.

– Ce sont des informations confidentielles, Addison.

Ce fut dit si sèchement qu'Addie eut un mouvement de recul.

– Je demandais juste si vous avanciez.

– Ça avance. Tu n'as pas besoin d'en savoir davantage.

Puis elle nous regarda d'un air perplexe, probablement surprise que nous ne soyons pas en train de nous étriper.

– Vous êtes sûres que ça s'est bien passé ?

Je retins mon souffle. Si Addie révélait ce que j'avais fait, Maman piquerait une crise et insisterait pour que nous revenions à un entraînement plus basique.

Mais Addie ferma son ordinateur d'un geste ferme.

– Je pense que Del a beaucoup appris ce soir.

Je me remémorai la jalousie qui m'avait fait perdre mon sang-froid ainsi que la façon dont mes réflexes avaient failli tout gâcher, et décidai qu'Addie avait raison.

Chapitre vingt-quatre

Lorsqu'un Original meurt, chacun de ses Échos commence à se dissoudre. Le temps qu'ils mettent à disparaître dépend de la force et de la complexité de leur branche. Dans certains cas, cela peut aller jusqu'à vingt ans après le décès de l'Original. Pour les personnes extérieures, cela a tous les attributs d'une mort naturelle. Les Échos en phase terminale sont facilement identifiables grâce à leur absence de tonalité.

Chapitre cinq, « Physique »
Principes et pratiques du clivage, cinquième année

– Bonjour, ma puce.

Mon matelas s'affaissa sous le poids de mon père. J'ouvris doucement les yeux, clignant pour chasser les restes d'un cauchemar dans lequel notre maison se dissolvait et disparaissait en chatoyant pour céder la place à un vide grisâtre.

– Je t'ai apporté du café.

Un délicieux parfum s'élevait de la tasse qu'il me tendait, et je me redressai tant bien que mal en reculant afin de m'adosser à la tête de lit en fer.

– Papa ? (Je l'avais à peine vu ces derniers jours.) Qu'est-ce qu'il y a ?

– J'ai une longue Marche de prévue, aujourd'hui, et j'ai eu envie de te dire au revoir avant de partir.

– Tu travailles ? Et le concert ?

Une autre constante de mes parents : un samedi par mois, nous allions tous ensemble écouter une symphonie. C'était, pour mon père, un moyen de nous apprendre à aimer la musique pour elle-même. J'avais coutume de râler parce que ça m'obligeait à passer un après-midi avec ma famille, mais annuler était inconcevable.

– Peut-être la semaine prochaine, dit-il en regardant par terre, et je sus que ce « peut-être » signifiait en réalité que ce n'était pas la peine d'y compter.

– Est-ce que je peux venir avec toi ?

Quand j'étais petite, mon père m'avait régulièrement emmenée pour me faire plaisir. Jamais lors d'un clivage – ma mère le lui avait interdit –, mais à l'occasion de repérages, ou pour surveiller des ruptures. Si je promettais de rester près de lui et de lui tenir la main à chaque traversée, il me laissait l'accompagner.

– Je ne te gênerai pas, et peut-être que je pourrais aider ?

– Impossible. C'est un gros boulot. Il va y avoir beaucoup de paramètres à gérer, et il ne faut pas que l'équipe soit distraite.

Je bus une minuscule gorgée de café, sirupeuse à cause du sucre, et gardai le silence.

Il m'ébouriffa les cheveux. Cela ne fit qu'accroître mon sentiment d'être traitée comme une enfant, et je m'écartai.

– Je t'aime, Del.

Je ne répondis pas.

– Tu as blessé ton père, me reprocha ma mère quand je finis par descendre.

Sans rien dire, je piochai une part de pizza de la veille dans le réfrigérateur – nous avions encore dîné seuls.

– C'est dur pour nous tous. Ça ne nous enchante pas d'avoir à travailler autant, mais nous n'avons pas le choix.

– Pourquoi ? C'est quoi cette grosse urgence ? demandai-je avant de mordre dans ma pizza.

Addie et Monty étaient installés à la table de la cuisine, en train d'examiner une vieille carte. Grand-père prit le stylo des mains de ma sœur pour entourer quelque chose. Cette dernière poussa un soupir exaspéré et se tourna pour nous faire face.

– Maman, vous travaillez comme des fous. Je pourrais vous aider.

– C'est au-delà de tes compétences, répondit Maman.

S'apercevant qu'elle avait fait de la peine à Addie, elle se pinça l'arête du nez et se reprit.

– J'apprécie ton offre, mais votre père et moi refusons que vous soyez impliquées.

– Mais...

– Mais rien. Si vous voulez nous aider, soyez encore plus prudentes que d'habitude lors de vos Marches. Ce sera une source d'inquiétude en moins. Del, mange un vrai petit déjeuner.

Je levai la pizza.

– Céréales, laitage, légumes...

– Rose dit que la tomate est un fruit, intervint Monty.

– Pardon. Fruit. C'est un repas équilibré. Et tu pourrais au moins nous dire pourquoi c'est si secret. Nous avons le droit de savoir pourquoi nous sommes devenues orphelines.

Ma plaisanterie ne fut pas bien accueillie. Maman se pinça les lèvres si fort qu'elles devinrent blanches.

– Votre père et moi avons un devoir, dit-elle en détachant chaque mot. Non seulement envers vous, mais aussi envers les Marcheurs et le Monde Clé. Je suis consciente que ce concept t'est probablement étranger, mais nous prenons ces responsabilités très au sérieux.

Ses mots me firent l'effet d'une gifle. Choc, puis douleur. Pendant les deux dernières semaines, j'avais fait tout ce que me demandait Addie, passé tous les tests, lu tous les manuels, même quand ils étaient si barbants que j'aurais préféré regarder pousser de l'herbe. J'avais surveillé Monty et sacrifié du temps consacré normalement à Eliot.

Et tout ça pour quoi ? Mon père me voyait comme une distraction, et ma mère comme une gamine égoïste. À quoi bon essayer de changer quand mes propres parents avaient une si piètre opinion de moi ? S'ils ne se rendaient pas compte que je faisais de mon mieux, quelles étaient les chances que l'Orphéon le voie ?

Même Monty garda le silence, tandis que ma sœur se replongeait dans sa carte avec une telle ferveur que son nez touchait presque le papier.

– Je suis en retard pour mon train, dit Maman.

Mon appétit envolé, je jetai ma pizza à la poubelle.

– Elle est fatiguée, dit doucement Addie après le départ de notre mère. Elle ne le pensait pas.

– Peu importe. (La compassion était plus difficile à encaisser que l'autoritarisme.) Où va-t-on, aujourd'hui ?

Elle jeta un coup d'œil à la feuille devant elle sur laquelle son élégante écriture se mêlait aux gribouillis de Monty, et m'observa comme si j'étais moi aussi une carte.

– Partante pour davantage d'isolations ? Des gens, cette fois, pas des objets. Nous ferons même en sorte d'être de retour à temps pour que tu puisses aller au ciné avec Eliot.

Eliot et moi étions censés revoir les données qu'il avait trouvées sur Park World, mais soudain je n'en voyais plus l'intérêt. Une soirée ciné était bien plus tentante. Cela me permettrait de passer quelques heures avec mon meilleur ami et me donnerait l'opportunité de chasser de mon esprit la Marche, les clivages, et les Échos qui ne se comportaient pas comme ils l'auraient dû.

– Del ? insista Addie. Tu es prête ?

Tout était mieux que de rester à la maison, où je ne serais jamais à la hauteur.

– Prête. Tu viens avec nous, Papi ?

– Je ne manquerais ça pour rien au monde.

– J'ai faim, dit Monty plusieurs heures plus tard.

Nous avions parcouru d'innombrables Échos, localisé des ruptures sur des personnes et isolé les fils endommagés. Heureusement, aucune de ces ruptures n'avait été Simon.

– Il est temps de rentrer à la maison, les filles.

Addie consulta sa montre.

– Oh là. Pas étonnant que j'aie la migraine. Un dernier, Del. Qu'entends-tu ?

Une fréquence étrangement similaire à celle de Park World, mais plus stable. Mes oreilles sifflaient à cause de la longue période que nous venions de passer dans les mondes Échos.

– La carte d'Eliot serait plus rapide, répétai-je pour la millième fois en regrettant de ne pas être avec lui.

Avant qu'Addie puisse répliquer, Monty intervint, en fouillant ses poches à la recherche d'un en-cas.

– Il y a trop de gadgets de nos jours. Les seuls outils dont un Marcheur a besoin sont de bonnes oreilles et ce qu'il y a entre les deux.

– Dit l'homme qui m'a donné assez de crochets pour entrer par effraction à fort Knox, rétorquai-je en penchant la tête pour écouter. Trois pivots, et une rupture au niveau de l'abribus. Moi aussi j'ai faim.

Monty sortit un paquet de Z'Animo pendant qu'Addie écoutait à son tour afin de vérifier mon travail.

– Oh, dit-elle en posant la main sur le bras de Monty. Tu entends ça ?

– Quoi ? demandai-je en voyant les épaules de mon grand-père s'affaisser.

– Il faudra bien qu'elle apprenne un jour, dit-il. Et aujourd'hui n'est pas pire qu'un autre.

– Qu'est-ce qui ne va pas ? insistai-je.

– Écoute, me répondit ma sœur d'une voix plus douce que d'habitude.

La tonalité était nette et régulière, pas vraiment agréable, mais pas dangereuse non plus. Même les petites ruptures que j'avais détectées n'étaient pas un problème. Sauf qu'il y avait autre chose. Quelque chose de nouveau.

Du silence.

Comme une boîte à musique en fin de vie, les notes perdaient individuellement de leur force, ponctuées par des silences de plus en plus longs et douloureux. Je remontai jusqu'à l'origine du phénomène. À l'intérieur d'un magasin de chaussures, je repérai un couple se tenant par la main.

Addie me désigna la porte.

– Tu peux y aller, c'est sans risque.

J'entrai. Le vendeur, accroupi, aidait une petite fille avec des couettes à enfiler une paire de ballerines roses à paillettes. Je m'arrêtai près de l'étagère des soldes et observai.

La gamine au ballon ? C'était la fillette de Park World, celle qui nous avait offert une échappatoire pendant le clivage. Les fréquences devaient être si similaires que les personnes et les lieux étaient presque identiques. La dernière fois que je l'avais vue, elle avait eu l'air désespérée, mais là, alors qu'elle regardait ses nouvelles chaussures et levait les yeux sur son père, elle irradiait de bonheur.

Si je ressentis une pointe d'envie devant la façon dont son père la contemplait, aussi émerveillé par elle qu'elle l'était par le monde, ce n'était rien comparé au soulagement de la voir si pleine de vie. De là où j'étais, sa tonalité semblait normale, mais les irrégulières taches de silence se répandaient dans la pièce.

– Il reste même de la place pour grandir, commenta le vendeur en appuyant du pouce sur le bout du soulier.

– Marche un peu avec, mon cœur ? Montre-nous comment elles te vont.

Elle sautilla vers moi, les paillettes scintillant à chaque pas, le rêve pour une enfant de cinq ans.

– Je les adore, Papa ! s'exclama-t-elle gaiement.

Sauf que sa voix était affaiblie, comme enveloppée dans du coton.

Les couleurs du magasin se mirent alors à couler.

– Ce sont des chaussures de princesse !

– Et tu es ma...

Le son fut complètement coupé.

Quelqu'un venait de cliver ce monde.

Je commençai à reculer. Il fallait absolument qu'on s'échappe. Mais quand je fis signe à Addie à travers la fenêtre, elle leva les deux mains et articula : « Ne bouge pas. »

Recroquevillé sur le sol, l'homme agrippait son bras gauche. La femme était agenouillée au-dessus de lui. Je la voyais crier à l'intention du vendeur, sans qu'aucun son me parvienne, même quand il courut jusqu'au téléphone et composa le numéro, ses lèvres bougeant sans discontinuer.

Je me tournai brusquement vers la petite fille. Sa bouche était grande ouverte, sa poitrine gonflée, et ses chaussures étaient désormais grises. C'était comme si nous étions coincés dans un aspirateur aussi infini et silencieux que l'espace. J'esquissai un pas pour aller la réconforter, et me figeai.

Et si tout ça était ma faute ? Si mon intervention dans Park World avait contaminé ce monde à cause de la similarité de leur signature ? Et si j'avais infligé à cette gamine des dégâts qui se répandaient à présent dans des branches du multivers ? Si, en m'arrêtant pour l'aider à récupérer son ballon, j'avais détruit toutes ses vies ?

Sans signe précurseur, la fréquence du monde redevint audible, identique à avant, plus forte et plus stable à chaque seconde qui passait, à l'exception de l'homme étendu au sol qui n'émettait plus un son. Ça avait été lui, la source du phénomène.

– Papa ! hurla l'enfant.

Puis Addie fut près de moi. Elle m'entoura les épaules de son bras et me guida vers la porte pendant que les sanglots de la petite fille gagnaient en volume.

Des gens s'étaient agglutinés devant la vitrine du magasin, et on entendait les sirènes qui se rapprochaient.

– Allez viens. (Monty me prit la main.) Il n'y a rien que nous puissions faire.

– Vous saviez. Vous saviez qu'il allait mourir. Nous ne sommes pas censés savoir ce genre de choses. Mais vous le saviez.

– Il était mort avant que nous arrivions dans ce monde, expliqua Addie avec douceur en choisissant ses mots. C'était un Écho en phase terminale.

Elle me dévisagea, attendant que ma mémoire se réveille. Un vague souvenir me revint à l'esprit malgré le choc encore vivace. Une phrase à propos d'un point que j'avais dû étudier des années auparavant.

– Son Original est mort.

– Oui. Et depuis, il s'effilochait.

– Pourquoi le monde est-il devenu silencieux?

– À la fin du processus, les Échos en phase terminale suppriment momentanément la tonalité de tout ce qui les entoure.

Derrière nous, les ambulanciers se précipitèrent à l'intérieur avec leur équipement. Ils ne parviendraient pas à le ranimer. Dans le Monde Clé, le père de la petite fille était déjà mort. Cet Écho et sa famille n'avaient eu qu'un sursis.

L'engourdissement commençait à se dissiper, laissant derrière lui un chagrin et une culpabilité que je ne m'expliquais pas. Ce n'était pas ma faute. Je n'aurais rien pu changer.

– Ce n'est pas juste.

– Où as-tu entendu que ce que nous faisions était juste? demanda Monty. Marcher peut être très amusant, et j'ai fait de mon mieux pour te montrer cet aspect. En revanche, la justice n'a rien à voir là-dedans. C'est la pire des arnaques, mais personne ne peut courir plus vite que la mort.

– Il n'était pas réel, ajouta Addie, comme si cela pouvait rendre son décès plus facile à encaisser.

– Qui es-tu pour décider ce qui est réel et ce qui ne l'est pas? s'énerva Monty.

– Tout le monde sait...

– Parce que l'Orphéon l'a dit? N'importe quoi. On ne peut pas réduire la vie à des cordes et à des équations, ma grande.

Cette journée commençait vraiment à me miner. Je ne pouvais pas changer la déplorable opinion que mes parents avaient de moi, ni faire en sorte que Simon me choisisse. Je n'aurais pas pu épargner à cette petite fille d'avoir le cœur brisé, et le mien me donnait la sensation d'être en lambeaux et couvert d'hématomes.

On nous avait enseigné que Marcher était un noble destin. Que nous faisions des sacrifices et obéissions à certaines règles pour servir un but supérieur. La mort de cet Écho rentrait dans ce même cadre : une perte nécessaire pour maintenir l'ordre. Et quelque part, c'était encore pire. Il n'y avait d'autre raison à ce décès que la physique, aucun choix n'avait conduit à ce moment. C'était littéralement comme ça que fonctionnait le monde.

Et c'était nul.

Scrutant la foule, j'essayai d'apercevoir la gamine. J'ignorais son prénom. Je me comportais comme si elle comptait, mais je n'avais jamais pris la peine de lui demander son prénom.

Addie se plaça devant moi.

– Tu ne peux pas changer ce qui vient de se passer. Il n'y a aucun moyen de former un pivot pour échapper à cette situation. C'est pour ça qu'on parle de « phase terminale ».

Les ambulanciers étaient en train de retourner vers leur véhicule, sans avoir l'air particulièrement pressés. Cet homme était un Écho, mais c'était aussi une personne. Quand Addie était-elle devenue froide au point de pouvoir regarder quelqu'un mourir, ou se dissoudre, sans être horrifiée ? Et si la noblesse qui faisait notre orgueil n'était qu'un autre mot pour l'indifférence ?

Addie soupira.

– Allons plutôt en discuter à la maison.

– J'en ai marre des discussions, dis-je en faisant volte-face.

J'avançai en aveugle, prenant des rues au hasard. Quand je finis par lever les yeux, j'étais en face d'un petit cimetière, jumeau de celui qui existait dans le Monde Clé. Les cimetières étaient des endroits calmes, même pour les Marcheurs. Les morts ne choisissaient plus. On n'y trouvait que les pivots engendrés par les vivants usés par le chagrin que les défunts avaient laissé derrière eux.

Du calme. Pas du silence, mais du calme, exactement ce qu'il me fallait.

La grille n'était pas verrouillée. Je la poussai. Le métal rouillé grinça, et je m'aventurai à l'intérieur. Les anges ornant les sépultures avaient des visages doux et flous. La majorité des stèles étaient abîmées, leurs inscriptions illisibles ou ébréchées. Je m'agenouillai pour en toucher une. Une tombe d'enfant, d'après les dates. Je me demandai s'il y en avait une correspondante dans notre monde. Si cette mort aussi avait été inéluctable.

J'avais cru qu'être Marcheur était synonyme de liberté, mais depuis peu, cela ressemblait davantage à une cage. Élaborée, magnifique, et si immense que les limites étaient à peine visibles. Mais une cage quand même.

Je me relevai en essuyant mes genoux humides et m'aperçus que je n'étais pas seule. Simon était assis sur le mur de pierre qui longeait le cimetière.

Depuis quelque temps, je le croisais souvent dans les Échos que nous visitions, et c'était toujours un choc. Contrairement à ce qu'affirmait Addie, je ne le cherchais pas, en tout cas pas activement. Il y avait en général une explication logique à sa présence. Mais le nombre impressionnant de nos rencontres m'amenait à me demander si quelque chose dans sa fréquence m'attirait vers lui, comme s'il était l'étoile du berger sur le ciel de ma vie. M'imaginer ça était complaisant et idiot de ma part, et si je gardais cette pensée secrète, cela ne m'empêchait pas d'espérer.

Il était vêtu tout en noir, de son jean à son manteau en passant par le T-shirt que l'on apercevait en dessous. Sa peau semblait pâle en comparaison. Ses cheveux lui tombaient devant les yeux, et il portait un bonnet noir. Il tenait à la main un grand carnet de croquis vert.

– Salut.

– Désolée, dis-je une fois remise de ma surprise. Je pensais être seule ici.

Simon haussa les épaules.

– En général, il n'y a pas foule dans le coin.

Il paraissait plus maigre. Ses pommettes étaient proéminentes et ses lèvres formaient une ligne fine et mélancolique. Quant à ses yeux noirs, plus ternes, ils ne laissaient rien deviner de ce qu'il ressentait. J'avais vu tant de versions de lui qu'il m'était à présent facile de repérer les différences et, à partir de son apparence, d'extrapoler sur le genre de personne à laquelle j'avais affaire. En revanche, quel que soit le monde, je ne changeais pas. Sa perception de moi se modifiait-elle parce que lui n'était pas tout à fait le même, ou demeurait-elle identique ?

– Tu as l'air triste.

Je touchai ma joue qui, à ma grande surprise, était humide.

– Ah. Non, je vais bien.

Il hocha la tête en silence, sur ses gardes.

– Je vais te laisser retourner à... ce que tu faisais.

Il haussa une épaule et reporta son attention sur son carnet, son crayon volant sur la page. Sans lever les yeux, il dit :

– Ce n'est pas une propriété privée. Tu peux rester.

Derrière lui se dressait une rangée d'arbres aux branches entrelacées comme des doigts filiformes, et aux troncs si épais que je n'aurais pas pu les entourer de mes bras.

Je glissai la main dans ma poche et y trouvai le papier que j'avais apporté. Avec Addie qui ne m'avait pas lâchée d'une semelle, je n'avais pas eu le temps de plier une étoile. Je pouvais bien prendre quelques minutes de plus.

Je slalomai entre les pierres tombales et m'assis à côté de lui, laissant entre nous un espace correct. Il continua son ouvrage, un dessin à en juger par la façon dont il levait la tête toutes les deux minutes pour regarder l'arbre derrière moi, et dont il plissait les yeux quand il les reportait sur sa feuille. Il ne proposa pas de me montrer son croquis, et je ne cherchai pas à le voir. Au lieu de ça, je fermai les yeux afin d'écouter le grattement à peine perceptible du crayon sur le papier, le bruit de la respiration de Simon, la fréquence de ce monde. Il est possible de demeurer plus longtemps dans un Écho si on permet à sa mélodie de résonner en nous, comme le tonnerre.

Je ramenai mes genoux contre ma poitrine.

– Tu viens souvent ici ?

J'avais beau apprécier cet interlude, je ne pouvais m'empêcher de me demander comment nous avions tous les deux atterri là.

– Quand j'ai besoin de faire une pause. C'est un bon endroit pour réfléchir.

– Trop réfléchir n'est pas toujours ce qu'il y a de mieux.

Réfléchir minimisait ce que j'avais vu, transformait la mort d'un homme en dommage collatéral.

– Tu préférerais parler ?

– Ça ne changerait rien, répondis-je avec un haussement d'épaules.

– Ça pourrait te changer, toi. (Il tourna la page de son carnet trop rapidement pour que je voie ce qu'il avait dessiné.) Te montrer les choses sous une autre perspective.

J'avais l'impression que mon cerveau était saturé, comme si les images et les émotions de la journée étaient sur le point de déborder. Je balayai du regard l'assortiment de pierres tombales et d'anges de marbre en pensant à l'enfant qui avait perdu son père à cause des lois d'un univers dont elle ignorait l'existence ; ainsi qu'à la vitesse à laquelle mon avenir s'était enfui. J'étais fatiguée. Fatiguée de Marcher et que ça ne me mène nulle part, fatiguée de choisir et que jamais rien ne change. Assez fatiguée pour me confier à un garçon qui n'était pas réel et ne se souviendrait pas de moi.

– Ma famille... commençai-je, accorde une énorme importance aux choix. Les grandes décisions, les petites... Pour eux, la vie est constituée de tous les choix que l'on fait, chacun conduisant au suivant, comme les notes d'une mélodie.

Simon hocha la tête, son crayon toujours en mouvement, et ma détresse reflua.

– Mais c'est des foutaises. Tu peux avoir une belle vie, faire d'excellents choix, pour qu'au final des événements sur lesquels tu n'as aucune prise viennent tout anéantir.

Je désignai la minuscule stèle.

– C'est la tombe d'un bébé. Personne ne choisit ça. Personne ne veut ça. Les gens meurent, et pas à cause de ce qu'ils ont fait ou non. Ce n'est pas leur choix. Ça arrive, c'est tout. Pourquoi se donner la peine de faire des choix si en fin de compte le monde n'en fait qu'à sa tête ? À quoi bon essayer de faire une différence ?

Il baissa son carnet.

– Parce que c'est important.

– C'est faux. J'ai regardé quelqu'un mourir aujourd'hui. (Son crayon s'immobilisa.) Rien ne justifiait sa mort. Il n'avait rien fait de mal. Il n'aurait pas pu faire un autre choix. C'était « son heure » et maintenant il est mort, qu'importe ce qu'il a fait.

– Tu pleures à nouveau, dit Simon.

Il se pencha pour m'effleurer la joue et je sentis le tissu râpeux de sa manche sur ma peau.

– Je n'ai rien pu faire, murmurai-je. Il n'y avait rien à faire.

Il lissa une mèche de mes cheveux.

– C'est le pire.

Je hochai la tête et m'essuyai le nez.

– Del... (Je levai les yeux, surprise qu'il connaisse mon nom.)

Je viens dessiner ici presque tous les jours. Ces arbres. Ces tombes. Chaque jour. Ça ne les ramène pas. Mais ma présence, elle, compte. Ils ne sont pas oubliés. Même quand le résultat ne change pas, ça compte. Et ça me change, moi.

Il parlait avec une réelle conviction, mais je secouai la tête. Le résultat, pas les intentions. C'était ce que l'Orphéon enseignait.

– Il est plus facile d'être philosophe quand ils sont morts depuis cinquante ans. L'homme que j'ai vu avait une famille. Une fille. Et maintenant elle est orpheline.

Son expression se durcit.

– À ton avis, il aurait été préférable qu'il n'existe pas ?

Je repensai à la silencieuse dissolution dont j'avais été témoin.

– Je ne sais pas. Peut-être ? Pour épargner à ceux qui l'aimaient une telle douleur.

– Tu as tort, rétorqua-t-il en serrant son crayon.

– Del !

La voix d'Addie était encore loin, mais elle se rapprochait. Je me laissai glisser en bas du mur.

– Je ferais mieux d'y aller.

Je lui adressai une grimace qui se voulait un sourire et, en me retournant, me cognai l'orteil contre une petite stèle. Contrairement aux autres tombes, sa surface était brillante et l'inscription impeccable. Je regardai de plus près.

Amelia Lane
Mère adorée.

Et au-dessous, les dates. Elle était morte l'hiver précédent, quelques mois avant ses quarante ans.

– Amelia Lane, soufflai-je en regardant Simon, qui reporta aussitôt son attention sur son carnet de croquis. Ta... ?

– Ma mère.

Ses mots me firent l'effet d'un coup de poing dans le ventre.

– Je ne comprends pas.

En fait, si. Les Échos avaient besoin de leur Original pour survivre, mais pas l'inverse. Je contemplai la dalle de marbre. Le cancer diagnostiqué alors que nous étions en sixième. Elle l'avait vaincu dans le Monde Clé, et pas dans celui-là.

– Elle était malade, expliqua-t-il, la douleur gravée sur son visage comme le nom de sa mère sur la pierre. Pendant longtemps. Et puis elle est morte.

– Je suis désolée.

De si petits mots pour une si grande perte.

– Elle était importante, dit-il. Je ne pouvais rien y faire, mais j'étais là. Et je suis toujours là.

Je hochai la tête, anxieuse. Me sentant idiote de porter le deuil d'un étranger alors que Simon portait celui de sa mère. Tous les Échos générés après l'apparition de la première cellule cancéreuse l'avaient été avec la maladie. La seule différence d'un monde à l'autre résidait dans le traitement suivi.

Il avait les yeux rivés sur la stèle.

– Cette famille que tu as vue aujourd'hui... tu penses vraiment que les proches de cet homme auraient préféré ne pas l'avoir dans leur vie ? Sa famille le rendait heureux, et c'était réciproque. Le temps qu'ils ont eu ensemble compte plus que tout. (Il croisa mon regard.) Crois-moi.

– Je te crois.

Tout ce que j'avais appris de l'Orphéon s'écroula sous la force de sa certitude.

Je ne pus m'empêcher de penser au vrai Simon, celui avec qui j'avais rendez-vous le lendemain. Celui qui avait des cernes sous les yeux sans raison apparente, et de la tristesse dans la voix aux moments les plus étranges. Et si c'était sa vérité à lui aussi ?

Si sa mère avait fait une rechute, les gens seraient au courant.

Toute la communauté avait uni ses efforts pour les aider avant, et le referait. Que Simon ne se soit pas confié à moi était une chose – trois semaines plus tôt, il savait à peine que j'existais –, mais il avait bien dû le dire à quelqu'un. Et la nouvelle se serait répandue.

Je pris conscience que je n'avais jamais entendu personne parler du père de Simon, même durant l'année où sa mère avait été si malade.

– Tu vis avec qui, maintenant ? m'enquis-je. Ton père ?

Il fronça les sourcils et son visage s'assombrit.

– J'ignore où il est.

– Il n'est pas au courant ?

– Il ne mérite pas de savoir. Je peux prendre soin de moi.

– Je te crois.

Je remarquai alors l'éclat dur de ses yeux et les rides de tristesse autour de sa bouche ; il avait tenté de prendre soin de moi aussi.

– Merci de ne pas avoir essayé de me remonter le moral avec des platitudes, ajoutai-je. C'est ce que la plupart des gens auraient fait.

Là. L'ombre du sourire malicieux que j'avais vu tant de fois.

– Je ne suis pas la plupart des gens.

– Non, approuvai-je avec gravité. Tu es meilleur que la plupart des gens.

Que ses Échos puissent être si différents en apparence et dans le fond si semblables – sûrs d'eux, perspicaces, provocateurs – ne cessait de m'étonner. Sans oublier, si j'étais honnête avec moi-même : sexy.

Le rouge me monta aux joues. Il m'avait raconté un événement tragique et intime afin que je me sente moins seule, et ma réaction était de me demander comment il embrassait.

S'il y a un enfer, pensai-je en balayant du regard les stèles bancales et usées par le temps, *c'est là que je vais finir.*

La voix d'Addie résonna à nouveau, plus près cette fois. Elle avait probablement suivi ma signature.

– Je dois vraiment y aller.

Il se renfrogna.

– Tu n'arrêtes pas de dire ça.

– Vraiment ?

– Vraiment. (Il secoua la tête, comme pour s'éclaircir les idées, arracha une page de son carnet et me la tendit.) Tiens. Une autre perspective.

C'était un croquis de moi, mon dos contre l'écorce de l'arbre, les feuilles voletant autour de moi. Les traits étaient trop marqués et pas assez fins pour que le dessin soit vraiment joli, mais la fille qu'il avait esquissée était magnifique. Le genre de fille que les gens remarquaient.

– Je ne ressemble pas à ça. C'est chouette, même plus que chouette, mais ce n'est pas moi.

– Tout est une question de perspective, insista-t-il avec un sourire.

Je cherchai les mots pour le remercier, non seulement pour le dessin, mais aussi pour la façon dont il me voyait. Il n'y en avait pas.

– Je n'ai rien à...

Je sortis de ma poche un papier et pliai rapidement une étoile jaune pâle. Si je devais laisser une trace, je voulais qu'elle mène là.

Je la lui tendis. Il la prit entre le pouce et l'index et l'examina avec attention.

– Autrefois, les gens se repéraient grâce aux étoiles, dit-il.

– Parce qu'elles sont vraies.

Il y a des mondes où nous ne pouvons pas contempler les étoiles, car elles disparaissent derrière la pollution lumineuse ou le brouillard, mais elles sont toujours là, où que nous Marchions.

Peut-être que Simon était pareil.

Chapitre vingt-cinq

Je les rejoignis et Monty me tapota le bras.

– Ça va mieux?

Je haussai une épaule. Ce qu'Addie lut sur mon visage dut la convaincre de remettre la leçon de morale à plus tard, car elle garda le silence pendant tout le trajet du retour.

Monty traînait derrière nous, et je ralentis afin de lui tenir compagnie.

– Crois-tu que les personnes Échos sont réelles? demandai-je au bout d'un moment.

Il shoota dans les feuilles.

– Et toi?

– Elles ne peuvent pas survivre seules. Elles ne naissent pas, mais sont générées avec les mondes Échos. Et elles ne se rendent compte de rien quand le leur est clivé.

– On dirait que tu as déjà trouvé ta réponse.

– Pourtant, ces gens ont l'air réels, poursuivis-je en repensant au Simon de Doughnut World. Leurs choix engendrent des pivots. Ils ont des sentiments et des souvenirs.

– Qu'est-ce qui te dérange, Del?

Un million de choses, mais j'optai pour la plus déroutante.

– Je n'arrête pas de croiser Simon. Pas à chaque Marche, mais souvent. Je l'ai vu aujourd'hui après la mort de l'Écho.

– Tu l'as dit toi-même. Nous naviguons toujours dans les mêmes zones. C'est normal qu'il y ait des similarités d'un Écho à l'autre.

Je baissai le ton.

– C'est normal que son Écho me voie sans qu'il y ait eu de contact ? Ou qu'il connaisse mon nom ?

Dans le cimetière, j'avais été trop absorbée par notre conversation pour m'attarder sur la question, mais il m'avait vue avant de me toucher et connaissait mon nom sans que je le lui dise.

Monty ralentit à son tour, mettant encore plus de distance entre Addie et nous.

– Le multivers est infini. Mais tout n'est pas que chaos. Il y a des schémas, des connexions qui passent par son centre. Ces connexions traversent le Monde Clé et se répandent dans les Échos. Elles sont comme la musique. Elles donnent un sens à ce que nous faisons.

– Tu penses que Simon et moi sommes connectés ?

– Possible. La vie d'une personne est faite de multiples fils. Qui peut affirmer que les vôtres ne sont pas entremêlés ?

L'idée m'enchantait plus que je ne voulais l'admettre. Ce n'était pas raisonnable, mais la façon dont nous nous croisions sans cesse ne l'était pas davantage. L'hypothèse de Monty expliquait tant de choses.

Grand-père s'engagea dans l'allée menant à la maison et, la respiration sifflante, il poursuivit :

– Je ne suis pas un physicien, Del. Je suis un vieil homme qui a trop de temps pour réfléchir. Mais peut-être que l'univers a un faible pour le couple que tu formes avec Simon. Peut-être que votre histoire est écrite dans les étoiles, comme pour Rose et moi. (Il fredonna une mélodie, si doucement que je fus incapable d'en discerner les notes.) C'est pour ça que je sais que je la retrouverai.

Une fois à l'intérieur, Addie donna un muffin à Monty, qui partit le manger dans le salon. Je l'entendis pianoter, une improvisation approximative, mais dans laquelle il parvint à capturer la fréquence du monde que nous avions visité.

– C'était une horrible leçon, commenta Addie en s'asseyant. En général, Shaw la dispense juste avant le diplôme.

– Ravie d'apprendre que j'ai pris de l'avance, répliquai-je avec amertume.

– Ce n'est pas pour cette raison que je t'ai emmenée là-bas. Je suis désolée, Del.

– Ce n'est pas de ta faute. Ce n'est la faute de personne.

– J'aurais pu mieux te préparer.

Je me remémorai la douleur dans la voix de Simon quand il m'avait parlé de sa mère. Savoir qu'il allait la perdre n'avait pas rendu sa mort plus facile, juste difficile d'une autre manière.

On frappa à la porte, et Addie sursauta.

– Lattimer.

– Va ouvrir, dis-je. Je m'occupe de Monty.

Elle hocha la tête et remonta le couloir en courant. Je lui emboîtai le pas.

Monty était assis au piano, l'emballage vide du muffin posé sur le banc à côté de lui.

– Nous avons de la visite ? s'enquit-il.

– Promets-moi que tu ne vas pas faire des tiennes, lui répondis-je.

Derrière moi, Addie ouvrit la porte.

– Ce genre de déclaration a tendance à faire monter ma pression artérielle. Qui... (Il s'interrompit en voyant entrer Lattimer.) Que fait-il ici ?

– Je viens prendre des nouvelles de ta petite-fille. Je suis un homme de parole, Montrose. Tu n'as pas oublié.

Monty se recroquevilla, comme si ces mots étaient porteurs d'une menace.

– Pourquoi n'irions-nous pas grignoter un morceau pendant qu'Addie discute avec le conseiller?

– Allez donc vous requinquer, approuva Lattimer. C'est uniquement avec Addison que je veux parler.

Je conduisis Monty dans la cuisine et l'installai devant une bouteille de soda et un bol de bretzels au chocolat.

– Je sais que tu le détestes, mais je t'en prie, n'aggrave pas la situation. J'ai besoin que l'Orphéon me laisse reprendre la formation.

– N'importe quoi. La meilleure chose qui puisse t'arriver, c'est d'échapper à ce type.

– Pas si je veux Marcher, rétorquai-je. Reste tranquille, d'accord? J'aimerais entendre ce qu'ils disent.

Il tendit le cou en essayant de jeter un coup d'œil dans le couloir, puis se rencogna dans sa chaise, l'air boudeur.

– Fais attention à toi. C'est un fourbe.

– Mais ce n'est pas étudié avant l'entrée en apprentissage, protestait Addie depuis le salon. Ça ne sera pas à l'examen final. Et puis, Del ne travaille à isoler les cordes que depuis cette semaine.

Ma sœur qui tenait tête à un membre de l'Orphéon? C'était comme si un Écho d'Addie avait pris sa place.

– Tu as dit qu'elle avait rapidement maîtrisé les isolations, rétorqua Lattimer d'une voix dure. Si c'est vrai, il est logique d'accélérer sa formation.

– Je croyais que Del était punie.

– Il semblerait qu'elle ait des dispositions naturelles qui

pourraient se révéler utiles vu la situation face à laquelle nous nous trouvons. Nous serions stupides de ne pas en profiter.

– La situation ? demandai-je en renonçant à essayer d'écouter discrètement.

Les lèvres de Lattimer s'étirèrent, dévoilant ses dents : sa version d'un sourire.

– L'anomalie sur laquelle vos parents travaillent. C'est confidentiel, mais je suppose qu'Addison, au moins, a déjà dû reconstituer le puzzle.

Addie bafouilla en rougissant.

– Elle était plutôt occupée, répondis-je à sa place. Peut-être que vous devriez révoquer mon exclusion, afin qu'elle puisse vous aider au lieu de me former.

– Ou l'Orphéon pourrait revoir ta sentence, contra-t-il. Je suis certain que tu connais la sanction habituelle pour les clivages non autorisés.

Je la connaissais, en effet : emprisonnement à vie dans une oubliette.

Je baissai la tête et gardai le silence.

Lattimer reporta son attention sur Addie.

– Jusque-là, tu as fourni un travail exemplaire. Maintenant que je t'ai fait part de mes attentes, j'espère que tu continueras sur cette voie.

– Oui, monsieur.

– Parfait. Avec de bons appuis, quelqu'un d'aussi doué que toi devrait aller loin. (Ses yeux pâles s'attardèrent sur l'arche au-dessus de la porte de la cuisine.) Votre grand-père semble aller mieux.

– Les Marches lui font du bien, confirma Addie. Ça le stimule.

– C'est une excellente nouvelle. Tu l'as laissé participer à l'élaboration des leçons, je suppose. Il doit avoir des Échos de prédilection pour les exercices.

– Pas vraiment, répondis-je. C'est Addie qui mène la danse. Monty va où elle nous dit d'aller.

Ma sœur se crispa en entendant le mensonge, mais Lattimer ne parut pas s'en apercevoir.

– Peut-être que vous devriez davantage le laisser faire. Je serais curieux de savoir comment il se débrouille. N'oubliez pas de lui dire au revoir de ma part.

– Je ne l'aime pas, commentai-je quand Addie eut refermé et verrouillé la porte.

– Chut.

– Il doit déjà avoir remonté la moitié de la rue. Que veut-il que tu fasses ?

– Tu as entendu la conversation, dit-elle pour toute réponse. Je suis plus intéressée par l'anomalie sur laquelle Maman et Papa sont en train de travailler. Et comment apprendre quoi que ce soit alors qu'ils refusent de m'en parler ?

– Mais ils ont laissé échapper plein d'informations, rétorquai-je. Ils pistent quelque chose, car Maman voulait le logiciel de cartographie d'Eliot. Papa et son équipe se sont donné rendez-vous ici, ça se trouve donc dans le coin. Et ils utilisent les ordinateurs de l'Orphéon, ce qui signifie qu'ils sont face à un énorme problème ou à une grande quantité de petits.

– Ou les deux, renchérit-elle en m'invitant à la suivre dans le salon et en baissant la voix. Et il n'y a pas que ça. A priori, ils n'arrivent à rien. Des équipes du monde entier ont envahi les locaux du siège. Ça fait plusieurs semaines que ça dure et ils n'ont pas l'air d'être prêts à plier bagage. De plus, ils ont instauré des mesures de sécurité de folie. Réunions à huis clos, réaffectations. Toutes les portes ont maintenant des lecteurs de cartes, même celles des espaces qui étaient avant en libre accès. J'ignore pourquoi c'est confidentiel. Tout le monde sait qu'il se passe quelque chose.

– Mais ils n'ont pas idée de la gravité de la situation. L'Orphéon garde le secret pour éviter un mouvement de panique.

– Voilà qui est réconfortant.

– Ironique, n'est-ce pas ? (Le bruit de la chaise de Monty raclant le plancher suivi de celui du chuintement de la porte du congélateur nous parvint de la cuisine : il était encore en train de chercher de la glace.) Tu sais ce qui est le plus étrange dans tout ça ?

Addie remit en ordre les partitions éparpillées sur le piano.

– Que nous nous entendions bien ?

– Mis à part ça. Si le problème que l'Orphéon a sur les bras est si énorme, si compliqué, et si potentiellement catastrophique, pourquoi Lattimer surveille-t-il personnellement mon évolution ? Pourquoi t'a-t-il demandé d'accélérer ma formation ?

– Et pourquoi semble-t-il si curieux de savoir ce que fait Monty ? Lattimer ne devrait s'intéresser ni à lui ni à toi.

– Peut-être qu'il pense que Monty peut les aider ?

– Je ne vois pas comment. En plus, jamais grand-père n'acceptera d'aider l'Orphéon. (Elle marqua une courte pause.) Lattimer doit croire qu'il se confiera à toi.

– Et que tu iras tout lui raconter.

Voyant son air songeur, j'ajoutai :

– Ce que tu ne ferais jamais, parce que ce serait vraiment dégueu de ta part d'espionner notre grand-père.

Elle ne répondit rien.

– Addie ?

Elle enroula une mèche de cheveux blond-roux autour de son doigt et la déroula.

– Quel que soit le problème sur lequel ils travaillent, c'est sérieux. Si Monty sait quelque chose, c'est notre devoir de les aider à trouver ce que c'est.

– Tu le vendrais à Lattimer ?

– Je ferai ce à quoi je me suis engagée : protéger le Monde Clé. Et si tu veux vraiment devenir Marcheuse, tu feras pareil. (Elle secoua la tête, pâle et déterminée.) Je vais préparer la Marche de demain. Celle choisie par Lattimer.

– J'ai des projets demain. Pour l'école.

Il était hors de question que je pose un second lapin à Simon.

– Nous serons rentrés pour le déjeuner. Tu auras tout le temps d'étudier.

Elle monta l'escalier et je retournai à la cuisine. Monty était à table, en train de dévorer le contenu d'un énorme bol de crème glacée, recouvert de chocolat liquide et de sauce caramel.

– Alors, qu'est-ce qu'il voulait ?

– Il voulait savoir où j'en étais de ma formation. Et passer de la pommade à Addie.

Il t'espionne, eus-je envie de dire, mais l'avertissement de ma sœur résonnait encore dans mon esprit.

Monty me pointa avec la cuillère.

– Il cherche quelque chose. Et il pense que tu es la clé.

– C'est qu'il est stupide, répliquai-je en m'énervant. Je peux gérer Lattimer.

– Tu es futée. (Il me tapota la main de ses doigts fins comme des baguettes.) Mais même les imbéciles peuvent être dangereux quand ils veulent quelque chose.

Chapitre vingt-six

Les inversions ont lieu quand un *vibrato fractum* occupe l'espace correspondant à celui d'une branche voisine. Ces inversions doivent être stabilisées avant de procéder au clivage, sans quoi l'échange entre les branches devient permanent, et permet aux ravages de s'étendre.

Chapitre cinq, « Physique »
Principes et pratiques du clivage, cinquième année

Le lendemain matin, nous étions dehors de bonne heure. Maman nous avait préparé un vrai petit déjeuner – pain grillé, œufs, bacon –, m'avait serrée dans ses bras, et était allée s'enfermer dans son bureau, comme si un bon repas pouvait effacer la dispute de la veille. Mon père, quant à lui, était déjà parti.

Le ciel était du même bleu pâle qu'un glacier, et le soleil donnait l'illusion qu'il faisait chaud. Addie nous fit traverser un pivot près du stade de football avant de nous guider à travers le quartier résidentiel voisin. Entre les maisons, j'aperçus le cimetière, et je me demandai si, dans ce monde, la mère de Simon était encore en vie.

– L'Écho en phase terminale d'hier. Est-ce qu'il existe dans d'autres mondes ?

– Il se peut qu'il en reste quelques-uns, mais ils finiront par se dissoudre eux aussi. Ils ne sont pas réels.

Le Simon que j'avais rencontré la veille m'avait pourtant semblé bien réel. De même que sa souffrance et sa compassion.

– Il est possible pour un Écho de mourir avant son Original, n'est-ce pas ?

– Bien sûr. Ça arrive tout le temps.

Peut-être que je m'inquiétais pour rien, et que la mère de Simon était en bonne santé dans le Monde Clé.

Monty traînait loin derrière nous, je baissai la voix pour poser la question suivante.

– Et grand-mère ? Est-ce que les branches qu'elle a traversées réagiraient si elle était morte ?

– Non. Vu qu'elle n'a pas d'Échos, l'empreinte qu'elle y a laissée s'effacerait, c'est tout.

Je frissonnai. Si je venais à mourir, les Simon que j'avais rencontrés ne ressentiraient aucune tristesse. Mais était-ce si sûr que ça ? Celui de Doughnut World s'était souvenu de moi. Si je disparaissais, il se demanderait pourquoi je n'étais jamais revenue.

Monty nous rattrapa.

– Vous avez l'air bien sérieuses, toutes les deux, qu'est-ce qu'il y a ?

– Nous revoyons nos notes, répondit ma sœur, l'air de rien.

Ce qui m'impressionna. Addie était d'ordinaire une pitoyable menteuse.

– Sais-tu sur quoi travaillent Maman et Papa ? ajouta-t-elle en le dévisageant.

– Une mission pour l'Orphéon, grommela-t-il avec un geste indifférent. Super secrète.

– Tu n'as aucune idée de ce qui se passe ? insista-t-elle.

– Plein d'idées. Surtout concernant le déjeuner. (Il pointa le menton en avant en affichant une expression butée.) Ce n'est plus mon combat.

Addie soupira et se tourna vers moi.

– Bien. Nous y sommes, Del. Tu es prête ?

– Pour quoi ?

Je m'attendais à percevoir le bourdonnement d'un pivot, mais ne repérai rien d'inhabituel. Nous étions en face d'une petite maison blanche avec des volets noirs, une porte rouge et des fenêtres sur les rebords desquelles étaient posées des jardinières remplies de courges miniatures. Des géraniums et des hortensias poussaient contre la barrière de bois, et une grenouille de pierre gardait le portillon.

– Ça, dit-elle en désignant d'un signe de tête la boîte à lettres en cuivre poli accrochée à la clôture.

– Très pittoresque. Quel est le problème ?

– À toi de me le dire.

La fréquence tournait selon un cycle étrange. Je jetai un coup d'œil à l'intérieur de la boîte et distinguai quelques enveloppes ainsi qu'un magazine. Je voulus les attraper, mais ils disparurent. Je regardai de plus près, et ils réapparurent. Quand j'essayai à nouveau de les prendre, ils se volatilisèrent.

– Qu'est-ce que c'est que ça ?

Addie réprimait une envie de rire.

– C'est une inversion.

– Tu plaisantes ?

Une autre réalité, changeant de place avec celle-ci. Exactement le genre d'événements que les Marcheurs étaient censés empêcher.

– Pourquoi l'Orphéon n'a-t-il pas envoyé une équipe pour s'en occuper ?

– Il y en a une. Nous.

La boîte à lettres en cuivre fut remplacée par son équivalent en métal blanc rouillé, avant de revenir.

– Je n'entends pas de pivot.

– Les pivots sont générés par des choix. Une inversion est une sorte de grosse rupture. Cependant elle peut être utilisée comme un pivot. Si une fréquence peut traverser, alors nous aussi. N'est-ce pas, Papi ? Tu es un expert en inversions.

– J'en ai traité un bon paquet, répondit-il en s'approchant et en poussant la boîte du doigt. Ce travail est au-dessus des compétences d'une cinquième année.

Elle esquissa un sourire forcé.

– L'Orphéon pense que Del est prête.

L'expression de Monty s'assombrit.

– Tu veux dire Lattimer. Je refuse de prendre part à ses manigances. (Il ramassa un journal qui traînait par terre et s'assit sur le bord du trottoir.) Je serai là quand vous reviendrez.

– Papi, nous ne pouvons pas te laisser là. Maman nous tuerait.

Il secoua le papier.

– Tu as le choix. Soit tu désobéis à ta mère, soit tu désobéis à Lattimer. Mais je ne traverserai pas cette inversion.

S'ensuivit un long silence. Addie luttait pour contrôler sa colère tandis que Monty, l'air hargneux, faisait semblant de lire l'édito.

– Nous serons vite de retour. Ne bouge pas d'ici.

– Ça ne me viendrait même pas à l'idée, répliqua-t-il avec désinvolture.

Traverser un pivot faible est comme passer un fil dans le chas de la plus petite aiguille du monde : il faut des mains sûres, des sens aiguisés et une concentration totale.

Traverser une inversion est comme passer le fil dans le chas de cette aiguille en luttant contre le courant.

Je tendis la main plusieurs fois afin de sentir la vibration en contact avec la boîte à lettres. À plusieurs reprises, j'eus la certitude de l'effleurer du bout des doigts avant qu'elle s'éloigne. Même Addie qui tentait de me guider commençait à s'impatienter et ses mouvements étaient de plus en plus saccadés.

– Nous n'y arriverons jamais si tu continues à agiter les bras comme un moulin à vent, dis-je quand sa main heurta la mienne pour la énième fois. Laisse-moi essayer toute seule.

Sur le trottoir, Monty toussa bruyamment. Addie lui tourna le dos.

– C'est plus dangereux qu'un pivot, Del. Je dois rester avec toi.

– Une fois que j'aurai démarré, tu t'accroches à moi et nous traverserons ensemble. Je le fais tout le temps avec Eliot.

– Pitié, épargne-moi les détails de ce que tu fais avec ton petit copain.

Je lui donnai une tape sur le bras.

– Beurk. Ce n'est pas mon petit copain.

– À son grand désespoir !

– Arrête. Pourrions-nous nous remettre au travail ? J'ai l'impression que ça empire.

Addie se renfrogna.

– Si tu me laisses ici, je le dirai à Maman. Et à l'Orphéon.

– Calme-toi, dis-je, plus pour mon propre bénéfice que pour le sien.

Je secouai les bras pour en chasser la tension et relâchai la respiration que j'avais retenue. Puis je fermai les yeux, écoutant le vent dans les feuilles, les cris des enfants jouant dans un jardin voisin, les battements de mon cœur et la mélodie de ce monde. Il y eut une brève discordance qui disparut comme elle était venue.

Après plusieurs occurrences, je me rendis compte qu'il y

avait une structure rythmique. Elle était irrégulière, mais bien présente, et je commençai à compter en me préparant.

Le son s'éloignait déjà quand ma main fusa, mais je réussis malgré tout à attraper la corde dont j'avais besoin. Prudemment, avec des mouvements aussi fluides que possible, j'attrapai Addie et nous fis traverser.

– Waouh, dis-je en ouvrant les yeux, les jambes flageolantes.

La fréquence légèrement fausse que j'avais entendue était amplifiée. Un frisson me parcourut.

– Je ne m'attendais pas à ça.

Vu les plis soucieux qui lui barraient le front, Addie non plus.

– Je ne comprends pas. Les inversions sonnent toujours faux, mais ce n'était pas censé être à ce point.

– C'est comme Park World.

J'aurais pu me mettre un coup de pied aux fesses pour ne pas avoir consulté la carte d'Eliot avant de traverser. C'était exactement ce que nous craignions.

– Tu te souviens ? ajoutai-je. La tonalité était bien pire que ce que Maman nous avait annoncé.

– Non, dit Addie d'une voix légèrement tremblante avant de se reprendre. Nous ne cliverons pas ce monde. Je vais stabiliser l'inversion, tu vas me regarder faire, et puis nous partirons.

– Et si nous ne pouvons pas ? demandai-je en réprimant l'envie de me boucher les oreilles.

La maison, à l'instar du reste du monde, était dans un sale état. Ici, les rebords des fenêtres n'accueillaient pas des jardinières remplies de courges miniatures. Au lieu de ça, la peinture s'écaillait sur les volets dont le bois était en train de pourrir. Quant au jardin, il était envahi par les mauvaises herbes et la clôture avait plus de trous que de planches.

– Nous y arriverons, affirma Addie.

Elle poussa le portillon, et un chat roux jaillit de sous un buisson à moitié desséché.

– Stabiliser une inversion est la dernière étape avant un clivage. Les fils de cette boîte à lettres échangent leur place avec ceux de l'autre. Nous devons les remettre en place.

– Ils vont cliver ce monde.

Cette prise de conscience me perturba davantage que la discordance.

– Vu que les inversions n'affectent pas le Monde Clé, mais seulement les Échos, et que le reste de celui-ci a l'air stable, ça ne sera sans doute pas pour tout de suite. Mais il est certainement sur la liste.

Le chat repassa devant nous en courant tel un flash coloré, et son miaulement s'ajouta à la clameur.

– C'est quoi le problème de ce... Chien !

– Chat, la corrigeai-je, puis j'entendis un aboiement enthousiaste. Oh, mon Dieu, sauve-toi, le chat !

L'animal n'avait pas besoin de nos conseils, il grimpa à un arbre en sifflant et crachant. Une autre forme plus imposante déboula et s'arrêta au pied de l'arbre.

– Iggy ? (Je caressai sa douce fourrure brune.) Tu m'as fait peur, sacré chien.

Il aboya deux fois et reporta son attention sur sa cible.

– Iggy, espèce de psychopathe, appela Simon d'une voix exaspérée. Laisse Monsieur Biscuit tranquille.

– Monsieur Biscuit ? répétai-je sur un ton moqueur.

Simon se tourna vers moi, et un éclair traversa son regard : il m'avait reconnue. Il avait la tête quasiment rasée et, à la place d'un manteau, il portait par-dessus son T-shirt une veste usée. Mais en dehors de ça, il ressemblait beaucoup au Simon Original.

– Ce n'est pas moi qui lui ai donné ce nom. Ce n'est pas mon chat.

Addie émit un son étranglé et je lui balançai un coup de coude.

Au-dessus de nous, Monsieur Biscuit poussa un miaulement outragé, et Iggy trembla d'excitation.

– Il ne va pas le dévorer, quand même ? demandai-je.

– Non, à moins que ce chat ne soit assez stupide pour descendre. Il adore narguer Iggy et rentrer chez lui se planquer, mais d'habitude, le portail est fermé. (Il regarda le portail, puis nous.) Tu cherches Mme Higgins ?

– Débarrasse-toi de lui, murmura Addie.

Avant que je puisse répondre, Simon appela.

– Allez, mon chien. C'est l'heure de manger !

Iggy batifolait autour de l'arbre en l'ignorant ostensiblement.

– Iggy, essayai-je d'une voix chantante. Va voir Simon.

Le chien aboya une fois et rejoignit son maître, la tête basse.

Simon saisit le collier de nylon rouge.

– Au moins, il écoute quelqu'un. À un de ces jours.

Je le saluai d'un petit signe de la main.

– Comment ça se fait qu'il te connaisse ? demanda Addie.

– Mais non, il ne me connaît pas, mentis-je, à la recherche d'une explication susceptible de nous convaincre toutes les deux. J'ai touché son chien. C'est comme de toucher une autre personne, ça m'a rendue visible.

Elle me dévisagea en plissant les yeux.

– Il vaudrait mieux pour toi que ce soit ça.

Ça ne l'était pas. Entre le Simon de Doughnut World qui se souvenait de moi et celui du cimetière qui avait su mon nom, il était évident que quelque chose clochait. Même si Monty avait raison à propos des fils de nos vies possiblement entremêlés, les Échos de Simon ne respectaient pas les règles de notre monde, et je savais d'expérience ce que l'Orphéon pensait de ceux qui ne suivaient pas les règles. Me confier à Addie était inenvisageable, elle préférait laisser Monty assis sur le trottoir plutôt que de contrarier Lattimer. Elle dénoncerait Simon à l'Orphéon sans la moindre hésitation.

Autour de nous, la dissonance gagna de l'ampleur, la boîte à lettres se mit à clignoter plus rapidement. Je tendis le bras devant ma sœur pour taper dessus en demandant :

– Suis-je censée m'inquiéter?

Comme je l'avais espéré, elle passa en mode donneuse de leçons.

– Les inversions sont puissantes de nature, mais plus elles sont anciennes, plus elles se renforcent. Nous devons stabiliser les cordes.

– Tu parles de les accorder? C'est ce que tu as fait au match, non?

– À peu près, oui. En général, les accordages ne valent pas le coup, car cela exige beaucoup d'efforts pour seulement quelques fils. Les inversions nécessitent encore plus de travail et sont aussi plus risquées. (Elle esquissa un sourire.) Observe et prends-en de la graine.

Elle ferma les yeux et glissa la main dans l'air, en agitant légèrement les doigts.

– La première étape est d'isoler les fils, comme avec une rupture classique.

Mais elle ne se comportait pas comme si c'était une rupture classique. Sa peau avait pris un teint crayeux, et ses épaules étaient voûtées.

– Là. Pose ta main par-dessus la mienne.

J'obéis avec précaution, écartant de mon esprit le souvenir de Park World. Ces fils – une bonne poignée au lieu des un ou deux que j'avais l'habitude de tenir – semblaient pleins de nœuds et leur instabilité me donna le vertige. Pas étonnant que l'effet soit visible.

– Et après ?

– Fredonne la fréquence que tu cherches. Il faut que, comment dire, tu... incites le fil à reprendre sa place.

Elle fit courir sa main sur les cordes défectueuses, doucement, mais fermement, tout en fredonnant. Petit à petit elles se lissèrent et adoptèrent la même fréquence que le reste du monde.

– Voilà, dit-elle.

Je retirai lentement ma main en luttant contre le tournis.

Addie relâcha les fils avec précaution et prit une grande inspiration tremblante.

– Génial, non ?

Elle avait à présent les yeux brillants et les joues rouges d'excitation.

– Ouais. Et maintenant, Lattimer va envoyer les cliveurs ? demandai-je en essayant de montrer autant d'enthousiasme qu'elle.

La fréquence dans son ensemble avait l'air bien plus stable ; comme l'avait été le Simon que nous avions vu. Qu'il soit clivé me semblait injuste. Cruel. Et j'avais joué un rôle là-dedans.

– Ne t'inquiète pas, dit-elle en interprétant de travers ma réponse. Tu cliveras bien assez tôt.

Chapitre vingt-sept

Les choix exigeant un effort important de la part du sujet créent des Échos plus forts que ceux maintenant un statu quo.

Chapitre premier, « Structure et formation »
Principes et pratiques du clivage, cinquième année

Ce doit être une loi universelle : qu'importe à quel point vos parents ont pu être absents de votre vie, ils s'y intéressent forcément au moment exact où vous souhaiteriez qu'ils se tiennent à l'écart.

– Del ? appela ma mère en sortant de son bureau, une tasse de café dans une main et dans l'autre une liasse de cartes qu'elle plia en deux pour dissimuler leur contenu. Qui est-ce ?

– Maman, Simon Lane. Simon, voici ma mère.

Ils échangèrent une poignée de main.

– Enchanté.

– Moi de même. J'aurais cependant apprécié de savoir que nous avions de la compagnie.

Elle me décocha un regard de reproche.

Simon porta la main à son cœur en affichant un air faussement blessé.

– Serais-je un secret honteux ?

Il n'avait pas idée du nombre de secrets que je gardais à son sujet. Je désignai le papier à musique sur le banc du piano.

– Nous travaillons sur un projet pour le cours de Mme Powell. Elle nous a demandé d'écrire un contrepoint.

– La spécialité de Del, commenta ma mère. Vous avez faim? J'ai fait du cake à la courgette.

– J'adore le cake à la courgette, dit Simon.

Je levai les mains pour les interrompre.

– C'est bon, Maman. Nous avons beaucoup à faire, du coup...

Elle haussa les sourcils.

– Je vous laisse vous remettre au travail. Papa sera bientôt à la maison. Je suis sûre qu'il sera ravi de rencontrer ton... ami.

S'il y avait eu un pivot à proximité, je l'aurais traversé et aurais élu domicile de l'autre côté jusqu'à mes cinquante ans, car c'était le temps qu'il allait me falloir pour oublier cette scène. Simon semblait fasciné par les dessins du tapis, et aucun de nous ne bougea avant d'avoir entendu la porte du bureau de ma mère se refermer.

Une fois installés au salon, il me montra sa partition. Je jouai le morceau au piano, pour voir ce que ça donnait, puis lui proposai de faire un essai à quatre mains.

– J'ai donc vu ta mère, mais où est le reste de la famille? s'enquit-il, visiblement peu pressé de s'y mettre.

– Mon père est au travail. Mon grand-père est à l'étage, ce qui est bizarre. D'habitude il est plutôt sociable. (Mais je n'allais pas m'en plaindre, la capacité de ma mère à m'embarrasser n'était rien en comparaison du talent de Monty.) Et ma sœur bosse dans sa chambre.

Elle écrivait son rapport sur notre Marche. Je me demandai ce qu'elle allait dire à propos du refus de Monty de venir avec nous.

– C'est sympa, dit-il doucement, d'avoir une famille si nombreuse.

– Ton père...

– Il est parti juste après ma naissance.

Il détourna la tête pour me dissimuler son visage.

– Ah, répliquai-je sans savoir jusqu'à quel point le pousser à la confidence. Ça craint.

Il prit mon violon et pinça l'une des cordes.

– Ne t'en fais pas pour ça. Ça m'est égal.

– Vraiment ?

– Oui. J'ai des sujets d'inquiétude plus graves que ça, dit-il en me tournant complètement le dos.

Les choix les plus importants sont ceux qui mettent fin au statu quo, qui s'en affranchissent et font basculer dans l'inconnu.

Ce sont aussi les plus terrifiants.

Je pouvais laisser couler la remarque de Simon et poursuivre notre projet. Ou je pouvais poser la question, sachant que cela changerait notre relation, quelle que soit la réponse.

– Comme ta mère ?

Il reposa le violon. J'attendis dans l'espoir qu'il brise avec la vérité le silence qui s'était installé entre nous.

– Qui te l'a dit ?

– Personne. J'avais un pressentiment.

Il s'assit à côté de moi et joua une seule note sur le piano, un *mi* bémol, encore et encore.

– Le cancer est revenu. Nous l'avons découvert il y a environ deux mois.

Jamais je n'avais autant eu envie de m'être trompée.

– Je suis désolée. Est-il...

– Oui. Ils ignorent combien de temps il lui reste. Un an. Dix-huit mois si nous avons de la chance.

Étrange d'appeler ça de la chance. Dans moins de deux ans, il serait orphelin.

– Que vas-tu faire? demandai-je en improvisant, *pianissimo*, une mélodie.

– Prendre soin d'elle, répondit-il la mâchoire crispée. Pour l'instant, elle est surtout épuisée. Plus tard... il y a des gens qui pourront venir aider. En tout cas, c'est ce qu'ont dit les médecins.

Cela expliquait ses yeux cernés et son désir d'obtenir de bonnes notes pour faire plaisir à sa mère. Mais aussi son regret de ne pas avoir de frères et sœurs. L'aura de séduction qu'il dégageait d'habitude avait cédé la place à une fragilité qui me brisait le cœur.

J'essayai de m'imaginer seule, sans plus personne de ma famille, même pas Addie. La maison serait si vide. Rien que d'y penser, j'étais au bord des larmes.

– Pourquoi n'en as-tu parlé à personne?

– Je l'ai dit à l'entraîneur. À deux de mes coéquipiers. Et à quelques professeurs.

– C'est tout? Et tes autres amis?

– Pas encore.

Je dus avoir l'air surprise, car il ajouta :

– Ça change la façon dont les gens te regardent. Leur comportement.

– Peut-être pas.

– C'est déjà arrivé, répliqua-t-il.

L'année des ragoûts, des chaînes téléphoniques et des ventes de gâteaux me revint en mémoire. Évidemment qu'il savait comment tout le monde allait réagir.

– Une fois qu'ils seront au courant, je ne serai plus moi, poursuivit-il. Je serai le gamin dont la mère est en train de mourir.

Cela faisait des années que j'observais Simon, enjôleur,

toujours en train de flirter et de plaisanter, charmant les gens à tour de bras. Je ne m'étais jamais posé la question de l'énorme travail que cela devait représenter : convaincre tout le monde de l'aimer au lieu d'avoir pitié de lui. Ce masque n'était jamais tombé jusqu'à aujourd'hui, ne s'était jamais fissuré. Le Simon assis à côté de moi, à la fois vulnérable et sur ses gardes, m'était aussi étranger qu'un Écho, et plus réel qu'il ne l'avait jamais été.

– Tu me l'as dit, à moi.

Il fronça les sourcils.

– Tu as posé la question.

– Tu n'étais pas obligé de répondre.

Il me regarda droit dans les yeux avec une intensité qui me fit oublier dans quel monde nous nous trouvions et à quel Simon j'avais affaire.

– Moi aussi j'ai eu un pressentiment, dit-il d'une voix si basse qu'elle résonna dans ma poitrine tandis que sa main recouvrait la mienne sur le clavier.

– J'en suis heureuse, murmurai-je.

– Simon? appela alors ma mère.

Il retira sa main. Mon cœur, affolé, battait la chamade.

– Veux-tu rester pour le dîner? J'ai préparé du poulet au parmesan. Tu es le bienvenu, si tu le souhaites.

Je levai les yeux au ciel. Toute la semaine, ça avait été pizza et sandwich. Seule la présence de Simon expliquait que nous ayons droit à un vrai repas.

– C'est très gentil à vous, mais je ne peux pas, répondit-il en quittant le banc et en attrapant son carnet. J'ai... (Il détourna le regard.) J'ai déjà des projets pour la soirée.

« Des projets » ne pouvait signifier qu'une chose : une sortie particulière avec une personne bien précise.

– Une autre fois, peut-être ? Ce fut un plaisir de faire ta connaissance.

– Tout le plaisir était pour moi. Et merci pour l'invitation.

– Je t'en prie.

Elle disparut à nouveau dans la cuisine, mais le mal était fait, l'intimité que nous avions partagée était brisée.

– Un rendez-vous galant ? m'enquis-je en tentant de feindre l'indifférence.

Regarde, ça m'est complètement égal que tu embrasses quelqu'un d'autre ce soir.

Mais à l'intérieur, mon cœur battait à présent au rythme lent d'un chant funèbre. Il s'était livré à moi, m'avait confié la vérité la plus terrible qu'on puisse imaginer, mais je n'étais pas celle qu'il voulait.

– Je parie que je peux deviner qui c'est.

Il activa le bras du métronome mécanique posé près du piano, et le tic-tac régulier emplit le silence.

– Bree est sympa, finit-il par dire. Et ce n'est pas sérieux.

– Ça ne l'est jamais.

Pourquoi m'avait-il confié ses secrets, si c'était pour, juste après, me quitter afin d'aller la retrouver ? Peut-être avais-je rêvé cette connexion entre nous. Peut-être qu'il disait ça à tout le monde, pour que chacun se sente aussi spécial que j'avais cru l'être. Cette pensée me fit monter le rouge aux joues, puis un frisson me parcourut. J'étais vraiment trop bête.

– Qu'est-ce que ça veut dire ?

– Que tout le monde sait que tu n'es pas du genre à t'engager. Quand as-tu eu une relation sérieuse avec une fille pour la dernière fois ? demandai-je sur un ton léger.

– Elles savent à quoi s'attendre.

– Et elles disent toutes que tu es un gars génial.

Et bien d'autres choses. Mais il était hors de question que j'alimente son ego.

– Je ne juge pas, ajoutai-je. Mais il faudrait être aveugle pour ne pas voir que tu as une nouvelle conquête à ton bras environ toutes les six semaines. Et c'est toi qui l'es si tu ne vois pas que Bree veut plus que ça, cette fois.

– C'est toi qui parles ? Tu ne vaux pas mieux avec le gars du cours de musique. Lee, c'est ça ?

– Eliot ? Je t'ai déjà dit que nous étions seulement amis.

Simon s'esclaffa.

– C'est ça, bien sûr. Je dois y aller.

– Fais attention à toi, insistai-je tandis qu'il partait, surprise de me sentir aussi blessée. Bree cherche à être davantage qu'une passade.

La porte claqua.

Je retournai dans la salle de musique afin d'étudier notre composition. Puis je pris mon violon, tendis l'archet et jouai ma partie. Sans la moitié de Simon, elle sonnait trop superficielle et solitaire.

– Ce n'est pas ton style habituel, commenta Monty.

– Salut, Papi. C'est un devoir pour l'école. Je dois composer avec quelqu'un d'autre.

– Simon, dit-il avec un sourire entendu. Où est-il parti ?

– Il avait un rencard, marmonnai-je en entamant un morceau de Bach.

– Ah. Tu l'as laissé filer.

J'arrêtai de jouer dans un grincement.

– Qu'est-ce que j'étais censée faire ? M'asseoir sur lui ? Lui voler ses clés ?

À la réflexion, j'aurais en effet pu lui voler ses clés. Mais je voulais qu'il reste par choix.

Je voulais que Simon me choisisse moi.

Monty secoua la tête d'un air triste.

– Tu crois que Rose m'est tombée dans les bras avec un claquement de doigts ? Fais un effort.

– Il n'est pas Marcheur.

– Et alors ?

– Et alors, ce n'est pas... mal vu ?

Monty inspira de l'air à travers son dentier.

– Depuis quand laisses-tu ce genre de considération se mettre en travers de ton chemin ? Il y a un lien entre toi et ce garçon, non ? Quand le multivers essaye de te dire quelque chose, mieux vaut l'écouter.

Le multivers m'envoyait des signaux contradictoires. Tout comme Simon.

– Il voit une autre fille.

– Trouve un moyen de contourner le problème. C'est possible, si c'est vraiment ce que tu veux. (Il joua une mélodie rapide sur le piano et se releva.) À table ?

– J'arrive dans une minute.

Je contemplai le morceau que Simon et moi avions écrit ensemble. Il aurait été incapable de dessiner une clé de sol pour sauver sa peau. Il sortait à nouveau avec Bree. Il n'était pas Marcheur. Avoir flirté avec son Écho était déjà une grosse erreur. Tomber amoureuse de l'Original serait bien pire.

Sauf que c'était trop tard.

Chapitre vingt-huit

– Qu'est-ce qu'il y a au programme pour cette semaine ? demandai-je à Addie, plus tard dans la soirée. D'autres inversions ?

– C'est la seule dont Lattimer m'a parlé. Mais j'ai prévu quelques trucs sympas.

Connaissant ma sœur, je craignais de l'interroger sur ce qu'elle entendait par « sympa ». Mais d'un autre côté, Lattimer lui avait dit d'accélérer ma formation, et elle n'était pas du genre à désobéir à une consigne émanant de l'Orphéon.

– Qu'est-ce qui est sympa ? s'enquit Maman en se laissant tomber sur sa chaise. Une distraction me ferait le plus grand bien.

Mon père lui massa les épaules.

– Désolé d'avoir manqué ton ami, aujourd'hui, Del. Il reviendra ?

– Aucune idée, répondis-je, avant de m'adresser à ma mère. Qu'est-ce qui ne va pas ?

– Rien.

Papa ouvrit la bouche et la ferma aussitôt.

– Nous ne sommes plus des bébés, intervint Addie. Pas la peine de nous protéger.

– Qu'est-ce que vous cherchez ? (Papa me lança un regard surpris.) Pour quelle autre raison auriez-vous besoin de la carte d'Eliot ?

– C'est confidentiel, répondit-il.

– Nous maîtrisons la situation, ajouta Maman.

Une situation maîtrisée n'aurait pas donné à ma mère un teint cireux, ou des cheveux blancs à mon père. Cela n'aurait pas engendré des messes basses, des portes closes, des nuits écourtées et des sautes d'humeur. J'ignorai ce à quoi ils avaient affaire, mais ils n'avaient pas l'air de maîtriser quoi que ce soit.

– Laissez-nous vous aider, insista Addie. J'ai presque fini mon apprentissage, et Del n'est pas complètement nulle.

– Eh !

Papa secoua la tête.

– C'est trop dangereux. Nous attendons de vous que vous soyez prudentes. Et que vous preniez garde aux événements étranges, surtout du côté du Monde Clé.

– Vous savez que vous pouvez tout nous dire, renchérit Maman. Vraiment tout.

Cette dernière phrase me fit lever les yeux au ciel. Les parents prétendaient que vous pouviez leur parler de tout, mais si vous les preniez au mot, la discussion tournait rapidement à la leçon de morale. Et j'en subissais déjà bien assez comme ça.

Un silence pesant tomba sur la pièce. Après un moment, ma mère quitta la table sans avoir mangé.

– Continuez sur votre lancée, toutes les deux, tout reviendra bientôt à la normale.

Papa m'ébouriffa les cheveux et la suivit à l'étage. Addie balaya du regard la nourriture à laquelle personne n'avait touché.

– Ils mentent.

– Sans blague.

– Les inversions, dit ma sœur. Il veut savoir si nous voyons des inversions dans le Monde Clé. C'est le genre de phénomène assez sérieux pour affoler l'Orphéon.

– Et comme d'habitude, ils abordent le problème à l'envers, commenta Monty avant d'enfourner dans sa bouche un morceau de pain à l'ail. Les inversions sont un symptôme.

Addie le dévisagea avec attention.

– Que ferais-tu ?

– Ça fait trop longtemps que je suis hors jeu pour faire quoi que ce soit, répondit-il. (Addie se laissa aller contre le dossier de sa chaise, l'air déçue.) Mais si j'étais plus jeune, je serais curieux d'en savoir plus sur la maladie à l'origine de ces symptômes, pas vous ?

Elle hocha lentement la tête.

– Del, c'est toi qui fais la vaisselle ce soir.

– Tu as des projets pour la soirée ? s'enquit Monty quand elle fut partie.

Il jeta un regard en coin à mon sac à dos, posé près de la porte de derrière.

Je plantai ma fourchette dans le contenu froid de mon assiette.

– J'étais en train d'y réfléchir.

– Sois de ceux qui agissent et non de ceux qui réfléchissent. (Il m'adressa un clin d'œil.) À ton avis, c'est trop tard pour un beignet ?

Il était impossible que la pâtisserie soit ouverte à cette heure, mais j'avais compris.

– Je vais aller voir.

Comme nous l'avaient prouvé les événements récents, Marcher sans feuille de route relevait de l'inconscience. Pourtant, rejoindre Doughnut World me venait à présent instinctivement. Et même si la fréquence était plus forte que lors de ma dernière visite, je la trouvais moins gênante. En revanche, avant d'arriver devant chez Simon, il ne m'était pas venu à l'esprit qu'il puisse également être de sortie avec Bree dans cet Écho. Ou à une fête. Ou au Grundy, ou n'importe où. Ce n'était pas parce que nous nous étions embrassés que ce Simon m'appartenait, et puis ce n'était pas comme si nous avions passé beaucoup de temps à discuter.

Sa voiture n'était pas là, et les stores étaient déjà baissés. C'était le même pavillon accueillant que dans le Monde Clé, à l'exception du fanion du lycée qui brillait par son absence, et des volets qui au lieu d'être rouges étaient vert vif. Deux rangées de lampes solaires longeaient l'allée principale, et la haie qui bordait la descente de garage était soigneusement taillée.

Je m'installai aussi confortablement que possible sur les marches de ciment. L'attente risquait d'être longue. Je m'occupai donc en pliant des étoiles à la chaîne et en les attachant avec de la ficelle de cuisine. Puis, la température étant de plus en plus froide, je sortis mes mitaines.

Quelle idée stupide. Mes parents allaient être furieux et Addie se rendrait compte qu'il y avait anguille sous roche. J'avais de nouveau mis mon avenir en péril ; tout ça parce qu'une fois de plus, Simon m'avait blessée en me préférant Bree.

Je m'apprêtais à récupérer mon sac à dos quand des phares au coin de la rue annoncèrent l'arrivée d'un véhicule. Peu après, Simon gara sa Jeep et en descendit les bras chargés de sacs de courses.

– Salut, dit-il en me voyant.

– Je ne te suis pas.

– Tu m'en vois ravi. Tu n'es pas gelée ?

– Je survivrai, répondis-je en me redressant, les jambes raides de froid.

– Donne-moi cinq minutes.

– Je peux t'aider ?

Il secoua la tête.

– Cinq minutes. Ne te sauve pas.

J'acquiesçai en silence, et il entra chez lui. Un aboiement étouffé attira mon attention : Iggy était assis sur le siège passager, la truffe pressée contre la vitre.

– Salut, le chien. Tu étais de la balade ?

Les courses. Pas un rendez-vous ni une fête. Qu'importe ce que son Original était en train de faire, ce Simon était juste allé faire les courses, et cela me rendait ridiculement heureuse.

Iggy gémit et cogna du museau contre la vitre.

– Tu veux sortir ? Je connais bien ce sentiment.

J'ouvris la portière et attrapai le chien par le collier pendant que j'y attachais sa laisse. Quelques secondes plus tard, Iggy folâtrait sur la pelouse. Puis il se mit à courir autour de moi, ce qui eut pour résultat de me ficeler les jambes.

– Ce n'était pas ce qui était prévu, le grondai-je.

– Il veut s'assurer que tu restes dans le coin, dit Simon en descendant les marches quatre à quatre. Ce n'est pas moi qui vais lui jeter la pierre.

Il posa les mains sur mes épaules. Je retins mon souffle dans l'attente d'un baiser, mais au lieu de ça, il m'écarta de lui en me faisant tourner sur moi-même, pour me libérer de la laisse. Le monde devint flou, et je finis par m'arrêter en face de lui, étourdie, à regarder le ciel tanguer. La seule chose stable était ses mains qui me tenaient les bras.

– Iggy a besoin d'une promenade. Tu nous accompagnes ?

– Avec plaisir.

Je calai mon pas sur le sien, nos mains se cognant trop souvent pour que ce soit fortuit.

Notre chemin passa devant le cimetière et je frissonnai. Dès que Mme Lane serait morte dans le Monde Clé, cette version d'elle commencerait à se dissoudre. Ce Simon et tous les autres Simon de l'univers la perdraient. Il n'y avait aucun moyen d'empêcher ce drame.

Il semblait impossible que le multivers puisse contenir autant de chagrin, même avec les innombrables branches qui le constituaient. Une infinité de mondes, et une tristesse infinie, elle aussi. Je me demandai s'il y aurait jamais assez de joie pour la contrebalancer.

Quelques pâtés de maisons plus loin, nous arrivâmes dans un petit parc avec deux balançoires, un toboggan en piteux état et quelques bancs. Simon détacha la laisse puis sortit une balle phosphorescente de sa poche et me la tendit.

– Tu veux essayer ?

– Bien sûr.

Je la lançai doucement. Iggy courut après la balle et me la rapporta avec un regard de reproche. Je la lançai à nouveau, beaucoup plus fort.

– Tu m'as manqué, dit Simon en m'attirant sur le banc.

Une partie de moi fut ravie d'entendre ces mots, mais une autre ressentit un élan d'inquiétude. Je n'aurais pas dû lui manquer. Il n'aurait même pas dû se souvenir de moi. Chaque fois que je venais là, je renforçais le lien entre ses fils et les miens. Et pourtant la fréquence était stable. Je ne percevais aucune rupture. Ce n'était qu'un peu de bon temps qui ne faisait de mal à personne.

Iggy revint vers nous et Simon envoya la balle de l'autre côté du parc. Puis, il m'embrassa, doux et insistant à la fois.

– Pourquoi es-tu revenue ?

– J'en avais envie.

Je basculai la tête en arrière pour regarder les étoiles, les Pléiades, les lignes familières de la Nébuleuse d'Orion et de son

Baudrier. Des points fixes. Pour un Marcheur, les étoiles étaient sans doute ce qu'il y avait de plus immuable.

La vérité aussi était un point fixe. Et la vérité était que le vrai Simon passait en ce moment même la soirée avec Bree. Plutôt que de l'accepter, j'avais fui ici. La culpabilité s'insinua sous mon manteau, plus glacée que le vent.

– C'est tout. J'avais envie d'être avec toi.

– Alors, sois avec moi.

Il m'embrassa à nouveau en me serrant contre lui, et ses mains chassèrent le froid qui m'avait envahie. Ses mots étaient doux et chargés de désir, comme la chaleur qui montait en moi.

– Allons chez moi, Del. Ma mère est endormie. Personne ne nous dérangera.

Chaque fois que je visitais ce monde, j'enfreignais un million de règles, mais je n'avais jamais eu l'intention d'aller jusqu'à coucher avec Simon. Pourtant, les protestations, les dénégations, la raison... Tout partit en fumée. Il ne resta alors que la sensation de ses lèvres sur ma peau, le rythme syncopé de nos respirations, et l'insouciance, courant dans mes veines, comme une drogue.

– Viens. Nous ne sommes pas obligés de précipiter les choses.

Il se leva et me tendit la main.

Pour une fois, j'aimais l'idée de ne pas me précipiter. Je mêlai mes doigts aux siens.

– Iggy ! appela-t-il.

Il y eut un aboiement lointain, mais pas de chien en vue.

– Viens ici, mon beau !

Une autre constante : la nécessité d'emmener Iggy dans une école de dressage. Simon siffla une courte et simple mélodie qui me rappela aussitôt quelque chose.

– C'est quoi, cette chanson ?

– Le sifflement d'Iggy? (Il m'effleura les doigts d'un baiser.) Je l'ai inventé quand il n'était qu'un chiot.

C'était exactement ce que Simon avait proposé aujourd'hui pour notre composition.

– Tu peux recommencer?

Il haussa les sourcils, mais s'exécuta : les mêmes notes joyeuses et alarmantes.

– D'où ça vient? demandai-je d'une voix trop tranchante, même à mes propres oreilles.

Iggy nous rejoignit en courant, tout fou et visiblement ravi. Je lui gratouillai la tête, réconfortée par la stabilité de sa fréquence.

– Je te l'ai dit, je l'ai inventée.

– Non, les deux dernières mesures. (Je les avais écrites moi-même dans l'après-midi, il ne pouvait pas les avoir entendues avant.) C'est nouveau.

Il siffla une fois de plus, faisant voleter mes cheveux.

– C'est possible. Tu n'es pas la seule à être douée pour la musique. Attends. Tu es bien bonne en musique, n'est-ce pas?

– Un vrai prodige, marmonnai-je.

Est-ce que je lui avais déjà dit ça?

– Qu'est-ce que tu as fait aujourd'hui?

Il récita son emploi du temps de la journée, clairement pour me faire plaisir. Il n'avait pas pris option musique. Une partie de mon esprit nota vaguement que j'en savais encore moins sur ce Simon que sur le mien.

– Tu as déjà suivi des cours de solfège?

– Non. Histoire de l'art. C'est quoi le problème?

– Touche-moi, ordonnai-je.

Il sourit, posa la main sur ma joue et me caressa les lèvres du pouce. J'écartai de mes pensées le désir qui déferla en moi et écoutai aussi attentivement que possible.

Sa fréquence était plus forte à chaque contact, mais stable. Simon leva mon visage vers le sien.

– Tu m'inquiètes.

– Je ne peux pas, dis-je. Pas ce soir.

– J'ai loupé un épisode ? demanda-t-il en plongeant son regard dans le mien, comme s'il espérait y trouver les réponses que je refusais de lui donner. Il y a à peine cinq minutes, tu étais prête à venir chez moi, et maintenant tu changes d'avis sans raison apparente.

– J'aimerais vraiment. C'est juste que... Je ne peux pas. Je t'en prie, crois-moi.

– Je crois que tu es douée pour partir. (Il lâcha ma main et se mit debout.) Tu me veux, tu me veux plus. Tu débarques sans prévenir, et tu disparais pendant des jours. Et là tu pètes un câble à cause de la façon dont je siffle mon chien ? Tu ne veux pas coucher avec moi, d'accord. Tu n'as qu'à le dire au lieu de fuir.

Il commença à s'éloigner, les épaules contractées, Iggy à son côté.

– À un de ces jours, Del.

– Simon, attends !

Il continua à marcher à vive allure et je dus presser le pas pour le rattraper.

– Ce n'est pas la mélodie. C'est juste que ça m'a rappelé quelque chose que je dois vérifier à la maison. Si je ne m'en occupe pas maintenant, ils découvriront la vérité à propos de mes escapades. Ce sera fini pour nous.

Et par là, j'entendais fini pour lui.

Si Monty avait raison, Simon et moi étions connectés, nos fils entremêlés à travers les Échos. Et si mes visites dans ce monde avaient renforcé cette connexion au point de provoquer une inversion ? Mon père cliverait ce monde lui-même. Et ce Simon avec.

Réel ou non, je refusais de lui refaire ça.

Chapitre vingt-neuf

– Nous avons un problème, me dit Eliot à la pause déjeuner du lendemain.

Il se laissa tomber sur une chaise juste à côté de la mienne, l'air renfrogné.

– Un autre ?

J'étalai du beurre de cacahuète sur ma lamelle de pomme et mordis dedans à pleines dents. Après avoir quitté Simon, j'avais refait en sens inverse le chemin parcouru dans Doughnut World, les yeux rivés sur la carte d'Eliot. Je n'avais trouvé ni inversions ni nouvelles ruptures. Le Simon de Doughnut World était en sécurité, pourtant au lieu de me sentir soulagée, j'avais le pressentiment qu'un désastre se préparait.

– Techniquement, il y en a plus d'un. J'ai analysé d'autres ramifications du système auquel appartenait Park World. Puis j'ai comparé les relevés antérieurs au jour du clivage à ceux effectués après. La plupart d'entre elles se détériorent à un rythme accéléré.

– Elles se dégradent ? C'est bon, ça ? Enfin, je veux dire bon pour moi.

Si toute la branche était instable, cela prouvait que ce n'était pas ma faute – au prix des vies des personnes existant dans ces Échos.

Il prit une frite molle sur son plateau.

– L'accélération n'a débuté qu'après le clivage.

Je m'étouffai avec un morceau de pomme, et Eliot me tapota le dos.

– C'est moi qui l'ai provoquée ?

Il me posa la main sur l'épaule.

– Il est possible que les problèmes soient antérieurs et que Park World ait juste attiré l'attention dessus. Mais le timing ne joue pas en ta faveur. Je suis désolé, Del.

Il avait l'air malheureux, comme s'il s'en voulait alors qu'il n'avait fait qu'essayer de m'aider.

– Ne t'excuse pas. C'est moi qui ai fait la bourde.

À l'autre bout de la cafétéria, Simon déjeunait avec le reste de l'équipe de basket-ball. Il faisait le pitre, rigolait et bousculait ses camarades tout en dévorant une part de pizza. Bree n'était nulle part en vue. Il croisa mon regard et se figea ; il devait probablement regretter de s'être confié à moi la veille. Park World n'était pas la seule chose que j'avais anéantie.

J'avais parcouru un paquet de mondes avec Addie et Monty depuis le jugement. S'ils montraient tous la même augmentation de ruptures et d'inversions, je saurais que le problème venait de moi, ou de Simon.

– Est-ce que tu pourrais lancer une autre analyse ? demandai-je. En te concentrant cette fois sur les branches que j'ai visitées après Park World ?

– Bien sûr, il faudrait juste que tu me transmettes une copie des rapports de ta sœur. Nous découvrirons ce qui se passe, c'est promis.

Je posai la tête sur son épaule.

– Merci, au fait. J'ai l'impression qu'on ne se voit plus. Ça craint.

– C'est vrai. Addie te fait travailler dur, hein ?

– Addie et Lattimer.

La cloche sonna, et tout le monde reprit le chemin des cours, à l'exception de Simon. À mon grand étonnement, il commença à traverser la cafétéria pour nous rejoindre.

– Attends, tu peux répéter ? dit Eliot, inconscient de l'approche de Simon. Pourquoi l'Orphéon...

– Je peux te parler ? demanda Simon. Seule ?

Eliot resserra son bras autour de moi.

– Nous avons cours.

– Je t'accompagne, répliqua Simon à mon attention.

L'expression d'Eliot s'assombrit, mais il garda le silence tandis que je me levais.

La main sur mon coude, Simon me conduisit hors de la salle.

– Ton rendez-vous s'est bien passé ? m'enquis-je en me libérant d'un geste sec.

Il se frotta la nuque.

– Oui, enfin je crois.

– Vous formez un couple adorable, tous les deux.

Je masquais ma colère avec un sourire mielleux. Comment ses Échos pouvaient être attirés par moi, alors que pour ce Simon, le vrai, j'existais à peine ? Comment pouvait-il passer la soirée en tête à tête avec Bree et être en train de m'embrasser dans un autre monde ?

– Ce n'était qu'un rendez-vous. Probablement le dernier.

Je tournai la tête vers lui.

– Pourquoi ?

– Je ne sais pas. Ça n'était pas... ça ne colle pas. (Il se passa la main dans les cheveux avec frustration.) Contente ?

Je l'étais, même si je n'aurais pas dû.

– Qu'est-ce que ça peut me faire ? Et pourquoi m'en veux-tu pour ça ?

Il hésita.

– Je ne t'en veux pas. C'était juste une nuit bizarre. Mais je voulais m'excuser pour t'avoir lâchée hier soir.

Je me dirigeai vers les salles de musique en évitant soigneusement de le regarder.

– C'est rien.

– C'est une manie chez toi, non ? Jouer l'indifférence.

– Je ne fais pas semblant.

– Bien sûr que si. Tu es énervée, mais tu ne veux pas que je le sache. Je lis en toi comme dans un livre.

– C'est pour ça que tu voulais me parler ? demandai-je d'une voix tremblante.

– Je voulais m'excuser et te remercier. (Je m'arrêtai net tandis qu'il poursuivait un ton plus bas.) Merci de m'avoir écouté. Je ne parle pas beaucoup de ma famille.

– Je t'en prie.

Il donna une pichenette dans une de mes boucles d'oreille.

– Excuses acceptées ?

Derrière lui, une affiche annonçant les auditions pour la pièce de Noël se mit à clignoter. Elle passe du vert et jaune au bleu et blanc, indiquant sans doute possible une inversion.

– Bien sûr, répondis-je distraitement.

Les inversions d'un Écho à l'autre étaient gênantes. Mais une inversion entre un Écho et le Monde Clé était un désastre. J'aurais dû la signaler, mais alors l'école aurait été envahie de Marcheurs qui auraient examiné à la loupe toutes les personnes présentes dans le bâtiment. Tant que je n'avais pas obtenu la certitude que la connexion entre Simon et ses Échos n'avait rien d'inquiétant, mieux valait que l'Orphéon ne soit pas au courant.

Il fallait donc que je corrige cette inversion.

J'agrippai la bretelle de mon sac.

– À plus tard.

– Où vas-tu ? demanda-t-il en me retenant par la taille.

Même à travers le tissu de ma chemise, son contact me réchauffa la peau.

– À mon casier, répondis-je en faisant un effort pour me concentrer. Tu peux dire à Powell que je serai en retard ?

– Comme d'habitude. (Il se rapprocha, et l'envie de changer mes plans, de le laisser m'attirer à lui, fut presque irrésistible.) Ça va entre nous, maintenant, Del ?

J'inspirai son parfum de savon et de lessive et, malgré mon inquiétude, esquissai un sourire.

– Très bien.

J'attendis que retentisse la seconde sonnerie et que les couloirs soient vides, puis retournai sur le lieu de l'inversion. Le poster clignotait plus rapidement. Tout en luttant contre le tournis provoqué par les flashes de couleur, je glissai la main à l'intérieur, à la recherche de l'inversion. Je finis par localiser l'étrange fréquence, et me frayai un chemin jusqu'à l'Écho.

De l'autre côté, tout le bâtiment avait l'air décrépit, la peinture s'écaillait, le carrelage était abîmé, et l'air sentait le potage au poulet bouilli. Aucun signe de Simon, ce qui était déjà bien. Mais plus j'écoutais la cacophonie assourdissante, plus elle me semblait familière.

Je fouillai mes souvenirs, passant en revue les mélodies de tous les mondes que nous avions visités durant ces dernières semaines, jusqu'à trouver la bonne. Celle de l'Écho où Simon était délégué des élèves. Celui qu'Addie avait accordé.

J'observai plus attentivement l'affiche : une élégante police blanche annonçant le bal d'hiver, sur un fond bleu orné de flocons de neige. Tout en bas, les mots « Pour les tickets, s'adresser à Simon Lane ou Bree Carlson » clignotaient de façon erratique.

L'accordage n'avait pas tenu. J'avais causé trop de dégâts à ce monde, et maintenant le problème resurgissait, affectant tout ce qui était associé à Simon et à sa rupture. Combien de temps me restait-il avant que l'Orphéon ne le remarque ?

Je me remémorai la leçon d'Addie, imitant la façon dont elle avait courbé les doigts et pincé l'air jusqu'à finalement trouver les cordes défectueuses. Cette fois, elles furent plus faciles à dénicher, car elles formaient un amas de fils désagréables au toucher. J'effectuai de petits mouvements prudents, en luttant contre la panique. Que se passerait-il si j'aggravais la situation ? Si je clivais cet endroit ? Ou si quelqu'un découvrait mon intervention ?

Mais il n'y avait rien d'autre à faire qu'essayer.

Doigts agiles, esprit ouvert, fredonne un air, trouve une brèche.

Tandis que je travaillais, mes gestes devinrent de plus en plus sûrs, et ma voix devint plus forte. Au bout d'un moment, la fréquence correcte finit par s'ancrer, et le monde autour de moi se stabilisa. Les doigts gourds, je lâchai les cordes petit à petit.

À présent, la seule chose bancale sur le poster était l'écriture. J'avais réussi. J'avais stabilisé une inversion, sans l'aide de personne.

Une inversion liée à Simon.

Je m'arrêtai au bureau de l'administration où j'abandonnai une étoile en subtilisant un laissez-passer, et inspirai profondément avant de rejoindre le Monde Clé. L'affiche était redevenue normale, mais cela m'avait pris plus de temps que prévu. J'arrivai en cours avec presque vingt minutes de retard. Mme Powell secoua la tête, l'air déçu. Heureusement, j'étais immunisée contre ce genre de réaction depuis le CE2.

– Ton laissez-passer, Del ?

Je lui tendis celui que j'avais récupéré dans l'Écho. Il était en tout point identique à ceux qu'on trouvait dans notre monde, jusqu'au tampon qui était le même. Powell effleura la surface du bout des doigts et l'inspecta attentivement, puis elle me dévisagea. J'étais irréprochable. La seule chose qui clochait avec ce laissez-passer était sa tonalité.

– Ravie que tu aies pu te joindre à nous, dit-elle enfin avant de poursuivre sa leçon sur les fugues.

– Où étais-tu ? murmura Eliot.

– Une inversion dans le couloir, chuchotai-je.

Il lâcha son stylo.

– Sais-tu à quel point c'est dangereux ? Tu aurais dû m'emmener.

– Hors de question. Si je me fais prendre, je refuse que tu tombes avec moi.

Nous écoutâmes le reste du cours en silence.

– Votre composition est à rendre pour la semaine suivant Thanksgiving, alors pensez à travailler dessus, conclut Powell.

Simon se tourna vers moi.

– Tu veux qu'on se voie demain ?

– Tu n'as pas d'entraînement ? Ni de match ?

Il réfléchit un instant.

– Pas de match le jeudi. Je viendrai après l'entraînement.

Bree, qui, de toute évidence, espionnait notre conversation, s'agita sur sa chaise.

– Super. Vivement jeudi, approuvai-je.

La cloche sonna.

Je pensais poursuivre notre discussion, mais Bree réussit à intercepter Simon, qui n'essaya pas de lui échapper. Eliot m'accompagna ensuite en littérature dans un silence étrange.

– Qu'est-ce qu'il y a ?

Comme il ne répondait pas, j'insistai en ponctuant ma question d'un coup de hanche.

– Crache le morceau. Tu as trouvé de nouveaux problèmes ?

– Pourquoi as-tu réglé l'inversion ? Tu aurais dû avertir l'Orphéon au lieu d'y aller seule.

– C'était plus rapide.

– N'importe quoi. Les inversions dans le Monde Clé peuvent être très graves. Même toi, tu le sais. Tu veux être responsable d'un autre Roanoke ? Tu n'as pas assez d'ennuis comme ça ?

La disparition de la colonie de Roanoke mystifiait les historiens depuis plus de quatre cents ans. Une ville entière s'était volatilisée, ne laissant derrière elle qu'un campement vide. Personne ne savait ce qui s'était passé.

À part les Marcheurs.

La colonie perdue de Roanoke ne s'était pas évanouie dans la nature. Elle avait été victime d'une inversion, mais l'Orphéon du début du XIXe siècle – éparpillé sur un vaste territoire sans moyens de communication efficaces – n'avait rien remarqué avant qu'il ne soit trop tard. Ce qui avait commencé comme une petite inversion avait grossi jusqu'à englober toute l'île, opérant l'échange avec un Écho dans lequel les Européens n'avaient jamais découvert l'Amérique du Nord et où l'endroit était toujours peuplé par la tribu des Croatans. Quand l'inversion s'était enracinée, les Originaux avaient été emportés, laissant derrière eux quelques restes de leurs campements – des clôtures, un enclos, le fort – qui étaient passés au travers des fils.

Nous n'étions pas particulièrement fiers de cet épisode. Encore aujourd'hui, des Marcheurs patrouillaient dans le secteur, consolidant les faiblesses résiduelles afin d'empêcher que se reproduise une inversion d'une telle ampleur.

– Tu dramatises, dis-je. Elle était minuscule. Et j'ai fait le nécessaire. Addie m'a montré comment procéder l'autre jour.

– Mais bien sûr ! Puisque Addie t'a montré comment faire une fois, je suis sûre que tu es parfaitement qualifiée. Je n'ai aucune raison de m'inquiéter.

Je déglutis nerveusement. C'était Eliot. Je pouvais lui faire confiance.

– Tu te rappelles l'autre jour, quand j'ai essayé d'isoler une rupture qu'Addie a été obligée d'accorder ?

– Difficile d'oublier.

– L'inversion venait de cet Écho.

Son visage perdit ses couleurs, et je sus qu'il était mentalement en train de calculer les probabilités.

– Ça ne peut pas être une coïncidence.

– Je pense que c'est arrivé à cause de moi. Je ne pouvais pas laisser l'Orphéon le découvrir, sans quoi ça me serait retombé dessus.

Et ils auraient clivé un monde, avec Simon à l'intérieur.

Il poussa un long soupir.

– Tu ne peux pas continuer à faire ça. Plus de Marche en solo, Del. Entre les inversions et les ruptures aggravées... c'est trop dangereux.

– C'est bien pour ça que j'utilise ta carte, petit génie. Ça ira, ne t'en fais pas.

– Non. À partir de maintenant, je t'accompagne, dit-il en agrippant les bretelles de son sac à dos.

Je me remémorai tout ce qu'Eliot n'aimait pas. Enfreindre les règles. Parcourir des branches non cartographiées. Simon Lane. En gros, tout ce à quoi il serait confronté en permanence s'il venait avec moi.

– Tu n'as pas à faire ça. S'ils nous attrapent...

– Je serai dans le même bateau que toi, termina-t-il avec un demi-sourire. Il y a des sorts pires que celui-là.

Je soupirai à mon tour.

– Ça ne te ressemble pas.

– Ou peut-être que si, mais tu n'y as jamais fait attention.

Cette pensée s'installa inconfortablement dans le creux de mon ventre. Pour la première fois depuis une éternité, je le regardai vraiment. Et il n'était pas mal du tout. Il avait le physique fin et élancé des nageurs, mais c'était difficile à voir sous son large pantalon cargo et sa chemise trop grande qu'il portait déboutonnée par-dessus un T-shirt. Derrière ses lunettes à épaisse monture noire, ses yeux étaient chaleureux, et son sourire avenant et doux lui creusait une fossette sur le côté. Avec un petit effort, il aurait pu avoir la plupart des filles à ses pieds.

C'était un concept étrange : Eliot en coqueluche de ces dames. Il n'en avait pas conscience. Et si ça avait été le cas, il n'aurait probablement rien fait.

– Tu es infernal, répliquai-je en ajustant son col. Est-ce qu'au moins tu te regardes dans le miroir avant de partir de chez toi ?

Il posa sa main sur la mienne.

– Del. Plus de Marche sans moi. Promets-le-moi.

Je lissai sa chemise et retirai ma main. Puis je hochai la tête et il sourit.

– Et je n'ai pas l'intention d'abandonner Park World. Tu seras réintégrée, et nous vivrons heureux pour toujours.

– Ça me va.

Quand je détournai la tête, je vis Simon qui nous observait depuis l'autre bout du couloir, sourcils levés.

Chapitre trente

Le temps que Simon arrive chez moi pour travailler sur notre projet, le jeudi soir, j'étais à cran et épuisée par mes leçons avec Addie. J'avais évité les Échos de Simon par crainte de provoquer une rupture ou une inversion, ou d'éveiller les soupçons de ma sœur. Mais sa haute silhouette courbée sur le piano me fit oublier l'angoisse qui, ces derniers jours, ne m'avait laissé aucun répit.

– Tu es vraiment mauvais, m'esclaffai-je en faisant reposer le violon sur mon genou.

– Je t'avais prévenue. On aurait dû composer un morceau avec de la batterie.

– Et je t'ai expliqué qu'on ne pouvait pas faire de contrepoint avec des percussions. À moins que tu ne veuilles te mettre au marimba.

– Oh non. Moi, c'est la batterie ou rien.

– Pourquoi as-tu arrêté d'en jouer?

– Quand j'étais en cinquième, un entraîneur du lycée m'a vu jouer au basket. Il m'a dit que, si je m'y mettais sérieusement, je pourrais probablement obtenir une bourse. Nous n'avions pas beaucoup d'argent, alors je m'y suis mis sérieusement, et le reste est passé à la trappe. Entre les entraînements, l'entretien physique, les stages et les tournois... J'ai dû faire un choix.

Cela expliquait la variété de ses Échos. Chacun avait choisi un chemin auquel il avait tourné le dos. Chacun avait donc eu une vie à laquelle il avait renoncé. Il avait poursuivi sa route avec la même obstination que moi.

– Ça te manque ?

Il haussa les épaules.

– Parfois. Mais je n'étais pas très bon.

Il aurait pu l'être, car il avait un sens inné du rythme. C'étaient les mélodies qui lui posaient problème. Ses mains, agiles et précises sur le terrain de basket, trébuchaient constamment sur les touches, faisant fi des armatures et massacrant les accords. Son tempo était parfait, il n'avait pas besoin du métronome, mais son jeu était un désastre.

– Félicitations, dis-je. Tu es officiellement le pire pianiste que j'aie jamais entendu.

– Je peux siffler.

Il avança les lèvres et émit un bruit évoquant une mouette en colère.

– Qu'est-ce que c'était que ça ?

– Notre chanson, répondit-il, l'air peiné. Tu ne l'as pas reconnue ?

– On trouvera quelque chose.

Son Écho avait assez bien sifflé pour appeler Iggy la veille, mais il avait derrière lui des années de pratique.

– Je ne comprends pas pourquoi nous devons jouer ce morceau. C'est un cours de solfège, non ? C'est le contraire de jouer. Ce n'est pas pour ça que j'ai signé, tu sais. Avant que Powell le reprenne, ce cours permettait de récolter un A sans trop se fouler. Je me suis fait arnaquer.

– Tu es furieux parce que tu as l'habitude d'obtenir tout ce que tu veux, c'est ça?

– Pas tout, grommela-t-il. Et tu sais quoi d'autre est injuste?

Je jouai négligemment quelques notes.

– Qu'on te force à faire équipe avec une virtuose? J'admets que c'est très yin-yang de la part de Powell.

– Je pensais plus au fait que tu passes ton temps à sécher les cours, sans jamais te faire attraper.

Mes doigts dérapèrent.

– Qu'est-ce que tu veux dire?

– Je sais que tu es à l'école. Je te vois en cours de musique, ce qui est logique, vu que c'est la seule matière à laquelle tu t'intéresses. Mais combien de fois as-tu réussi à esquiver le cours d'histoire cette semaine?

– Parle plus bas, sifflai-je.

Addie et mon père étaient tous les deux de sortie, et Monty faisait la sieste, mais Maman n'était qu'au bout du couloir. Malgré la porte antibruit, je craignais que son instinct maternel ne se réveille et qu'elle nous entende.

Il chuchota.

– Hier, je t'ai vue partir avant la deuxième heure avec Lee. Et vous n'êtes revenus qu'à la fin de la pause déjeuner.

– Eliot. Tu connais son prénom. Sers-t'en.

– Désolé. Toute la semaine, toi et *Eliot* avez séché les cours. C'est quoi votre secret?

– Nous n'avons pas de secret, répondis-je.

À voir son regard sceptique, il était évident qu'il ne me croyait pas. Je poursuivis donc :

– C'est différent pour toi. Tu es une star. Les gens sont toujours en train de t'observer. Moi, ils ne s'aperçoivent même pas que je suis entrée dans la pièce. Il est facile de ressortir quand personne ne te remarque.

– Je te remarque, moi.

Vouloir croire en quelque chose ne le rend pas vrai, de même que vouloir quelqu'un ne suffit pas à le conquérir.

– Vraiment? Tu connaissais mon nom avant ce projet? On fréquente les mêmes écoles depuis la primaire. Ça fait trois ans de suite que nous avons des cours en commun, mais avant que Powell nous colle ensemble, tu ignorais qui j'étais.

– Tu aurais préféré des présentations en bonne et due forme? répliqua-t-il, irrité. Ce n'est pas comme si tu étais super sociable. Tu as l'air perpétuellement en colère, tu ne parles qu'à Eliot et tu sèches la moitié des cours. Tu te mets en quatre pour convaincre les gens que tu te moques de leur opinion. Tu veux savoir ce que je pense?

– Non, répondis-je le rouge aux joues.

– Je pense que tu ne t'en moques pas et que ça t'effraie. Et que c'est pour ça que tu essayes de tenir les autres à l'écart en les effrayant à ton tour.

– C'est un devoir de musique, pas un cours de psycho. On va s'arrêter là pour aujourd'hui.

J'avais voulu qu'il me remarque? Quelle idiote! Je rangeai mon violon dans son étui que je fermai d'un coup sec. La peau de mon pouce se coinça dans la boucle de cuivre, et je laissai échapper un juron.

– Tu as peur, répéta-t-il. Je comprends.

– Non, tu ne comprends vraiment rien, répliquai-je, piquée au vif par son accusation et déstabilisée par la vérité qui se profilait derrière.

Je frottai mon pouce, en clignant des yeux.

Les Marcheurs étaient encouragés à limiter au maximum les contacts avec les Originaux. Notre vie était dédiée à une mission qu'ils ne pouvaient appréhender. Et si je ne pouvais pas faire partie du monde des Originaux – si j'étais destinée à autre chose –, il était plus facile de me dire que je ne le voulais pas.

Je l'avais même cru, jusqu'à ce que Simon débarque.

– Montre-moi ta main, dit-il en traversant la pièce.

La texture de l'air changea brusquement et il se mit à vibrer, agité par les possibilités. Cela arrivait parfois, juste avant qu'un pivot se forme, comme si la trame du monde anticipait ce qui était sur le point de se produire.

J'aurais aimé pouvoir en dire autant.

– Tu ne vaux pas mieux que moi, rétorquai-je.

Il retourna ma main, paume vers le haut, afin d'examiner l'endroit où la boucle m'avait pincé la peau.

– Sans vouloir te vexer, au cas où tu ne l'aurais pas remarqué, les gens m'aiment, moi.

– Les gens t'adorent. En parlant de se mettre en quatre : tu t'es donné pour mission de charmer toute personne qui s'approche à moins de deux mètres de toi. Tu gardes pour toi tout ce qui pourrait susciter la pitié. Ce qui pourrait les faire fuir. (Je secouai la tête.) Ce n'est pas épuisant?

– Pas aussi épuisant que d'être constamment en colère.

À en juger par la façon dont il me serrait la main, il commençait lui-même à l'être.

– C'est plus que le simple besoin d'être populaire, n'est-ce pas? Tu as besoin que tout le monde pense que tu es génial, parce que sinon... quoi? Qu'est-ce qui se passerait?

Il soutint mon regard, l'air aussi en colère que son Écho de Doughnut World l'autre nuit. «Je crois que tu es douée pour partir.»

La réponse quitta mes lèvres avant que je puisse l'arrêter.

– Tu penses qu'ils partiraient?

– Les gens partent. (Son visage s'assombrit.) Ils partent tout le temps.

– Donc tu fais des pieds et des mains pour qu'ils restent.

Un muscle tressauta au niveau de sa mâchoire.

– Tu n'en sais rien.

– Ça fait trois ans que je t'observe, répliquai-je. Je suis sûre de mon fait.

– Trois ans ? C'est une longue période d'observation.

– Je ne...

– Tu ne m'observais pas ?

Mince ! Je m'empourprai tandis qu'il portait ma main à ses lèvres, et demandai, si bas que je m'entendis à peine :

– Lâche-moi.

– Certainement pas.

Dans son regard brillait une lueur déterminée et amusée qui me rendait nerveuse.

– Lâche-moi, je te dis.

– Ou quoi ? Tu ne me fais pas peur, Delancey Sullivan.

Il déposa un baiser au creux de ma paume. Un frisson me parcourut, électrique.

– Et là, c'est mieux ? s'enquit-il.

Les mots s'envolèrent. De même que ma raison. Je hochai la tête, et il inclina la sienne vers moi, sa bouche à quelques centimètres de la mienne.

La porte de derrière claqua.

– Del ! Jette un coup d'œil à ça ! appela Eliot depuis le couloir. (Il s'arrêta net en voyant Simon.) Qu'est-ce qu'il fait là ?

– Il se demande pourquoi Del n'a pas de meilleurs verrous, marmonna l'intéressé en me lâchant la main.

Puis, à voix haute, il ajouta :

– Le projet de Powell.

– Super, ironisa Eliot. Del, il faut absolument que je te montre quelque chose.

J'aurais aimé lui proposer de voir cela plus tard, mais je savais que ça n'aurait pas été une bonne idée.

– Pas de souci, dit Simon qui était déjà en train d'enfiler son manteau. Je dois rentrer, de toute façon.

Je le suivis dans le couloir.

– Simon...

– Demain, m'interrompit-il.

Mais il y avait une promesse dans ce mot, et assez de chaleur pour transformer mes jambes en gelée. Je m'agrippai au chambranle tandis qu'il descendait les marches et rejoignait au pas de course une Jeep rouge garée de l'autre côté de la rue.

Il allait m'embrasser. J'avais senti le pivot se former une microseconde avant que ses lèvres effleurent ma paume, et il était encore là, si près... Je pouvais le franchir et l'embrasser à mon tour.

Pourtant, je ne fus pas le moins du monde tentée. Me rendre dans ce monde pour finir ce qu'il avait commencé n'aurait pas été très différent de mes précédentes interactions avec ses Échos. Sauf que soudain, ce n'était plus assez. Je voulais celui-là. Le vrai Simon.

Cette prise de conscience me fit à nouveau vaciller. Je m'étais répété que sortir avec son Écho et devenir amie avec l'Original était suffisant. Et là j'avais eu une opportunité d'avoir davantage. De tout avoir.

Jusqu'à ce qu'Eliot le fasse fuir.

– On ne t'a jamais appris à frapper avant d'entrer chez les gens ? le réprimandai-je en remontant le couloir d'un pas lourd.

– Et on ne t'a jamais appris à contrôler tes pulsions ?

Il avait l'air en colère. Vraiment en colère. Les muscles de son cou étaient visibles, et sa main était crispée sur une liasse de feuilles à présent toutes froissées. Cela ne lui ressemblait pas. Eliot avait un tempérament aimable et posé, et j'avais réussi à le mettre en rogne deux fois en un mois. Je repensai à notre dernière dispute, à l'étrange tension qui s'était établie entre nous. Je ne voulais pas revivre ça, aussi respirai-je profondément en refermant avec précaution le couvercle du piano.

– C'est ce que je fais, là tout de suite, dis-je d'une voix neutre au lieu d'être mordante. Qu'est-ce qui ne va pas ?

– Il faut qu'on parle.

Je ne pouvais pas rester dans le salon de musique à parler avec Eliot alors que le pivot du presque baiser de Simon flottait, tel un fantôme, dans la pièce.

– Peut-on manger en parlant ? J'ai faim.

Eliot me suivit, les papiers à la main. J'attrapai une poire dans le bol de céramique vert et croquai dedans.

– Vas-y, parle, dis-je, la bouche pleine.

Je n'avais aucune raison de me sentir coupable. Au pire, Eliot nous avait vus debout l'un en face de l'autre. Proches. Ma main dans celle de Simon, nos lèvres séparées de quelques centimètres.

Il en avait trop vu.

– Tu as promis que tu ne Marcherais plus seule, dit-il sur un ton tranchant. Et tu as clivé des mondes.

Je m'étais attendue à tout, sauf à ça.

– Tu délires. Je serais heureuse de ne plus jamais cliver de monde de ma vie.

– Je ne te crois pas. Là, c'est la branche sur laquelle nous avons fait des relevés mardi.

Il posa violemment la carte sur le comptoir. L'Écho principal était une épaisse ligne noire avec une multitude de ramifications qui en partaient et s'enroulaient autour tel du lierre. Sa seule vue déclencha en moi un accès de claustrophobie.

– Et alors ? Nous avons remarqué qu'elle générait beaucoup d'Échos, je ne vois pas où est le problème.

– J'ai relancé une analyse aujourd'hui.

Il fit glisser jusqu'à moi une autre feuille de papier.

L'épaisse ligne noire était toujours là, mais plus de la moitié des ramifications s'étaient volatilisées. Celles qui restaient étaient quasiment deux fois plus larges qu'avant, mais complètement nues ; aucun autre monde n'était visible, pas la moindre pousse.

– Les Échos ont disparu. Ils ont dû être clivés.

– Pas par moi, rétorquai-je d'une voix tremblante à la pensée d'une personne anéantissant tant de mondes.

– Alors qui ? Ces branches étaient stables. L'Orphéon n'aurait pas perdu de temps à les cliver. Et pourtant ils ne sont plus là, et aucun d'entre eux ne semble avoir été visité par d'autres Marcheurs. Tôt ou tard, l'Orphéon va s'en rendre compte, et c'est sur nous que ça va retomber. Nous allons nous faire expulser, tous les deux.

– Je n'ai rien fait.

Il me jeta les feuilles à la figure.

– Les preuves ne mentent pas, Del. Mais toi, oui.

Ma gorge se serra, et les mots sortirent dans un murmure étranglé.

– Pas cette fois.

Il me tourna le dos.

– Regarde, dis-je en attrapant les feuilles. Regarde vraiment. Si j'avais clivé ces branches, celles qui restent n'auraient pas changé, mais elles ont l'air plus fortes.

Je contournai rapidement la table et lui mis les papiers sous le nez, les mains tremblantes.

– Je ne suis pas aussi intelligente que toi, mais je m'y connais en clivage. J'en ai vécu un. Ça faisait à peine quelques secondes que nous nous étions échappées que le monde avait disparu. Il n'en restait rien. Tu as dit que Park World avait déstabilisé les branches environnantes, mais ces Échos sont plus forts.

– Comme s'ils avaient absorbé les plus faibles, compléta-t-il en me prenant la feuille des mains.

C'est alors que je compris.

– Ce sont des événements Baroques. Comme au match de basket et dans la salle de musique.

– Peut-être, admit-il. Mais il y en a trop pour que ce soit naturel. Il y a forcément un catalyseur.

J'exprimai à voix haute l'inquiétude qui me rongeait depuis plusieurs jours :

– Moi ?

– Ça fait des années que tu Marches, Del. Il doit y avoir une autre variable. Quelque chose de nouveau. (Il remonta ses lunettes et me dévisagea.) Ou quelqu'un. Simon Lane était au cœur des deux événements Baroques. Je t'ai dit qu'il y avait un truc pas net chez ce gars. Tu sais qui a ce genre d'impact sur le Monde Clé ? Des gens comme Abraham Lincoln. Hitler. Bill Gates. Pas un stupide sportif de banlieue.

– Il n'est pas stupide, protestai-je.

Frustré, Eliot leva les mains au ciel.

– Nous devons prévenir Addie.

– Pas encore.

L'Orphéon cherchait la source d'un problème et je n'avais pas envie qu'ils décident que c'était Simon.

– Peux-tu vérifier si sa fréquence est normale ? Je n'ai pas envie d'en parler à qui que ce soit avant que nous ayons des preuves.

– Pourquoi est-ce si important que nous ayons des preuves ? Pourquoi est-il si important, Del ?

Avant que j'aie eu le temps de répondre, la porte de derrière s'ouvrit à la volée et deux Marcheurs entrèrent en portant mon père inconscient.

Chapitre trente et un

Une surexposition à une discordance peut être à l'origine d'un empoisonnement fréquentiel. Si les cas bénins n'engendrent que des maux de tête ou une légère désorientation, une exposition prolongée ou répétée entraînera une perte de l'audition, des troubles cognitifs et une endurance diminuée. Les cas les plus extrêmes peuvent être mortels s'ils ne bénéficient pas rapidement de soins adaptés.

Chapitre quatre, « Physiologie »
Principes et pratiques du clivage, cinquième année

Je lâchai les papiers qui tombèrent, tels des oiseaux blessés.

– Papa ?

– Il faut qu'on l'allonge quelque part, grogna l'homme sur sa gauche. Va chercher ta mère.

Ils le traînèrent à moitié jusqu'au salon. Un torrent de charabia s'échappa de ses lèvres.

– Qu'est-ce qu'il a ?

– Empoisonnement fréquentiel, expliqua Clark, le bras droit de Papa.

Une fois que mon père fut installé sur le canapé, l'autre gars vérifia son pouls. Clark vacilla et s'appuya d'une main sur la bibliothèque afin de recouvrer son équilibre.

– Nous avons été séparés et la fréquence s'est déstabilisée trop rapidement. Nous avons eu de la chance de le sortir de là.

– Aimant érable tordu barrière. Lilas glissando, boîte tournante, cria mon père en se débattant violemment.

Je me précipitai pour l'aider, et Eliot courut tambouriner à la porte du bureau de ma mère.

– Jamais escalier froissé le chien bleu.

Ses yeux ne cessaient de bouger, et trop de blanc était visible autour de l'iris tandis qu'il luttait pour s'asseoir.

– Papa, tu m'entends ? C'est Del. Allonge-toi.

J'avais déjà vu des empoisonnements modérés. Il était arrivé que mon père rentre à la maison désorienté et la tête ailleurs. Mais ce qui se passait là était le genre d'exposition massive que Monty avait enduré à de multiples reprises avant que l'Orphéon nous fasse revenir.

– Foster ? s'exclama ma mère en poussant Clark et son coéquipier. Foster, je suis là.

Elle se pencha sur mon père en émettant des bruits apaisants et en lui caressant les cheveux d'une main tremblante.

– C'est quoi ce vacarme ? s'enquit Monty en pointant le bout de son nez.

À peine eut-il aperçu Papa que son visage se décomposa.

– Del, va chercher le diapason qui se trouve dans le bureau, dit-il. Fais aussi chauffer du thé, fort et avec plein de sucre.

– Pétales et épines. Oiseau moqueur tombant des étoiles.

– As-tu vu Rose ? demanda Monty en me dépassant. Où ça ?

– Papa, arrête ! s'énerva Maman. Il délire, ce ne sont que des mots au hasard.

– Tu ne sais pas ce qu'il a vu !

– Et toi non plus, répliqua-t-elle, férocement. Del, le diapason. Maintenant !

Eliot me poussa gentiment, en disant :

– Vas-y, je me charge du thé.

Je me précipitai dans le bureau. Des rangées parfaitement ordonnées d'instruments de suivi et de cartographie occupaient les étagères. Le bureau principal était un vaste plateau en érable, jonché de papiers et d'impressions. Quant à l'écran de l'ordinateur, il ressemblait à celui d'un contrôleur de trafic aérien : plein de cercles, de mouvement et de lumières clignotantes. Au-dessus, une étagère vide, à l'exception d'un boîtier de cuir de la taille d'un étui à stylo. Je l'attrapai et retournai en courant dans le salon.

Puis je voulus donner la boîte à Monty.

– Ça va le guérir ?

– Ça aidera. Ils ne t'ont pas montré comment soigner un empoisonnement fréquentiel ?

– Ils l'ont fait, mais pas pour des cas aussi graves.

Maman tendit la main.

– Je vais le faire.

– Il faut qu'elle apprenne, Winnie. Tu étais plus jeune qu'elle, la première fois.

Elle se mordit la lèvre et hocha la tête.

– Vas-y, Del. Fais-le vibrer fort, et tiens-le près de sa tête. Ne t'arrête que quand je te le dirai.

Je posai l'écrin au bout de la table et l'ouvris. Un bloc de caoutchouc de la taille d'un palet de hockey et un diapason en acier – dont les dents aux bouts carrés formaient un U – reposaient sur un petit coussin de velours bleu marine. J'agrippai la poignée si fort qu'elle me blessa la paume de la main, puis je frappai le résonateur. Un son doux et familier se répandit dans la pièce.

Tout le monde se tut. C'était la fréquence exacte du Monde Clé, reconnaissable entre toutes. Mon père laissa échapper un soupir.

– Encore, ordonna ma mère tandis que la note s'éteignait.

Je répétai l'opération, et à chaque coup mon père s'apaisait un peu plus. Quand il murmura enfin son prénom, ma mère me fit signe d'arrêter.

– Le thé est prêt, nous informa Eliot.

Tout le monde ignorait pourquoi il fallait donner du sucre à une victime d'empoisonnement fréquentiel, mais le thé était le traitement habituel. Du thé noir, fort et sucré. Je n'y avais jamais réfléchi auparavant, mais cela expliquait l'insatiable appétit de Monty pour les friandises. Après toutes ces années à Marcher, il y était devenu accro.

Ma mère tint le mug afin que mon père puisse boire une minuscule gorgée. Pendant ce temps, dans la cuisine, Clark et l'autre Marcheur discutaient à voix basse, les traits tirés. Aucun des deux n'avait l'air en grande forme. Je leur servis une tasse de thé, puis remis de l'eau à chauffer.

– Tenez, dis-je. Vous aussi, vous êtes restés là-bas longtemps.

Ils burent longuement, et me remercièrent d'un signe de tête.

– Foster? demanda ma mère, quand mon père eut fini sa tasse. Comment te sens-tu?

Il cligna des yeux et parla d'une voix pâteuse et hésitante.

– Cire lin, se consument.

Il marqua une pause, inspira profondément et reprit la parole, avec des mots lents et rouillés comme de vieux gonds.

– Je survivrai.

– As-tu vu Rose? s'enquit à nouveau Monty, mais ma mère lui fit signe de se taire.

Papa ferma les yeux, et sa tête retomba sur le coussin.

– Il va falloir plus de thé, dit ma mère.

Je m'empressai de lui en apporter.

– Del, prend le relais. Un petit peu à la fois, m'ordonna-t-elle en regardant les deux Marcheurs assis à la table de la cuisine.

Puis elle effleura le front de mon père d'un baiser, lui murmura quelque chose, et traversa la pièce pour aller discuter avec Clark.

Je m'assis sur le bord du canapé.

– Papa, bois encore.

Il marmonna des mots inintelligibles, et je me tournai vers Eliot.

– Il va rester comme ça combien de temps ?

– Ça dépend de la durée pendant laquelle il a été exposé à la dissonance, en général plusieurs jours sont nécessaires, parfois plus.

La voix de ma mère nous parvint depuis la cuisine.

– ... Partis si longtemps ! J'avais pourtant été claire !

– C'était pire que ce que nous avions imaginé. Si nous avions su... répliqua Clark.

– Es-tu en train de dire que c'est ma faute ? demanda ma mère en haussant dangereusement le ton.

Monty, Eliot et moi nous retournâmes d'un même mouvement.

– Allons poursuivre cette conversation dans mon bureau. Del, appelle-moi s'il y a du changement.

Il nous était désormais impossible d'entendre le reste de la discussion, et aucun d'entre nous n'avait grand-chose à dire. Je fis boire le thé à mon père, et petit à petit il recouvra ses esprits.

– Winnic ?

Pensait-il que j'étais ma mère, comme Monty qui prenait parfois sa fille pour ma grand-mère ?

– Elle est dans son bureau. Elle fait le point avec Clark et l'autre gars.

– Franklin.

Je hochai la tête. Qu'il se souvienne des noms était bon signe.

– Veux-tu que j'aille la chercher ?

Il grimaça.

– Calmée.

– Il va falloir un moment avant qu'elle se calme, commenta Monty en tendant à mon père un carré de chocolat.

– Qu'est-ce qui a mal tourné ? m'enquis-je.

– Tout, répondit-il.

– Mais...

Eliot posa la main sur mon épaule.

– Plus tard. Laisse-le se reposer.

– As-tu vu Rose ? demanda Monty une fois de plus.

Les yeux de mon père se fermèrent et il marmonna.

– Trop loin.

J'ignorais s'il parlait de lui ou de ma grand-mère.

– Tu es à la maison, chuchotai-je tandis qu'il s'endormait.

– C'est exactement pour ça que tu ne peux pas Marcher seule, me dit Eliot un peu plus tard dans la soirée, alors que nous étions assis côte à côte sur la balancelle du porche. Tu me crois, maintenant ?

Je me recroquevillai, la tête sur sa poitrine.

– Je n'avais jamais vu mon père aussi malade.

– Le docteur affirme qu'il s'en remettra. Ça prendra juste un peu de temps.

Après le départ de Clark et Franklin, ma mère avait fait venir un médecin Marcheur qui avait confirmé nos craintes. Une fois guéri, mon père pourrait à nouveau Marcher. Mais son seuil de résistance serait plus bas. Il devrait être plus prudent, et limiter son exposition aux dissonances.

Les effets de l'empoisonnement fréquentiel étaient cumulatifs et, d'ordinaire, les dégâts ne devenaient visibles qu'à l'âge de Monty. Le processus était lent, mais il était plus difficile de récupérer après avoir reçu une dose massive, comme celle que mon père venait d'encaisser. En un seul après-midi, il avait perdu des années de Marches à venir.

– Il connaît les risques. Et toi aussi.

– Je sais. Je croyais juste que...

– Que tu étais immunisée ?

Il ne se moquait pas de moi. Au contraire, sa voix était douce et pleine de compassion, notre dispute complètement oubliée.

Pourtant, dit comme ça, ça avait l'air ridicule. Aucun Marcheur n'était immunisé contre les mauvaises fréquences, mais ma tolérance était supérieure à celle de tous mes camarades, et même à celle d'Addie. Un peu comme mon père, ou Monty, tous deux réputés pour leur capacité à supporter les dissonances.

Sauf que leur capacité leur avait fait défaut. Monty avait perdu ma grand-mère et son esprit. Mon père était à l'étage, alité, incohérent, mais chanceux d'être toujours en vie.

Et si la mienne me lâchait aussi ? Si le temps que je passais avec Simon était en train de me détruire et de détruire mon avenir ?

Je ne voulais pas poser la question à Eliot. La dispute que nous avions eue à propos de Simon était encore trop fraîche, et le sujet trop sensible.

– C'est mon père. Je croyais qu'il était invincible. C'est bizarre de voir que ce n'est pas le cas.

– L'Écho s'est comporté comme Park World, dit Eliot après un bref moment d'hésitation. Pire que ce qui avait été annoncé. Déstabilisation accélérée. La seule différence est qu'ils avaient prévu de le cliver.

– Tu penses que Park World fait partie de l'anomalie sur laquelle ils travaillent ?

– Possible. Je vais creuser un peu plus. Si nous pouvons prouver que l'anomalie a affecté Park World, l'Orphéon devra lever ta suspension.

Génial, mais cela n'allait pas aider mon père. Addie tapota à la fenêtre de la cuisine et me fit signe de rentrer.

– Veux-tu que je reste? demanda Eliot.

– Il est tard. Je te verrai demain. (Je me serrai contre lui et sentis ses lèvres effleurer mes cheveux.) Je suis contente que tu aies été là.

– Moi aussi.

Après son départ, je demeurai encore un peu dehors à écouter le grincement de la balancelle et le vent agitant les branches des arbres. Un parfum d'automne flottait dans l'air, une odeur légèrement épicée de feuilles humides, de terre et de renfermé.

Ma mère n'aurait jamais envoyé mon père dans un monde dangereux sans le préparer. Et même si l'Écho s'était déstabilisé de façon inattendue, mon père et son équipe auraient dû se rendre compte qu'ils devaient partir.

L'hypothèse la plus logique était que ma mère avait fait une erreur dans ses calculs. Mais ça ne collait pas. Ma mère, comme Addie, ne commettait pas d'erreurs. Et cela n'expliquait pas que mon père ait mal évalué la fréquence. Eliot avait raison : ça ne pouvait venir que de l'anomalie.

À la minute où j'avais posé le pied dans Park World, j'avais su que la fréquence était pire que ce qui avait été annoncé. Les fils s'étaient rompus trop facilement, trop rapidement, comme une corde usée. Eliot avait insisté sur le fait qu'il y avait eu un problème, et j'avais été tout aussi certaine que ma mère ne s'était pas trompée.

Peut-être avions-nous tous les deux raison. Peut-être que les branches bougeaient plus vite que nous le pensions. Inversions, événements Baroques, clivages éclairs... Quelque chose déséquilibrait les mondes, créant des Échos à la fois trop forts et trop défectueux pour se maintenir.

Et Simon était pris là-dedans.

Addie ouvrit la moustiquaire.

– Tu rentres ? J'ai fait du chocolat chaud.

Je m'étirai dans l'espoir de détendre mes muscles contractés.

– Comment va Papa ?

– Il se repose. Maman est avec lui. Ça fait des semaines qu'elle n'a pas passé autant de temps en dehors de son bureau.

Je m'assis sur le comptoir et poussai du doigt un Chamallow flottant à la surface du chocolat au lait.

– C'est plus grave que ce qu'ils nous ont raconté.

– Je sais, dit-elle, les lèvres pincées, le regard brillant. Monty ne va pas très fort, au fait. Il est convaincu que Papa a vu grand-mère là-bas. J'ai dû verrouiller la porte de sa chambre de l'extérieur.

Cela ne garantissait pas qu'il y reste ; c'était Monty qui m'avait appris à utiliser les pivots pour faire le mur. Mais Addie avait déjà assez de sujets d'inquiétude comme ça.

– Je suis fatiguée d'être tenue à l'écart, chuchota-t-elle. J'en ai rien à faire que ce soit top secret. Papa aurait pu mourir.

Il ne m'avait pas reconnue. Pendant un instant, mon père m'avait regardée sans savoir qui j'étais, et j'avais compris que, contrairement à ce qu'avait affirmé le docteur, nous avions bien failli le perdre.

– C'est toi la championne des plans, répliquai-je. Dis-moi ce que tu veux que je fasse.

– Nous ne pouvons pas retourner dans cet Écho. Mais nous pourrions trouver une fréquence similaire. Ça pourrait nous donner une idée de ce à quoi il a eu affaire. Sais-tu où il était, aujourd'hui ?

– Non. Maman et moi ne sommes pas vraiment en bons termes en ce moment. Mais elle doit avoir un enregistrement dans son bureau.

Elle se tourna en même temps que moi vers la lourde porte de chêne.

– Elle est fermée, commenta Addie. Si tu lui demandes la clé, elle devinera ce que nous avons en tête.

– Je n'ai pas besoin de demander, répliquai-je avec un sourire de soulagement.

Enfin, nous allions pouvoir faire quelque chose de concret au lieu de rester assises à nous faire du souci en préparant du thé et en tirant des plans sur la comète.

– Et je n'ai pas besoin de clé.

Chapitre trente-deux

– Dépêche-toi, siffla Addie.

– Arrête de me mettre la pression. Et arrête de chuchoter, elle va croire qu'on prépare un mauvais coup.

– C'est exactement ce qu'on fait, rétorqua Addie en se tordant les mains comme une vieille femme pendant que j'essayais de forcer la serrure.

– Pas étonnant que tu ne fasses jamais rien de mal. Tu es nulle pour ça.

– Et toi, tu as bien trop d'expérience.

Un clic indiqua que la dernière goupille était en place. Je tournai la poignée et la porte s'ouvrit en silence.

– Prête ?

– Si elle nous attrape, je ne donne pas cher de notre peau.

– Alors, faisons en sorte que ça n'arrive pas.

J'entrai dans la pièce plongée dans l'obscurité, Addie me marchant presque sur les talons.

Contrairement à ma sœur, je ne passais pas beaucoup de temps dans le bureau de notre mère. Je n'avais jamais remarqué les photos exposées sur les étagères et accrochées au mur. Des clichés de nous en vacances, pendant des Marches. Addie et moi en tenues coordonnées – qu'on avait, heureusement, arrêté de nous infliger autour de mes quatre ans. Moi, sur les épaules de mon père, pendant une randonnée dans le Grand Canyon. La fête d'anniversaire de Monty, alors que je n'étais encore qu'un nourrisson en pyjama éponge rose. L'histoire de notre famille, et elle la gardait à portée de main. Le ressentiment que j'avais entretenu ces dernières semaines se dissipa légèrement.

Addie me fit signe de ne pas faire de bruit en portant un doigt à ses lèvres, et traversa la pièce sur la pointe des pieds pour aller s'asseoir avec des précautions exagérées au bureau de notre mère.

– Tu sais que la pièce est insonorisée. Elle ne va pas nous entendre.

Addie fit comme si je n'avais rien dit, et parcourut les fenêtres à l'écran.

– Ça doit être quelque part là-dedans.

Je me courbai pour examiner les tas de livres en vrac sur le sol.

– Certains de ces rapports ont plus de vingt ans. Ils sont complètement obsolètes.

– Les archivistes ne jettent aucun relevé d'Écho. C'est utile pour faire des analyses poussées. (Elle balaya du regard l'étalage de livres, tandis que ses doigts continuaient de voler sur le clavier.) De vrais collectionneurs.

Son ton était étonnamment affectueux, surtout pour quelqu'un qui détestait autant le désordre.

– Tu connais beaucoup d'archivistes ? Quelqu'un en particulier ?

Elle me lança un regard mauvais.

Je m'assis lourdement par terre et parcourus le premier journal de bord qui me tomba sous la main.

– Deux décennies d'Échos. Tu imagines le nombre de pivots qui se sont formés depuis ? Ça fait un sacré paquet de données à analyser, même pour une seule branche. Ça prendrait des années.

– Pas si tu as accès à un des ordinateurs de l'Orphéon. Comme celui que Maman utilise en ville. Ils doivent penser que le problème vient d'une branche ancienne.

Je balayai du regard plusieurs rapports.

– Monty était chef d'équipe pour la plupart de ces Marches. Peut-être que c'est pour ça que Lattimer s'intéresse autant à lui. Il pense que Monty sait quelque chose concernant ces branches, quelque chose qui ne se trouve pas dans les rapports.

– Monty a du mal à se rappeler quel jour on est, rétorqua Addie. Il ne risque pas de se souvenir des Marches qu'il a faites il y a vingt ans.

– C'est ce qui est récent qui lui échappe. Sa mémoire à long terme fonctionne encore parfaitement, il n'y a qu'à voir à quel point il est contrarié chaque fois qu'il se retrouve face à Lattimer.

– Il reproche à l'Orphéon la disparition de grand-mère, dit-elle avec dans la voix une note de dédain. Il estime qu'ils n'ont pas assez cherché, et le fait de revoir Lattimer a fait remonter toute cette rancœur. Il se sert de nos Marches pour chercher grand-mère, tu sais. C'est pour ça qu'il insiste pour choisir les Échos que nous visitons.

Ça, je l'avais compris.

– Tu te souviens d'elle ?

Addie secoua la tête et ses cheveux blond vénitien ondulèrent.

– Je n'avais que quatre ans quand nous sommes revenus ici. Elle sentait le lilas, enfin je crois.

– À ton avis, elle voulait partir, ou c'était un accident ?

– Elle est partie, point. La raison n'a pas d'importance. Ça ne change rien aux souffrances de Monty.

Cela me fit penser à Simon essayant désespérément de

charmer les gens afin qu'ils restent, car tous ceux qui étaient censés l'aimer l'avaient abandonné ou étaient sur le point de le faire.

Addie poussa une exclamation de surprise.

– Ça, c'est bizarre. Quand les nouvelles équipes sont arrivées, elles procédaient à six ou sept clivages par jour. Maintenant, elles sont descendues à un ou deux. Parfois même moins.

– Ils font des progrès.

– Pas d'après cette carte. (Elle fouilla dans les papiers à côté de l'ordinateur, et les compara à ce qui était affiché à l'écran.) OK, c'est déjà plus logique comme ça. Les équipes ont commencé par cliver les Échos les plus instables ; en général des branches assez récentes, datant de deux ou trois ans, maximum. À présent, ils remontent dans le temps et clivent des branches plus grosses et plus anciennes. Ces Échos étant plus complexes, c'est beaucoup plus long.

– Ce qui augmente les risques d'empoisonnement fréquentiel.

– Exactement. Je suis en train de regarder les relevés correspondant à la Marche de Papa : il s'agissait d'un Écho vieux de douze ans. D'après les analyses de Maman, le clivage aurait dû s'étaler sur quatre ou cinq heures.

– Papa et ses hommes sont restés plus longtemps que prévu. (Je marquai une pause.) L'instabilité est un signe d'infection, et elle se répand, des nouveaux Échos aux anciens, des petits aux grands. C'est pour ça qu'ils ont fait venir tant de monde. Ils essayent d'arrêter l'infection.

– Monty avait raison, renchérit Addie, sur un ton sinistre. Ils prennent le problème à l'envers. Ils sont en train de traiter les symptômes. Nous devons trouver la source.

Après avoir remis le bureau dans l'état exact où nous l'avions trouvé, je refermai la porte et suivis ma sœur à l'étage. Elle était tendue comme un arc, prête à craquer. J'aurais dû me sentir soulagée. L'Orphéon avait découvert l'anomalie avant que je clive Park World, avant que je commence à fréquenter les Échos de Simon, avant que ce dernier génère des événements Baroques. Le problème n'était pas ma faute, ou celle de Simon. Et pourtant, j'étais inquiète. Nous étions des symptômes, et c'était ce que l'Orphéon traquait.

Chapitre trente-trois

En de rares occasions, un individu choisira de ne pas embrasser la vocation de Marcheur. En décidant de quitter la communauté, cette personne renoncera au droit de Marcher, et par conséquent à sa liberté.

Chapitre dix, « Éthique et gouvernance »
Principes et pratiques du clivage, cinquième année

– Comment te sens-tu ? demandai-je à mon père le lendemain après-midi.

Il se reposait dans le salon, sur ordre de ma mère qui l'avait mis sous ma responsabilité pendant qu'elle finissait son travail.

Je lui tendis une autre tasse de thé, qu'il repoussa.

– Je suis prêt à quitter ce canapé.

– Bonne chance. Maman est sur les dents.

Quelque chose entre un sourire et une grimace se dessina brièvement sur son visage.

– Ça va mieux ? ajoutai-je.

Il garda le silence un long moment, et j'eus l'impression qu'un gouffre s'ouvrait sous mes pieds. Il devait aller bien, parce que c'était mon père et que les pères étaient censés aller bien. Le contraire était inacceptable.

– Oui, dit-il enfin. Ce n'était pas vraiment une partie de plaisir… rien à voir avec nos pique-niques.

Quand j'étais gamine, il nous arrivait souvent de partir pique-niquer. De courtes balades afin qu'Addie et moi nous habituions aux sensations de la Marche. Puis nos parents étaient montés en grade et nos sorties en famille avaient cessé. Monty avait alors pris sur lui de m'enseigner les bases.

Mais j'avais assez Marché avec mon père pour savoir qu'il n'aurait jamais dû être victime d'un empoisonnement fréquentiel. L'anomalie ne faisait pas qu'endommager le multivers, elle blessait les gens que j'aimais.

– Tu vas y retourner, n'est-ce pas?

Un nouveau silence. J'avais entendu mes parents se disputer un peu plus tôt dans la matinée. Maman voulait qu'il prenne sa retraite, mais il avait refusé.

– L'Orphéon a besoin de moi. Ils ont besoin d'autant de monde que possible.

– Ils en demandent trop. Comme d'habitude, commenta Monty depuis l'intérieur du cellier.

Marrant comme Monty, qui était sourd comme un pot quand on l'appelait pour mettre la table, n'avait aucun problème quand il s'agissait d'écouter aux portes.

Il ajouta :

– Nous sommes de la chair à canon pour eux, rien de plus.

– Personne ne force qui que ce soit à Marcher, protesta mon père. C'est un choix, comme pour tout le reste.

– Jusqu'à ce que ça n'en soit plus un, grogna Monty.

– Je veux être Marcheuse, dis-je en serrant la main de mon père dans un geste de solidarité.

– Pfff. Tu veux Marcher, oui, rétorqua Monty.

Je haussai les épaules.

– C'est pareil.

Il sortit du cellier avec un paquet de chips.

– Ce n'est pas pareil. Il arrive que des Marcheurs démissionnent. Ce n'est pas pour autant qu'ils cessent de Marcher.

– Montrose, gronda mon père.

– Il y en a qui démissionnent ?

Papa me tapota la main.

– Il est extrêmement rare que quelqu'un renonce à son poste au sein des Marcheurs, Del. Mais... si quelqu'un fait ce choix, il n'est plus autorisé à Marcher. Il est placé sous surveillance.

– C'est comme ça qu'ils disent, maintenant, Foster ? (Monty referma ses doigts crochus sur mon bras, le serrant avec une force surprenante.) Et les Marcheurs Libres, c'est quoi, à ton avis ? Une armée de croquemitaines ? Ce sont ceux qui sont parvenus à s'échapper.

– S'échapper ?

J'étais intriguée malgré moi. Les Marcheurs Libres étaient une sorte de légende urbaine, le genre d'histoire qu'on lisait dans les bandes dessinées : un groupe d'anarchistes et de fanatiques religieux dont l'objectif était de renverser l'Orphéon. Mais ils n'étaient qu'un mythe. Sans l'Orphéon, le Monde Clé s'effondrerait, et le multivers avec. Même les anarchistes n'étaient pas fous à ce point. Il n'y avait que les enfants de moins de six ans pour croire aux Marcheurs Libres.

Les enfants, et Monty.

– Ça suffit ! aboya mon père.

Puis, d'une voix plus calme, il ajouta :

– Les Marcheurs Libres sont une légende, Del. Un conte de fées dont l'objectif est de nous rappeler l'importance de notre travail. L'Orphéon existe pour guider les Marcheurs. Les Marcheurs existent pour protéger le Monde Clé. C'est notre vocation. Même si c'est difficile et si le prix à payer est parfois lourd.

Monty émit un reniflement de mépris.

– Même si le prix à payer est parfois lourd, répéta mon père, c'est une nécessité. Pour notre survie, pour les Originaux... pour le multivers. Vous avez payé plus cher que d'autres, Monty, je le sais. Mais Winnie et moi avons inculqué à nos filles le sens des responsabilités. Nous vous serions reconnaissants d'arrêter d'essayer de détruire ça. C'est ce que nous sommes.

– Mais est-ce que c'est ce que Del veut être ? dit-il en posant sur moi un regard acéré malgré le voile qui lui recouvrait les yeux.

J'acquiesçai.

– Bien sûr.

Toutefois, il y avait une partie de moi qui se demandait si Monty avait raison. Était-il possible de Marcher sans l'approbation de l'Orphéon ? Après toutes ces menaces et ces punitions, existait-il une autre voie ?

Une meilleure voie ?

Chapitre trente-quatre

Eliot arriva le samedi soir avec un film et un paquet géant de bonbons au citron.

– J'ai pensé que tu n'aurais peut-être pas envie de sortir pour aller au ciné.

– Bien vu.

Je lui racontai la dispute entre mon père et Monty tout en faisant du pop-corn.

Il cligna des yeux, surpris.

– Tu le crois ?

– Au sujet des Marcheurs Libres ? Non. Qui voudrait détruire le Monde Clé ? Ça serait du suicide. En revanche, je m'interroge sur les Marcheurs qui ne travaillent pas pour l'Orphéon. Est-ce qu'ils s'abstiennent réellement de Marcher simplement parce que l'Orphéon le leur a ordonné ? Je Marche constamment.

– Ne m'en parle pas, dit-il en goûtant le pop-corn. Il faut plus de beurre. Je suppose que l'Orphéon a des moyens de les en empêcher. Des bracelets de cheville, comme ceux que la justice fait porter aux gens qui sont assignés à résidence. S'ils sont réglés pour se déclencher quand la fréquence environnante change, ça pourrait fonctionner. Ou un appareil pour altérer la fréquence du porteur afin qu'il ne puisse pas traverser les pivots. Ou...

– Cela t'amuse beaucoup trop, commentai-je en lui collant le saladier entre les mains. C'est l'heure de se mater un film.

Une fois que nous fûmes installés sur le canapé, j'attrapai le boîtier du DVD.

– Encore ? On l'a vu au moins un million de fois.

– Tu sais que j'adore les bons *space westerns*. (Il lança le film.) J'aime quand ce sont les gentils qui gagnent.

– C'est parce que tu es un gentil, dis-je pendant le générique. Eh, au fait, comment ça se passe avec Bree, pour le projet ?

– Super, répondit-il, avec un sourire dans la voix.

– Vraiment ? (Je me tournai pour le regarder en face.) Super ? Avec Bree Carlson ?

– Bien sûr, tant que je la laisse faire ce qu'elle veut. C'est un peu comme travailler avec toi.

Je lui donnai un coup de poing dans le bras et il éclata de rire.

– Je plaisante !

– Il vaut mieux.

J'hésitai avant de demander :

– As-tu eu l'occasion de vérifier la fréquence de Simon ?

Sa bonne humeur s'évanouit.

– Non. Bizarrement, je peux me trouver à proximité de lui pendant cinq minutes sans le toucher, je n'ai donc pas encore enregistré sa fréquence.

– On est de mauvais poil, commentai-je en me rencognant dans le canapé. Oublie que je t'en ai parlé.

– J'adorerais.

Alors qu'on en était à la moitié du film, quelqu'un frappa à la porte d'entrée.

– Laisse Addie répondre, dis-je, roulée en boule sous la couverture de laine. Je suis trop bien installée.

– Trop flemmarde, oui, répliqua Eliot avec tendresse, mais il ne se leva pas non plus.

J'entendis ma sœur ouvrir. Cependant, la conversation qui suivit fut couverte par les explosions à l'écran.

Une minute plus tard, quelqu'un alluma la lumière.

– Eh !

– Nous avons de la visite, dit-elle tandis que le conseiller Lattimer entrait tranquillement dans la pièce.

Eliot et moi nous redressâmes prestement.

– Vous êtes en retard, lâchai-je.

– Je n'ai pas souvenir d'avoir fixé un horaire particulier. Toutes mes excuses, si cela vous dérange, ironisa-t-il.

– C'est parfait, lui assura Addie.

– Bien. Je suis aussi venu prendre des nouvelles de votre père. Nous sommes impatients de le voir de retour parmi nous.

– Il va mieux, merci, dit ma sœur d'une voix tendue. Avez-vous constaté une légère hausse des empoisonnements fréquentiels ces derniers temps ?

Je retins ma respiration. Elle venait de lui dire à mots couverts qu'elle était au courant pour l'anomalie. Addie n'avait jamais été douée aux cartes. Elle était incapable de bluffer, elle pariait trop bas et montrait toujours sa main trop tôt.

– En effet. C'est plutôt perturbant, reconnut Lattimer avec nonch alance.

Puis il la gratifia d'un sourire.

– Tu as donc compris ce qui se passait. Félicitations.

– Merci, monsieur. Et je serais ravie d'aider, si l'Orphéon a besoin de moi.

C'était ça, son plan ? Impressionner Lattimer, travailler sur l'anomalie et monter en grade au sein de l'Orphéon. Pas mal, mais une main heureuse ne faisait pas un bon joueur.

– Je n'ai aucun doute sur le fait que vous seriez pour nous un atout précieux, dit-il.

Le visage d'Addie s'illumina, puis elle se rembrunit.

– Mes parents ne sont pas de cet avis.

– Ce n'est pas à tes parents de décider comment gérer la crise actuelle. En revanche, c'est mon rôle. (Il me jeta un bref coup d'œil.) Il est important que tu t'allies avec les personnes qui ont le plus de valeur.

Mon père avait failli mourir en essayant de gérer la « crise actuelle ». Entendre Lattimer balayer l'incident comme s'il s'agissait d'une broutille me rappela la tirade de Monty.

– Et les Marcheurs Libres ? Sont-ils des personnes de valeur ?

C'était un tir à l'aveugle, mais visiblement j'avais tapé dans le mille.

Il se tourna vers moi, dans un mouvement fluide et aussi menaçant que sa voix :

– Les Marcheurs Libres n'existent pas. Mais si c'était le cas, toute personne leur étant associée serait jugée pour trahison. J'ai du mal à imaginer qui pourrait vous raconter des histoires aussi dangereuses.

À côté de moi, je sentis Eliot se crisper, priant en silence pour que je me taise.

Lattimer attendit une seconde de plus, comme pour me mettre au défi de lui répondre. Voyant que je ne disais rien, il reporta son attention sur ma sœur.

– L'état de votre grand-père doit s'améliorer, vu toutes les sorties qu'il fait avec vous.

– Il va mieux, en effet, confirma ma sœur avec précaution.

Lattimer hocha la tête.

– Il me tarde de lire le rapport de cette semaine. Je suis toujours curieux de découvrir ce que vous avez fait de beau tous les trois.

En réalité, c'était surtout ce que Monty avait fait qui l'intéressait. Addie approuva en se pâmant et le reconduisit à la porte.

– Tu veux te faire exclure pour de bon ? s'exclama-t-elle à son retour. Les Marcheurs Libres ? Tu as perdu la tête ?

– C'est un pauvre type.

– Qu'est-ce que ça peut faire ? C'est ton ticket pour réintégrer les Marcheurs, tu devrais essayer de l'impressionner, et non pas agir comme une folle conspirationniste. (Elle se tourna vers Eliot.) Tu pourrais la raisonner ?

Il eut un mouvement de recul, l'air légèrement paniqué.

– Eh ! Je suis juste venu regarder un film.

Addie leva les yeux au ciel.

– Del est la seule à être assez bête pour y croire.

– Je ne suis pas bête !

– Ce que tu as fait ce soir est la définition même de la bêtise. Prise de risque sans aucune récompense à la clé. Tu veux jouer les casse-cou, OK. Mais au moins, fais-le pour une bonne raison.

Elle fit volte-face et monta à l'étage d'un pas rageur. Sans un mot, Eliot relança le film. Addie m'avait blessée, mais je savais reconnaître un bluff quand j'en voyais un. Lattimer mentait à propos des Marcheurs Libres, et c'était la seule récompense dont j'avais besoin.

Chapitre trente-cinq

– Tu viens en cours aujourd'hui? me demanda Simon lundi après-midi, alors que nous nous dirigions vers la salle d'histoire.

– Je suis là, non?

Marcher avec Simon, même sur un court et banal trajet, était un exercice de synchronisation. Il ralentit son pas, ses longues jambes dévorant la distance, et j'accélérai le mien pour rester à sa hauteur.

– Ça ne veut pas dire qu'on va te voir en classe. Est-ce qu'au moins tu as la moyenne?

Je l'avais. Tout juste.

Je levai les yeux sur lui, et l'intensité de son regard bleu sombre me donna des frissons dans le dos.

– Dit le gars qui n'arrête pas de piquer du nez en cours.

D'après les recherches d'Eliot, le schéma que nous avions remarqué dans les Échos – la création d'une multitude de branches, suivie d'une série d'événements Baroques – était un autre symptôme de l'anomalie. Nous n'avions plus besoin de continuer à vérifier, et il avait insisté pour que je retourne en cours.

Je ne m'en plaignais pas outre mesure. Cela m'offrait l'opportunité d'observer Simon.

Sa fréquence était normale. Le tremblement que j'avais ressenti quand il m'avait embrassé la main n'avait rien à voir avec une dissonance. Il résonnait de façon aussi claire et pure que le Monde Clé lui-même. Sa fréquence rappelait la maison.

Mais il était impossible de nier qu'il était victime de l'anomalie. Il m'avait repérée dans les Échos, il s'était retrouvé au centre d'au moins deux événements Baroques, ses Échos se souvenaient de moi quand ils n'auraient pas dû. Si l'Orphéon l'apprenait, tous les Simon, y compris l'Original, seraient en danger.

Il fallait absolument que je découvre le fin mot de l'histoire avant tout le monde.

Simon me poussa gentiment dans la salle de classe.

– Si tu ne sors pas avec Eliot, qui est l'heureux veinard ?

– Tu crois toujours qu'il y a un gars.

– Il n'y en a pas ? Auquel cas, j'en connais un. Grand. Athlétique. Beau gosse. Il aime les chiens et le cake à la courgette.

Les coins de ma bouche frémirent malgré moi.

– Il a l'air parfait. Il n'a donc aucun défaut ?

– Il n'a pas l'oreille musicale, admit-il à regret. Et il a beaucoup de charme. Je sais à quel point tu détestes ça.

– C'est rédhibitoire, confirmai-je en m'asseyant et en le regardant à travers mes cils. Dommage, nous aurions tellement pu nous amuser.

Il se pencha par-dessus l'allée qui séparait nos bureaux et je fis de même. Nous étions assez près pour que je voie le début de barbe qui ornait sa mâchoire.

– C'est encore possible.

Un centimètre de plus, peut-être deux, et mes lèvres auraient effleuré sa peau. Je pouvais le rencontrer à mi-chemin, poser ma bouche sur la sienne. Tous mes muscles se contractèrent, la peur et l'impatience si étroitement mêlées que j'étais incapable de les discerner l'une de l'autre. Il ne manquait qu'un centimètre pour que tout bascule.

Mme Jordan se racla la gorge.

– Nous pouvons commencer, mademoiselle Sullivan ? Monsieur Lane ?

– Une autre fois, murmurai-je en me redressant.

– Monsieur Lane, répéta-t-elle.

– J'y compte bien, dit-il à voix basse.

Puis il adressa à Mme Jordan un de ses fameux sourires avant de faire une blague à propos la leçon de la veille. Elle s'esclaffa malgré elle, et je m'émerveillai de la faculté qu'avait Simon de déchiffrer les gens.

Y compris moi.

Je me laissai aller contre le dossier de ma chaise tandis que Mme Jordan nous dictait l'énoncé de notre prochain devoir, et annonçait que le cours du jour serait consacré aux recherches. Tout le monde récupéra ses livres et se rendit d'un pas traînant à la bibliothèque. Je trouvai une table vide du côté des magazines et posai mon sac pendant que les autres choisissaient leur place et leur sujet de recherche. Une multitude de pivots en formation fit pétiller l'air.

– Une table isolée, commenta Simon en s'installant sur la chaise libre. Bonne idée. Quel est ton sujet ?

– Aucune idée. Et toi ?

Il réfléchit en faisant une moue exagérée. Ses cheveux étaient ébouriffés comme s'il avait passé la main dedans. Je luttai contre l'envie de les recoiffer. L'air s'agita, et je retins mon souffle en me demandant quelle décision il était sur le point de prendre.

– La bataille de Chancellorsville, dit-il en sortant un carnet.

Une détonation assourdissante annonça la création du pivot.

– Vraiment ?

Plus de vingt autres élèves avaient pris une décision de ce genre, et aucune n'avait produit un bruit aussi fort.

– Tu as un problème avec Chancellorsville ? Si ses propres hommes ne lui avaient pas tiré dessus, Jackson aurait été à Gettysburg. Et le Sud aurait gagné.

Je connaissais bien cette bataille. Les Marcheurs passaient les premières années de leur formation à étudier la façon dont l'histoire avait modelé le multivers. Mais cela n'expliquait pas la taille du pivot que Simon venait de générer. Je pris un moment pour mémoriser sa fréquence, puis je me levai.

– Je reviens tout de suite.

Simon jeta un coup d'œil à Mme Jordan qui corrigeait des copies en fusillant du regard les élèves quand ils devenaient trop turbulents.

– Un de ces jours, elle va finir par te griller.

– Probablement. Bonne sieste.

– Merci. Peut-être que je rêverai de toi.

Je consultai la carte d'Eliot avant de traverser. Des points lumineux couvraient la bibliothèque, tous étaient minuscules, à l'exception de celui situé à l'endroit où Simon et moi étions installés et qui brillait comme un phare en plein milieu de la nuit. Je franchis un pivot dans les toilettes des filles et naviguai sur la branche nouvellement formée. À travers la fenêtre de la bibliothèque, je vis l'Écho de Simon se diriger vers les étagères. Ce monde était si jeune que l'Écho ressemblait en tout point au Simon que j'avais quitté quelques minutes plus tôt. Même la fréquence était proche de celle du Monde Clé, mais plus forte que je l'aurais cru pour une décision si insignifiante.

Il serait de toute façon allé dans les rayons pour ses recherches, donc son comportement n'avait pas été altéré par son choix. Cet Écho aurait dû être calme, mais au lieu de ça, il était aussi bruyant qu'une trompette et de plus en plus assourdissant à chaque seconde qui passait. Puis je compris.

Un événement Baroque.

Les membres de notre classe avaient pris un grand nombre de décisions sur un court laps de temps. Mais pour une raison qui m'échappait, celle de Simon avait plus d'impact, et cet Écho se préparait à absorber les autres.

J'ignorais si j'allais rester pour assister à l'intégralité de l'événement Baroque, mais il aurait été idiot de ne pas profiter de cette opportunité pour faire quelques recherches personnelles. Je dénichai l'Écho de Simon dans la section documentaire, la tête penchée pour lire la cote des ouvrages. Je me faufilai dans la rangée voisine et le regardai à travers l'espace entre les étagères.

– Tu as trouvé ce que tu voulais ? chuchotai-je.

À sa décharge, ce fut à peine s'il sursauta.

– Je n'arrive pas à mettre la main dessus. Et toi ?

J'avais pris bien garde à ne pas le toucher, mais il m'avait quand même entendue. Était-ce à cause de l'amplification, ou de la similarité entre les fréquences ? Ou bien parce que cet Écho était particulièrement récent ? Chacune de ces explications était plausible et, pour une fois, je regrettai de ne pas avoir été plus attentive pendant les leçons de physique d'Addie et de Shaw.

– Je cherche.

Il tendit le cou.

– Tu veux vraiment que nous continuions à parler à travers les rayonnages ? Je peux à peine te voir.

– Je me suis dit que mettre un peu de distance entre nous serait plus sage.

Il haussa un sourcil.

– Tu as peur ?

– Je suis prudente.

Je n'avais pas peur de Simon. J'étais intriguée. Inquiète. Attirée. Mais rien chez lui, quel que soit le monde, ne m'effrayait.

– Et pourtant tu te caches derrière... Qu'est-ce qu'il y a de l'autre côté d'ailleurs ?

Je regardai les titres.

– L'Empire romain.

– Des milliers d'années d'histoire nous séparent. Si ça, ce n'est pas de la peur...

Je balançai ma natte par-dessus mon épaule, contournai le rayonnage pour le rejoindre et m'arrêtai à trente centimètres de lui.

– Tu vois, dit-il. Ce n'était pas si dur.

– Je n'ai jamais prétendu que ça l'était.

Le silence frémit, chargé de non-dits. Je passai mon doigt dans un trou de mon sweat-shirt.

– Alors... commença-t-il.

– Alors.

– Quelle surprise de te retrouver ici !

– N'est-ce pas ?

Il se rapprocha et je reculai jusqu'à ce que mes jambes heurtent la Grande Dépression.

– Tu rencontres beaucoup de filles dans les allées de la bibliothèque ?

Ma voix était chevrotante, même à mes propres oreilles.

– Pas vraiment. Je dois le garder à l'esprit pour la prochaine fois.

– La prochaine fois ?

– A priori, nous avons une semaine de recherches devant nous. Ce qui nous fait encore quatre jours ici, au minimum.

– Ça fait beaucoup de recherches.

Nonchalamment, je coinçai une étoile de papier orange

vif entre deux livres, curieuse de savoir comme l'événement Baroque allait l'affecter.

– Beaucoup de temps ici, en tout cas. (Il posa une main sur l'étagère au-dessus de ma tête.) Et puis il y a pire comme façon de passer une heure.

Une toux discrète retentit, et Simon recula comme si quelqu'un lui avait tapé sur l'épaule.

– Un autre devoir pour Mme Jordan? demanda Mme Powell.

– Heu... oui. (Simon enfonça les mains dans ses poches.) Nous étions...

– En train de faire bon usage de votre temps?

Mme Powell évitait soigneusement de me regarder. Ses yeux naviguaient entre Simon, les étagères et le sol; partout, sauf sur moi. C'était la première fois que je produisais un effet répulsif sur un Écho. D'un autre côté, Simon ne m'avait pas touchée. Elle ne pouvait donc voir que mon impression.

La fréquence s'amplifia de façon dramatique, me rappelant avec quelle facilité Eliot et moi avions, sur la carte, confondu des événements Baroques avec des clivages. Il était temps de partir.

– J'ai oublié mon carnet, dis-je. Je reviens dans une minute.

Je traversai le pivot au moment même où l'événement Baroque se mettait en branle.

De retour dans la bibliothèque du Monde Clé, tout avait l'air normal. Les conversations murmurées produisaient un bourdonnement de fond, brisé de temps en temps par un éclat de rire étouffé venant d'une table ou des rayonnages. J'étais certaine que Simon avait déclenché l'événement Baroque. Il devait y avoir un lien. Je me dirigeai vers la section des documentaires, déterminée à le trouver.

Quand j'arrivai près de lui, il avait une main sur la tranche d'un livre, et l'autre pendait de l'autre côté.

– Je t'ai manqué?

Pas de réponse.

– Simon?

Il fit comme s'il ne m'avait pas entendue.

– Tu m'en veux d'être partie? Je ne me suis absentée que cinq minutes.

Sentant ma propre colère monter, je m'approchai pour lui dire ma façon de penser, mais les mots restèrent coincés dans ma gorge.

Quand Addie était petite, elle faisait parfois des crises de somnambulisme. Pas dans le genre spectaculaire à grimper sur les toits, non. Plutôt dans le style calme, à se retrouver plantée au beau milieu du cellier. Nous la trouvions en train de jouer Rachmaninov, de réorganiser les chaussures de la famille, ou de lire un livre à l'envers. Au matin, elle avait complètement oublié ses errances. Cela ne lui était pas arrivé depuis des années, mais l'expression figée de Simon me rappelait celle de ma sœur dans ces moments-là.

Je lui effleurai le bras.

– Ça va?

Il sursauta si violemment qu'il fit tomber le livre sur lequel sa main était posée.

– Tu as trouvé ton carnet? s'enquit-il d'une voix chaleureuse. Je pensais que... Pourquoi me regardes-tu comme ça?

– Tu dormais debout?

Les cernes sous ses yeux étaient encore plus prononcés que d'habitude.

– Je ne dormais pas. Je parlais à... (Il scruta l'allée.) Peut-être que si en fin de compte.

– Couché tard?

– Pas vraiment.

Il me dévisagea comme un peintre l'aurait fait avec un modèle, prenant en compte chaque détail, et je me sentis rougir.

Troublée, je ramassai le livre à terre.

– Tiens.

– Merci. (La couverture de cellophane crissa dans le silence.) Est-ce que j'ai... heu... dit quelque chose ? Quand j'étais ailleurs ?

Ailleurs. Pas endormi. Je me demandai si le choix de ce mot était délibéré et si ce genre d'absence lui était déjà arrivé.

– Non, répondis-je en guettant sa réaction. Tu n'as rien dit. C'était plutôt comme si tu étais vraiment complètement ailleurs.

Il sembla plus soulagé que surpris.

– Et tu m'as ramené ici. Tu m'as réveillé.

Puis il ajouta avec un sourire malicieux :

– Comme dans un conte de fées. Tu aurais dû le faire avec un baiser, tu ne crois pas ?

À ces mots, une sensation papillonna en moi, chaotique, irrésistible.

– Un baiser ?

– Del, insista-t-il avec dans la voix une étrange urgence. Tu m'as promis que ce n'était que partie remise.

La sonnerie retentit et, comme d'habitude, je grimaçai.

– Oui, confirmai-je, perturbée. Mais ce n'est pas encore pour cette fois.

– Alors quand ? demanda-t-il, frustré, en se passant la main dans les cheveux. Je veux qu'on se voie. Pour un vrai rendez-vous. Toi et moi. Sans que tu te sauves pour sécher un cours ou pour aller chercher quelque chose dans ton casier, ou que quelqu'un nous interrompe au pire moment possible. Sans stupide sonnerie. Ce soir, Del.

– Nous étions censés travailler notre composition.

Les mots n'avaient pas quitté mes lèvres que je me donnai mentalement une claque.

– Au diable la composition. Sors avec moi. Pour de bon.

– Pourquoi ?

Ma bouche était si desséchée que j'eus toutes les peines du monde à articuler.

– Parce que je n'arrive pas à te comprendre, et que j'en ai envie. (Il serra les poings, comme pour s'empêcher de me toucher.) Ça ne suffit pas ?

Je n'arrivais pas non plus à le comprendre. Peut-être que ce serait l'occasion. Peut-être que quelques heures seule avec lui me permettraient d'expliquer les événements Baroques. Peut-être que ça nous donnerait un indice sur la façon de régler l'anomalie.

Ou peut-être que je désirais juste être avec lui.

– C'est plus que suffisant, répondis-je.

Chapitre trente-six

Le transfert de résonance synaptique intervient quand les fils de deux branches distinctes se chevauchent et résonnent à l'unisson. Bien que rare, ce phénomène n'a rien d'alarmant (voir *Études de cas en psychologie quantique*).

Chapitre quatre, « Physiologie »
Principes et pratiques du clivage, cinquième année

– Tu as mis du rouge à lèvres, remarqua Addie quand je descendis ce soir-là.

Je me couvris la bouche de la main.

– J'en mets tout le temps.

– Oui, mais celui-là est joli. Et tu as changé de haut.

– Arrête de l'embêter, Addie, intervint ma mère. Tu es très jolie, mon cœur. Eliot et toi avez prévu quelque chose de spécial ce soir ?

– Eliot travaille sur un projet pour l'école, répondis-je.

Il s'était plaint d'avoir à retrouver Bree et j'avais compati sans lui avouer que mon propre programme avait changé.

– C'est le grand soir ? s'enquit Monty.

– Je croyais que Simon et toi deviez travailler sur votre composition ? s'étonna Addie.

– Toi et Simon ? (Ma mère se pinça l'arête du nez.) Del ? C'est vrai ? C'est un Original. Nous avons des règles.

– Je n'en brise aucune. Ce n'est pas sérieux entre nous, répliquai-je. Simon n'est pas intéressé par les relations sérieuses.

– Comme c'est rassurant.

La sonnette de la porte d'entrée retentit et Addie me devança dans le couloir.

– Laisse-la y aller, Winnie, dit Monty depuis son fauteuil devant la télé. Quel mal y a-t-il à ça ?

Maman poussa un long soupir.

– D'accord. Sois rentrée pour le couvre-feu. Pas une minute plus tard.

– Merci, Maman.

J'attrapai mon sac.

– Et moi ? protesta Monty. C'est moi qui lui ai dit qu'elle devait te laisser partir.

Je l'embrassai en vitesse.

– Merci à toi aussi.

Simon se dandinait sur le pas de la porte, mal à l'aise. Addie était en train de lui faire subir un interrogatoire sur ses loisirs et sa famille, se préparant sans doute à lui demander quelles étaient ses intentions à mon égard.

Je passai mon bras sous le sien.

– Allons-y.

La Jeep était garée de l'autre côté de la rue. L'image de celle de Doughnut World – noire, et non rouge – surgit de ma mémoire et je réprimai un sursaut.

– Je suis censé t'ouvrir la portière, dit-il en tendant la main vers la poignée.

– Je peux le faire, tu sais.

– Pas lors d'un rendez-vous galant. Permets-moi au moins de commencer la soirée comme un gentleman.

– C’est trop bizarre, dis-je, mais je le laissai m’ouvrir et m’aider à monter en voiture.

– C’est toujours le même moi, protesta-t-il.

Sauf qu’il ne l’était pas. Je me sentais légèrement coupable. Était-ce tromper que de sortir avec le même garçon dans deux mondes différents ? Et comme le Simon de Doughnut World et moi n’étions pas un couple – juste deux personnes qui s’embrassaient chaque fois qu’elles se retrouvaient seules ensemble –, est-ce que voir quelqu’un d’autre, quel que soit le garçon, pouvait être considéré comme une infidélité ?

Je poussai du bout du pied un frisbee couvert de marques de crocs.

– Où est Iggy ?

– Quand as-tu vu Iggy ? demanda-t-il, étonné.

Un million de fois dans les Échos. Jamais ici.

– Tout le monde a entendu parler de ce chien, répliquai-je avec un rire gêné.

Il se joignit à moi.

– Il est trop gâté. Il est sûrement à la maison avec ma mère en train de lui soutirer des friandises.

– Comment va-t-elle ?

– Son état est stationnaire. (Il redressa les épaules, décidé à conserver sa bonne humeur.) Le Dépôt, ça te va ?

– Super. (Un lieu familier, pas trop bondé.) Je préfère ça aux restaurants du centre commercial.

– J’avais deviné que tu n’étais pas une grande fan des centres commerciaux, dit-il avec un sourire.

– Qu’est-ce qui m’a trahie ?

Je lissai le sweat-shirt acheté dans une friperie que j’avais enfilé avant de partir – vert sombre avec un col ample et la taille ajustée –, plus habillé que ce que j’avais l’habitude de porter, mais quand même confortable.

– Si je te dis que c'est parce que tu n'es pas comme les autres filles, tu vas penser que je te passe de la pommade.

– Mais c'est de la pommade !

– Ce n'est pas faux pour autant. Et puis, tu aimes être différente.

– Pour quelqu'un qui ne parlait jamais avec moi il n'y a encore pas si longtemps, tu es devenu un expert.

Il haussa une épaule.

– J'ai tort, peut-être ?

– Et le basket-ball ? m'enquis-je dans un effort désespéré de ramener la conversation sur un terrain plus neutre. La saison est bonne ?

– Oui.

– As-tu discuté avec le recruteur en fin de compte ?

Il me dévisagea en ralentissant tellement que le conducteur derrière nous klaxonna.

– Quel recruteur ?

– Celui qui venait d'Arizona. L'autre jour, Bree a dit...

Il déglutit.

– Je ne me vois pas aller là-bas en ce moment.

Bien sûr que non. Il ne pouvait pas traverser la moitié du pays alors que sa mère était malade.

– Je suis désolée, dis-je en lui effleurant le bras.

– Ne le sois pas. J'ai choisi, non ?

Je me mordis la lèvre. Quelque part, il y avait un Écho où il avait choisi de partir.

– Tout à fait.

Il se gara devant le restaurant. Ses lignes pures, dans le style Art déco, lui donnaient à la fois l'air rétro et intemporel et le choix audacieux des couleurs contribuait à mettre la structure en valeur. Les éléments disparates fusionnaient pour créer une harmonie étrange et captivante.

– Tu viens souvent ici ? demanda-t-il en m'ouvrant la portière.

Il me prit la main pour m'aider à descendre de voiture, et la garda tandis que nous traversions le parking.

– Bien sûr, répondis-je en m'arrêtant devant la petite plaque de bronze près des portes.

L'air était chargé de pivots, leurs bords comme des lambeaux de soie.

L'accident de train qui avait eu lieu à cet endroit avait laissé dans son sillage des milliers de mondes. Vingt ans plus tard, les Échos nés de ces pivots étaient parmi les plus forts des alentours. Depuis le début de ma formation, chaque année nous avions le droit à une sortie sur ce site. Il m'aurait suffi de plier les doigts pour accrocher un pivot et parcourir d'innombrables réalités, mais j'étais parfaitement heureuse dans celle-là.

Le Dépôt sentait le pain chaud, la cire de bougie et le café. Simon me guida jusqu'à une table au fond de la salle.

– Ça te va ici ?

– C'est ma table préférée. (Je désignai une autre plaque de bronze sur le mur près de ma chaise.) À cause de ça.

– Tu viens vraiment souvent ici. Avec Eliot ?

Toute ma joie s'envola.

– Tu veux bien oublier un peu Eliot ? Je l'ai connu alors que je portais encore des couches-culottes. C'est tout.

– D'après ta sœur, vous formez le couple parfait.

– N'écoute pas Addie, répliquai-je. En tout cas, moi je ne le fais jamais.

– Donc, vous n'êtes pas... (Il tritura nerveusement sa serviette.) fiancés, ou un truc dans le genre ?

Je manquai de recracher mon eau.

– Je vais la tuer !

– Je suppose que ça veut dire non.

– Je te propose un marché : tu arrêtes de me prendre la tête avec Eliot, et j'évite de remettre Bree sur le tapis.

– Bree ? Je t'ai dit que...

– Je sais. Et je vois aussi la façon dont elle te regarde.

Il se renfrogna.

– Marché conclu. Plus de questions sur Eliot.

– Génial.

– Ta sœur est... intense, dit-il avec précaution.

– Elle veut toujours tout contrôler.

– Vous ne vous entendez pas bien ?

Je grimaçai en consultant le menu.

– Ça va mieux, depuis quelque temps.

– Apparemment, oui. Tu n'es plus punie, n'est-ce pas ?

Je ne me rappelais pas lui avoir dit que j'étais punie. Ça devait pourtant être le cas, mais le fait que j'aie oublié résonna comme un avertissement. Trop de mondes. Trop de Simon. Il fallait que je me ressaisisse.

– Plus vraiment. Mes parents me serrent moins la vis.

– Tu m'en vois ravi.

– Et moi donc.

La serveuse arriva pour prendre notre commande. Dès qu'elle eut tourné les talons, je me penchai vers lui.

– Tu veux que je te fasse une confidence ?

Il esquissa un lent sourire carnassier qui m'embrouilla les idées.

– Oh que oui.

– Je serais quand même venue.

– Tu aurais fait le mur ? Pour moi ? Je suis flatté.

– Il y a de quoi.

Il posa sa main sur la mienne et la caressa avec son pouce.

– Est-ce que ça veut dire que je suis désormais ton secret ? Comme quand tu disparais pendant les cours ?

– Difficile de te garder secret quand tu viens me chercher en frappant à ma porte. Est-ce que tu parles de nous autour de toi ?

Il se laissa aller contre le dossier de sa chaise.

– Parce qu'il y a un « nous » ?

La chaleur qui avait commencé à m'envahir se dissipa brusquement. Quelle idiote d'avoir pensé que cinq minutes de flirt à la bibliothèque et un rendez-vous signifiaient que nous étions ensemble. C'était Simon. Charmant, nonchalant, aimé de toutes, amoureux de personne. Je m'étais fait des illusions.

Il était si facile de réactiver les vieux mécanismes de défense. Ils m'allaient mieux que n'importe quelle tenue que j'aurais pu porter ce soir-là.

– Je suis ta lubie du moment, commentai-je en redressant la tête.

Puis je pris un morceau de pain dans la panière. Calme. Indifférente. Il ne s'était pas assez approché pour me blesser.

– Tu t'es dit que tu allais varier un peu. T'encanailler avec moi avant de remettre le couvert avec Bree ?

– Oh, là, doucement, répliqua-t-il. C'est notre premier rendez-vous et je ne t'ai même pas encore embrassée. Est-ce qu'on pourrait au moins attendre après le dessert pour la discussion de couple ?

Interdite, j'arrêtai d'émietter mon pain en entendant dans sa voix, non pas la colère à laquelle je m'étais attendue, mais de l'exaspération. Et même si c'était idiot de ma part, je m'autorisai à espérer.

– Pas encore ?

Il me lança un regard d'incompréhension.

– Tu as dit que tu ne m'avais pas encore embrassée. Tu en avais l'intention ?

Les coins de sa bouche se relevèrent.

– Pour commencer.

– Oh.

– Oui. (Il croisa à nouveau mon regard et, cette fois, ce n'était plus de l'exaspération qui brillait dans ses yeux.) Alors, mange.

Après ça, chacun fit de son mieux pour que la conversation reste légère, en prenant garde à éviter les sujets glissants.

– Veux-tu un dessert? demanda-t-il enfin.

Ce que je voulais, c'était aller quelque part sans une table pour nous séparer, et sans spectateurs.

– Pas ici.

– Ma mère était là lors de l'accident, tu sais, dit-il avec désinvolture en faisant signe au serveur de nous apporter l'addition.

J'en restai un instant bouche bée.

– A-t-elle été blessée?

– Elle était en retard ce jour-là parce qu'elle avait renversé du thé sur ses vêtements et avait dû se changer. Elle était dans sa voiture quand le train a déraillé, mais les gens avec qui elle s'asseyait d'habitude sont morts. Tous morts. Changer de tenue lui a sauvé la vie. Difficile à croire.

– Pas vraiment, croassai-je avant de boire une longue gorgée d'eau.

– C'est là qu'elle a rencontré mon père. Il travaillait pour le Conseil national de la sécurité des transports et il enquêtait sur l'accident. D'après elle, avant même qu'il ait fini de l'interroger, elle savait que c'était lui le bon.

Je pensai à son père. Je n'avais jamais croisé de version de Simon avec un père encore présent, mais ce dernier avait bien dû quelque part prendre la décision de rester avec sa femme et son petit garçon. Il devait y avoir un monde où Simon n'avait pas à porter seul le poids du cancer de sa mère.

– Et tu ne veux vraiment pas le mettre au courant pour ta mère?

– Il ne mérite pas... Je ne t'ai jamais dit ça!

– Bien sûr que si.

Mon ventre se noua.

– Non. Je ne parle jamais de lui, répliqua-t-il, perplexe.

– Si, tu l'as fait, dis-je en espérant que mon insistance ferait taire ses doutes. Normalement, tu ne parles pas non plus de ta mère, et pourtant tu t'es confié à moi.

Il se passa la main dans les cheveux.

– Peut-être... As-tu déjà eu une sensation de déjà-vu ?

– Jamais, répondis-je avec un rire forcé. Ça existe vraiment ?

Ça existait bel et bien. « Transfert de résonance synaptique », ou TRS, était le terme technique lorsqu'un souvenir ou un événement était transféré d'un Écho à un Original, ou inversement.

Le Simon Original avait utilisé la chanson de celui de Doughnut World pour notre composition. Et ce dernier se souvenait de moi à chaque visite. Celui du cimetière m'avait appelée par mon prénom sans que je le lui aie dit. Normalement un TRS était une impression familière, pas un souvenir concret. Cependant je ne voyais pas ce que ça pouvait être d'autre. J'avais ma réponse, et c'était inoffensif.

Je pliai ma serviette en forme d'étoile. Simon me regarda faire en silence.

– Prête ?

Dehors la lune brillait, orange et ronde.

– Où va-t-on, maintenant ? demandai-je tandis qu'il m'aidait à monter dans la Jeep.

– N'importe où du moment que je suis avec toi, répondit-il en laissant sa main s'attarder sur mon bras.

– Alors ce sera le parc de la bibliothèque.

Ce n'était pas vraiment un parc, mais un ensemble de terrains de sport derrière la bibliothèque. Et à cette heure, il serait désert.

Parfait.

Nous allâmes nous asseoir sur les gradins du terrain de football, près des buts. Un unique lampadaire halogène donnait à l'endroit l'apparence d'une vieille photographie.

L'écran était saturé de pivots, mais ils étaient vieux et faibles, faciles à ignorer. Je me concentrai sur Simon qui m'observait, le regard sérieux, le visage partiellement dissimulé par les ombres.

– Tu as froid, dit-il en me voyant frissonner.

– Ça va.

– Menteuse. (Il secoua la couverture qu'il avait sortie de sa Jeep et la drapa sur mes épaules.) C'est mieux comme ça ?

– Presque.

La courbe de ses lèvres était douce et attirante, même dans la pénombre. Cela n'aurait pas dû être nouveau pour moi, et pourtant c'était ainsi que je le ressentais ; j'avais les nerfs à fleur de peau et les mains moites. J'étais aussi fébrile que je l'avais été devant le Grundy, dans un autre monde, une éternité plus tôt.

Quelque chose monta en moi, un désir si puissant qu'il résonna dans chaque fibre de mon être, consumant sur son passage la peur et les doutes, me coupant le souffle et occultant tout excepté Simon et le clair de lune.

Je me penchai, assez près pour que chacun respire l'air de l'autre, et il se figea, ses yeux rivés aux miens, familier et étranger à la fois. Il fit remonter sa main jusqu'à mon épaule, puis le long de mon cou, et la plaça derrière ma nuque.

– Del.

Le mot, dit de telle façon qu'il tenait plus de la forme que du son, était davantage une question qu'autre chose.

J'attendis. Il me semblait d'une importance capitale que, cette fois, ce soit le choix de Simon. Je l'avais séduit à plusieurs reprises. Mais dans le Monde Clé... il fallait que la décision vienne de lui. Dans ce monde-là, ça comptait vraiment. Dans ce monde-là, c'était réel.

Il m'effleura les lèvres d'un baiser, une fois, deux fois, trois fois, de plus en plus sûr de lui, de plus en plus avide. La lumière froide et pâle de la lune disparut quand je fermai les yeux pour m'abandonner à la chaleur de Simon.

Ce n'était pas le même que dans les Échos. Sa peau était plus douce sous mes doigts, et il avait un goût de soleil d'automne, d'amande et de miel. Le soulagement qui me submergea – ce n'était pas le même non plus, c'était différent, plus intense – me donna le tournis. Mes doutes s'envolèrent, remplacés par la certitude que, pour une fois dans ma vie, j'étais exactement là où je devais être. Il m'embrassa la joue et les pommettes. Je lui mordillai alors l'oreille et éclatai de rire en sentant son bras me serrer plus fort, puis j'ouvris la bouche pour accueillir la sienne quand il revint pour un autre baiser.

La couverture tomba, sans même que je m'en aperçoive, toute mon attention accaparée par la sensation des mains de Simon m'attirant à lui et par le bruit de sa respiration irrégulière glissant sur ma peau.

– J'ai rêvé de toi, murmura-t-il. De ça. De nous.

Je souris contre son cou, alanguie, sur un nuage.

– Et en réalité, c'est comment?

– Mieux. Il pleut toujours quand je t'embrasse.

FIN DU DEUXIÈME MOUVEMENT

TROISIÈME MOUVEMENT

Chapitre trente-sept

Je m'écartai brusquement.

– Il pleut ? Dans tes rêves ? Dans les rêves où tu m'embrasses ?

– Trop glauque ?

Pas glauque. Potentiellement désastreux, mais pas glauque. Je me forçai à inspirer et lui rendis son baiser comme si ses mots n'avaient pas tout changé entre nous.

– Raconte-moi ces rêves.

– Ce n'est pas un peu rapide ? Tu avais pourtant l'air d'une si gentille fille.

– Les apparences sont parfois trompeuses.

– Ils ne sont pas classés X, si c'est ce que tu demandes. Je ne suis pas un pervers.

– Rêves. Pluie. Parle.

– L'image saute. Comme une télévision avec une mauvaise réception.

Il s'adossa au gradin en me prenant dans ses bras, et passa les doigts dans mes cheveux, démêlant les nœuds.

– Mais c'est toi, et il pleut, et tu es juste... là. Comme si, sans même le savoir, je t'avais attendue. Et soudain, tu es là, et nous nous embrassons. Puis je me réveille, et je pourrais jurer que j'ai encore ton goût dans la bouche. Mais ce ne sont que des rêves. C'est bien mieux ce soir.

– Parce qu'il ne pleut pas ?

– Parce que c'est réel.

Je levai la tête vers lui et l'embrassai à nouveau, tendrement, avec conviction, et pendant quelques instants de plus, je savourai ce moment. Mais quand il s'écarta brièvement pour reprendre son souffle, je pris mes distances : je devais en avoir le cœur net.

– Est-ce qu'il pleut toujours ?

– Pas toujours, admit-il. L'autre jour, dans la bibliothèque... Je rêvais éveillé. Et tu étais là, mais Powell nous a interrompus. C'est à ce moment-là que j'ai décidé que les rêves ne suffisaient pas.

La pluie aurait pu être une coïncidence. Le reste, non. Ses rêves – et l'étrange état dans lequel je l'avais trouvé dans la bibliothèque – n'en étaient pas. Il se connectait à ses Échos. Je n'avais jamais entendu parler d'un TRS aussi sévère.

Je sortis un vieux devoir d'anglais de la poche de mon manteau, et essayai de recouvrer mon calme.

– Qu'est-ce que tu fais ? demanda-t-il tandis que je commençais à plier.

– Un origami.

– Je sais. Mais pourquoi est-ce que tu le fais ?

Je regardai le papier, et vis l'étoile en formation à travers ses yeux.

– Par habitude. Certaines personnes font craquer leurs articulations, ou triturent leurs cheveux. Toi, par exemple, quand tu réfléchis, tu tapotes avec ton stylo.

– Et toi tu fais des origamis ?

– C'est mon grand-père qui m'a appris. Il disait que chaque

pli était un choix. Que je pouvais faire ce que je voulais, tant que je choisissais avec discernement.

« Crée un monde en faisant un choix. »

– Est-ce que je peux voir?

Je terminai rapidement l'étoile, les doigts tremblants, et la laissai tomber dans la main tendue de Simon. Elle y demeura, blanche avec des lignes bleu pâle et des traces de stylo, une réalité entière de choix dans le creux de sa paume.

– Pourquoi les abandonnes-tu derrière toi?

– Je ne pensais pas que quelqu'un l'avait remarqué.

Je ne le faisais que quand je Marchais.

– Je ne me souviens pas quand je m'en suis aperçu pour la première fois.

Il prit l'étoile entre son pouce et son index et la fit tourner doucement. Le geste était si familier qu'il me donna envie de pleurer.

– Probablement quand tu t'es rendu compte que j'existais, dis-je, la gorge serrée tandis que les pièces du puzzle se mettaient en place.

Toutes les fois où ses Échos m'avaient repérée. La façon dont il s'était figé à la bibliothèque. Il avait commencé à faire attention à moi dans le Monde Clé après que nous étions sortis ensemble dans un Écho. Les fils de ces mondes n'étaient pas juste similaires, ils étaient carrément entrelacés. Comme dans un duo musical où la mélodie et l'harmonie échangent leurs places, ou bien fusionnent.

Comme un contrepoint.

Il m'effleura le front de ses lèvres, puis les paupières et le bout du nez.

– Il m'a fallu du temps, mais je suis heureux de l'avoir fait.

Il m'embrassa ensuite doucement, le genre de baiser qui donnait plus qu'il ne prenait. Mes yeux se mirent à me piquer, et je compris soudain la grosse différence entre ce Simon et les autres. Il me connaissait. Je le connaissais. Et à présent j'étais en train de tomber amoureuse de lui, pas de son physique, ou de ses mains, ou de la façon dont il se comportait, mais de lui.

J'avais eu envie de croire que ce moment était écrit. Que ce qu'il ressentait pour moi était juste, indéniable. Qu'il avait été attiré par moi dans deux mondes parce que l'univers voulait que nous soyons ensemble.

Je m'étais trompée. Ses sentiments n'avaient rien à voir avec moi, avec nous, ni avec les conversations que nous avions eues et le temps passé ensemble. Ce n'était que des résidus. Un souvenir de nos baisers dans le monde Écho. La trame de l'univers qui se moquait de moi en s'imitant elle-même.

En réalité, ce Simon n'avait jamais rien éprouvé pour moi.

Chapitre trente-huit

Pleurer ne sert à rien. Pleurer ne mène nulle part, ça n'apporte rien. Et au final tout ce que vous avez fait, c'est perdre du temps et de l'énergie que vous auriez dû utiliser à arranger la situation qui vous a mis dans cet état.

Aussi ne versai-je pas une larme lorsque Simon me déposa chez moi, m'embrassant sans être conscient que ses sentiments étaient ceux de quelqu'un d'autre. Je ne pleurai pas quand mon père sortit de sa chambre pour voir comment j'allais. Je ne pleurai pas dans la mienne, seule avec la certitude que mes escapades – mes imprudentes, égoïstes, Marches de tête de mule – avaient eu des conséquences bien plus graves que celles prédites par ma sœur.

Au lieu de ça, je serrai les dents si fort qu'au matin j'avais la mâchoire endolorie et mal à la tête, mais je n'avais toujours aucune solution. Parler était douloureux, penser aussi, et je ne voulais plus faire ni l'un ni l'autre.

J'étais restée debout jusqu'après l'aurore, passant en revue chacune de mes interactions avec Simon. Quel que soit l'angle choisi, la même conclusion s'imposait : le Simon Original était influencé par ses Échos. Il n'était pas eux. Il n'avait pas fait les mêmes choix. Laissé à lui-même, il ne m'aurait jamais remarquée. Ses sentiments étaient ancrés dans la mémoire d'un autre. Il ne pourrait jamais y croire à cent pour cent. Et moi non plus.

Mais Simon me comprenait comme personne, il voyait des choses qui échappaient à tout le monde. J'avais beau savoir la vérité, je n'étais pas certaine d'être prête à abandonner ça. Peut-être que les doutes finiraient par avoir raison de nous, mais pour l'instant... je ne pouvais pas partir.

S'il y avait un moyen de séparer Simon de ses Échos afin qu'il ne soit plus influencé par eux, ses véritables sentiments pourraient alors faire surface, et peut-être qu'ils seraient assez forts pour que nous parvenions à faire fonctionner notre relation.

J'étais prête à m'en convaincre, si ça me permettait de le garder.

Mais ma peur avait surtout pour origine un fait irréfutable : Simon était bien plus connecté aux problèmes du Monde Clé que je l'avais imaginé. Si je voulais le libérer, j'allais avoir besoin d'aide.

Eliot était toujours debout avant moi. Mais je ne m'étais pas couchée, aussi pour une fois, j'avais une longueur d'avance sur lui. J'allai le trouver chez lui, un café à la main, à sept heures du matin passées de quelques minutes.

– Del ! s'exclama Mme Mitchell en me serrant dans ses bras. Mon horloge s'est arrêtée ?

– Je suis matinale, aujourd'hui. Eliot est prêt ?

Elle jeta un coup d'œil incertain en direction de l'étage.

– Je ne suis même pas sûre qu'il soit levé.

– Je m'en occupe. (Je montai l'escalier et ouvris la porte de sa chambre à la volée.) Debout, petit génie. Nous avons un problème.

La larve sur le lit s'étira brièvement.

– Eliot. (Je traversai la pièce et poussai avec mon doigt là où était en principe située son épaule.) Debout.

– Encore cinq minutes, ronchonna-t-il en serrant la couverture plus étroitement au-dessus de sa tête.

– Je ne suis pas ta mère, dis-je en posant mon café. Et j'espère que tu es en pyjama.

– Qu'est...

J'attrapai les draps à deux mains, les tirai d'un coup sec et les lâchai en tas sur le sol.

– Ah ! Il gèle !

– Je suis heureuse de constater que tu n'es pas nu. J'étais sûre que tu étais un gars à boxer.

– Del !

Il bondit hors du lit, sans T-shirt et avec un boxer si moulant que je détournai le regard.

– Qu'est-ce que tu fabriques ici ?

– Je regrette que tu ne portes pas de pantalon. (Je fermai les yeux et écoutai le grincement du tiroir de sa commode.) Je peux me retourner?

– Il n'est que sept heures dix. Comment ça se fait que tu sois déjà réveillée ?

Il avait enfilé un bas de survêtement, mais rien en haut.

– Nous avons un problème.

Il prit mon café et en but la moitié.

– Qu'as-tu encore fait comme bêtise? Attends. Ne dis rien. (Il ferma la porte de sa chambre, et s'assit à son bureau.) OK. Maintenant, vas-y.

– Que sais-tu des TRS ?

– Les transferts de résonance synaptique ?

Il bascula la tête en arrière et, le regard rivé sur le plafond, il récita comme s'il lisait un manuel :

– Courants. Inoffensifs. Limités aux Originaux et à leurs Échos.

– Existe-t-il des cas extrêmes ? Est-ce qu'un Original pourrait partager sa conscience avec ses Échos ? Percevoir ce que font ses Échos en temps réel ?

– Un TRS aussi fort aurait tous les attributs d'une maladie mentale. Schizophrénie, ou une sorte de crise psychotique. Essayer d'intégrer les expériences d'un grand nombre d'Échos ferait griller les synapses de l'Original concerné.

Simon n'expérimentait pas les vies de tous ses Échos, seulement les moments où ces derniers croisaient mon chemin.

– Théoriquement, c'est un problème intéressant, mais je n'ai jamais entendu dire que ce soit arrivé, poursuivit-il.

Eliot aurait eu vent d'un cas pareil.

– Tu penses que tu as trouvé un cas de TRS aggravé ? (Il se leva de sa chaise, enthousiasmé par une telle perspective.) C'est carrément génial, Del. L'Orphéon va adorer !

Je doutais cependant que l'Orphéon saute de joie en apprenant que j'avais Marché seule malgré l'interdiction, sans parler du reste. Je pris la vieille flûte à bec qu'Eliot gardait sur son bureau et jouai les premières notes de « Greensleeves ».

– Tu n'as pas l'air de trouver ça génial, commenta-t-il en croisant les bras sur son torse nu. Qu'as-tu fait ?

– Pourquoi faut-il que ce soit forcément moi ?

– Parce que tu es debout à l'aube, que tu as une tête de déterrée, et que tu es sur le point de faire du petit bois avec ma flûte. (Il détacha avec douceur mes doigts de l'instrument.) Raconte.

Je m'assis sur le bord de son lit. Il vint m'y rejoindre et m'entoura les épaules de son bras.

– Tu te rappelles que je t'ai dit qu'il y avait quelque chose de bizarre chez Simon ?

Eliot se crispa.

– J'ai vérifié sa fréquence et je n'ai rien remarqué de spécial.

– Il partage des souvenirs avec ses Échos, expliquai-je. Pas seulement des sensations. Des souvenirs. Des événements entiers. C'est assez spécial ?

Il poussa un long sifflement.

– Il t'a raconté ça.

Je me tortillai, mal à l'aise.

– En quelque sorte.

– En quelque sorte ? A-t-il dit « Bizarre, je n'arrête pas d'avoir des impressions de déjà-vu super précises » ?

– C'est venu dans la conversation.

– Ça devait être une sacrée conversation, ironisa-t-il. OK. Il fait un TRS. Mais en quoi ça nous pose problème ?

– Quand j'interagis avec un des Échos de Simon, l'Original décroche. Il pense qu'il rêve éveillé, mais en réalité il voit à travers les yeux de ses Échos.

Le visage d'Eliot devint froid et distant tandis qu'il analysait ce que je venais de lui dire.

– Et il te voit.

Je tirai sur un fil de mon sweat-shirt.

– Ses Échos me remarquent. Ils se souviennent de moi. Quand j'y retourne, ils me demandent où j'étais.

– Pourquoi retournerais-tu dans un Écho ?

Après un long et pénible silence, Eliot s'écarta brusquement de moi.

– Tu te tapes un de ses Échos ?

Je grimaçai.

– Je sais, je sais. Je suis un monstre. Est-ce qu'on peut se concentrer sur ce qui est important, s'il te plaît ?

– C'est important. Tu m'avais promis que tu ne Marcherais plus toute seule. Tu m'avais donné ta parole.

Je me cachai le visage dans les mains, et il se leva.

– Je ne comprends pas. Ils ne sont même pas réels, dit-il d'une voix pleine de dégoût. Pourquoi ?

Comment lui expliquer que ce que j'éprouvais lorsque j'étais avec Simon était presque aussi fort que l'excitation de la Marche ? Voire meilleur. Quand je Marchais, je me sentais libre, mais l'Orphéon pouvait à tout moment m'arracher cette liberté. Avec Simon, j'étais moi-même, et cela suffisait. C'était un genre de liberté que je n'avais jamais connu auparavant.

– Il me rend heureuse.

– Heureuse ? (Il grimaça, comme si le mot avait laissé dans sa bouche un goût infect.) Tu as risqué ton avenir pour lui. Notre avenir.

– Notre avenir ?

Je levai les yeux sur lui : son visage était marqué par la détresse et le sentiment de trahison qu'il ressentait. Campé sur ses jambes, il avait les bras croisés comme s'il essayait de se protéger d'un coup ou d'en retenir un.

– Oh, Eliot. (Je portai le poing à mon cœur.) Je ne...

J'avais failli dire que je ne savais pas, mais ça aurait été un mensonge. Je n'avais pas voulu le voir.

– Tu as dû y penser. Tu y as forcément pensé. Nous sommes bien ensemble. Nous formons une équipe extraordinaire, Del. Tout le monde le dit. Même toi.

– Nous sommes les meilleurs, l'interrompis-je, de crainte d'en entendre davantage.

Nous ne pourrions pas effacer cette conversation. Ni l'oublier. Et je savais, avec une certitude qui me retournait l'estomac, que cela allait changer nos rapports d'une façon que je n'avais jamais souhaitée.

– Cela ne veut pas dire que...

– Je suis le meilleur quand tu as besoin d'aide. Quand tu as besoin de quelqu'un pour te couvrir, ou résoudre un problème.

Je suis assez bon pour être utilisé, mais pas digne d'être aimé, cracha-t-il.

– Mais je t'aime ! dis-je en cherchant un équilibre entre honnêteté et compassion. Seulement... pas de cette façon.

– Non. Tu gardes ça pour Simon. Et tu as gardé autre chose pour lui ? À moins que tu ne lui aies déjà donné ?

– Arrête !

Je le poussai violemment.

Il ferma la bouche, et prit une longue inspiration tremblante. Je soutins son regard en silence, la poitrine douloureuse comme si mon cœur avait été assommé.

Il finit par reprendre la parole d'une voix rauque.

– Ces filles, il ne fait que jouer avec elles. Ce sont des trophées, et maintenant, tu es l'une d'elles. J'espère que ça en valait la peine.

– Ce n'est pas ça.

Je sentis à mon tour la colère m'envahir, et il était bien moins désagréable de s'y accrocher que de s'attarder sur la culpabilité et la peine qui me broyaient le cœur.

– Mettons que j'aie couché avec lui. Je ne vaux pas moins pour autant. Cela ne fait pas de moi une traînée.

– Je suis amoureux de toi depuis l'école primaire, répliqua-t-il, le souffle court. Depuis que tu as vomi sur les chaussures de Tommy Bradshaw le jour où il avait volé l'argent de mon déjeuner. Plus de la moitié de ma vie. J'ai pensé que si j'attendais... mais tu ne nous as même pas laissé une chance. Tout ça parce que Simon Lane a une espèce d'emprise de dingue sur toi.

– Je n'avais pas l'intention que ça se passe comme ça. Ça n'était pas calculé.

– Ça ne l'est jamais.

J'eus un mouvement de recul, mais il continua à parler.

– Il va te rendre malheureuse. Il va te traiter comme les autres filles. Et je ne serai pas là pour recoller les morceaux. Je ne serai pas là pour te ramasser. Pas cette fois.

– Je ne te l'ai jamais demandé.

C'était comme courir vers une falaise à pleine vitesse et s'arrêter en dérapant au bord de l'abîme, luttant contre l'élan pour ne pas plonger dans le néant. Il fallait que je nous ralentisse. Que je parvienne à lui faire entendre raison. Je lui pris la main, mais il me l'arracha. J'essayai à nouveau.

– Je suis désolée. J'aurais dû tout te dire pour Simon, mais j'avais peur.

– Tu avais peur que je t'en empêche. Comme si j'avais eu une chance d'y arriver. Tu n'écoutes personne. Tu ne penses pas aux autres. Tu ne réfléchis jamais aux conséquences. Tout ce qui compte, c'est toi, et rien que toi.

J'étais habituée à décevoir ma famille. Je me moquais de l'opinion qu'avaient de moi mes professeurs. Mais c'était Eliot, il était blessé et blessant, et mon cœur déjà bien amoché se brisa en mille morceaux en voyant ce que je lui avais fait. Pleurer ne sert à rien, me rappelai-je, et je m'essuyai les yeux d'un revers de la main.

– OK. Je suis une garce. Mais j'ai aussi raison. L'anomalie que recherchent mes parents a un rapport avec Simon. Nous devons faire quelque chose.

Il me dévisagea comme si j'étais une étrangère.

– La seule chose que tu dois faire, c'est partir.

– Je t'en prie, ça n'a rien à voir avec nous.

– Ça a tout à voir avec toi, Del. Comme toujours. Mais je ne suis pas intéressé.

Il émit un son ressemblant à un rire, mais étranglé et horrible, puis ajouta :

– Maintenant, tu sais ce que ça fait.

Chapitre trente-neuf

Au lycée, Eliot m'évita toute la matinée, je ne fus donc pas surprise par son absence à l'heure du déjeuner. Je m'assis malgré tout à notre table habituelle, et triturai la capsule métallique de mon Coca. J'étais aussi égoïste et égocentrique qu'il l'avait déclaré. Pendant des années, il m'avait envoyé des signaux, mais j'avais choisi de ne pas les voir ou de les tourner à la plaisanterie, parce que cela me mettait mal à l'aise. Parce qu'il était mon ami le plus cher, mais seulement un ami, et le lui dire aurait tout gâché entre nous.

À présent, nous avions passé le stade du gâchis. J'ignorais comment me faire pardonner. La seule chose qu'il voulait était ce que je ne pouvais pas lui donner.

Les gens allaient et venaient dans la cafétéria et je les regardais enchaîner les décisions, créer des mondes, inconscients du poids de leurs choix. Je n'arrivais pas à déterminer si je les enviais ou si j'avais pitié d'eux. Aurais-je pu faire un autre choix? Eliot et moi formions une équipe géniale, mais je n'avais jamais songé à lui de cette façon. Mon cœur ne s'était jamais emballé pour lui, et il ne me faisait pas tourner la tête comme Simon.

Mais j'aurais pu être honnête.

J'appuyai la paume de mes mains sur mes yeux dans l'espoir d'en soulager la douleur, et inspirai profondément.

– Tu m'as manqué ce matin, dit Simon au-dessus de moi. J'ai pensé que tu avais peut-être disparu.

J'ouvris les yeux, et mon pouls s'accéléra.

– Je suis là, répondis-je en souriant malgré moi.

Il tira une chaise et s'assit à califourchon dessus, les bras croisés sur le dossier, irradiant de confiance en lui.

– Tout va bien entre nous ?

Tandis que j'acquiesçai d'un signe de tête, il balaya la table du regard. À l'exception de ma canette de soda, elle était vide.

– Ce n'est pas un vrai déjeuner.

– Je n'ai pas faim.

– C'est ce que je vois. Où est Eliot ?

Les mots refusaient de sortir, mais Simon dut comprendre malgré tout, car il se leva et me prit par la main.

– Viens.

– Tu veux que j'aille m'asseoir avec la bande des sportifs ? demandai-je en jetant un coup d'œil sceptique à la table où tout le monde arborait le blouson de l'école et l'esprit de corps.

– Une prochaine fois. Pour l'instant, tu as besoin d'une pause.

À peine avions-nous fait quelques pas que Bree nous arrêta.

– Salut, ça faisait longtemps, dit-elle en donnant une petite tape amicale à Simon tout en affichant un sourire forcé. Duncan veut te parler à propos d'une histoire de collecte de fonds. Tu as cinq minutes ?

Simon me serra un peu plus fort la main, et répondit :

– Pas maintenant. Désolé.

– Mais je t'ai gardé une chaise, insista-t-elle d'une voix plaintive.

– File-la à quelqu'un d'autre, répliqua-t-il gentiment, puis, sans attendre, il se remit en route, m'entraînant avec lui.

Je clignai des yeux, sous le choc.

– Tu n'avais pas besoin de...

– Si.

Je sentais le poids des regards sur nous tandis qu'il me guidait à travers le labyrinthe de tables jusqu'à l'une des portes latérales, mais Simon ne semblait pas s'en soucier. Quel effet cela faisait-il d'être sûr de soi et de sa place dans le monde? Je croyais que c'était mon cas, autrefois, mais cette certitude s'était envolée plusieurs semaines plus tôt.

– Où allons-nous?

– Au gymnase. À cette heure de la journée, il n'y aura personne dans le local qui sert à stocker le matériel.

Je m'arrêtai net, et le dévisageai d'un air sceptique.

– C'est le seul endroit du bâtiment auquel nous pouvons accéder sans passe. J'y vais tout le temps pour l'équipe, et comme je suis le capitaine... (Il enfonça la main dans sa poche.) J'ai une clé.

Il avait l'air si content de lui que je décidai de garder pour moi le fait que je n'avais pas besoin de clé.

– Comment es-tu devenu capitaine alors que tu n'es qu'en première? m'enquis-je. D'habitude, cette responsabilité est plutôt confiée à un élève de terminale, non?

– Mon co-capitaine est en terminale, expliqua-t-il en désignant l'armoire à trophées. Mais j'étais dans l'équipe principale l'année dernière et nous avons gagné le championnat d'État, alors...

Il continua à parler, mais quelque chose dans la vitrine avait attiré mon attention. Je m'approchai, en hochant la tête comme si je l'écoutais.

Une coupe recouverte d'un filet disparut et fut remplacée par une plus petite et moins tape-à-l'œil. L'instant d'après, le trophée d'origine avait retrouvé sa place et tout était à nouveau normal.

Une autre inversion dans le Monde Clé. Encore une fois liée à Simon.

– Je viens de juste de me souvenir que je dois rendre un livre à la bibliothèque, m'exclamai-je en me frappant le front.

– Maintenant?

– Je suis super en retard. Des frais à deux chiffres, et la bibliothécaire menace de me donner une heure de colle. Pars devant, je te rejoindrai.

Son visage se détendit soudain.

– Relax, Del. Je n'avais pas l'intention de te sauter dessus. Enfin, pas trop.

– J'ai pourtant hâte de voir ça. J'en ai seulement pour quelques minutes.

Il me serait ensuite facile de dire que je m'étais fait attraper sans laissez-passer dans le couloir, ou que la bibliothécaire m'avait obligée à faire du rangement pour sanctionner mon retard, mais pour l'instant je devais me débarrasser de lui.

Il me lâcha la main à contrecœur.

– Vas-y, insistai-je en le poussant gentiment.

Je fis mine de partir dans la direction opposée, vers mon casier, en regardant par-dessus mon épaule pour vérifier qu'il s'en allait.

Une fois qu'il fut hors de vue, je revins sur mes pas, et me postai devant le trophée. Le cœur battant, je sortis ma trousse de crochetage et me mis au travail. Ne restait plus qu'à espérer que si quelqu'un me voyait, il s'imaginerait que j'étais soudain devenue une fan de basket-ball.

Aussitôt que le hall fut entièrement vide, je fis glisser le panneau de verre sur le côté, et tendis la main vers le filet en train de clignoter, en me concentrant sur mon ouïe afin de percevoir l'alternance des tonalités.

Doigts agiles, esprit ouvert.

Je saisis la fréquence au second essai et l'amenai à moi, en dehors de la vitrine. Avec des mouvements prudents et minutieux, j'élargis le pivot de façon à pouvoir m'y faufiler.

Puis, après un dernier coup d'œil au hall désert, je pénétrai dans la faille en retenant mon souffle à cause du peu d'espace.

De l'autre côté, les trophées étaient plus petits et les quelques personnes présentes ne m'accordèrent aucune attention. Un coup d'œil à la photo de l'équipe expliqua la différence entre les deux vitrines. Simon n'avait jamais intégré l'équipe principale qui, de fait, n'avait pas remporté le championnat d'État.

Si l'inversion prenait racine dans le Monde Clé, est-ce que mon Simon perdrait sa place de capitaine ? Est-ce que les gens le traiteraient de la même façon ? M'oublierait-il à nouveau ? J'ignorais de quelle manière ça l'affecterait, mais ça ne pouvait pas être bon.

Je touchai le trophée pour trouver les fils contaminés par l'inversion. Mes doigts ne cessaient de glisser, et je commençais à avoir mal aux mains à force de manipuler les cordes que je testais sans y apporter de modification, sans parler du type qui jouait du marteau à l'intérieur de mon crâne. Pas étonnant que mon père ait été victime d'un empoisonnement fréquentiel.

Mes doigts tremblants accrochèrent un fil, et je me figeai. S'il y en avait ne serait-ce qu'un seul qui cédait, cela risquait d'entraîner un autre clivage. Je devais me vider complètement la tête – oublier Simon, la maladie de mon père, l'anomalie qui menaçait le Monde Clé – et me concentrer uniquement sur la recherche des cordes défectueuses.

Doigts agiles, esprit ouvert.

Elles étaient là. Une fois que j'eus repéré la première, le reste fut facile à localiser. Je les travaillai pour les accorder, douloureusement consciente qu'elles étaient connectées au Simon de cet Écho. Je me demandais comment cela allait l'impacter, si cela le pousserait à choisir différemment ou si cela annulerait des décisions déjà prises. Je trouvais dérangeant d'avoir tant de pouvoir sur une autre personne, que ce soit un Écho ou un Original.

La fréquence se modifia avec réticence en grinçant de façon désagréable. Je consultai alors ma montre. Pas mauvais pour quinze minutes de boulot.

Une fois de retour, je fus surprise et soulagée de trouver le hall vide. Le filet et le trophée étaient de retour à leur place, comme il se devait, en résonance avec la fréquence du Monde Clé. Je refermai la vitrine et me baissai pour récupérer un crochet dans mon sac afin de la verrouiller à nouveau.

– Si tu voulais le voir de près, il suffisait de demander, dit Simon en sortant de derrière un distributeur.

Chapitre quarante

Il y a trois raisons pour lesquelles les Marcheurs ne se font presque jamais prendre :

Ils sont bons ;

Ils sont prudents ;

Les gens ne font pas attention.

Tant que vous en avez deux sur trois, vous pouvez en général éviter d'être repéré. J'étais douée, mais pas prudente. Et Simon faisait indubitablement attention.

En bref, je m'étais fait avoir.

– Je ne devais pas te retrouver au gymnase ? dis-je en cherchant un moyen de le distraire.

Je priais pour qu'il n'ait rien vu, mais un coup d'œil à son visage anéantit tous mes espoirs.

– Les gens qui sèchent les cours aussi souvent que toi ne se soucient pas des pénalités de retard. Tu as vraiment cru que j'allais gober cette histoire ?

Je haussai une épaule.

– Répondre oui ne serait flatteur ni pour toi ni pour moi.

– Rien de tout ça n'est flatteur pour toi, Del. Explique-toi.

– C'est compliqué.

Rien qu'à l'idée de tout lui raconter, je sentis mon estomac se retourner.

– Alors, parle lentement. Utilise des mots simples. Mais parle, parce que ce que j'ai vu est impossible.

– Rien n'est impossible, murmurai-je, mais il croisa les bras et me fixa du regard jusqu'à ce que je craque. Est-ce qu'on peut avoir cette discussion autre part, s'il te plaît ?

– Dans le local, accepta-t-il d'une voix sévère. Et je veux la vérité cette fois. Toute la vérité.

« Tu ne penses pas aux autres, avait dit Eliot. Tu ne réfléchis pas aux conséquences. »

Il avait raison. C'était la Marche, l'essentiel, pas les mondes que j'explorais. Mais j'avais trouvé Simon. L'irrésistible, inexplicable, problématique Simon.

Les Marcheurs plaçaient le Monde Clé au-dessus de tout, mais le culte du secret arrivait juste après. Il nous était inculqué dès la naissance. Le gène qui nous permettait de Marcher était transmis de génération en génération et avec lui la consigne de le dissimuler aux Originaux. Pouvais-je réellement trahir cette confiance pour un garçon ? Tandis que nous nous dirigions vers le gymnase, j'imaginais dans ma tête un millier d'histoires, il y en avait sûrement une plus crédible que la vérité. Moins dangereuse aussi. Si l'Orphéon découvrait que j'avais parlé, il s'en prendrait à nous deux.

La plupart des mensonges n'existent pas dans le but de démolir quelque chose ; ils ont pour objectif de protéger ce qui nous est cher, que ce soit une personne, une idée, ou une façon de vivre. Mais même les mensonges les plus nobles érodent la vérité jusqu'à ce qu'il ne reste plus qu'une façade protégeant des ruines tombées en poussière.

Je pouvais mentir et ainsi sauver Simon, moi-même, et le secret des Marcheurs.

Mais en faisant ça, j'étais certaine de le perdre.

Une fois devant la porte du local, juste à l'entrée du complexe sportif, il me désigna la serrure.

– Tu veux t'occuper de celle-là, ou c'est moi?

– À toi l'honneur.

Mes mains tremblaient trop pour tourner une poignée, sans parler de crocheter une serrure.

Le local servant à ranger l'équipement était en réalité un grand placard haut de plafond et sans fenêtre, qui sentait le caoutchouc et la poussière. Il y avait des chariots pleins de ballons de basket et de volley, des tours de cônes en plastique, des crosses de hockey rassemblées dans une poubelle, leurs palettes dépassant comme les poils d'une brosse. Un unique néon fluo bourdonnait au-dessus de nos têtes, trop faible pour éclairer les coins de la pièce.

Simon ferma la porte et s'y adossa. Le message était clair : nous ne partirions pas avant qu'il ait obtenu des réponses.

– Sympa comme endroit, commentai-je en me hissant sur une pile de matelas de gym qui m'arrivait à la taille. Tu amènes souvent des filles ici?

Une fois de plus, il me lança un regard bien trop perspicace.

– Si je faisais ça, ça ne serait plus un refuge.

– Logique.

– J'aimerais pouvoir en dire autant de toi.

– Raconte-moi ce que tu as vu.

Son expression se durcit.

– Pour que tu puisses inventer une histoire qui colle?

– Simon, s'il te plaît. Je te dirai la vérité. Je répondrai à tes questions. Mais ce sera plus facile si je sais ce que tu as vu.

– Je n'ai pas envie de te faciliter la tâche. (Il se frotta la nuque avec lassitude.) Quand tu as menti à propos de ce livre à rendre, j'ai pensé que c'était parce que tu étais nerveuse à l'idée de venir jusqu'ici. Alors j'ai commencé à te suivre pour te proposer d'aller dans un endroit public. Puis, quand je t'ai vue faire demi-tour, je me suis caché derrière les distributeurs et j'ai attendu pour voir ce que tu mijotais. Tu es douée pour crocheter les serrures. Es-tu une sorte d'espionne junior?

– Pas du tout. Et après?

– Tu sais l'effet d'optique qu'on voit dans le désert, quand la chaleur fait scintiller l'air? Tu as mis la main dans l'armoire et l'air s'est mis à... disons, onduler. Puis tu t'es avancée. Mais au lieu de rentrer dans le mur, tu as disparu, petit à petit. Comme si tu étais un mirage.

Cela avait dû lui donner l'impression de perdre la tête. Toutefois, il était étonnamment calme pour quelqu'un qui avait dû remettre en cause sa santé mentale.

– Qu'as-tu fait?

– J'ai touché l'armoire, et le mur, mais tout semblait normal. Si la vitrine n'avait pas été ouverte, j'aurais été convaincu d'avoir rêvé.

– Il y avait quoi comme coupe à l'intérieur?

– Celles que nous avons gagnées lors du championnat d'État, je t'en ai parlé tout à l'heure.

– Tu en es sûr? Tu les as vraiment vues? Ou c'est juste que tu t'en souviens?

– J'en suis sûr et certain. J'ai réarrangé le filet dessus.

L'inversion n'avait pas causé de dégâts permanents. Il y avait au moins cette partie de ma journée qui s'était bien passée. Il poursuivit :

– Quand l'air a recommencé à bouger, je suis retourné me cacher. Trente secondes plus tard, tu étais de retour.

– Tu n'en as parlé à personne?

– Qui m'aurait cru?

Il n'avait pas tort. La question était : allait-il me croire? J'étais surprise de constater à quel point je le souhaitais. J'aurais seulement dû avoir peur, mais cette peur était tempérée par une sorte de soulagement à l'idée de tout lui avouer.

– Tout ce que je vais te raconter doit absolument rester secret. Tu ne peux même pas imaginer les ennuis que j'aurais s'ils découvraient que je t'ai mis au courant.

Quant à moi, je n'avais aucun mal à le faire. Exclue de façon définitive. Jetée dans une oubliette. Je ne le reverrais plus jamais. Mais la perspective de le perdre, de revenir à l'époque où il passait devant moi sans me voir me semblait tout aussi atroce.

– Ils ?

Je déglutis.

– Ma famille. Mon... je pense qu'on peut parler de peuple. J'ai ta parole ?

– De ne dire à personne que j'ai eu des hallucinations pendant la pause déjeuner ? Promis.

J'essuyai mes mains moites sur mon jean et me jetai à l'eau.

– Quand tu joues au basket, tu ne te demandes jamais si le match pourrait s'être déroulé autrement ? Par exemple, ce qui se serait passé si la composition de l'équipe avait été différente ? Ou si tu avais demandé un temps mort au lieu de continuer à jouer ? Si tu avais essayé de marquer au lieu de lancer le ballon à un de tes coéquipiers ? Tu ne te demandes jamais ce qui se serait passé si tu avais fait d'autres choix ?

– Bien sûr. Tout le monde le fait.

– Pas moi, car je peux voir la réponse.

J'avais commencé à parler doucement et de façon hachée, découragée par son expression dubitative. Mais mon besoin qu'il me croie était plus important que ma peur, et je me servis de ça pour donner plus de force à ma voix.

– Chaque fois que tu prends une décision, que ce soit ce que tu vas manger au petit déjeuner ou qui tu vas inviter à sortir, l'univers se divise en deux. Une partie est ce dont tu te souviens. C'est réel. C'est le choix que tu as fait. L'autre moitié est le « et si ».

– Comme des mondes parallèles, dit-il en fronçant les sourcils.

– Oui. Sauf que celui dans lequel nous sommes est le seul qui compte. Nous l'appelons le Monde Clé.

Il ouvrit la bouche et la ferma à nouveau.

– Les autres mondes sont des Échos. Ils sont peuplés de copies des gens qui vivent ici, et ces copies font à leur tour des choix qui entraînent la création d'autres mondes, et ainsi de suite, à l'infini. Il arrive que des Échos soient défectueux, et mon peuple, les Marcheurs, a pour devoir de protéger le Monde Clé en faisant en sorte qu'il ne soit pas contaminé.

– Tu es folle.

J'étais beaucoup de choses, la plupart pas très glorieuses, mais pas folle. Je descendis du tas de matelas et m'avançai vers Simon.

– Alors qu'est-ce que tu as vu?

– Tu es en train de me dire que tu sèches les cours pour visiter des mondes parallèles.

– Je suis en train de te dire qu'il y a des mondes là, dehors, des mondes inimaginables. Il y en a où nous sommes encore des sujets britanniques. D'autres où la pénicilline n'a jamais été inventée. Des mondes dans lesquels les femmes n'ont jamais obtenu le droit de vote. Et certains où les Beatles ne se sont jamais séparés. Parfois ça ne vient même pas d'un choix important. En sixième, nous avons fait une excursion dans un monde où le Texas avait fait sécession parce que quelqu'un avait oublié d'envoyer un télégramme.

Il secoua la tête.

– C'est une blague. Tu es en train de me filmer et tu vas télécharger la vidéo.

– Tu vois des caméras ?

Son visage s'adoucit et il me prit la main.

– Tu es contrariée.

– Bien sûr que je suis contrariée. Je ne suis pas censée en parler aux gens comme toi. D'ailleurs, il y a même à présent un monde où je ne te l'ai pas dit.

Il y avait des mondes où Simon ne m'avait pas surprise. Mais ces derniers avaient une durée de vie limitée, car il n'y avait pas d'Écho de moi pour les maintenir, ce qui avait un côté douloureusement ironique. Maintenant que je lui avais dit la vérité, cela me semblait inévitable, comme si nous avions été conduits à ce moment par ce même univers qui avait lié nos destins en premier lieu.

– Est-ce qu'il y a un monde où toi et Eliot ne vous êtes pas disputés ?

Il y avait des mondes où Simon ne m'avait pas choisie. Des mondes où je ne lui avais pas couru après. Mais Eliot et moi vivions dans ce monde. Pas d'Échos, pas de secondes chances, aucune façon de revenir sur le fait que je lui avais brisé le cœur. Cette pensée me donna la nausée.

– C'est plus compliqué que ça.

– Ça t'angoisse vraiment, n'est-ce pas ? As-tu essayé de lui parler ?

Exaspérée, je levai les mains au ciel.

– Tu crois que j'invente tout ça à cause d'Eliot ? Tu crois que je délire parce que nous nous sommes disputés ? C'est la chose la plus stupide que j'aie jamais entendue. Tu m'as demandé la vérité, tu l'as eue. Je suis une Marcheuse. Ce que tu as vu, c'est moi Marchant dans un autre monde afin de l'accorder avant de revenir dans celui-ci.

Toute trace de sympathie quitta son visage.

– Prouve-le. Emmène-moi.

J'eus un mouvement de recul.

– C'est impossible.

– Rien n'est impossible, dit-il en imitant ma voix. Ce n'est pas ce que tu as dit tout à l'heure ? Montre-moi comment Marcher dans un de ces autres mondes.

Je ne pouvais pas davantage apprendre à Simon à Marcher que je pouvais lui apprendre à voler.

– C'est génétique. Tu ne peux pas le faire si tu n'es pas né avec ce don. Et ce n'est pas ton cas, crois-moi.

– Comment le sais-tu ?

– Tu n'arrêtes pas de me répéter que je suis un prodige en musique, n'est-ce pas ? Eh bien, ça vient de mon patrimoine de Marcheur.

– Je suis nul en musique, et donc je ne peux pas aller avec toi ? C'est n'importe quoi.

– C'est la vie, répliquai-je, les mots de Monty me revenant à l'esprit. Je n'ai pas dit que c'était juste. Crois-moi sur parole, c'est une des premières choses que nous apprenons. La vie n'est pas juste. Les bons ne gagnent pas toujours. Il y a plein de mondes où l'espèce humaine est mieux lotie, mais nous n'avons pas le droit de choisir. Notre rôle est de protéger le Monde Clé. Tout le reste, c'est du bonus.

– Très bien. Refais-le, et je regarderai.

Je commençai à protester, mais il m'interrompit.

– Soit tu es folle, soit tu mens, soit tout ça est vrai. Mais dans un seul de ces trois cas, nous quitterons cette pièce ensemble, Del. À toi de voir.

Mes épaules s'affaissèrent.

– Et à mon retour, je vais me retrouver nez à nez avec la psy du lycée ?

– Je t'ai promis que je ne dirais rien à personne. Je tiendrai parole.

– Je traverse et je reviens tout de suite. Si tu n'es pas là...

Je n'arrivais pas à penser à une menace suffisamment convaincante. Tout ce qui me venait à l'esprit était ridicule comparé à ce que l'Orphéon ferait.

– Je serai là.

Je fermai les yeux et tendis l'oreille afin de déceler un pivot. Un tout récent flottait à moins de trente centimètres de moi. Il devait s'être formé quand il avait décidé de m'écouter.

– Prêt? demandai-je en rouvrant les yeux sur Simon qui m'observait.

C'était une sensation physique qui partait de mon front pour descendre jusqu'à mes orteils avant de remonter à nouveau, me donnant des fourmis dans tout le corps. Me sentant étrangement vulnérable, je tendis la main pour atteindre le pivot dont les bords étaient aussi coupants qu'une feuille de papier. Même à présent que je lui avais tout révélé, lui montrer cette partie de moi avait quelque chose de terrifiant.

Le poids du regard de Simon me propulsa à travers la faille.

Le local était vide, la porte grande ouverte. J'entendis un claquement et jetai un coup d'œil dans le gymnase désert. Son Écho était parti. Même sans dissonance, ce n'était pas un monde dans lequel j'avais envie de rester.

Je retraversai et entrai en collision avec le torse musclé de Simon. Il me prit dans ses bras et je me laissai submerger par la mélodie du Monde Clé qui irradiait de lui comme la chaleur du soleil.

– J'ai cru que je pourrais le trouver. (Il me dévisagea, les yeux écarquillés, l'air stupéfait.) J'ai pensé que je pourrais te suivre. Mais tu... tu as disparu. Tu es partie.

Il y avait quelque chose dans sa voix au-delà de la surprise. De la perplexité, et peut-être même de la tristesse.

– Je suis revenue.

– Tu es revenue.

Il m'embrassa, d'abord tendre, puis de plus en plus avide, jusqu'à ce que je me retrouve collée contre les tapis sur lesquels je m'étais assise, ses mains dans mes cheveux, les miennes glissant le long de son dos.

– C'est vrai. C'est extraordinaire, Del. Tu es extraordinaire.

– Je suis heureuse que tu t'en sois enfin rendu compte, répliquai-je entre deux baisers.

Si c'était ainsi qu'on était récompensée quand on était honnête avec les gens, il allait falloir que j'essaye plus souvent.

Quoique je n'étais pas complètement honnête. Je ne lui avais pas dit qu'il partageait les souvenirs de ses Échos et que je l'avais embrassé dans d'autres mondes. Trop pour une seule fois, pensais-je, en me liquéfiant sous ses caresses. Mieux valait lui expliquer quand j'aurais compris ce qui se passait.

Le son étouffé de la cloche m'empêcha d'ajouter quoi que ce soit.

– C'est l'heure d'aller en cours, dit-il dans mon cou.

J'effleurai mes lèvres gonflées, imaginant la réaction d'Eliot quand il nous verrait. Cette pièce était un refuge, un monde à lui tout seul, et je n'avais pas envie de le quitter.

– Et si on séchait?

Il recula, mais laissa sa main sur ma hanche.

– L'entraîneur nous met sur la touche si nous manquons les cours. On se voit tout à l'heure? Après l'entraînement?

Il m'embrassa une dernière fois, réduisant au silence les doutes qui murmuraient en moi. Plus tard, je lui expliquerais tout au sujet de ses Échos. Nous allions trouver comment le libérer de l'anomalie. Et nous pourrions prendre un nouveau départ. Être heureux. Le baiser de Simon me donnait l'impression que tout cela était possible, que des choix aussi illimités que le multivers lui-même s'offraient à nous.

– Ça me va, approuvai-je en m'autorisant à y croire.

Chapitre quarante et un

Il était facile de penser que j'avais fait ce qu'il fallait quand Simon me le chuchotait à l'oreille. Mais à mesure que les heures passaient, le doute s'insinuait en moi. J'avais parlé des Marcheurs à un Original. Je lui avais permis de me voir Marcher. Je cachais encore des choses à Simon, et Eliot m'évitait toujours.

Ce qui était sûrement mieux. Je n'osais imaginer sa réaction en découvrant que j'avais raconté à Simon la vérité à notre sujet. Il me dénoncerait probablement lui-même à l'Orphéon. Peut-être que c'était déjà fait.

Quand j'arrivai à la maison, ma mère m'attendait à côté du plan de travail, vêtue pour sortir, et un sac de voyage à ses pieds. Elle poussa un soupir de soulagement.

– Del ! Où étais-tu ?

– Au lycée. Comme tous les jours, du lundi au vendredi. J'ai fait quelque chose de mal ?

Je ressentis un élan de culpabilité et détournai le regard tandis que je me débarrassais maladroitement de mon manteau et de mon écharpe.

– Je suis pressée. L'Orphéon a besoin de moi en urgence, Addie est à son stage et je ne voulais pas laisser ton grand-père tout seul.

– Je peux rester avec lui.

Dans le salon, Monty visionnait un documentaire sur la chaîne historique, râlant après le narrateur qui parlait de l'issue de la guerre de Corée.

– Tu seras absente combien de temps ?

– Je devrais être de retour pour le dîner. Addie a prévenu qu'elle rentrerait tard elle aussi, donc tu seras tranquille ce soir.

Au moins Simon et moi aurions un minimum d'intimité.

– Je dois y aller, mon cœur. À tout à l'heure, Papa. Je vous aime.

Monty me rejoignit alors que je me préparais une tasse de thé.

– Comment était ta journée ?

– Étrange. (Je refermai mes mains gelées autour de la tasse.) Simon va venir après les cours pour travailler sur notre composition.

– C'est lui qui a mis du rose sur tes joues ? s'enquit-il avec un sourire.

Je me touchai le visage, et la solitude pesante de mon retour à la maison se dissipa.

– Peut-être.

– Je serais content de voir ce jeune homme de plus près, vu tout le temps que tu passes avec lui. Et ses Échos, ajouta-t-il avec un clin d'œil.

Je baissai le nez dans ma tasse.

– J'aurais dû m'en douter.

– Bah, les gens font toutes sortes de choses par amour. On ne peut pas leur en vouloir pour ça.

– Je ne suis pas amoureuse de Simon.

Je n'étais pas prête à avouer l'étendue de mes sentiments, ou de mes actions. Pas même à Monty qui avait été plus attentif que je l'avais cru.

– Il a quelque chose de différent.

– J'en suis convaincu, répliqua mon grand-père en me tapotant la main. Ne t'inquiète pas, ton secret est en sécurité avec moi, tout comme le mien avec toi.

Je l'espérais. Je m'appuyai contre le plan de travail et l'observai. Il était bien habillé, les cheveux peignés, et lucide malgré sa discussion animée avec le téléviseur. Un de ses meilleurs jours. Il n'y avait plus qu'à espérer que ça se maintienne.

– Tu n'as pas l'intention d'aller vagabonder, n'est-ce pas?

Il lança un regard éploré en direction de la boîte à gâteaux vide.

– Ça fait une éternité que ta mère n'a pas fait de cookies. Tu avais remarqué? Des cookies aux flocons d'avoine et aux pépites de chocolat, ça serait formidable.

Je n'étais pas d'humeur à cuisiner.

– Et si je te préparais un bol de crème glacée?

– Il fait trop froid pour de la glace. Rose faisait en sorte qu'il y ait toujours des cookies à la maison. Nous n'étions jamais en manque. Ta mère utilise sa recette. Tu le savais? Je me demande si elle est en train d'en manger. Si elle en prépare, où qu'elle soit.

Son regard s'était fait lointain, et sa voix tremblait.

Difficile de déterminer s'il était réellement confus, ou s'il jouait la comédie pour obtenir ce qu'il voulait. Mais, quelle que soit la réponse, je n'avais pas envie de prendre le risque qu'il déraille devant Simon. Si une heure de cuisine était le prix à payer pour un après-midi tranquille...

– Va pour les cookies.

Quand Simon sonna à la porte, le plan de travail était couvert de plateaux de cookies, et Monty était attablé devant une assiette pleine de miettes et un verre de lait, visiblement satisfait.

– J'y vais, dis-je en coinçant derrière mon oreille une mèche de cheveux rebelle.

Monty approuva d'un grognement, et s'attaqua à un autre gâteau. J'avais perdu le compte de tous ceux qu'il avait mangés. Ma mère allait me tuer.

À la minute où j'ouvris la porte, j'oubliai ma mère et les risques d'hyperglycémie. La simple vue de Simon, beau à couper le souffle, balaya tout le reste.

– Salut.

Je ne savais pas quoi faire de mes mains. Étais-je censée le prendre dans mes bras ? L'embrasser ? Je voulais me fondre en lui, mais avec Monty au bout du couloir, ça aurait été un appel à la catastrophe.

– Comment s'est passé l'entraînement ?

– J'étais distrait. (Il posa son sac sur le sol, ses yeux sombres pétillant de malice.) Tu as de la poudre sur le visage.

– C'est de la farine. (Je m'essuyai le front.) J'étais en train de cuisiner.

Il huma l'air et sembla en apprécier le parfum, puis il me frotta doucement la joue avec son pouce.

– Je ne l'avais pas enlevée ? demandai-je dans un murmure.

– Si.

Je sentis ses doigts épouser la courbe de ma nuque et il m'embrassa sur les lèvres. Mes mains se posèrent naturellement sur ses épaules, et je l'attirai à moi. Ses cheveux étaient encore humides à cause de la douche et sa peau fleurait bon le savon. Il avait un goût de dentifrice et de fruit défendu. D'une main, il dénoua ma tresse, tout en glissant l'autre sur la peau nue au-dessus de mon jean.

Peu importait les ennuis que ça allait nous attirer, ça les valait.

– Tu dois être l'ami de Del, dit Monty depuis l'embrasure de la cuisine.

Simon se figea.

– Je pensais que tu étais seule, dit-il contre ma bouche.

Puis il se redressa et ajouta à l'attention de mon grand-père :

– Simon Lane, monsieur.

Il s'écarta de moi et tendit la main.

– Montrose Armstrong. Ça faisait un moment que j'espérais te rencontrer.

Il retint la main de Simon un peu trop longtemps afin de lire sa fréquence. J'essayai d'interpréter son expression. S'il y avait un problème, Monty le sentirait.

Après quelques secondes, il le libéra enfin avec un hochement de tête approbateur. Et mes poumons se remirent à fonctionner normalement.

– Del est ma préférée, tu sais.

– La mienne aussi, dit Simon en me prenant par la taille.

– Elle a fait des cookies. Tu devrais en prendre un.

Je fusillai mon grand-père du regard, mais nous le suivîmes dans la cuisine où Simon s'extasia sur les cookies pendant que je planifiais notre fuite.

– Vous travaillez ensemble sur une chanson pour le cours de musique ? demanda Monty.

Simon finit son gâteau avant de répondre.

– J'ai de la chance qu'elle soit ma partenaire sur ce devoir. C'est un vrai génie.

– Tu n'es pas doué en musique ?

Monty semblait sincèrement étonné.

– Non, monsieur. Mais Del dit que c'est de famille chez vous. Le don pour la musique.

– Elle t'a dit ça ? dit mon grand-père d'un air badin, mais son regard s'aiguisa.

– Nous ferions mieux de nous y mettre, intervins-je en traînant Simon hors du salon.

– C'en est un ? chuchota Simon. Un Marcheur ?

– Tout le monde dans la famille l'est. Et Eliot aussi. Mais Monty... il a fait ça trop longtemps. Et ça ne lui a pas réussi.

Simon s'assit au piano.

– Il m'a pourtant l'air d'aller bien.

– Ça dépend des moments. Et il a fait un effort spécialement pour toi.

– Parce que je suis spécial ?

Il glissa l'index entre ma ceinture et mon jean.

– Très, confirmai-je avec un sourire taquin.

– J'ai pensé à toi toute la journée. À ça. J'avais du mal à croire que c'était possible.

– Tout est possible.

Il serra mes mains dans les siennes.

– Est-ce qu'il y a un monde où ils ont trouvé un remède contre le cancer ?

Mon sourire s'évanouit.

– Je ne sais pas. Sans doute. Mais...

– Est-ce qu'on pourrait y emmener ma mère ?

Je détournai les yeux. Je ne pouvais pas regarder l'espoir qui illuminait son visage en sachant que j'allais l'éteindre.

– Elle ne pourrait pas franchir le pivot. Comme quand tu as voulu me suivre. Tu ne peux pas traverser si tu n'es pas Marcheur.

Les cernes sous ses yeux s'accentuèrent, et il se passa la main sur la figure avant de faire une nouvelle tentative.

– Et rapporter le traitement ici, ça serait jouable ?

Il n'y avait pas moyen de lui répondre sans le blesser. Quelles que soient les précautions que je pourrais prendre.

Mais j'essayai malgré tout, plus attentive que jamais au choix de mes mots.

– Il nous est interdit de rapporter des objets des Échos. C'est trop dangereux.

– Comment des médicaments pourraient être dangereux? s'étonna-t-il.

Je repensai au dessin que son Écho du cimetière m'avait donné, avec quelle insouciance je l'avais rangé dans mon sac à dos. Il était désormais caché dans un tiroir de ma commode, diffusant toujours une très légère dissonance. Mais le croquis était un souvenir, pas un catalyseur.

– Ce n'est pas la taille de l'objet qui importe, c'est les changements qu'il entraîne, il n'y a rien de plus important que la vie de quelqu'un. Une altération aussi radicale est contraire aux règles.

Il lâcha mes mains, l'air choqué et furieux.

– Tu refuses de sauver ma mère parce que tu as peur de t'attirer des ennuis.

Ce fut à mon tour de me mettre en colère.

– Je ne peux pas, scandai-je. Si je lui donne un traitement venant d'un monde Écho, la différence entre les fréquences pourrait lui faire du mal.

Je repensai à l'anomalie, à l'épidémie d'inversions, et à la façon dont Simon semblait être mêlé à tout ça.

– Ça pourrait la détruire. Et les dégâts s'étendraient. À toi, et à tout ce avec quoi elle entrerait en contact, que ce soit les êtres vivants ou les objets. Tu pourrais disparaître complètement, et il est hors de question que je revive ça.

Il resta pétrifié un instant, puis dit :

– Que tu revives ça?

Sans un mot, j'effleurai les touches en ivoire, fraîches sous mes doigts.

– Del ?

Park World n'avait peut-être pas été réel, mais ce monde avait réussi à pourrir tous les aspects de ma vie.

– Je ne suis pas punie. J'ai été provisoirement expulsée des Marcheurs. Il y a quelques semaines, Addie et moi avons visité un Écho particulièrement instable. Tu y étais avec Iggy. J'ai fait une bourde en manipulant les fils et… ils ont cédé. J'ai clivé une branche entière.

– Clivé ?

– C'est comme « élagué », sauf que la branche se… elle se désintègre.

– Je me suis désintégré ?

Il laissa échapper un rire nerveux, identique à ceux qu'on peut avoir avant de péter complètement les plombs.

– Ton Écho. Pas toi. Tu es un Original. Tu fais partie du Monde Clé, ça ne t'a pas affecté. Mais si tu commences à rapporter des choses des autres branches, ça pourrait endommager la trame de celle-ci, surtout autour de ta mère. Tu pourrais disparaître, et elle aussi.

Je posai le front contre son épaule. Les muscles sous son T-shirt étaient crispés, sa posture rigide.

– Je suis désolée. J'aurais voulu…

– Ne le sois pas, m'interrompit-il d'une voix cinglante qui me fit sursauter. À quoi ça sert, alors ?

Un frisson glacé m'envahit. Dans le local du gymnase, il avait trouvé que Marcher était formidable. Il avait pensé que j'étais formidable.

« Je n'arrive pas à te comprendre, et j'en ai envie. »

Maintenant il savait, et je n'étais pas un puzzle, ni la fille qu'il avait embrassée sous la pluie, en rêve. J'étais un moyen de parvenir à ses fins.

– À quoi ça sert si tu ne peux pas sauver des gens ? Rendre le monde meilleur ?

– Les Marcheurs croient que l'intégrité du Monde Clé compte plus que tout, expliquai-je. C'est le seul monde assez fort pour supporter le poids de tous les choix qui en jaillissent. C'est comme le tronc d'un arbre gigantesque et extrêmement ancien, et tous les autres mondes sont des branches.

– Le monde est un arbre. Super. Très écolo comme concept.

– Si les branches sont malades, l'arbre s'affaiblit. Si ça arrive trop souvent, il finira par mourir. C'est pourquoi nous essayons autant que possible de circonscrire les dégâts, mais ça signifie parfois laisser se produire des choses affreuses.

– Conneries. C'est de ma mère qu'on parle.

Il me prit à nouveau les mains, et j'eus envie de pleurer de désespoir en l'entendant me supplier.

– Tu dis que ça pourrait la blesser. Il y a donc une chance que ce ne soit pas le cas. Ça ne peut pas être pire que ce qui l'attend si on ne fait rien. Je t'en prie, Del.

– Je ne peux pas.

– Bien sûr que si, tu peux. Tu passes ton temps à enfreindre les règles. Tu en as violé une aujourd'hui en me parlant des Marcheurs. Alors pourquoi refuser maintenant, quand il s'agit de faire une vraie bonne action ?

Je me sentis faiblir, le déferlement de sa douleur érodant ma détermination. Mon regard tomba sur notre partition, les notes empruntées à son Écho, la chanson que nous avions composée ensemble me rappelant tout ce que j'avais fait de mal. Comprenant enfin ce que mes parents avaient essayé de m'enseigner, je secouai la tête.

– Je suis désolée, Simon. Le fait que quelque chose soit possible ne signifie pas que nous devons le faire.

Visiblement, dire à votre presque petit ami que vous ne sauverez pas la vie de sa mère met un frein à la relation. Il partit quelques minutes plus tard, blessé et distant, sans même croiser mon regard.

Je ne lui en voulais pas vraiment. Toutefois, je doutais de lui. Et de moi pour m'être confiée à lui, pour avoir cru en nous.

– Delancey! appela mon grand-père depuis la cuisine, peu après que Simon eut quitté la maison en claquant la porte.

– Pitié, ne me dis pas que tu as encore faim.

Monty était installé devant le plan de travail et jouait une mélodie fantôme, pianotant avec assurance de ses doigts crochus sur un clavier imaginaire.

– Tu lui as dit pour nous.

Trop épuisée pour prendre la peine de nier, je répondis :

– Il m'a vu Marcher. Je n'avais pas le choix.

Il haussa les sourcils. Deux chenilles poilues blanches s'arquant à l'unisson.

– Il est parti très vite. Vous vous êtes disputés?

– Sa mère est malade. Il voulait que j'aille lui chercher un traitement dans les Échos.

– Vu la tête que tu fais, je suppose que tu lui as dit non.

Je pris un cookie, mais mon estomac se rebella.

– Qu'est-ce que j'étais censée faire? Nous ignorons les conséquences que ça pourrait avoir, surtout avec tous les problèmes causés par l'anomalie. Il ne comprend pas ce qui est en jeu.

– Est-ce que quelqu'un comprend vraiment? On emploie le mot « infini » à tour de bras comme si on savait ce qu'il signifie, mais on n'en a pas la moindre idée. Aucun d'entre nous ne le sait. Quoi que tu imagines ou crois savoir, l'infini va au-delà. C'est un peu comme les gens. Ils sont capables de beaucoup plus que ce dont ils ont conscience.

Je brisai un gâteau en deux, puis encore en deux, jusqu'à ce que les miettes pleuvent sur le plan de travail.

– Il ne voudra plus jamais me parler.

– Bah. As-tu confiance en lui ?

Sous la douleur et les doutes, la réponse était aussi claire que le Monde Clé.

– Oui. Il y a quelque chose chez lui... Je ne sais pas ce que c'est, mais ce n'est pas n'importe qui.

– Je n'en doute pas une seconde. Et s'il y avait un moyen de sauver sa mère sans mettre en danger le Monde Clé, le ferais-tu ?

– Bien sûr.

– Alors, dis-le-lui. Et trouve ce moyen, me dit-il avec un clin d'œil. L'infini, Del. Tout est possible.

Chapitre quarante-deux

Malgré le petit discours de Monty, je n'étais pas prête à dire quoi que ce soit à Simon. Je n'étais que douleur et questions sans réponses. Mieux valait que j'attende d'avoir quelque chose de concret à lui offrir. Et pas seulement moi.

Chacun étant perdu dans ses pensées, le dîner fut particulièrement calme.

– Comment ça s'est passé avec l'Orphéon aujourd'hui ? finit par demander Addie.

– Nous n'avançons pas aussi bien que nous le souhaiterions, admit Maman.

– J'ai fait des recherches, poursuivit Addie. Et j'ai une théorie au sujet de l'anomalie.

Notre mère posa sa fourchette.

– Il nous semblait avoir été clairs, nous ne voulons pas que vous soyez mêlées à ça.

– Vous avez été très clairs, mais le conseiller Lattimer, lui, croit que je pourrais être utile.

Monty fit une grimace digne d'un enfant de cinq ans.

– Charmant, commenta Maman. Est-ce qu'un membre de l'Orphéon t'a expressément donné la permission de mettre ton nez dans une situation classée top secret ?

– Pas vraiment, répondit ma sœur. Mais j'ai pensé...

– C'est gentil de vouloir nous aider, ma puce, l'interrompit mon père avec douceur. Mais ce n'est pas un projet scolaire. Nous avons besoin que tu te concentres sur ton apprentissage et que tu empêches Del de s'attirer des ennuis. Laisse donc l'anomalie aux adultes.

– Les adultes ? répéta Addie, mortifiée.

Maman secoua la tête.

– Que Del se comporte de la sorte ne m'aurait pas étonnée. Mais venant de toi, je suis surprise, Addison.

Addie devint blanche, puis rouge, avant de pâlir à nouveau.

– Puis-je sortir de table ?

Elle partit sans attendre la réponse.

Monty émit un bruit désapprobateur.

– Ce n'est plus une enfant.

– C'est mon enfant, lui rétorqua Maman. Je refuse de la mettre en danger si je peux l'éviter.

– Le peux-tu vraiment, Winnie ? demanda-t-il. Aux grands maux...

– La situation n'est pas si désespérée que ça. Pas encore. (Elle déglutit avec difficulté et prit la main de mon père.) Les filles doivent se tenir à l'écart de tout ce qui a un rapport avec l'anomalie. C'est notre décision et elle est irrévocable. Me suis-je bien fait comprendre ?

Monty hocha lentement la tête, et sembla se rapetisser. Je sentis monter en moi deux émotions : de la compassion pour mon grand-père et de l'agacement à l'égard de mes parents. Je débarrassai mon couvert en silence.

– Ça vaut aussi pour toi, Del, dit mon père.

Les yeux rivés au sol, j'écoutai la suite :

– La dernière chose dont nous avons besoin, c'est que tu te fasses prendre à défier l'Orphéon.

– Compris, répondis-je.

Je n'avais aucunement l'intention de me faire prendre.

À l'étage, Addie était étendue sur son lit, les yeux fermés, les écouteurs sur les oreilles. Je m'assis à côté d'elle et les lui ôtai. Du Rachmaninov en sortit, lointain et strident.

– Ils sont inquiets. Si inquiets qu'ils ne sont plus capables d'entendre ce qu'on a à leur dire.

– Peu importe, répliqua Addie. Tu n'arrêtes pas de faire n'importe quoi, et tu t'en tires toujours. Pourquoi pas moi ? Rien qu'une fois ?

– Ils te sont tombés dessus parce que tu t'es toi-même dénoncée, expliquai-je, agacée. Quand nous avons fouillé le bureau de Maman, j'ai fermé derrière nous et je l'ai bouclée. Je n'ai pas attendu le dîner pour balancer : « Hey, Maman, tu devrais investir dans une meilleure serrure, j'ai réussi à crocheter la tienne en moins de deux minutes. » Tu ne veux pas te faire griller ? Apprends à être plus fourbe.

Elle ouvrit les yeux.

– Oh, misère. J'en suis réduite à écouter les conseils d'une délinquante.

– Une délinquante brillante, qui est prête à t'enseigner son art, rétorquai-je en la frappant avec un coussin. Explique-moi ta théorie.

– On est censées laisser tomber.

– Tu es censée me faire cours. Considère ça comme une leçon.

Elle s'esclaffa et se redressa.

– Très bien. Je pense qu'ils abordent le problème à l'envers. L'Orphéon cherche l'anomalie dans les Échos, en les parcourant des plus récents aux plus anciens, des plus petits aux plus grands. Mais le monde le plus grand, le plus vieux de tous, est celui-ci.

– Tu crois que l'origine de l'anomalie est ici ? Si c'était le cas, l'Orphéon s'en serait rendu compte.

– Tu vois la carotte sauvage qu'il y a dans le jardin de derrière ? Techniquement, c'est une mauvaise herbe. Une espèce envahissante.

Enfant, j'en cueillais d'énormes bouquets. Leurs longues tiges couronnées de corolles blanches donnaient à mes doigts une odeur de carotte.

– C'est une fleur, même si elle n'est pas très jolie.

– C'est une mauvaise herbe. Nous y sommes habituées, c'est pour ça que nous ne pensons pas à l'arracher quand Maman nous demande de nettoyer le jardin. Mais il y a assez d'autres plantes pour qu'elle n'envahisse pas tout. C'est pareil pour le Monde Clé : même si l'anomalie est là, notre monde est assez stable pour la garder sous contrôle. Mais ce n'est pas le cas des Échos. Il y a chez eux assez de place pour que l'anomalie se développe, et chaque Écho issu d'une branche contaminée l'est encore plus. L'effet est cumulatif.

– Et qu'en est-il de notre monde ? Les Originaux ne risquent pas d'être affectés ?

– Tu parles de Simon ? (Elle leva les yeux au ciel.) Ça risque surtout d'avoir un impact sur ses Échos. Il est populaire au lycée, non ?

– Il est populaire partout. Tu as bien vu.

– Certaines personnes sont par nature des sources de pivots. Les physiciens de l'Orphéon n'ont pas approfondi la question, mais ils ont découvert qu'une petite portion de la population a tendance à générer plus de branches que la moyenne des individus.

Je repensais aux cartes qu'Eliot m'avait montrées, toutes les lignes agglutinées autour du Monde Clé.

– Il y a une raison à ce phénomène ?

– Nous l'ignorons. C'est comme si leurs décisions avaient une résonance plus importante. Historiquement, ces gens se retrouvent souvent dans des positions qui renforcent cette tendance. Ils suivent une carrière de politiciens, jouent un rôle de premier plan dans un domaine donné, ou deviennent des célébrités. Si c'est le cas de Simon, c'est parce qu'il est une source de pivots qu'il est si populaire. C'est littéralement plus fort que lui.

– C'est complètement dingue. Est-ce que ça rend ces personnes moins stables ? Est-ce qu'elles sont davantage sujettes au TRS ?

– Ça n'affecte pas leur stabilité. Ils sont comme les autres Originaux. (Elle réfléchit un instant.) En revanche, leur taux de TRS est plus important, mais c'est mathématique : plus d'Échos signifie plus de risque qu'ils se chevauchent.

Et aussi plus d'événements Baroques. Des situations avec de nombreux choix impliquaient une multitude de Simon existant sur des fréquences similaires. Et si elles se chevauchaient, cela expliquait la gravité de ses TRS. Par ailleurs, plus il y avait de Simon, plus il y avait de chances qu'ils soient affectés par l'anomalie.

Mais à moins de souhaiter voir Simon transformé en cobaye par l'Orphéon, il était préférable de ne pas en parler à ma sœur.

– Et maintenant, on fait quoi ? Si nous voulons résoudre ce problème, il nous faut un plan.

La meilleure façon de distraire Addie était de l'occuper.

Elle prit une carte, puis la reposa.

– Avant tout, il faut qu'on trouve les branches qui sont touchées. Eliot pourrait nous aider à faire le tri ?

– Je ne pense pas qu'Eliot ait très envie de m'aider pour l'instant, répondis-je d'une petite voix.

– Pourquoi ?

Évitant son regard, je suivis du doigt les motifs floraux de sa couette.

– Je vois. Laisse-lui le temps. Ça lui passera.

Le temps n'était pas la solution. Mais je me contentai de dire :

– J'ai une copie du logiciel que nous pouvons utiliser.

Addie sembla soulagée.

– Super. Entre l'anomalie et les clivages, aucune de mes cartes ne fonctionne. Donne.

Je luttai brièvement contre la panique à l'idée que Simon puisse envoyer un texto mentionnant les Marcheurs sur mon téléphone pendant qu'elle s'en servait. Puis j'étouffai ma paranoïa. Il ne risquait pas de chercher à me joindre avant un bon moment.

– Ce logiciel est génial, Del. J'ignore vraiment pourquoi tu refuses de donner une chance à Eliot.

– Sur la base de ses talents en programmation ? C'est mon ami. Je ne pense pas à lui de cette façon.

– Tu pourrais si tu essayais.

– Est-ce que tu pourrais tomber amoureuse de quelqu'un qui ne t'attire pas juste pour te faciliter la vie ? Trouver un gentil Marcheur au lieu d'une Marcheuse ?

– Touché. (Elle pencha la tête sur le côté.) Il y a un pivot dans ta chambre.

– Et alors ? répliquai-je les mains soudain gelées. Il y a des pivots dans toute la maison.

– Celui-là est costaud. (Elle se dirigea vers l'escalier.) Quelqu'un a dû l'utiliser récemment.

– Je parie que c'est un bug, dis-je en me précipitant à sa suite. Eliot n'a pas encore fini de nettoyer le code.

Elle continua son chemin comme si elle ne m'avait pas entendue et j'eus l'horrible sensation de voir un désastre se préparer au ralenti sous mes yeux. Addie ouvrit la porte à la volée et grimaça à la vue des papiers et des vêtements éparpillés partout dans la pièce. La carte à la main, elle tourna en rond jusqu'à trouver le pivot. Il palpitait bruyamment, tel un roulement de tambour annonçant ma culpabilité.

– Dis-moi que tu n'as pas fait ça.

Elle s'avança d'un pas décidé vers la faille.

– Je l'ai pas fait.

Elle s'arrêta, fit volte-face et me regarda droit dans les yeux.

– Dis-moi la vérité.

Je baissai la tête.

– Oh, mon Dieu. Tu as Marché derrière mon dos ? Tu as utilisé ce pivot pour faire le mur et... quoi ? T'amuser dans les Échos ? Essayais-tu de me faire passer pour une idiote ?

– Non ! Pourquoi ferais-je une chose pareille ?

– Je ne sais pas, Del. J'ignore ce qui pourrait t'inciter à enfreindre le jugement de l'Orphéon, à leur mentir, et à mettre ton avenir en péril, et... Tu es cinglée. C'est pour ça. Tu es folle. Ils n'autorisent pas les fous à Marcher, tu sais. Tu auras beau exploser les scores à l'examen, ils ne te donneront jamais ta licence.

– Ils le feront, si tu ne vends pas la mèche, dis-je en croisant les doigts.

– Mentir pour toi ? s'esclaffa-t-elle. Tu as vraiment perdu la tête.

– Tu ne comprends pas, plaidai-je en sentant le désespoir me submerger. Addie, je t'en supplie.

– Je comprends que tu es une sale petite menteuse. J'ai gâché mon temps à m'occuper de toi alors que j'aurais pu aider nos parents. J'ai mis ma réputation en jeu. J'ai suggéré à Lattimer de mettre fin à ton exclusion plus tôt que prévu parce que tu étais prête pour l'examen. Je lui ai assuré que tu avais retenu la leçon. (Elle éclata d'un rire sans joie.) À croire que je suis aussi idiote que toi.

Addie m'avait soutenue auprès de Lattimer.

– Tu ne me l'as jamais dit.

– Je ne voulais pas te donner de faux espoirs. Contrairement à toi, je ne mène pas les gens en bateau. Je ne leur fais pas croire des choses qui n'ont jamais été vraies. Comme quand j'ai pensé que tu avais changé. (Elle m'agita le téléphone sous le nez.) Ou comme Eliot s'imaginant que tu tenais à lui.

Je lui arrachai l'appareil des mains.

– Laisse Eliot en dehors de ça.

– Que lui as-tu fait ? Eliot serait prêt à décrocher la lune pour toi, j'en déduis que ça doit être du lourd. Il a appris que tu Marchais sans lui ? À moins qu'il n'ait fini par se lasser de ton obsession pour Simon Lane ?

Je me forçai à quitter le pivot du regard.

– Les deux, dit-elle en baissant le ton. Simon et la Marche. Tu courais après ses Échos. C'est... pathétique.

– Tu ne peux rien prouver, rétorquai-je, ma peur se transformant en un sentiment laid et vicieux. Personne ne s'intéresse jamais à tes théories, Addie.

– Je trouverai des preuves.

Elle prit la direction de l'escalier et, avant de partir, m'adressa un sourire aussi dur et froid qu'un diamant.

– Et quand je les aurai, je te coulerai.

Chapitre quarante-trois

Je demeurai debout dans ma chambre vide, le pivot palpitant au même rythme que ma tête. Combien de temps faudrait-il à Addie pour rassembler les preuves dont elle avait besoin ? Mon premier réflexe fut d'appeler Eliot, mais ce n'était désormais plus possible. Mon second fut de solliciter l'aide de Monty, mais il était assis dans le salon, à seulement quelques mètres de mes parents en train de faire la vaisselle.

Je commençais à être à court d'idée, et de temps.

– Je sors, criai-je.

Maman se tourna vers moi.

– Il est vingt et une heures. Où vas-tu ?

– Chez Eliot.

Le mensonge quitta mes lèvres le plus naturellement du monde.

Dans le salon, Monty partit dans une longue quinte de toux, puis il demanda :

– Tu ne dis pas au revoir ?

J'allai lui faire un rapide câlin, mais avant que je m'écarte de lui, il glissa quelque chose dans ma main et referma mes doigts dessus.

– Juste au cas où.

C'était un petit pendentif d'argent, un diapason comme ceux qu'avaient Addie et Maman. Je n'étais pas censée en posséder un avant d'avoir obtenu ma licence.

– Merci, Papi.

– Fais-en bon usage.

Il se rencogna dans son fauteuil et ferma les yeux.

– Tu as cours demain, me rappela mon père. Sois rentrée pour le couvre-feu.

Rentrer à temps pour le couvre-feu était le dernier de mes soucis.

J'avais semé des étoiles en origami dans tous les Échos que j'avais visités et elles émettaient encore la fréquence du Monde Clé. Sauf qu'au lieu de me permettre de retrouver le chemin de la maison, mes petits cailloux allaient conduire Addie jusqu'aux preuves dont elle avait besoin. Et je ne pouvais pas les récupérer sans laisser derrière moi une piste toute fraîche.

De plus, même sans preuves, une accusation suffirait pour que l'Orphéon se penche sur mes récentes activités. Et quand ils le feraient, ils ne manqueraient pas de tomber sur Simon avec ses TRS et ses événements Baroques.

Simon qui avait besoin de moi pour sauver sa mère.

« À quoi ça sert si tu ne peux même pas sauver des gens ? Rendre le monde meilleur ? »

Mon avenir en tant que Marcheuse était en train de se désintégrer plus vite qu'un Écho clivé. Si l'Orphéon devait me bannir, autant utiliser mes dernières Marches pour une bonne cause.

Je levai les yeux et constatai que je me tenais sur le trottoir en face de la maison de Simon ; mon choix était fait.

Iggy m'entendit avant même que je frappe à la porte et ses aboiements graves firent vibrer les fenêtres. L'ombre de Simon se découpa, et l'instant d'après il se tenait devant moi, agrippant d'une main le collier de son chien, tandis que de l'autre il s'appuyait au chambranle. Toutes les phrases intelligentes que j'avais préparées, les défenses sur lesquelles je m'étais reposée pendant si longtemps s'envolèrent.

Simon était éclairé par la lampe qui se trouvait derrière lui, et son visage était plongé dans l'ombre. Impossible de deviner s'il était en colère ou content de me voir, tremblante, sur les marches de son perron.

– Je ne peux rien promettre, dis-je en resserrant autour de moi les pans de mon manteau. Et si je m'aperçois que ça te fait courir un risque, j'arrête tout. Mais je veux bien essayer.

Il y eut un long et atroce silence. Son regard pesant sur moi tandis qu'un pivot se formait.

Puis il me tendit la main.

Quand je la pris, il m'attira dans la chaleur et la lumière, tout contre lui. L'horrible étau qui me compressait la poitrine relâcha son emprise. Je pouvais enfin respirer son parfum de savon et de soleil, même la nuit.

– Viens, je vais te présenter ma mère.

Avec un mobilier qui semblait trop petit pour la taille et la carrure de Simon, la pièce de devant ne servait clairement que de hall d'accueil. Il me fit traverser une petite cuisine comprenant une table, trois chaises et des placards blancs, le tout égayé par des murs vert pomme. Puis il ouvrit une porte donnant sur un salon lumineux et accueillant. La femme assise sur le canapé, les jambes repliées et couvertes par un plaid de laine rouge, leva sur nous un regard intrigué. Un livre ouvert était posé à l'envers sur la table devant elle, à côté d'une tasse de thé.

– Tu as invité une amie? Pourquoi ne m'as-tu pas prévenue? dit Mme Lane en commençant à se lever.

Simon se précipita pour l'aider, mais elle refusa d'un geste.

Elle était à peine plus grande que moi. Simon avait dû hériter sa haute stature de son père. Sa tête était couverte d'une écharpe et quelques mèches de cheveux blond miel s'échappaient sur les côtés. Ses yeux en revanche étaient du même bleu pétillant que ceux de son fils – intelligents, vifs et, à cet instant, brillants de curiosité.

– Maman, je te présente Del Sullivan.

– Ravie de te rencontrer. Appelle-moi Amelia.

– Merci, enchantée. Je n'avais pas l'intention de vous déranger.

– Tu ne me déranges pas. J'étais en train de lire, et Simon jouait avec cet affreux cabot.

Iggy se faufila jusqu'à elle, et elle le gratta affectueusement entre les oreilles.

– Simon, prends son manteau. Assieds-toi, je t'en prie.

Iggy s'assit devant elle.

– Je parlais à notre invitée, gros benêt. Veux-tu du thé, Del ?

– Non, merci.

Simon m'ôta mon manteau, et ses doigts m'effleurèrent la nuque. Je lui lançai un regard désapprobateur – avoir les mains baladeuses devant sa mère ne me semblait pas être ce qu'il y avait de mieux pour que je fasse bonne impression –, mais son visage était l'incarnation même de l'innocence. Il me poussa gentiment vers un fauteuil rayé rouge et blanc ultra-rembourré. Je me perchai sur le bord, prête à m'enfuir.

– Simon m'a dit que vous aviez un devoir de musique en commun ? J'espère qu'il ne te complique pas trop la tâche.

– Eh ! s'exclama-t-il en s'asseyant sur le sol à mes pieds. Je ne suis pas mauvais à ce point.

Le sourire d'Amelia me rappela celui de Simon.

– Tu l'es, et tu le sais.

Il baissa la tête, affectant un air déconfit.

– Je vais me racheter en lui apprenant les subtilités du *pick and roll.*

– Je suis certaine que cela lui sera très utile, dit-elle avant de poursuivre à mon attention. Pour ta carrière de basketteuse professionnelle, bien sûr.

– Ça a toujours été mon rêve, répliquai-je, entraînée malgré moi dans leur joute verbale.

L'affection qui les unissait était évidente, et ils m'y incluaient comme si c'était parfaitement naturel. Je ressentis un pincement de jalousie.

Simon me caressa le mollet.

– Ne me provoque pas, Delancey. J'ai d'autres talents.

Essayant de rester discrète, je le gratifiai d'un coup de pied.

– Il prépare d'excellents sandwichs au pain grillé, confirma Amelia, comme si elle avait sérieusement réfléchi à la question. Et son bouillon de poule s'est grandement amélioré.

Simon hocha la tête, l'air grave.

– Je me débrouille comme un chef avec un ouvre-boîte.

– Delancey, dit Amelia en contemplant le contenu de sa tasse. C'est un joli prénom. Original.

Traditionnel pour les Marcheurs.

– Je suis née à New York, expliquai-je, mais mes parents avaient déjà prévu de revenir ici, alors ils m'ont nommée d'après une station de métro proche de notre appartement. J'ai eu de la chance que nous n'habitions pas près de Flushing.

– Tu dois ton prénom à une gare ? s'étonna Simon. Attends. Addison ? Montrose ?

– Ma famille a un sens de l'humour un peu spécial, affirmai-je, gênée.

Simon haussa les sourcils.

– Il n'y a pas que le sens de l'humour qui est spécial chez vous.

– Toutes les familles ont leurs particularités, intervint Amelia, qui commençait à avoir les yeux cernés de fatigue.

La tasse de thé tinta quand elle la reposa.

– La camomille me donne envie de dormir. Je pense que je vais aller me coucher plus tôt, ce soir, et vous laisser un peu d'intimité.

Simon se releva prestement.

– Ça va?

– Ça va, le rassura-t-elle. C'était merveilleux de pouvoir enfin faire ta connaissance, Del. J'espère que tu viendras à nouveau nous rendre visite.

Iggy quitta la pièce à son côté tandis que Simon la regardait, l'inquiétude traçant des sillons autour de ses yeux et de sa bouche.

« Enfin », avait-elle dit. Comme s'il avait déjà parlé de moi avant aujourd'hui. Avant de savoir la vérité.

– Est-ce qu'elle va bien?

– Oui. Elle se fatigue très vite.

– Je n'aurais pas dû venir.

Il se laissa tomber sur le pouf en face de moi, ses jambes encadrant les miennes.

– Je suis content que tu l'aies fait. Et elle aussi. Et puis, ajouta-t-il en passant la main derrière ma nuque et en m'attirant à lui, elle a beaucoup entendu parler de toi.

– Tu ne lui as pas dit...

– Comment aurais-je pu expliquer ça? Et comme tu m'avais affirmé que c'était impossible, ça ne servait à rien. (Il me prit les mains et mêla mes doigts aux siens.) Tu as dit que rapporter un traitement pourrait faire plus de mal que de bien. Qu'est-ce qui a changé?

– Moi. Si nous faisons ça, il faudra suivre mes règles.

Il se redressa.

– Je n'aurais jamais cru t'entendre dire une chose pareille.

Moi non plus.

– Premièrement, si ça met le Monde Clé en danger, on arrête. Deuxièmement, si ça vous met en danger, ta mère ou toi, on arrête.

Je vis les muscles de sa mâchoire se contracter, mais il accepta.

– Troisièmement, ta mère devra être sûre que c'est ce qu'elle veut.

– Je suis sûr, répondit-il avec empressement.

– Pas toi. Elle. Je ne peux pas garantir qu'on trouvera un traitement, mais si c'est le cas, il faudra que tu lui parles des risques et elle devra donner son aval. Je n'utiliserai pas mon don de Marcheuse pour lui enlever la possibilité de choisir.

Il baissa la tête et marmonna.

– D'accord. Une fois que nous aurons trouvé un remède – si nous le trouvons –, comment est-ce qu'on le rapportera ici ?

– Je ne sais pas encore. Emporter des objets du Monde Clé dans les Échos ne pose pas de problème. Quand je Marche, je laisse des étoiles derrière moi. Elles sont si discrètes qu'en général personne ne les remarque. Nous appelons ça des petits cailloux, car si nous nous égarons, cela nous aide à retrouver notre chemin.

– C'est déjà arrivé ?

– Ma grand-mère, répondis-je après une minute de silence. Quelques mois avant ma naissance. Elle est partie pour une Marche, et elle n'est jamais revenue. C'est à ce moment-là que Monty a commencé à perdre la tête. Et c'est pour ça que nous avons quitté New York, afin de prendre soin de lui.

Il m'effleura le dos de la main d'un baiser.

– J'ignorais que c'était dangereux.

– Nous naviguons à l'oreille, en écoutant les différences entre les fréquences. C'est pour ça que nous avons tous une excellente ouïe, mais au bout d'un moment le son peut avoir des effets néfastes. Sur de courts laps de temps, ça ne pose pas de problème, mais si on reste trop longtemps dans les Échos, ça peut nous griller le cerveau. Plus la durée est longue, pire c'est. C'est pourquoi, en général, nous Marchons avec un partenaire.

– Comme Eliot.

Plus maintenant.

– Ma grand-mère est partie seule. Les gens le font de temps en temps, surtout pour de courtes Marches. Sauf qu'elle a disparu.

– Peut-être que c'était volontaire ? suggéra-t-il, l'air sceptique.

– Non. Nous pensons qu'elle a été désorientée, et plus elle a continué à Marcher, plus elle s'est perdue. L'Orphéon – nos dirigeants – a envoyé des gens à sa recherche à l'époque. Mon grand-père cherche toujours. Mais ça ne sert à rien. Il est impossible de pister quelqu'un dans le multivers après si longtemps.

Il me serra la jambe dans un geste de réconfort, je sentis la chaleur de sa main à travers mon jean.

– Au moins elle ne vous a pas abandonnés.

Contrairement à son père.

– Il est parti il y a combien de temps ?

Simon grimaça.

– J'avais trois jours. Je sais de source sûre que j'étais un adorable nourrisson, du coup j'en ai déduit qu'il n'avait pas l'instinct paternel.

– Je suis certaine que tu étais adorable.

– Un vrai petit ange.

Quelque chose s'agita dans un coin de ma tête, un signal d'alarme. J'essayai de me concentrer dessus, mais Simon m'embrassa et je perdis le fil.

– Tu as dit que des médicaments venant d'un Écho pourraient lui faire du mal. Comment va-t-on surmonter ce problème ?

– À mon avis, la solution est de ne pas rapporter le traitement lui-même. Ainsi nous n'introduirons pas une nouvelle fréquence dans le Monde Clé. L'idéal serait de mettre la main sur la formule et après nous pourrions...

Nous pourrions quoi? Monter un laboratoire clandestin? Dégotter un étudiant en chimie à l'université prêt à faire l'expérience? Et si le traitement n'était pas un médicament, mais une opération chirurgicale? Et si j'avais donné à Simon une seconde ration de faux espoir?

– Je trouverai un moyen.

– Nous trouverons un moyen, me corrigea-t-il.

– Tu ne peux pas venir avec moi, lui rappelai-je. Et s'il y a un problème avec des fréquences qui se chevauchent, je lâcherai l'affaire. Je refuse de t'exposer au moindre danger ou de mettre le Monde Clé en péril, quitte à ce que tu me détestes jusqu'à la fin de tes jours.

– Tu es prête à risquer ta propre vie pour aider ma mère. Comment pourrais-je te détester?

Je haussai les épaules. Facile à dire pour lui tant qu'il ne savait pas ce que j'avais fait.

– Nous sommes donc d'accord?

– À cent pour cent, répondit-il avant de m'embrasser à nouveau.

Puis il me prit sur ses genoux. Tandis que d'une main il me caressait le dos, il m'effleura l'oreille d'un baiser et ajouta :

– Emmène-moi...

– Tu as essayé. (Je me redressai et posai les mains sur son torse.) Tu n'as pas réussi, tu te souviens?

– Tu pourrais m'aider, plaida-t-il. Comme un guide. Allez, Del. Imagine que je suis un petit caillou.

– Je ne suis pas un guide. Et tu n'es pas un caillou.

Simon n'était pas le moyen de rentrer chez moi. Il était mon « chez-moi ».

– Qu'est-ce qui pourrait arriver de pire ? Que je me retrouve à nouveau tout seul dans un placard ?

– J'ignore ce qui pourrait se produire. Je ne sais pas quel effet la fréquence pourrait avoir sur toi. À ce sujet, le local était atroce comme endroit.

– Ça manquait d'ambiance, c'est vrai, mais j'ai aimé.

Je sentis sa main remonter le long de ma cuisse et assenai une claque dessus.

– Pour Marcher. C'est plus facile quand les pivots sont bien établis.

– Alors, trouvons-en un qui le soit.

– Il y en avait plein la nuit dernière au Dépôt, et tu ne les as même pas remarqués. Ça ne fonctionnera jamais.

Mais une partie de moi n'en était pas si sûre. J'avais appris à Marcher en tenant la main de Monty et en le laissant me guider à travers les Échos. Et l'équipe de mon père l'avait ramené alors qu'il était inconscient.

– Un seul essai. Si je ne peux pas traverser, je ne t'embêterai plus avec ça. Et si je peux et qu'il y a un problème, nous rentrerons immédiatement. (Sa proximité me faisait tourner la tête.) Allons enfreindre quelques règles.

Vingt minutes plus tard, nous étions garés sur le parking à moitié vide du Dépôt, les yeux rivés sur le monument commémoratif de l'accident.

– Comment ça marche ? demanda-t-il à voix basse.

– Pourquoi tu murmures ?

– Je ne sais pas. Le côté clandestin de la situation.

– Avec toi, tout est clandestin, répliquai-je.

– Ça peut changer. Si tu veux qu'on annonce à l'école qu'on est ensemble, ça me va.

– Chaque chose en son temps, OK?

La réaction de Bree ne m'inquiétait pas vraiment, mais je ne pouvais pas en dire autant de celle de l'Orphéon.

Je descendis de voiture, munie de la carte d'Eliot. Les bords des pivots accrochaient mon manteau avec plus de force qu'avant. Il nous fallait une faille large et stable, de celles que je pouvais traverser sans trop de concentration. Inutile de se compliquer la tâche plus que nécessaire.

– Surtout, agrippe-toi bien à moi.

Je consultai l'écran et me dirigeai vers l'extrémité du parking.

– Ne me lâche pas, insistai-je. Même pour une seconde.

– Compris.

Il m'adressa un sourire légèrement nerveux, et me prit la main.

– Je peux le faire seule, lui dis-je afin de lui offrir une porte de sortie. Tu n'as pas besoin de venir.

– Si, il le faut. C'est dangereux, non ? Même pour toi ?

– Ça peut l'être. Mais je suis vraiment très très douée.

Son sourire s'élargit.

– J'en suis certain.

– Est-ce que tu vois la faille ?

L'air autour du pivot avait un aspect plus dense, un éclat de nuit que même la lueur ambrée des lampadaires ne parvenait pas à dissiper. Je le lui désignai et il porta son regard sur ma main.

– Non. Mais je ressens un truc bizarre, de l'électricité dans l'air, comme si un orage se préparait. (Il me serra la main.) Vas-y, Del. J'ai confiance en toi.

Les personnes à être de cet avis étaient peu nombreuses, et je n'en faisais même pas partie. Mais la foi est un sentiment puissant. En cet instant, j'étais digne de confiance parce qu'il croyait en moi. La foi de Simon m'avait transformée en celle qu'il pensait que j'étais.

Avec Simon agrippé à ma main, je m'engageai dans la faille. L'air y était oppressant et rigide. J'expirai longuement en laissant tout mon corps s'accorder à la fréquence. Puis je fixai la mélodie dans mon esprit, écartant de mes pensées Simon, l'Orphéon et tout ce qui ne concernait pas le monde que j'essayais d'atteindre.

J'avançai avec difficulté mon pied de quelques centimètres, luttant contre la résistance de l'air.

C'était forcément à cause de Simon. Sa fréquence, verrouillée sur celle du Monde Clé, nous retenait. Je jetai un coup d'œil par-dessus mon épaule. Il avait la mâchoire serrée, l'air concentré. Il n'accepterait jamais de renoncer.

J'insistai, centimètre par centimètre, et petit à petit ma main traversa jusqu'à se retrouver dans l'autre monde. La résonance y était désagréable, mais pas douloureuse. Pied, genoux, coude, épaule, tête, tous aussi laborieux.

Toutefois, je finis par être entièrement de l'autre côté, à l'exception de la main que tenait Simon. J'ordonnai mentalement au pivot de s'ouvrir, plantai mon pied dans le sol et tirai.

Il y eut une abominable tension tandis que le pivot bloquait mon poignet. Ça n'allait pas marcher. J'allais le perdre. Peut-être que je l'avais déjà perdu et qu'il s'était désintégré dans l'espace subatomique entre les mondes. Je jurai dans ma barbe et tirai de toutes mes forces, lesquelles étaient décuplées par la panique.

Simon sortit enfin, tel un bouchon arraché à sa bouteille. Il me heurta de plein fouet, et nous tombâmes sur le bitume, bras et jambes emmêlés.

– Tu es là, m'exclamai-je. Oh, mon Dieu, tu es vraiment là. J'ai cru...

– Ça a marché ?

Les yeux écarquillés de surprise, il balaya du regard le parking quasiment désert. Nous avions atterri au bout d'une allée, au pied d'un parcmètre.

– Nous avons réussi ? J'en reviens pas, Del.

J'inspirai profondément en réprimant des larmes de soulagement. Nous avions en effet réussi. Simon pouvait Marcher, et tout ce qu'on m'avait appris était faux. Je me laissai retomber sur le sol, au mépris du gravier qui me rentrait dans la peau, et contemplai le ciel, étonnée de voir les étoiles à leur place habituelle. Mon monde venait d'être complètement bouleversé. Les étoiles auraient dû être différentes, puisque tout était différent.

J'écoutai avec attention, évaluant la fréquence et sa stabilité, cherchant des ruptures susceptibles d'indiquer un problème, mais l'Écho avait l'air sûr. Comment l'Orphéon avait-il pu se tromper à ce point ?

Ce n'était pas la première fois. Je repensai à la fille qui avait perdu ses fiches et à la façon dont j'avais provoqué la transposition de l'Écho. À Monty qui m'avait certifié qu'on pouvait grâce à l'accordage stabiliser des mondes entiers.

Et si ce n'étaient pas des erreurs, mais l'Orphéon qui nous cachait une partie de la vérité ?

Simon m'aida à me relever.

– Ça va ? Tu as dit que ça pouvait te rendre malade.

– Nous avons quelques heures devant nous avant que je risque un empoisonnement fréquentiel. Tu entends la différence avec le Monde Clé ?

Il secoua la tête.

– Mais la sensation électrique est toujours là. Où sommes-nous ?

Le Dépôt avait disparu. À sa place se dressait un bâtiment cubique de brique rouge et la plateforme était bordée de bancs et de panneaux de signalisation.

– Une nouvelle gare. À mon avis, l'accident a eu lieu, sauf qu'ils ont reconstruit au lieu de changer l'emplacement. Mais on ne peut pas le savoir avec certitude.

Simon regarda autour de lui, repérant les moindres détails.

– Ça semble si réel.

– Pour les gens de ce monde, ça l'est.

Je me demandai si Simon allait être visible, ou passer inaperçu comme les Marcheurs.

– Et ma maison ? Elle est là ? On peut aller voir ?

– Ce n'est pas une bonne idée.

Les objets Échos ne devaient pas entrer en contact avec leur Original, et je supposais que le principe s'appliquait également aux personnes. La pression exercée sur les fils par un tel événement pouvait être dangereuse.

– Peut-être qu'on devrait...

– Tu crois que ma mère est là ?

Et sans me laisser le temps de répondre, il prit la direction de chez lui.

– Attends ! m'exclamai-je en m'élançant à sa suite. Tu ne sais pas ce que tu vas trouver. La précipitation est mauvaise conseillère.

Mon Dieu, j'avais l'impression d'entendre ma sœur. Tout en prudence et bon sens, tandis que Simon se comportait comme Alice au pays des merveilles. Ma témérité habituelle chutait de façon radicale quand c'était lui qui prenait des risques.

– Écoute-moi, OK ? Nous pouvons aller jeter un coup d'œil à la maison. Mais ce n'est pas ta mère, c'est celle de ton Écho. Et puis, il y a des chances qu'elle ne soit pas là-bas.

– Je dois aller voir. Tu as dit que nous devions trouver un monde où elle a été soignée. Peut-être que c'est celui-là.

– Dès le premier essai ?

C'était peu probable. Il avait cependant l'air si plein d'espoir que j'alignai mon pas sur le sien, sans protester davantage.

– La ville n'est plus la même, dit-il après avoir fait un bout de chemin.

Chez nous, c'était le nord de la ville qui était le plus animé, y compris la nuit. Il y avait des restaurants, des magasins, et beaucoup de piétons, même quand il faisait moche. Mais ici, toute l'activité était concentrée au sud, près de la gare. Arrivé devant le Grundy, il marqua une pause.

– Certaines choses sont identiques, expliquai-je en indiquant d'un mouvement de tête l'enseigne familière. Il est difficile de prévoir les changements d'un monde à l'autre.

– Mais il n'y a que le Monde Clé qui compte, c'est ça?

Il avait l'air perturbé.

– Les Échos comptent aussi, répondis-je. Mais pas de la même façon, et pas aux yeux de tous les Marcheurs.

Nos paroles créaient de petits nuages de fumée dans l'air froid.

– C'est pour ça que tu ne t'attaches à personne? Parce que tu peux trouver quelque chose de similaire. Ou mieux.

– La réalité est mieux.

J'allais bientôt pouvoir dire adieu à ma vie de Marcheuse, mais avec Simon je pouvais forger un avenir.

– Elle compte plus.

– Vraiment? Cet endroit semble pourtant si réel.

Le Simon de Doughnut World était-il réel? Pour moi, oui. Était-ce suffisant?

Je l'avais cru. Si j'avais passé du temps avec lui à composer de la musique, à boire des cafés, et à prendre des leçons de lancer, au lieu de seulement s'embrasser dans la voiture, peut-être aurais-je appris à le connaître. Mais c'était le Simon qui se tenait devant moi qui m'avait parlé de sa famille et posé des questions sur la mienne. C'était lui qui m'avait montré comment faire un lancer franc et qui avait appris à jouer du piano, même si le résultat était pitoyable. C'était ce Simon que je voulais, pas à cause du monde auquel il appartenait, mais pour ce qu'il était.

Je lui montrai sa maison.

– La voilà. La mère de ton Écho est peut-être à l'intérieur. Il est possible qu'elle soit en bonne santé. Mais est-ce que tu l'échangerais contre celle que tu as dans notre monde ?

Il considéra la porte avec une méfiance nouvelle.

– Nous devons aller voir si elle est malade.

– Je vais y aller.

Mieux valait éviter de prendre le risque que les deux Simon se rencontrent.

– Les Échos ne me remarquent que si je les touche. Que dois-je chercher ?

– Regarde dans le placard à droite du lavabo, c'est là qu'elle range ses cachets. Et le calendrier à côté du téléphone, si elle a des rendez-vous médicaux, ils seront notés.

– Donne-moi dix minutes.

– Est-ce que... je peux regarder par la fenêtre ?

Je me demandai ce qu'il pouvait ressentir à être témoin d'une vie ressemblant à la sienne, mais qui ne l'était pas et ne le serait jamais. Jusqu'à présent, les gens auxquels je tenais avaient tous été des Marcheurs, je n'avais donc jamais eu à les voir observer leurs Échos. De la solitude, pensai-je. Une solitude différente de celle que je connaissais, mais je ressentis néanmoins un pincement au cœur.

– Bien sûr.

Des mondes peuvent se former et se dissoudre en un instant.

Nous nous engagions dans l'allée, quand la porte sur le côté de la maison s'ouvrit et l'Écho de Simon sortit. La lumière du porche faisait briller ses cheveux en bataille tandis qu'il portait un sac en papier jusqu'à la poubelle de recyclage.

Derrière moi, Simon se figea.

– C'est moi.

Je le poussai dans la haie séparant son jardin de celui du voisin avant de plonger à sa suite. Les branches s'agitèrent autour de nous et je priai pour que l'Écho de Simon attribue leurs mouvements au vent, et pour que sa tendance à me remarquer ne fonctionne que quand j'étais sur son chemin.

Il y eut un silence, puis un bruit de pas qui s'éloignait sur le gravier; il rentrait chez lui. Je laissai échapper un soupir de soulagement.

Puis j'entendis un sifflement sec, un tintement métallique, et un aboiement joyeux qui ne pouvait appartenir qu'à Iggy.

– Satané chien, marmonnai-je.

L'instant d'après, Iggy avait passé la tête dans le fourré et me couvrait la main de bave avec enthousiasme.

– Tu peux sortir, maintenant, appela l'Écho de Simon.

Simon m'attrapa le poignet, mais je me libérai d'une secousse.

– Reste ici. Quoi qu'il arrive, ne bouge pas, chuchotai-je.

Je quittai notre cachette en m'accrochant les cheveux dans les branchages et ajoutai à l'intention de l'Écho :

– Rappelle ton chien.

– Dis-moi d'abord ce que tu fais dans mon jardin, répliqua-t-il en dégageant les cheveux noirs comme de l'encre qui lui retombaient sur les yeux afin de m'examiner. C'est toi. Tu es la fille du lycée.

– Je suis la fille du lycée, confirmai-je tout en faisant de mon mieux pour éviter de regarder les buissons devant lesquels Iggy continuait d'aboyer.

– Iggy, viens ici.

Voyant que le chien refusait d'obéir, il demanda :

– Qui d'autre est avec toi ?

– Personne. (J'écarquillai innocemment les yeux et le gratifiai de mon plus beau sourire.) Promis.

– Tu es mignonne, je le reconnais. Mais je vais plutôt croire le chien.

Je le dévisageai dans l'espoir de deviner à quel genre de Simon j'avais affaire. Très mince, avec un anneau à la lèvre, un T-shirt d'un groupe de métal alternatif, et un éclat dans le regard suggérant qu'il avait au moins quelques-uns des souvenirs du vrai Simon.

Il m'attrapa le bras et je laissai échapper un cri. Iggy aboya de plus belle.

– Lâche-moi !

J'essayai de me dégager, mais il me tenait fermement.

– Dernière chance. Mon chien a peut-être l'air gentil comme ça, mais il attaquera si je lui en donne l'ordre.

– J'en doute, intervint le vrai Simon en sortant à son tour et en frottant la tête d'Iggy. Assis, mon beau.

Simon bis me lâcha le bras, tandis que le chien faisait naviguer son regard de l'un à l'autre en poussant des gémissements confus.

– Aïe, aïe, aïe, dis-je en entendant le monde se craqueler.

– Qu'est-ce que c'est que c'est ça ? s'exclama l'Écho de Simon en dévisageant, incrédule, cette autre version de lui-même. Une mauvaise blague ?

– Ce n'est pas bon. (J'agrippai la main du Simon Original.) Pas bon du tout.

Autour de nous, une déchirure était en train de se former : un trou béant, qui n'avait rien à voir avec les pivots habituels. Aucun des deux garçons ne semblait le voir, mais Iggy tournait nerveusement en rond.

La dissonance déferlant par la faille était si puissante que je dus faire un effort surhumain pour ne pas m'écrouler.

– Il faut y aller, maintenant, dis-je en serrant les dents.

– Et ma mère ? demanda le Simon Original.

– Ma mère ? répéta l'Écho, abasourdi. Qu'est-ce qu'elle a ?

– Nous devons vraiment partir, dis-je en voyant la déchirure s'agrandir.

Autour de nous le monde se mit à clignoter et à s'assombrir.

– Maintenant, insistai-je.

– Est-elle malade ? Est-ce que la chimio a fonctionné ? Ou la chirurgie ?

L'Écho de Simon secoua tristement la tête. Le temps d'un battement de cils, la vieille Toyota se transforma en Volkswagen puis reprit son apparence initiale.

Les deux Simon se regardèrent, deux versions du garçon dont j'étais tombée amoureuse, portant une douleur si lourde qu'elle traversait les mondes.

– Simon, appelai-je.

Tous deux se tournèrent vers moi d'un seul mouvement.

– Mon Simon. Il ne faut pas que tu restes là.

Je trébuchai vers lui, le monde fluctuant tandis que la faille s'élargissait.

– Qu'est-ce qu'elle a ? demanda l'Écho à son Original.

– La fréquence, haletai-je, alors que mon Simon me passait un bras autour de la taille afin de me soutenir. Repartir.

– Au Dépôt ?

Je hochai la tête. Il nous fallait de la distance. La déchirure avait commencé à se former quand les Simon s'étaient trouvés à proximité l'un de l'autre. Si nous pouvions nous éloigner, il y avait des chances que ça ralentisse le processus : si nous partions, il était même possible qu'il s'inverse. Et surtout, je devais protéger Simon.

– Prenez ma voiture, proposa l'Écho.

– Non.

La Toyota ne cessait d'être remplacée par d'autres véhicules. En montant à l'intérieur, nous risquions d'être propulsés dans une fréquence inconnue et de ne jamais retrouver le chemin de la maison.

– À pied.

Le Simon Original secoua la tête.

– Alors, on court, dit-il en m'entraînant avec lui, tandis que le monde autour de son Écho continuait à s'effondrer.

J'avais eu raison à propos de la proximité. Plus nous nous éloignions de l'Écho de Simon, plus je me sentais stable. Derrière nous, les pulsations erratiques de la fissure ralentirent et devinrent plus régulières, comme un cœur retrouvant son rythme normal. Le monde reprit de la substance et des couleurs. Mais Simon continuait à me presser, sans gaspiller son air ou sa concentration en discours inutiles. Une fois à la gare, je m'arrêtai en dérapant, l'oreille tendue, à la recherche de la fréquence du Monde Clé. Simon n'était même pas essoufflé. Je m'adossai à un lampadaire et, entre deux respirations haletantes, je le remerciai.

– D'abord... qu'est-ce que c'était que ça? (Il agitait la main avec colère en direction de chez lui.) Je ne pouvais pas rester caché. Je ne pouvais pas le... – me – laisser te faire du mal.

– Tu ne m'aurais jamais fait de mal, que ce soit dans ce monde ou n'importe quel autre. Tu m'as sauvée.

Je ne parvenais pas à me concentrer. Mon esprit tournait à cent à l'heure, essayant de comprendre ce qui venait de se produire tout en cherchant à repérer la fréquence de notre monde. À cause de la panique, je me dispersais. Je n'allais pas pouvoir nous ramener à la maison sans aide.

Je fouillai mon sac à la recherche du collier que Monty m'avait donné. Comment avait-il deviné que j'en aurais besoin ce soir?

Le pendentif était un diapason miniature d'environ huit centimètres de haut, parfaitement équilibré, patiné par l'usure propre aux objets chéris par leur propriétaire. La chaîne retomba dans ma paume tandis que je l'examinais à la lumière pour voir le nom gravé sur les dents.

Rosemont Armstrong.

Monty m'avait donné le pendentif de ma grand-mère. Ce qui signifiait qu'elle ne l'avait pas pris avec elle quand elle avait disparu. Je n'avais pas le temps de réfléchir à la question pour l'instant. Mais j'allais le faire. Bientôt.

– Qu'est-ce que c'est? s'enquit Simon.

– Notre clé pour rentrer, dis-je en frappant le lampadaire avec.

Le son résonna, doux, mais clair, et le pivot du Monde Clé frémit en réponse. J'attrapai la main de Simon et nous ramenai à la maison.

Chapitre quarante-quatre

Les dégâts faits à la trame d'un monde affaiblissent sa fréquence et les fils affectés deviennent davantage susceptibles d'être la source de *vibrato fractum*, et autres problèmes.

Chapitre cinq, « Physique »
Principes et pratiques du clivage, cinquième année

Soit la pratique est vraiment la clé du succès, soit le désespoir est un moteur plus puissant que je le croyais, car le retour fut moins éprouvant pour nous deux.

Ce ne fut pas facile pour autant. À l'arrivée, j'avais les jambes flageolantes, les poumons en feu, et une migraine digne d'une gueule de bois de Nouvel An.

– Tu parles d'une initiation ! commenta Simon. C'est toujours aussi dingue ?

Je me blottis contre lui, à l'écoute de la moindre anomalie dans sa fréquence.

– Normalement, c'est plutôt calme.

Sauf quand il y a un clivage.

Je sentis sa main dans mes cheveux, tandis qu'avec délicatesse, il en ôtait les brindilles et les feuilles.

– Iggy m'a reconnu.

– D'après mon grand-père, les animaux sont meilleurs pour ce genre de chose.

Il m'effleura le front d'un baiser.

– Que s'est-il passé là-bas ? Je ne voyais rien, mais ça avait l'air terrible.

Je n'en avais aucune idée. Nous nous étions retrouvés en terrain inconnu.

– Ce n'était pas un pivot, dis-je en pensant à voix haute, car ils sont créés par les décisions que nous prenons. Ce n'était pas non plus un clivage. Une fois lancés, ces derniers sont irréversibles, et lorsque nous nous sommes éloignés le phénomène a commencé à s'inverser. C'était comme si la trame du monde ne pouvait pas gérer simultanément vos deux fréquences au même endroit, du coup elle s'est déchirée, puis elle s'est réparée quand nous sommes partis.

Était-il possible pour des fils de se reformer ?

Je consultai la carte d'Eliot : le pivot par lequel nous étions revenus brillait comme un soleil miniature, fort et stable.

– C'était un truc bizarre. On ne saura peut-être jamais quoi.

Eliot aurait su. Addie, aussi. Mais je ne pouvais plus compter ni sur l'un ni sur l'autre pour m'aider. Et Monty n'était pas vraiment une source d'information fiable. Je serrai le poing sur le diapason de ma grand-mère. Pourquoi ne l'avait-elle pas pris avec elle lors de sa dernière Marche ? Il lui aurait permis de retrouver le chemin de la maison.

Je passai le pendentif à mon cou. Monty avait des réponses ; c'était juste que je n'avais pas posé les bonnes questions.

– Tu ne peux plus Marcher, dis-je à Simon. Nous ne pouvons pas courir le risque que tu rencontres à nouveau un de tes Échos.

– Tu ne peux pas y aller seule.

– Je le fais sans arrêt.

– Plus maintenant, répliqua-t-il avant de m'embrasser.

– Tu n'as pas d'ordres à me donner, répliquai-je quelques minutes plus tard. Mais je suis touchée que tu te fasses du souci.

– J'ai bien failli te perdre, dit-il en caressant du doigt la chaîne de mon collier. Et si... ?

– Tout est « et si ». C'est pour ça que j'aime tant ça. (Je marquai une pause.) Nous trouverons une version de ta mère en bonne santé. C'est juste que ça prendra du temps.

Du temps que je n'aurais probablement pas si Addie décidait de cafter à Lattimer.

C'était comme si Monty avait un talent secret – autre que sa capacité à Marcher – lui soufflant de faire profil bas quand il était sur le point de se faire prendre. Le lendemain matin, j'attendis aussi tard que possible, espérant qu'il descendrait à la cuisine afin de lui poser, entre autres, des questions sur le pendentif de ma grand-mère et l'étrange déchirure provoquée par les deux Simon. Mais ma mère me vit la première et m'ordonna de partir pour le lycée où Simon m'accueillit avec un baiser qui me coupa les jambes.

Une chape de silence s'abattit sur le couloir, aussitôt suivi d'un ouragan de murmures.

– Que me vaut cet honneur ?

J'avais eu envie que les gens me voient, mais pas forcément de cette façon.

– Tout. Rien. Essentiellement parce que tu es toi.

– Parce que j'essaye d'aider ta mère.

Je ressentis un infime pincement au cœur.

– Le fait que tu m'as offert ton aide compte, bien sûr. Mais ça... (Il agita la main dans l'espace que j'avais mis entre nous.)

Ça a démarré avant que je te parle d'elle. Avant même que je découvre ce dont tu étais capable.

Ça avait démarré quand j'avais commencé à fréquenter ses Échos. Mais ma culpabilité m'empêcha de le mentionner.

– Tu m'accompagnes à l'orchestre ?

– Avec plaisir.

Avant que je puisse l'en empêcher, il me prit par la taille, décontracté, comme s'il n'y avait rien de plus naturel.

Alors que nous passions devant l'armoire aux trophées, je jetai un coup d'œil à ma réparation de la veille, et m'arrêtai net.

– Qu'est-ce qu'il y a ?

– Les trophées, dis-je tandis que la peur me nouait le ventre. Ils sont différents.

– Qu'est-ce que tu veux dire ? (Il me lâcha.) Attends. Ce n'est pas la coupe du championnat d'État. Et où est mon filet ?

– Il a dû être inversé, expliquai-je. C'était ce que j'étais partie réparer quand tu m'as surprise. Un autre monde avait commencé à fusionner avec celui-ci. Dans l'autre, il me semble que tu faisais partie des remplaçants.

– Je ne suis pas du tout sur la photo. Est-ce à cause d'hier soir ?

– Sûrement. (Je repensai à la maison.) Ton Écho n'avait pas de panier de basket au-dessus de la porte de son garage.

Il ferma les yeux, comme pour se remémorer la scène.

– Non, en effet, je ne crois pas.

L'Écho que nous avions rencontré n'avait pas l'allure d'un joueur de basket. Piercings mis à part, il ne bougeait pas de la même façon que Simon : ce dernier avait une démarche dynamique, alors que celle de l'Écho était traînante.

– Le monde a filtré. La réparation que j'ai effectuée a dû fragiliser les fils, et quand vos fréquences se sont croisées, ça les a endommagés. (Simon me dévisagea, complètement perdu.) Une partie de l'Écho d'hier a investi le Monde Clé. Ton double ne jouait pas au basket. Dans sa réalité, la saison passée s'est déroulée différemment. Ce sont leurs trophées.

– Je me souviens d'avoir gagné, protesta-t-il. Je me souviens d'avoir découpé le filet. Personne d'autre ne va remarquer qu'il y a un problème ?

– Je l'ignore. Ça devient trop pointu pour moi. C'est du niveau apprentissage. (La pitoyable petite coupe ne bougeait pas, ce qui signifiait que l'inversion s'était enracinée.) Il faut que je traverse pour corriger ça.

– Pour un vulgaire trophée ? Pas question.

– C'est une inversion, expliquai-je. Tant que je n'aurai pas réglé le problème, elle continuera à s'étendre.

– J'ai peur que tu ne reviennes pas, dit-il en glissant les doigts dans les poches de mon jean afin de m'attirer à lui. N'y va pas.

– Je reviendrai, le rassurai-je en sortant le pendentif sous mon T-shirt. Je suis une Marcheuse. C'est notre mission.

– Mais...

J'effleurai la vitre afin de sentir les traces de la fréquence défectueuse qui se mêlait à celle du Monde Clé. L'Orphéon allait forcément s'en apercevoir. Avec toutes les équipes qui travaillaient dans le coin, ce genre de phénomène ne pouvait qu'attirer leur attention.

– Il n'y a pas de mais. Va en cours. Je ne veux pas que tu sois à proximité du pivot quand je le traverserai.

– Del...

Je l'embrassai rapidement sur la joue, comme si rien de tout ça n'était grave.

– À tout à l'heure.

Il partit à reculons, sans me quitter des yeux.

Je me faufilai dans les toilettes des filles, et y demeurai cachée jusqu'à ce que la première heure de cours ait commencé et que les couloirs soient vides. Il n'y avait pas moyen de déterminer sous quel délai ma mère ou l'un des autres navigateurs allaient repérer l'inversion. Il fallait que je me dépêche.

Les mains tremblantes, je retrouvai la fréquence de la veille, et la suivis. Une fois dans l'Écho, la dissonance me heurta de plein fouet avec la violence d'un coup de marteau en pleine tête. Le monde vacilla sous mes yeux et les lumières se brouillèrent. Je m'appuyai au mur afin de me stabiliser.

La trame du monde était tissée serré, presque impossible à pénétrer. Je passai délicatement la main au-dessus, et la sentis vibrer. Pas étonnant que l'inversion soit aussi tenace, les fils qui posaient problème étaient si étroitement enchevêtrés que je ne pouvais les démêler suffisamment pour rétablir la bonne fréquence.

J'ignore combien de temps s'écoula tandis que je travaillais. La nausée me submergea soudain, et je respirai lentement pour ne pas vomir. *Doigts agiles, esprit ouvert, t'aident à traquer ce que tu cherches.* Là, j'avais enfin isolé la première corde qui vibrait terriblement faux.

C'était l'ouverture dont j'avais besoin. Plus je réparais de fils, plus ça devenait facile pour les suivants, mais les dégâts s'étaient étendus tel du lierre sur un mur de pierre. Prise de vertige, je me raccrochai à la réalité en pensant à Simon.

Le dernier nœud se défit quasiment tout seul. La résonance était à présent claire et stable, j'avais corrigé l'inversion.

Trop tard.

Mes jambes cédèrent sous mon poids, et je m'écroulai, victime d'empoisonnement fréquentiel. Le pendentif de ma grand-mère pendait lourdement autour de mon cou, mais mes doigts engourdis étaient trop douloureux pour l'atteindre. Était-ce cela qu'elle avait ressenti quand elle s'était perdue ? Allais-je manquer à Simon, comme Rose manquait à Monty ? Le monde se mit à tanguer autour de moi, les contours de mon champ de vision s'assombrirent et un voile me tomba devant les yeux.

Quelqu'un m'attrapa par les épaules et un visage apparut au-dessus du mien, cher à mon cœur et familier. Eliot.

L'obscurité m'engloutit.

Chapitre quarante-cinq

Parfois les visions les plus appréciées sont les plus inattendues.

Je repris connaissance sur le sol d'un local de fournitures, brûlante de fièvre et claquant des dents.

– Toilettes, croassai-je en essayant de me rouler en boule sur le flanc. Je vais être malade.

J'entendis alors Simon demander :

– Qu'est-ce qu'elle dit ? Ça n'a aucun sens.

– C'est l'empoisonnement fréquentiel, répondit Eliot. Son cortex cérébral est embrouillé.

– Malade, répétai-je la langue pâteuse. Vomir.

– Va lui chercher un Coca, ordonna Eliot en extirpant le diapason de mon poing serré afin de le faire résonner.

Le carillon du pendentif s'insinua lentement en moi et tempéra la nausée.

– Tu es venu pour moi ?

– N'essaye pas de parler, dit-il en le faisant résonner une seconde fois.

– L'inversion ? Elle est partie ?

Tout mon corps frissonna et quelqu'un glissa un sweat-shirt sous ma tête.

– Je ne comprends rien à ce qu'elle raconte, commenta Simon d'une voix rauque.

Je sentis Eliot me redresser. Le cliquetis d'une canette que l'on ouvre fut suivi du sifflement caractéristique des boissons gazeuses et le goût sirupeux du Coca m'emplit la bouche.

– Bois.

Le sucre commença à faire effet et mes muscles se détendirent.

– Quelqu'un risque d'arriver à tout moment, dit Simon. On devrait peut-être l'emmener ailleurs ?

– A va mieux, bafouillai-je.

Eliot se détendit légèrement.

– Tu vas mieux, en effet, confirma-t-il. Content que tu sois de retour parmi nous.

– Tu parles qu'elle l'est, grogna Simon. Del ? Tu m'entends ?

Je luttai pour m'asseoir sur le ciment froid et inconfortable.

– J'entends parfaitement bien.

– Plus maintenant, me contredit tristement Eliot, en écartant de mon visage des mèches de cheveux trempées de sueur. Et il a raison. Nous devons t'emmener ailleurs.

– Attends ? Ça a fonctionné ? Les trophées ?

– Au diable les trophées, s'énerva Simon. Je te ramène chez toi tout de suite.

Eliot m'effleura la joue.

– Tu as réussi. Mais c'était moins une.

– Je vais chercher la voiture, dit Simon. Restez là.

Je m'assoupis brièvement. Quand je revins à moi, je demandai à Eliot :

– Tu m'as vue sur ta carte ?

Il esquissa une grimace qui aurait presque pu passer pour un sourire.

– Ton petit copain m'a forcé à quitter l'orchestre sous prétexte que tu étais devenue folle.

– Ah.

– Je lui ai dit que tu étais imprudente, pas folle.

– N'oublie pas égoïste.

– Ça aussi, oui.

– Qu'a-t-il dit ?

Simon nous rejoignit à ce moment-là.

– J'ai dit que s'il ne t'aidait pas, je lui brisais les jambes. Je ne suis pas qu'un beau gosse.

Je bus longuement, sentant mes forces me revenir à chaque seconde qui passait.

– Reste que tu es beau.

– Beau et costaud, répliqua-t-il en me donnant un coup de main pour me mettre debout. Allons-y.

Le trajet se déroula en silence. J'avais besoin de toute ma concentration pour ne pas vomir, et les deux garçons ne décrochèrent pas un mot. J'ignorais ce qui se passait dans la tête de Simon, mais l'ordinateur dans le cerveau d'Eliot fonctionnait à plein régime.

Ne trouvant personne à la maison à notre arrivée – même Monty était absent –, les garçons m'accompagnèrent dans ma chambre. Après m'avoir installée sur mon lit, Simon tourna lentement sur lui-même, observant les étoiles éparpillées un peu partout, les cartes que j'avais dessinées, les vieux meubles et la collection d'instruments de musique autour de mon pupitre. Il affichait l'expression que je devais avoir chaque fois que je mettais les pieds dans un nouveau monde.

– Petits cailloux, murmura-t-il.

– Je suis revenue. Je te l'avais bien dit.

Une émotion que je ne parvins pas à déchiffrer traversa son regard.

Eliot toussa pour attirer mon attention.

– Peux-tu nous laisser une minute ? demandai-je à Simon.

Il jeta un coup d'œil à Eliot avant de reporter son attention sur moi, et acquiesça.

– Plus de soda ne lui ferait pas de mal, dit Eliot. Son taux de sucre a sérieusement chuté.

– Je m'en occupe.

Une fois que Simon eut disparu dans l'escalier, Eliot se mit à faire les cent pas.

– Tu n'aurais jamais dû y aller seule.

– Au final, je n'étais pas seule.

– Je t'aurais aidée. Même s'il n'avait pas menacé de m'exploser les rotules. Tu le sais, n'est-ce pas ?

J'avais cru que non, pensant qu'Eliot était aussi égoïste que moi, et mes yeux se remplirent de larmes.

– Je suis désolée. Pour tout. Pour avoir été si stupide, et infecte. Tu as toutes les raisons de me haïr.

– Je ne te hais pas. (Il s'assit sur mon lit.) Je suis en colère. Mais nous sommes une équipe. Depuis toujours...

– ... et pour toujours. (Je me plaquai une main sur les yeux.) J'ai merdé.

– En effet, dit-il d'une voix heurtée, et je sus que nous n'étions pas seulement en train de parler de mon empoisonnement. Il ne devrait pas être capable de Marcher.

Je grimaçai.

– Il t'a raconté ?

– Je ne peux pas travailler sans avoir toutes les données. Et je n'arrive pas à croire que tu lui as révélé notre secret.

– Il m'a prise sur le fait. Je ne pouvais pas mentir.

Le voyant hausser un sourcil sceptique, je corrigeai :

– Je ne voulais pas mentir. À ce propos... Je ne t'ai pas dit toute la vérité.

– Quelle surprise ! (Il poussa un soupir de frustration.) Alors, c'est quoi cette fois ?

– Il y a un truc qui cloche chez lui. Un truc pas net du tout, Eliot. C'était l'une des ruptures de Park World. Et depuis, chaque fois que j'ai croisé un de ses Échos, il m'a vue. Je n'ai pas arrêté de tomber sur lui. Il avait un lien avec toutes les inversions que j'ai trouvées. Il n'y a pas que le TRS, ou la Marche. C'est plus grave que ça. Je pense qu'il est pris dans l'anomalie.

– Nous devons le dire à l'Orphéon pour qu'ils s'en occupent.

– Ils s'en occuperont en le faisant disparaître. (Je lui agrippai la main.) Addie sait que j'ai utilisé mon don pour aller le voir. Dès qu'elle aura déniché une preuve, elle ira tout raconter à Lattimer. Je dois débarrasser Simon de l'anomalie avant qu'elle nous dénonce.

Il retira sa main d'un geste sec.

– Et tu as besoin de mon aide.

« Je suis assez bon pour être utilisé, mais pas digne d'être aimé. »

Même dans les vapes et épuisée, je me rendis compte du danger.

– Non. Si tu es impliqué, ils te puniront aussi. Je vais m'en occuper.

– Oui, bien sûr. Tu contrôles parfaitement la situation, rétorqua-t-il, pince-sans-rire.

Il m'embrassa sur le front, et ajouta, l'air inquiet :

– Repose-toi, je repasserai plus tard.

– Eliot...

Il me salua de la main, et descendit les marches au pas de course. Je l'entendis parler avec Simon, leurs voix trop faibles pour que je comprenne quoi que ce soit, et je me laissai aller contre la tête de lit.

– Je déteste être assise là à ne rien faire, dis-je à Simon quand il remonta.

– Dommage pour toi. (Il me tendit une bouteille de soda.) Bois.

Quand j'eus fini, il posa la bouteille par terre et s'allongea à côté de moi. Je me tournai et me serrai contre lui, la tête sur son torse, au-dessus son cœur.

– Tu sais, ce n'était pas de cette façon que j'espérais me retrouver dans ta chambre, dit-il en me caressant le bras.

– Désolée de te décevoir.

– Je ne suis pas déçu. Juste inquiet. Tu es sûre que ça va?

– Les empoisonnements fréquentiels passent rapidement.

En tout cas au début. La prochaine fois, ça serait pire. Je me blottis plus près de lui et essayai d'adopter un ton désinvolte.

– Je serai complètement remise demain matin.

– Eliot dit que tu es censée te reposer pendant au moins un ou deux jours.

– Eliot est inquiet, lui aussi.

– Eliot est amoureux de toi.

Ce n'était pas une critique, il ne faisait qu'énoncer calmement une certitude.

– Je suis vraiment trop bête. (Je fermai les yeux et laissai les battements de son cœur résonner en moi.) Comment l'as-tu deviné?

– J'ai reconnu les signes.

– Oh.

J'ouvris brusquement les yeux, sans savoir ce qui me surprenait le plus, ce qu'il semblait sous-entendre ou à quel point j'avais envie qu'il le pense.

Le silence devint pesant, et il mêla ses doigts aux miens.

– Je ne veux plus jamais que tu partes comme ça.

Je levai les yeux sur lui.

– Si je ne le fais pas, comment trouvera-t-on un traitement pour ta mère ?

– Ça ne nous sera pas d'un grand secours si tu as le cerveau grillé. Je ne comprenais rien à ce que tu disais quand tu es revenue.

– Ce sont les effets secondaires.

– Et la prochaine fois ? Ou celle d'après, ça sera quoi ? Plus de ça, Del.

– Ne me dis pas ce que j'ai à faire, rétorquai-je vertement. Tu ne connais l'existence des Échos, et de tout ce qui va avec, que depuis quarante-huit heures. J'ai commencé à Marcher avant de faire mes premiers pas. C'est à moi de décider, pas à toi.

– Et la règle numéro trois ? Celle qui dit que ma mère doit accepter ? Est-ce qu'elle a son mot à dire ?

– Je parlais du traitement. Tu ne peux pas lui parler des Marcheurs. Et puis qu'est-ce que tu lui dirais ? Salut, Maman, ça ne te dérange pas si ma petite amie va dans une autre dimension chercher un remède pour ton cancer ? C'est un peu dangereux, et ça ne marchera peut-être pas, mais tu es d'accord, hein ? Elle te fera enfermer.

– Je pensais à une approche un peu plus subtile.

– Tenons-nous-en au plan. Je déniche le traitement, nous trouvons un moyen pour que ça fonctionne ici, et ensuite seulement nous la mettons dans la boucle.

– Elle refusera, Del. Crois-moi. (La tension irradiait de son bras et ses mots étaient teintés d'amertume.) Elle ne voudrait même pas que tu cherches.

– Tu es en colère contre elle, dis-je d'une voix compatissante. Elle a accepté le fait d'être mourante, mais pas toi.

Il voulut s'écarter, mais je le retins et l'obligeai à se tourner jusqu'à ce que nous soyons face à face.

– Peu importe le temps qu'il reste avant la fin de la partie, dit-il, tu joues jusqu'au coup de sifflet final. Tu donnes le meilleur de toi-même.

– Jusqu'à ce que tu ne puisses plus. Et si elle était fatiguée de se battre ?

– Dans ce cas, je me battrai pour elle. Mais c'est mon boulot, pas le tien.

– Je n'arrêterai pas de Marcher. Même pas pour toi. Alors, autant me laisser t'aider.

Il croisa mon regard et acquiesça d'un infime hochement de tête.

– Bien. Nous commencerons dès que je serai à nouveau sur pied.

Mais avant ça, j'avais quelque chose à faire.

Chapitre quarante-six

Toutes nos actions ont pour origine un choix. Parfois, il s'agit d'une décision consciente, et d'autres fois c'est un automatisme, mais nous choisissons toujours un chemin aux dépens d'un ou de plusieurs autres. Vue sous cet angle, l'inaction représente, elle aussi, un choix, même s'il est inexprimé.

Chapitre premier, « Structure et formation »
Principes et pratiques du clivage, cinquième année

Le pire avec les empoisonnements fréquentiels, c'est le temps qu'il faut pour s'en remettre. Si vous reprenez les Marches trop tôt, votre résistance est diminuée de moitié. Je n'étais pas en grande forme, mais je ne voulais pas reporter davantage ce que j'avais à faire. Eliot avait raconté à mes parents que j'avais attrapé la grippe au lycée, ce qui me permettait d'échapper à mes leçons avec Addie, mais m'empêchait également de voir Simon. Arrivée au vendredi, il me manquait atrocement, sans compter que rester enfermée toute la journée commençait à me rendre cinglée. Je retournai donc au lycée malgré les protestations d'Eliot.

Je passai la journée dans le brouillard. Seul Simon était net, m'incitant à ingurgiter du sucre et tenant Bree à l'écart durant le cours de musique. Quand la neuvième heure de cours débuta, j'étais si épuisée que même Mme Gregory me crut lorsque, à seulement dix minutes de la fin, je demandai un laissez-passer afin de me rendre à l'infirmerie.

– Elle est probablement droguée, chuchota Bree.

Je me précipitai dans les toilettes des filles, trouvai un pivot et me rendis dans Doughnut World.

La dernière fois que je l'avais vu, Simon m'avait donné son emploi du temps. Il avait espagnol. Je naviguai dans les couloirs en pilote automatique. La sonnerie indiquant la fin du cours retentit et le couloir se remplit des rires des conversations et des cris des élèves enfin libres. Déjà la fatigue induite par la fréquence commençait à se faire sentir, familière et de mauvais augure. M'attarder ici était inenvisageable.

Au bout d'un moment, je finis par le repérer.

Et réciproquement.

Choc. Soulagement. Chaleur. Colère. Les expressions déferlèrent sur le visage de l'Écho de Simon, l'une chassant l'autre, jusqu'à s'arrêter sur un sentiment que je n'avais pas anticipé. La méfiance.

La haine aurait été plus facile à encaisser. Cela l'aurait mieux protégé. Avec ce mélange d'espoir et de crainte, je ne pouvais que le blesser davantage.

– Salut, dis-je avec un petit signe de la main.

– Où étais-tu passée ?

– Est-ce qu'on peut aller ailleurs pour parler ?

– Afin que tu puisses encore me servir une excuse bidon ? Te fatigue pas.

J'aurais préféré ne jamais revenir, mais il m'avait fait confiance, et je lui devais la vérité, ou au moins une version de la vérité. J'avais vu ce que ça donnait quand les gens partaient sans explication, les dégâts causés à ceux qui restaient. Cela teintait tout ce qui s'était passé avant et déformait tout ce qui venait après. C'était ce qui s'était produit avec le père de Simon et avec ma grand-mère. Leur absence était aussi tangible que leur présence.

– Je t'avais promis que je reviendrais.

Il claqua la porte de son casier et se dirigea à grands pas vers la sortie.

– Pour combien de temps ? Je n'arrive jamais à te trouver, Del. Tu es un foutu fantôme ! C'est comme si tu n'étais même pas réelle.

– Je le suis.

Tout comme lui, malgré tout ce qu'on m'avait enseigné. Je me frottai les bras dans une tentative pour repousser la fréquence de plus en plus envahissante.

– Mais je ne pourrai pas revenir.

– Dis plutôt que tu ne veux pas.

– Non, je ne peux pas. Je n'ai rien à faire ici. Chaque fois que je viens te voir, je dois le faire en cachette. Je dois arrêter.

– Pourquoi te caches-tu ? dit-il sur un ton un peu moins glacial. Tu as des ennuis ?

– J'essaye de les régler. (Je sentis mon cœur se serrer malgré moi.) Je voulais te dire au revoir. Tu mérites un vrai au revoir.

Parce qu'il était réel, aussi réel que mon Simon. Il méritait mieux que les moments volés que nous avions partagés.

– Ne fais pas ça. (Il secoua la tête, l'air perdu.) Quel que soit le problème, ou la personne que tu fuis, laisse-moi t'aider. Je peux te protéger.

Il me caressa la joue avec délicatesse, comme s'il craignait que je me brise. Ce qui n'était pas si absurde.

– De moi-même ? demandai-je en appuyant les doigts sur mes paupières. Tu n'imagines pas le nombre de gens qui ont essayé.

Nous avons toujours le choix. C'est une des premières choses que les Marcheurs apprennent. Il y a toujours un choix à faire.

Sauf qu'au final, mes professeurs avaient tort. Plus vous vous souciez de ce qui vous entoure, moins vous avez de choix. Parfois, il n'y en a même plus. Ne reste qu'un seul et impossible chemin ; et vous devez le suivre. Car c'est l'unique moyen de continuer à vivre avec vous-même.

Chapitre quarante-sept

Je revins nerveuse, nauséeuse et complètement épuisée. J'ignorais si c'était parce que j'avais Marché trop tôt ou parce que j'avais plaqué Simon. Pas mon Simon, me rappelai-je en m'asseyant dans le foyer et en vidant une canette de Coca dans l'espoir de repousser une nouvelle attaque d'empoisonnement fréquentiel.

J'avais clivé un Simon, flirté avec plusieurs de ses Échos, et je venais d'en blesser un quelques minutes plus tôt. Mais le Simon qui comptait le plus était celui qui me connaissait le mieux, et il était ici. J'allais régler le problème qui les affectait, lui et le Monde Clé, nous allions trouver un moyen d'aider sa mère, et ensuite nous pourrions être heureux, ici, ensemble.

Plus d'escapade pour débusquer d'autres Simon. Plus jamais.

Jamais ne dura pas assez longtemps.

Un bruit de course attira mon attention. Je me penchai pour voir ce qui se passait et aperçus une infirmière qui se précipitait vers le gymnase, une trousse de soins à la main.

– ... Il dit que ça va, dit un des joueurs de basket tout en courant. Mais l'entraîneur ne veut pas prendre de risque.

J'étais peut-être nulle en trigo, mais je pouvais encore additionner deux et deux.

Terrifiée, je les suivis jusqu'au gymnase.

Simon était assis sur un banc, à peine visible derrière le mur de ses coéquipiers agglutinés autour de lui. L'infirmière leur demanda de s'éloigner avec le sourire, et elle sortit son tensiomètre.

– Voyons ce que ça donne.

Il la repoussa, l'air hagard.

– Laissez-moi retourner sur le terrain. C'était rien.

– Ce n'était pas rien, gronda l'entraîneur. J'ai cru que tu avais une attaque !

– J'ai fait une nuit blanche, répliqua Simon. Je vais bien.

– Tu as intérêt. Nous avons un match contre Kennedy demain. Hors de question que tu t'évanouisses en plein milieu du terrain, comme une gamine de treize ans à un concert de rock.

Bien qu'à l'autre bout de la salle, je vis nettement Simon rougir de honte.

– Une réhydratation et une bonne nuit de sommeil devraient régler le problème, conclut l'infirmière.

L'un de ses coéquipiers apporta un sac de sport et le déposa aux pieds de Simon.

– Rentre chez toi, Lane, aboya l'entraîneur. Et repose-toi.

– Je n'ai pas besoin de... commença à protester Simon, puis il me vit et se redressa, l'air combatif. Bien sûr, monsieur. Je serai là demain.

– Tu as intérêt ! répondit l'entraîneur avant de donner un coup de sifflet. Allez, vous autres, on n'est pas là pour prendre le thé. Bougez-vous !

Simon se dirigea vers moi, me clouant sur place du regard, et plus il s'approchait, plus je sentais le froid m'envahir.

– Voiture, dit-il en balançant son sac sur son épaule.

Nous rejoignîmes la Jeep sans échanger un mot. Une fois derrière le volant, il se tourna vers moi.

– Je t'ai vue Marcher.

Je ne cherchai même pas à nier.

– Qu'as-tu vu exactement ?

Il laissa échapper un rire sans joie.

– Tout. Durant tout ce temps, je croyais que c'était des rêves, alors que... quoi ? Tu sortais avec moi dans d'autres mondes ? Ça ne te suffisait pas que je craque pour toi dans celui-ci ? Je ne te suffisais pas, il fallait en plus que tu ailles t'amuser avec mes Échos.

– Ce n'est pas comme ça que ça s'est passé !

– Et puis tu m'as largué ! Tu pensais faire pareil ici, pour que les mondes soient raccords ? (Il avait l'air insulté.) Tu me trompais avec moi-même ?

– Non ! Je ne suis pas retournée là-bas depuis notre rendez-vous. C'était avant que les choses changent entre nous.

– Ça fait longtemps que les choses ont changé entre nous.

C'était à mon tour d'être en colère.

– Et tu ne t'es jamais demandé pourquoi ? Tu as dit qu'il t'avait fallu du temps pour me remarquer, mais tu ne t'es jamais demandé ce qui avait changé ?

– Le projet, dit-il. Powell nous a mis ensemble sur le projet. Et cette nuit-là...

– Tu as rêvé de moi. Sous la pluie...

– Devant le Grundy. Tu m'as donné une étoile, compléta-t-il.

– Avant que Powell nous oblige à travailler ensemble, c'était à peine si tu m'adressais la parole. Tu n'as pas eu une révélation en plein cours de musique. Tu m'as remarquée parce que ton Écho m'avait embrassée la veille au soir.

Il croisa les bras.

– Tu n'as pas dit non.

– Et pourquoi l'aurais-je fait ? Je n'imaginais pas qu'il se passerait quoi que ce soit entre nous. Tu étais la star de l'équipe de basket et moi la fille bizarre de l'orchestre. Donc oui, quand le garçon sur lequel je craque depuis des années veut m'embrasser, j'y vais, même si c'est un Écho.

– Tu y es retournée, m'accusa-t-il.

– Tu es sorti avec Bree.

– C'est différent, et n'essaye pas de me faire croire le contraire. Tu m'as menti durant tout le temps où nous sommes sortis ensemble.

– Tu n'étais pas au courant pour les Marcheurs. Comment voulais-tu que je t'explique ça ?

– N'importe quoi, Del. Tu aurais pu me le dire dans le local. Ça aurait été le moment idéal.

– J'étais un petit peu occupée à tenter de sauver la vie de ta mère, tu te rappelles ?

– Ma mère n'est pas un joker, rétorqua-t-il avec férocité. Ce n'est pas parce que tu l'aides que ça te dispense d'être honnête. Ce sont deux choses totalement séparées.

– Tu parles ! L'après-midi même où tu as appris l'existence des Marcheurs, tu m'as demandé de l'aider. Quand j'ai dit non, tu es parti. Quand j'ai dit oui, tu es revenu. Si tu veux de l'honnêteté, commence par admettre que si tu es avec moi, c'est uniquement parce que je peux l'aider.

Ma respiration était hachée, ma voix étranglée ; et Simon recula comme si je l'avais giflé.

– Je me suis comporté comme un abruti, dit-il. Quand tu m'as raconté la vérité à propos des Marcheurs, je n'ai pas réfléchi au danger que ça pouvait représenter, ou au prix que tu pourrais avoir à payer. Je n'ai pensé qu'à la possibilité de la guérir. Tu as risqué ta vie pour ma mère, et c'est énorme. Je n'ai même pas de mot pour ce que tu as fait.

J'enfonçai les ongles dans mes paumes en attendant la suite.

– Mais je suis avec toi, j'étais avec toi, parce que j'étais dingue de toi. La Marche n'avait rien à voir avec ça. Enfin c'est ce que je croyais. La Marche a fait de notre relation un mensonge, et c'est ta faute.

Je baissai les yeux.

– Je ne voulais pas te perdre.

– Et tu vois ce que ça a donné ? D'après ce que j'ai compris, le moi du monde où tu étais n'est non plus fan de toi en ce moment. (Il grimaça.) Ce qui nous fait un autre point commun.

– Simon...

Je redressai la tête, mais il avait les yeux rivés sur le volant.

– Tu m'embrassais, moi. Tu es convaincue que mes sentiments venaient de lui, mais qu'est-ce qui a déclenché les siens ? Peut-être que je t'aurais remarquée tout seul. Mais, maintenant, nous ne le saurons jamais, parce que tu ne me fais pas confiance, et moi non plus.

Je lui attrapai le bras.

– Attends. C'est vrai ça, qu'est-ce qui a déclenché les siens ? Il m'a remarquée alors qu'il n'aurait pas dû.

– Arrête de jouer la pauvre petite malheureuse qui manque d'assurance, dit-il en se penchant par-dessus moi pour ouvrir la portière afin que je sorte. Tu ferais mieux de partir.

Je descendis et posai la main sur le montant de la portière.

– Ce n'est pas une question d'assurance, espèce d'idiot. C'est de la physique. Les Marcheurs projettent des impressions dans les autres mondes, mais les Échos ne se souviennent pas d'eux. Il n'aurait pas dû me remarquer, car nous n'étions pas en train d'interagir. Ici ou là-bas.

– Peut-être que tu me suivais dans un autre monde, répliqua-t-il. Ça semble être ta spécialité.

– Je ne te suivais pas. Avant ça, la seule autre fois où je suis tombée sur toi, c'était au parc.

La vérité s'assembla comme les pièces d'un puzzle pour révéler ce que je n'avais pas su voir.

– Tu m'as vue au parc.

– Quel parc ?

– Le monde que j'ai clivé, dis-je en me remémorant la mare aux canards, les ballons et les petits changements qui faisaient toute la différence. Il était instable, et tu m'as touchée.

– Et ça ne se reproduira plus. Je ne peux pas t'empêcher de me courir après dans les Échos, mais dans celui-là, oui. Tout est fini entre nous.

Il démarra et me laissa seule sur le parking.

Tu pleureras plus tard, m'ordonnai-je. Mes pensées étaient hésitantes et précautionneuses, comme quand j'essayais de crocheter une serrure particulièrement difficile, et qu'une pression trop forte pouvait entraîner la chute d'une goupille m'obligeant à tout reprendre depuis le début. *Le parc.* Je fermai les yeux afin de me perdre dans le souvenir de Simon, sa main sur ma cuisse, me soutenant avant de me déséquilibrer d'un simple mouvement.

Sa fréquence défectueuse et la force de la dissonance chaque fois que nous nous touchions, quel que soit l'Écho.

Il m'avait remarquée dans Doughnut World – et s'était souvenu de moi – parce qu'il y avait quelque chose qui clochait chez lui.

Et quand il avait fini par me remarquer ici, les inversions avaient commencé.

J'avais pris le problème à l'envers. La fréquence de Simon n'était pas fausse parce que le monde était instable. Le monde était instable à cause de ce qui n'allait pas chez Simon. Parce qu'il y avait une sorte de connexion – plus importante que des

TRS, plus importante qu'une seule fréquence – entre ses Échos. Plus j'interagissais avec eux, plus la transmission gagnait en puissance. Plus les fréquences étaient fortes. Plus ses mondes devenaient instables.

Mes parents avaient cherché ce qui dans les mondes Échos pouvait générer une telle instabilité, mais le problème ne venait pas d'un Écho.

Le problème était Simon.

Chapitre quarante-huit

Je rentrai chez moi en mode automatique, le monde autour de moi soudain gris d'avoir compris que Simon était l'anomalie et que j'en avais amplifié les effets.

Chaque fois que j'avais eu affaire à lui dans une autre réalité, que ça ait été dans Doughnut World ou lors d'une des leçons d'Addie, j'avais renforcé la connexion entre lui et ses Échos. C'était pour ça que ses TRS étaient si intenses ; pour cette raison aussi que le ciel s'était déchiré lorsqu'ils s'étaient retrouvés face à face : la combinaison de leurs signaux avait été de trop pour un seul monde. C'était pour ça qu'il était si souvent au centre des événements Baroques : il les générait.

Simon était la maladie, et non un symptôme.

Quant à moi, j'étais le catalyseur.

Et je devais trouver un remède.

Je ne remarquai pas la voiture d'Addie avant d'être sur le point de rentrer dedans.

– Monte, dit-elle sèchement par la fenêtre ouverte.

Je tendis la main vers la poignée de la portière, mais m'arrêtai en voyant Eliot sur le siège passager, la mine sombre.

Je soupirai et m'installai sur la banquette arrière.

– Qu'est-ce que j'ai fait, cette fois ?

– Comme si tu ne le savais pas ! s'exclama Addie d'une voix où la colère le disputait à l'incrédulité.

– La liste est longue. Sois plus précise.

Eliot émit un bruit d'avertissement, et je me rappelai que les preuves qu'Addie recherchait pouvaient l'impliquer aussi. Si je voulais l'aider à se tirer d'affaire, tout comme il l'avait fait pour moi jusque-là, je devais détourner son attention de lui.

– Pour commencer, dit-elle, parlons de l'Original avec lequel tu couches.

– Je ne couche pas avec lui ! Pourquoi tout le monde s'imagine ça ? Je peux me contrôler un minimum, tu sais.

– Tes récentes actions démontrent le contraire de façon assez spectaculaire. Mais bon, admettons. Tu batifoles avec lui au lieu d'aller en cours. Ce garçon est une source de problèmes, Del. Tu dois rompre avec lui.

– C'est fait. Mais Simon pose un problème bien plus important.

– Il est l'anomalie que Maman et Papa recherchent, compléta Addie.

– Comment...

Eliot toussa.

Je lui donnai un coup dans l'épaule.

– Tu lui as dit ?

– Elle savait qu'il se passait quelque chose.

– La grippe, commenta Addie avec mépris. Une gueule de bois, j'y aurais cru. Mais, la grippe...

Eliot se contorsionna pour me regarder.

– J'ai enregistré un extrait de la fréquence de Simon pendant que nous étions chez toi. En surface, elle a l'air normale. Même ma carte ne l'a pas repérée. Mais si tu écoutes avec attention les oscillations individuelles, et non la globalité, il y a un défaut.

Une correction mineure à chaque cycle, comme si elle essayait de virer faux, mais était systématiquement ramenée dans le ton.

– J'ai des notes catastrophiques en physique. Je ne comprends rien à ce que tu racontes.

Addie se mit à parler lentement, articulant chaque mot distinctement, comme si elle s'adressait à une gamine.

– Simon est une source de pivots. Ses choix engendrent des mondes plus forts. Ils seraient stables si sa fréquence était saine. Mais ce n'est pas le cas. Alors chaque fois qu'il crée un monde, il n'est pas juste un peu faux. Il est atrocement faux.

Eliot prit le relais.

– Vu que le défaut est insignifiant, les mondes mettent du temps à perdre leur stabilité. Mais quand ils commencent à se dégrader, ça prend rapidement de l'ampleur.

– Comme Park World, dis-je.

Eliot confirma d'un signe de tête.

– Je t'avais bien dit qu'il y avait une autre raison.

– Et tu as d'abord été voir Addie ? Pourquoi ?

Un sentiment de trahison me broya le cœur.

– Ces dernières semaines, tu as fait preuve d'un manque de retenue et de jugeote assez effarant, répondit ma sœur à sa place. Alors, laisse-le tranquille, Del. Il était inquiet pour toi.

Je fusillai du regard Eliot, qui se contenta de hausser les épaules. Apparemment, l'époque où je pouvais lui imposer ma loi était terminée.

– Qu'est-ce qui pourrait bien faire ça à la fréquence de quelqu'un ? Et comment on règle le problème ? demandai-je.

– Nous le disons aux parents. Ils avertiront l'Orphéon, et l'Orphéon s'en occupera.

En le clivant.

– Pas l'Orphéon. Nous pouvons nous en charger nous-mêmes.

Nous venions de nous engager dans l'allée, et Addie freina si brusquement que je faillis glisser de mon siège.

– C'est pour ça qu'Eliot m'en a parlé en premier. Tu as vu les dégâts que Simon cause. Jamais nous n'arriverons à trouver une solution sans aide.

– Alors, demandons de l'aide, dis-je en faisant mentalement le tour des possibilités pour au final me rendre compte qu'il n'y en avait qu'une seule. Mais pas à l'Orphéon.

Chapitre quarante-neuf

– Voilà qui pose un sacré problème, dit Monty une fois que nous fûmes tous réunis autour de la table de la cuisine, avant de reprendre un cookie. Vous êtes certains que ça vient du petit Lane ? Je l'ai rencontré et je n'ai rien entendu d'anormal.

– Le défaut dans sa fréquence est si minime qu'il est impossible à détecter sans une analyse informatique. Mais il est là, et il permet à d'autres fréquences d'interférer avec le Monde Clé, expliqua Eliot. Comme c'est une source de pivots, il crée plus de mondes que la moyenne, et chacun de ces mondes est porteur du défaut, du coup ils ont plus tendance que les autres à perdre leur stabilité. Plus les Échos sont anciens, plus ils peuvent tenir longtemps ; a contrario, plus ils sont récents, plus ils sont vulnérables.

– Chaque fois qu'il croise Del dans un monde Écho, le signal s'amplifie, ajouta Addie, et son Original s'en souvient. Il entre dans une sorte de transe et sa conscience est là où il interagit avec elle.

– Ça ne fait ça qu'avec toi, Delancey ? Pas avec les autres Marcheurs ?

– Je suis la seule qu'il connaît vraiment.

Il mâcha pensivement son gâteau.

– Tu en es certaine ?

– Je ne suis plus sûre de rien, répondis-je. Sauf que nous devons l'aider, Papi. Si l'Orphéon lui met le grappin dessus, ça sera la fin. Sa mère est très malade, il est tout ce qu'elle a.

– Et il te manquera.

Je baissai les yeux sur mon café. Il me manquait déjà, mais il y avait plus important que mes sentiments.

– Écoutez, intervint Addie. Le cœur de Del a triplé de volume, c'est super, OK, mais Simon met le Monde Clé en danger, et si nous ne trouvons pas un moyen résoudre le problème, il faudra prévenir l'Orphéon. C'est la règle. Il n'y a pas d'exceptions.

– Je ne comprends toujours pas pourquoi sa fréquence est défectueuse, dit Eliot. Ni comment il a pu Marcher avec Del ?

– Je connais la réponse à la seconde question, avoua Monty en se levant pour récupérer son chapeau. Allons voir ton ami, Del.

Dix minutes plus tard, j'étais sur le perron de Simon à rassembler mon courage tandis qu'Addie, Eliot et Monty m'observaient depuis l'intérieur de la voiture.

– Je ne veux pas d'une nouvelle dispute, dit-il en m'accueillant à travers la moustiquaire.

– Je ne suis pas là pour ça. Le truc, c'est que...

– Ce que tu as fait était mal, poursuivit-il sans me laisser terminer ma phrase.

– Je sais.

– J'avais confiance en toi. Je t'ai parlé de ma mère. De mon père. Tu m'as fait passer pour un imbécile devant toute l'équipe. Et j'ai dû t'arracher chacune des vérités que tu m'as dites.

Je gardai les yeux rivés sur le paillasson décoré de tournesols.

– Sauf que je ne peux pas t'en vouloir.

Je relevai brusquement la tête, et il ajouta avec une pointe d'ironie :

– Bon d'accord, peut-être un petit peu. Mais je ne t'ai pas

donné tant de raisons que ça de me faire confiance. Tu m'as révélé l'existence des Marcheurs, et je n'ai pensé qu'à ma mère. Et puis, vu mon comportement au lycée et le fait que je ne t'aie pas calculée pendant trois ans, je comprendrais que tu ne me fasses pas confiance.

– Et pourtant si, murmurai-je.

Un début de sourire étira ses lèvres et il posa la main sur la moustiquaire.

– C'est un bon début.

J'appuyai ma paume contre la sienne et sentis sa chaleur à travers le grillage.

– Il y a autre chose que tu dois savoir, dis-je.

Son sourire s'évanouit.

– Pouvons-nous entrer?

– Nous?

Je désignai la voiture d'Addie, garée à l'angle de la rue.

Il poussa un long soupir et ouvrit la porte.

– Je suis désolée, m'excusai-je après avoir fait signe à Addie.

Tandis qu'Eliot et Addie pénétraient dans la maison, Monty tendit la main à Simon.

– C'est un plaisir de te revoir, Simon.

Ce dernier la prit et m'adressa un regard incrédule, comme s'il n'arrivait pas à croire que nous soyons en train de perdre du temps en mondanités.

– Où est ta mère? demandai-je à voix basse.

– Elle se repose. Nous resterons ici.

Message compris. Je n'étais pour l'instant plus la bienvenue à l'arrière de la maison, avec sa cuisine aux couleurs gaies et son petit salon chaleureux. Nous avions encore du chemin à faire.

Addie prit la parole, sur un ton sec et professionnel :

– Il y a un souci avec ta fréquence. Un défaut qui prend de l'ampleur avec chaque création d'Écho. Nous ignorons quelle en est l'origine, mais nous connaissons le résultat : certains des Échos dans lesquels tu apparais deviennent instables, et les dégâts commencent à toucher le Monde Clé.

Il la dévisagea, l'air ahuri.

– Il y a quelque chose qui cloche avec ta fréquence, traduisis-je, et ça pose des problèmes qui ont des répercussions dans tout le multivers. De gros problèmes.

– C'est en train de prendre de telles proportions qu'il ne faudra plus longtemps à l'Orphéon pour remonter jusqu'à toi. Et si nous ne parvenons pas à trouver une solution avant que ça arrive... Del pense que toi et ta mère pourriez être en danger.

Simon se tourna vers moi pour confirmation. Je déglutis avec difficulté et hochai la tête, m'attendant à ce qu'il se mette à nouveau en colère. Au lieu de ça, il considéra froidement Addie, et répliqua :

– Vu ta façon d'annoncer une nouvelle pareille, tu devrais envisager de faire carrière en cancérologie.

Elle inclina la tête.

– Il faut bien que quelqu'un fasse preuve de bon sens, et nous savons tous qu'on ne peut pas compter sur Del.

Préférant ne pas relever, j'ajoutai :

– L'Orphéon ne va pas tarder à comprendre ce qui se passe, et nous avons besoin de ton aide.

– Je suppose que vous avez un plan.

Tout le monde était inconfortablement assis sur les fauteuils filiformes, à l'exception de Simon qui se tenait devant la porte, comme s'il était sur le point de nous mettre dehors. Iggy, qui venait de pénétrer dans la pièce, se dirigea droit vers moi et posa la tête sur mes genoux.

– Il y a toujours un plan, commenta Monty. Sauf qu'en général ils ne se déroulent pas comme prévu.

– Tu es bien placé pour le savoir, dit la mère de Simon.

Tout le monde se tourna d'un même mouvement pour la regarder entrer. Elle portait un pantalon de yoga moulant et un vieux sweat-shirt appartenant à son fils.

– Bonjour, Montrose. Je me demandais si je te reverrais un jour.

– Bonjour, Amelia, répondit mon grand-père. Je n'étais pas certain d'être le bienvenu.

Chapitre cinquante

– Qu’est-ce que c’est que ce bazar ? m’exclamai-je, ce qui me valut un coup de coude de la part d’Eliot. Vous vous connaissez ?

Monty hocha la tête.

– Ça fait combien de temps ?

Amelia agrippait le bras de Simon ; ses yeux étaient bordés de rouge, et son sourire lumineux avait été remplacé par une grimace terne et résignée. C’est alors que tout devint clair.

– Dix-sept ans, dis-je.

Toutes les têtes dans la pièce se tournèrent vers moi.

– Je reconnais bien là ma petite-fille, murmura Monty.

– Je ne comprends pas, dit Simon.

– Ça fait dix-sept ans que ma grand-mère a disparu, dis-je en me rapprochant en douceur de Simon, comme s’il s’agissait d’un animal prêt à s’enfuir. Tout comme ton père.

– Del ? Tu es sûre ? s’enquit Eliot.

– Sûre de quoi ? demanda Simon, visiblement à bout de patience.

– Ton père est un Marcheur.

Plus je parlais, plus j’étais convaincue d’avoir vu juste.

Simon secoua la tête.

– Mon père est parti.

– Tout comme ma grand-mère. Quelle est ta date d'anniversaire?

– Le 3 janvier.

Je jetai un coup d'œil à Addie, qui haussa les épaules.

– Grand-mère a disparu le 9.

– Pas tout à fait, intervint Monty. Je devais brouiller les pistes pour lui donner quelques jours d'avance.

– Je suis un Marcheur?

– Pour moitié, le corrigea Addie. Et pour moitié Original. C'est pour ça que ton signal est si fort.

– Et c'est aussi pour ça que tu as pu Marcher avec moi, renchéris-je. Tu ne peux pas percevoir les pivots, car tu n'as pas hérité de l'ouïe de ton père, mais tu peux les traverser.

Je vis ses muscles se contracter, mais j'ignorais si c'était pour fuir ou pour attaquer.

– Vous ne pouvez pas demander de l'aide comme tout le monde? Il faut que vous manipuliez les gens? s'énerva-t-il.

Puis il ajouta à l'attention de sa mère :

– Elle ment, n'est-ce pas?

Les lèvres d'Amelia tremblaient, et elle caressa les épaules de son fils, lissant des plis imaginaires.

– Maman?

– Nous avons pris toutes les précautions possibles pour ne pas laisser de trace, dit-elle. Rose m'a aidée à accoucher à la maison. Ton père ne t'a pas déclaré, et son nom n'apparaît nulle part. (Elle effleura l'anneau en or à son doigt.) Il nous a cachés du mieux qu'il a pu afin de nous protéger jusqu'à la disparition de l'Orphéon. Quand j'ai vu qu'il ne revenait pas, il m'a semblé plus sûr de garder le secret.

– L'Orphéon est contre les relations entre Marcheurs et Originaux, car cela affaiblit le patrimoine génétique, expliqua Addie. Ils surveillent de près les enfants nés de ces unions.

Monty renifla avec mépris.

– Si tu crois à ces balivernes, Addison, j'ai un château en Espagne à te vendre. Ces enfants ne sont pas surveillés, ils sont enlevés à leurs parents – s'ils sont chanceux. Et le fils d'un Marcheur Libre, qui plus est celui de Gil Bradley, aurait été une prise de tout premier ordre.

– Les Marcheurs Libres ? Ils ne sont pas censés vouloir détruire le Monde Clé ou un truc dans le genre ? s'étonna Eliot.

– Loin de là, répondit Monty. Ils veulent seulement sauver les Échos. Les inversions ne sont pas les seuls dysfonctionnements qui peuvent être stabilisés. On peut accorder un Écho, plutôt que le cliver. Protéger toutes ces vies.

– Les Échos ne sont pas vivants, répliqua Addie. Il n'y a rien à sauver.

– Qui t'a appris ça ? L'Orphéon ! Parce que ça les arrange. Sacrifier les Échos sert leurs propres intérêts, c'est pourquoi ils vous mentent et racontent que le clivage est l'unique solution.

– Vous dites que les dirigeants de l'Orphéon mènent les Marcheurs en bateau depuis, quoi, vingt ans ? C'est impossible, intervint Eliot.

– Rien n'est impossible, rétorqua Monty d'une voix morose. Ça dure depuis plus de vingt ans. Génération après génération, nous nous sommes éloignés de la vérité jusqu'à oublier quelle était notre réelle vocation. L'Orphéon en a tiré profit, et les Marcheurs Libres se sont donné pour mission de mettre fin à son hégémonie. Ce ne sont ni des fous, ni des anarchistes, ni aucune des sornettes dont on vous abreuve depuis le berceau.

– J'en ai rien à faire, des Échos, dit Simon d'une voix aussi dure que du granit. Quelle que soit la guerre que vous menez, elle ne nous concerne pas.

– Elle nous concerne, le contredit Amelia en lui prenant les mains. Ton père était l'un des meilleurs navigateurs de l'Orphéon, mais, avec un groupe de Marcheurs Libres, il se préparait à les renverser. S'ils avaient découvert qu'il avait un enfant, ils t'auraient utilisé, ils nous auraient utilisés, pour faire pression sur lui.

– Il nous a abandonnés pour nous protéger? Tu y crois? Maman, je connais ces gens. Ils ne se soucient que d'eux-mêmes et de leur stupide Monde Clé.

– Je te croyais plus intelligent que ça, mon garçon, dit Monty. Ton père ne vous a pas abandonnés. Il a été enlevé par l'Orphéon trois jours après ta naissance.

– Vous travaillez avec eux, Monty, commenta Eliot. Vous êtes un Marcheur Libre.

– Je l'ai été, autrefois, répondit mon grand-père en s'installant plus confortablement sur le canapé. Mais quand Rose a disparu, je n'ai pas vu l'intérêt de continuer.

Addie s'arracha à la contemplation de Simon et d'Amelia.

– Toi et grand-mère? Vous deux?

– Elle et Gil travaillaient ensemble. Quand il s'est fait prendre, nous savions qu'il serait interrogé. (Monty grimaça et Amelia porta la main à sa bouche.) Il y avait de grandes chances qu'ils apprennent la vérité à propos de Rose, alors elle s'est enfuie.

– Je ne te crois pas, protesta Addie. Si grand-mère était une traîtresse, nous l'aurions su. L'Orphéon nous l'aurait dit.

– Ce n'était pas une traîtresse, s'énerva Monty, les traits déformés par la colère. Elle se battait pour la justice. Tu as eu affaire à Randolph Lattimer. Il se couperait la langue plutôt que d'admettre que certains de leurs meilleurs éléments se sont révoltés.

Addie ouvrit la bouche, puis la referma en silence.

– Si vous et Rose étiez tous les deux impliqués, pourquoi n'êtes-vous pas en prison? s'enquit Eliot, calme et logique.

– Qu'est-ce qui te fait dire que je n'y suis pas?

– C'est pour ça que Lattimer voulait que nous gardions un œil sur toi, commenta ma sœur. Et pour ça aussi que les mesures de sécurité sont aussi drastiques. Ils pensent que les Marcheurs Libres sont à l'origine de l'anomalie. Lattimer espérait que tu les conduirais jusqu'à eux.

– Lattimer est un imbécile. Si j'avais su comment les rejoindre, ça serait déjà fait. Et je serais avec Rose.

– Pourquoi grand-mère n'est-elle pas entrée en contact avec toi, une fois le danger écarté ? demandai-je.

Monty s'avachit.

– Elle s'est perdue. Elle a dû être terrifiée, et elle est partie si loin et si vite qu'elle n'a pas pu revenir sur ses pas. (Il agrippa ma manche.) Nous pouvons la retrouver, maintenant, Del.

Je posai ma main sur la sienne, refusant de lui dire que cela reviendrait à traquer un fantôme. Personne ne pouvait survivre aussi longtemps dans les Échos.

– Où est mon père ? intervint Simon. Vous avez dit que l'Orphéon l'avait enlevé. Où l'ont-ils envoyé ?

Après un court silence, Monty répondit :

– Dans une oubliette, sans doute. Une de nos prisons.

Eliot se racla la gorge.

– Cela ne change rien au fait que Simon est une menace pour le Monde Clé.

– Tu ne prends pas le problème sous le bon angle, répliqua Monty. Il n'affaiblit pas le Monde Clé, il renforce les Échos. Le signal de ce garçon est si fort qu'il parvient même à générer des événements Baroques.

– C'est bien le souci, dit ma sœur. Il y a un défaut dans sa fréquence qui les rend instables. Si on part de dix Échos défectueux et qu'on les combine, ça donne un Écho extrêmement instable.

– Il est plus facile d'accorder un monde que dix. Nous pouvons l'utiliser. L'emmener dans les Échos les plus mal en point, déclencher un événement Baroque et accorder la nouvelle branche. Si nous le faisons un nombre de fois suffisant, les problèmes du Monde Clé disparaîtront.

– Attends, dis-je. Tu veux emmener Simon dans les Échos ?

– C'est le moyen le plus rapide. Et l'Orphéon se rapproche chaque jour davantage.

– Ça ne sera qu'une réparation provisoire, protesta Eliot. Le défaut dans la fréquence de Simon continuera à générer des incidents. Nous devons trouver à quoi il est dû.

– Au moins ça nous fera gagner du temps pour chercher la réponse, dis-je.

Chacun réfléchit de son côté à cette proposition. Amelia, affaiblie, prit place dans un fauteuil, les poings serrés sur ses cuisses.

Simon brisa le silence, d'une voix tranchante comme une lame de rasoir.

– Del ? Suis-moi à la cuisine.

Le thé d'Amelia, en train d'infuser sur le plan de travail, avait refroidi. Un cahier de mots croisés était posé à côté. Les devoirs de Simon recouvraient la table et je les imaginai plaisantant pendant qu'il travaillait. Notre arrivée leur avait volé ce moment, et je me demandai s'ils auraient à nouveau l'opportunité d'en vivre de semblables.

– Je n'étais absolument pas au courant pour ton père, promis, plaidai-je en agrippant le dossier d'une chaise. Ça ne m'avait même jamais traversé l'esprit.

– Ce n'est pas mon père qui m'ennuie.

Il avait l'air épuisé et affichait une expression sombre qui me donnait envie de le prendre dans mes bras. Mais la tension qui irradiait de lui m'incitait à garder mes distances.

– J'ai le sentiment qu'il y a autre chose. Que tu t'apprêtes à lâcher une autre bombe.

– Je t'ai dit tout ce que je savais. S'il y a autre chose, la surprise sera pour nous deux.

– C'est trop. Mon père, et les problèmes avec ces Échos, et... C'est trop. (Il se passa la main dans les cheveux.) Mon père. Bon sang, Del. Je ne veux même pas y penser pour l'instant.

J'enfonçai mes mains dans mes poches, afin de résister au besoin de le toucher.

– Tu n'es pas obligé de Marcher. Nous trouverons un moyen pour que tu n'aies pas à intervenir.

– Mais c'est ma fréquence qui est à l'origine du problème. C'est ma faute. (Il s'affaissa.) L'Orphéon. Les gens qui volent les enfants et ont jeté mon père en prison. Ce sont eux qui dirigent tout ? Et les Marcheurs Libres se battent contre eux ?

– A priori, oui. Je croyais que c'était des histoires, qu'ils n'existaient pas réellement. Je n'imaginais pas qu'ils puissent être en plus organisés, ou puissants.

– Peut-être que c'est voulu. Si nous ne réglons pas la situation, l'Orphéon me trouvera. Ils m'enlèveront à ma mère, comme ils l'ont fait pour mon père. Ma meilleure chance de rester ici et d'avoir une vie normale est de vous aider.

– La dernière fois que tu as Marché, nous avons failli mourir. Ça a déchiré la trame du multivers. Je ne veux pas courir ce risque.

– Tu as peur de provoquer d'autres déchirures ?

– Non. J'ai peur de te perdre.

Davantage, ajoutai-je en pensée.

– Parce que tu tiens à moi. (Je hochai la tête, et son visage se détendit légèrement.) Mais tu crois que je ne tiens pas à toi.

– Ce que tu ressentais pour moi venait des Échos.

Des photos de Simon étaient accrochées sur la porte du réfrigérateur, et je les observai pour ne pas avoir à le regarder, lui. Certaines, remontant à l'école primaire, montraient un petit garçon serrant dans ses mains un ballon de basket avec une joie évidente. Il avait le même regard clair et direct que celui que je sentais peser sur moi.

– Sans ça, tu ne m'aurais jamais choisie.

– Si je te suis bien, les sentiments des Échos sont réels, mais eux ne le sont pas. Et moi, je suis réel, mais pas mes sentiments. Plutôt pratique pour toi.

Je me tournai pour lui faire face.

– Pardon ?

– Si notre relation est un fiasco, quel que soit le monde dans lequel tu te trouves, elle n'était pas réelle. Et ce qui n'est pas réel ne peut pas te blesser.

Pourtant ça faisait mal, si mal que ma gorge se serra et que je sentis le souffle me manquer. Mais je levai les mains en signe de reddition.

– Est-ce qu'on pourrait remettre la séance de psychanalyse à un autre jour ? Nous avons des problèmes plus sérieux.

– Tu as peur.

– Le multivers est sur le point de s'effondrer sur nos têtes, je serais stupide de ne pas avoir peur.

– Tu as dit à mon Écho que tu te cachais. C'est ça que tu fuyais. La réalité. Tu peux visiter des millions de mondes, mais il n'y en a qu'un qui compte et comme tu ne peux pas le contrôler, ça te terrifie.

Il s'avança vers moi, et je reculai jusqu'à heurter le plan de travail.

– Il ne t'a pas fallu longtemps pour baisser les bras en ce qui nous concerne, n'est-ce pas ? Parce que c'était réel et que tu aurais pu souffrir.

– Je souffre, répliquai-je, mais les mots sortirent moins acerbes que je l'avais espéré.

– Moi aussi. Je souffre rien que de t'imaginer avec quelqu'un d'autre, même si ce quelqu'un d'autre, c'est moi. Ce qu'il y a entre nous est réel, Delancey Sullivan. Je ne te laisserai pas nous fuir, ni ici ni ailleurs. Je viens avec toi. Tu as affirmé que mes choix créaient des mondes?

Je hochai la tête, haletante.

– Alors je choisis le monde où nous sommes ensemble, toi et moi, et dans lequel nous allons régler ce problème. Compris?

Il glissa la main derrière ma nuque, et approcha mon visage du sien.

– Compris, murmurai-je.

Il étouffa ma réponse d'un baiser.

– Je vous aurais bien demandé de prendre une chambre, commenta Addie depuis l'encadrement de la porte, mais vous êtes trop jeunes et nous n'avons pas le temps.

– Va-t'en, Addie, répliquai-je sans rouvrir les yeux.

J'entendis le claquement de ses pas sur le sol.

– Nous devons nous préparer. Et je suis sûre que Mme Lane aimerait parler avec son fils. Ce qu'il ne peut pas faire pendant que tu le malmènes.

Simon s'écarta de moi en gardant mon visage entre ses mains.

– Demain, dit-il. Nous parlerons demain.

– Demain, répliqua ma sœur, nous sauvons le monde.

Il m'embrassa une dernière fois, tout en douceur, et nous retournâmes dans le salon où Eliot examinait avec attention le papier peint. Monty remua les sourcils à mon intention, puis se tourna vers la mère de Simon.

– Il est temps que nous partions, Amelia. Je suis convaincu qu'on se reverra bientôt.

Elle se leva, fragile, mais déterminée.

– Je te déconseille d'attendre à nouveau dix-sept ans, Montrose.

Il esquissa un sourire triste.

– C'est noté.

– Je suis désolée que nous vous infligions cela, lui dis-je quand tous les autres furent sortis.

Simon se tenait derrière moi, les mains sur mes hanches.

– J'ai toujours su que ça pouvait arriver. Surtout depuis que Simon t'a amenée à la maison.

– Vous saviez qui j'étais ?

– Pas au début. Mais après avoir entendu ton prénom et celui de Montrose, j'ai su ce qui nous attendait.

Elle semblait si malheureuse et résignée que j'éprouvai le besoin désespéré de la réconforter. De les réconforter tous les deux.

– Nous trouverons une solution. Monty est vraiment doué. Je sais qu'il a l'air d'avoir beaucoup régressé par rapport à l'époque où vous l'avez connu, mais...

– Je ne pense pas qu'il ait régressé, protesta-t-elle. Il est exactement comme dans mon souvenir.

Je me détendis légèrement. Elle me prit les mains et les serra dans les siennes.

– Soyez prudents, je vous en supplie. Je sais que les Marcheurs considèrent que le Monde Clé passe avant tout, mais Simon est mon monde à moi. Prends soin de lui.

– Je vous le promets.

Chapitre cinquante et un

Dans de rares cas, la déstabilisation d'une branche peut s'étendre aux autres, créant un effet domino exigeant une action rapide.

Chapitre cinq, « Physique »
Principes et pratiques du clivage, cinquième année

Samedi matin, je me levai tôt et trouvai ma mère dans son bureau, la porte grande ouverte.

– Del, dit-elle sans tourner la tête tout en rangeant des dossiers et des cartes dans son sac. Vous serez seuls tous les trois, aujourd'hui. Dans la mesure du possible, je préférerais que vous évitiez de Marcher.

– Il y a un problème ? m'enquis-je en essayant d'avoir l'air curieuse plutôt qu'inquiète, tandis que mon cœur se mettait à tambouriner dans ma poitrine. Du nouveau au sujet de l'anomalie ?

– Nous touchons au but. J'espère que l'analyse que nous avons prévu de faire nous permettra de localiser la source, mais j'ai besoin des ordinateurs de l'Orphéon. Et comme ton père n'est pas encore complètement remis, il va s'occuper de la coordination des équipes. (Elle prit son sac et se dirigea vers la cuisine.) Nous espérons vraiment que c'est la fin, ma puce. Une fois que nous nous serons débarrassés de la source, nous pourrons reprendre une vie normale.

La source était Simon. Se débarrasser de lui était inconcevable. Par ailleurs, après la bombe lâchée par Monty la veille, revenir à la vie d'avant avait perdu de son attrait. Quant à l'avenir, il était tout aussi sinistre ; comment pouvais-je envisager de travailler pour l'Orphéon si ce qu'avait raconté mon grand-père était vrai ?

– Maman ? Comment était grand-mère ?

– Quelle étrange question. Pourquoi me demandes-tu ça ?

– Monty parle beaucoup d'elle ces derniers temps. Mais tu le connais... Elle était comment en réalité ?

Elle versa du café additionné de crème et de sucre dans un mug de voyage, puis dit :

– Elle était forte, enfin je crois. Pragmatique, mais pas rigide. Pas aussi... exubérante... que Monty. Elle adorait ton grand-père, et son métier. Elle était totalement dévouée à ses patients et aux équipes dont elle s'occupait. Ils étaient comme une famille pour elle. Parfois j'avais l'impression qu'elle se souciait plus d'eux que de notre travail. Ou de nous.

Elle ferma d'un coup sec le couvercle de sa tasse.

– Je dois filer. Soyez prudents, aujourd'hui.

Avant même que la voiture ait rejoint la route, j'étais en train d'envoyer un message à Eliot en secouant Addie. Nous nous retrouvâmes autour de la table de la cuisine, pour revoir une dernière fois notre plan.

– Simon passe la plupart de son temps au lycée, commença Addie. Il y a déjà créé un paquet de branches, c'est donc là-bas que nous avons le plus de chance de déclencher des événements Baroques. Papi, tu vas aider Simon. Del et moi nous occuperons de l'accordage pendant qu'Eliot se chargera de la navigation. C'est bon pour tout le monde ?

– Et Lattimer ? demandai-je. Il vient tous les samedis.

Addie mâchouilla pensivement un de ses ongles.

– Il sera en réunion avec les parents. Si nous sommes rentrés pour le dîner, il ne se rendra compte de rien.

– À supposer qu'on réussisse à tout faire en une journée, dit Eliot. Et que l'Orphéon n'ait pas mis le lycée sous monitoring.

– Peut-être que nous devrions y aller sans Simon, dis-je. Quand nous étions en cours de musique, il a généré un événement Baroque sans quitter le Monde Clé. Pourquoi ne pas procéder ainsi ?

– Nous n'avons pas le temps, répondit Monty en désignant la carte étalée devant nous.

Addie et Eliot avaient encerclé en rouge nos cibles pour la journée : plusieurs entrelacs de lignes noires, des branches instables, mais fortes.

– Lattimer va venir ce soir. Vos parents sont sur le point de trouver Simon. Et les branches deviennent de plus en plus instables. Plus nous attendons, plus le danger augmente.

– Il consolide les mondes, ajouta Addie. En l'emmenant dans les Échos, nous pouvons placer les événements Baroques exactement là où ça nous arrange.

Elle tendit à Monty un pack de six canettes de soda et une boîte de barres chocolatées.

– Peux-tu mettre ça dans la voiture, Papi ?

Il prit le sac et sortit.

– Ça sera un pansement, pas un remède, nous rappela Eliot en rassemblant les cartes et en les fourrant dans son sac à bandoulière. Il n'y a aucun moyen de changer la fréquence de Simon. Il va continuer à provoquer des inversions dans le Monde Clé. Nous devrions prévenir l'Orphéon.

– Comment peux-tu dire ça après les horreurs qu'ils ont commises ? Ils ont torturé le père de Simon. Ils volent les enfants nés de couples mixtes. (Je croisai les bras.) Je ne leur fais pas confiance.

Eliot et Addie échangèrent un regard.

– Del, il n'y a aucune preuve que ces choses soient arrivées. Je n'insinue pas que Monty ment...

C'était exactement ce qu'il insinuait.

– ... Mais tu sais qu'il n'a plus toute sa tête. Il y a à peine quelques semaines, ta mère envisageait de le mettre en maison de retraite. Et voilà qu'aujourd'hui il nous sort une théorie du complot... Ça ne colle pas.

– Je le crois. Et toi aussi, tout au fond de toi, tu le crois, sinon tu ne serais pas là.

– Je suis là pour toi, répliqua-t-il. C'est tout.

– Et même s'il y a une part de vérité, intervint ma sœur, brisant le silence gêné avec l'efficacité qui la caractérisait, le fait est que le Monde Clé a plus d'importance que tout le reste. S'il tombe, c'est tout le multivers qui s'écroule.

– Je sais.

– OK. Donc si ça ne fonctionne pas, vas-tu laisser le monde entier courir à sa perte juste pour sauver ton petit copain ?

– Ça fonctionnera, affirmai-je en me dirigeant vers la voiture. Il fallait que ça fonctionne.

– Je l'espère, cria Addie derrière moi. Sinon, je serai obligée de le dénoncer.

Je balançai mon sac sur la banquette arrière de la voiture d'Addie et Monty me tapota le bras pour me réconforter.

– Ne l'écoute pas, chuchota-t-il. Nous trouverons une solution, toi et moi.

Je posai la tête sur son épaule, inspirai le parfum de sa lotion après-rasage.

– Merci, Papi.

– Tu es trop chargée, dit-il, comme souvent. Un bon Marcheur fait plus avec moins.

– J'aime être préparée.

– Tu voyages vers l'infini. Il est impossible d'être équipé pour ça. As-tu quand même pris le collier ?

Je sortis le bijou de sous mon T-shirt.

– Pourquoi l'a-t-elle laissé derrière elle ?

Monty tendit un doigt crochu et frappa légèrement sur le diapason : la note haute et claire résonna dans l'habitacle.

– Ne le perds surtout pas.

Ce n'était pas une réponse, et je m'apprêtais à le lui faire remarquer quand Addie apparut, boutonnant son manteau, accompagnée d'Eliot qui trimballait les cartes roulées. Je rangeai le pendentif et essayai de ne pas m'inquiéter de ce qu'ils avaient pu se raconter alors que je me trouvais hors de portée d'oreille.

Le trajet jusqu'au lycée se déroula en silence. Le parking était vide, à l'exception de la Jeep de Simon. Ce dernier nous retrouva à la porte du gymnase, les cheveux encore mouillés de la douche qu'il avait prise après l'entraînement.

– Il n'y a plus personne ?

– Non. Je me suis caché dans le local jusqu'à ce que tout le monde soit parti, dit-il.

Le souvenir me fit monter le rouge aux joues.

Nous traversâmes le terrain tous ensemble, Eliot surveillant les fréquences sur son téléphone, Addie consultant la carte qu'elle avait dessinée la veille. Quant à Monty, on aurait pu croire qu'il était en train de se promener, mais son regard était aiguisé et ses mains ne tremblaient pas tandis qu'il les tendait pour sentir les vibrations qui agitaient l'air.

Simon resta en arrière, un bras passé autour de ma taille.

– Qu'est-ce qu'on cherche, au juste ?

– On écoute, précisai-je, afin de trouver le pivot que nous allons utiliser.

– Je n'entends rien.

– Tu n'en as pas besoin. Je t'aiderai, comme l'autre fois.

– Nous avons un problème, nous prévint Eliot.

L'écho de sa voix résonna dans la salle tandis qu'il désignait la bannière en haut des gradins, qui clignotait rapidement.

Je jurai. Même Addie avait l'air inquiète.

– Une inversion ?

– D'une pierre deux coups, nous rassura Monty. Nous emmenons Simon dans l'Écho à l'origine de l'inversion, nous y déclenchons un événement Baroque, puis nous accordons l'ensemble de la branche pendant que tu répares l'inversion.

Eliot tapota son écran.

– Il ne faudra pas vous rater sur le timing. Si vous l'accordez trop tôt, l'effet n'atteindra pas la branche finale. Si vous vous y prenez trop tard, l'inversion s'incrustera de façon définitive dans le Monde Clé.

– Fantastique, marmonna Addie. Allons-y. L'Orphéon est à l'affût des inversions et celle-ci est assez importante pour attirer leur attention.

– Pourquoi les événements sportifs ? demanda Simon alors que nous commencions à monter dans les gradins. D'abord les trophées, et maintenant les bannières. Pourquoi est-ce que ça a toujours un rapport avec le sport ?

– Les pivots générés par les événements sportifs sont plus forts que les autres. De même que les tiens. Et quand tu combines les deux, tu obtiens ce genre de chose, expliqua Addie.

L'effort physique arracha un grognement à Monty, et Simon m'aida à le soutenir pour grimper les dernières marches tandis qu'Eliot traînait derrière, ronchonnant à propos de taux d'oscillation et d'effets trompeurs.

Une fois en haut, juste au-dessous de la bannière, je laissai Simon près de Monty et posai la paume contre l'épais tissu.

– Je peux le faire, dit ma sœur.

– Je serai plus rapide.

Elle me regarda comme si elle était sur le point de protester, mais je fermai les yeux et me coupai de tout, excepté de la fréquence qui se trouvait devant moi. J'isolai les fils défectueux et remontai à leur source en me déplaçant parallèlement au mur, vaguement consciente des personnes en train de s'agiter derrière moi. Puis, je poussai jusqu'à me retrouver de l'autre côté, inspirant une grande bouffée d'air comme au sortir d'une apnée.

Et mon pied rencontra le vide. Les gradins étaient repliés. Je vacillai en luttant pour conserver mon équilibre. C'est le moment que choisit Addie pour franchir l'inversion, me projetant accidentellement contre le rail de métal. Mon centre de gravité étant trop en avant pour compenser l'élan, je basculai en battant des bras pour essayer de ralentir ma chute.

Heureusement, Addie m'attrapa la main et me tira en arrière.

– Ça commence bien.

– Au moins tu es arrivée pile au bon moment, dis-je, en m'agrippant à la rambarde si fort que les jointures de mes doigts devinrent blanches.

L'instant d'après, Eliot apparut, et nous aidâmes Simon et Monty jusqu'à nous retrouver tous les cinq en équilibre sur la rangée la plus haute.

Simon frissonna.

– Est-ce que je vais finir par m'y habituer ?

– Espérons que tu n'auras pas à le faire, lui rétorqua ma sœur.

La tonalité stridente s'ajoutait au bourdonnement des lumières fluorescentes géantes dans leurs cages de métal. J'avais la désagréable sensation que quelque chose rampait à l'intérieur de mes oreilles, et je les frottai dans l'espoir de me soulager. Sur le terrain en contrebas, les filles de l'équipe de basket, en plein entraînement, ne nous prêtèrent pas la moindre attention.

– Nous sommes invisibles, s'étonna Simon.

– Bienvenue dans mes mondes, marmonnai-je. Eliot, combien de temps va durer l'événement Baroque ?

Il leva son téléphone à côté de Simon et consulta les données.

– Moins de temps que ce que je pensais. Il a l'air de prendre de la vitesse. Je dirais trois ou quatre minutes. Commence à isoler les fils touchés par l'inversion, Addie, mais ne les accorde pas avant d'avoir entendu mon signal. Tiens-toi prête.

– Tant qu'on ne me met pas la pression... ironisa cette dernière.

Je me demandai si elle regrettait d'avoir accepté de m'aider et si elle envisageait de changer d'avis, mais elle se contenta de fermer les yeux et de plonger la main dans l'inversion.

– Alors, qu'est-ce que ça donne ? s'enquit Eliot au bout d'une minute.

Le visage d'Addie était pâle et ses traits étaient tirés, mais l'ombre d'un sourire de triomphe étirait les coins de ses lèvres.

– J'ai les fils. Je peux y aller ?

– Pas encore. L'événement Baroque n'a pas assez progressé.

Monty poussa doucement Simon.

– Rapproche-toi, ça accélérera le processus.

– Viens là, ordonna Addie sans se soucier de la politesse.

Simon m'effleura en passant et je sentis mes jambes flageoler et le doute naître en moi. Quelque chose clochait.

Simon tendit la main juste au-dessus de celle d'Addie et le volume de la fréquence monta. Je grimaçai en me bouchant les oreilles en même temps que Monty.

– Vas-y, dit Eliot d'une voix tremblante. Il va vite. Il te reste quatre-vingt-dix secondes, Addie.

Elle se mordit la lèvre et, les sourcils froncés, manipula les fils afin de les accorder.

– Soixante secondes, l'avertit Eliot.

Autour de nous, tout le gymnase se mit à clignoter, la version du Monde Clé alternant avec celle de l'Écho dans lequel nous nous trouvions, créant avec les lumières un effet stroboscopique. Des perles de sueur apparurent sur le front d'Addie.

– Trente secondes.

– J'y suis presque... dit ma sœur dans un souffle. C'est bon !

La pièce trembla, comme si les molécules étaient en train de se réorganiser. La fréquence augmenta, résonnant en nous tel un bang supersonique, et Monty vacilla en s'accrochant à Simon. L'instant d'après, la tonalité avait retrouvé un volume presque normal et les bruits de l'entraînement de basket atteignirent nos oreilles : crissements de chaussures, rebonds de ballon sur le parquet, cris de l'entraîneur. La bannière avait disparu, pour reprendre sa place dans le Monde Clé.

– Je savais que tu pouvais le faire, Addie, la félicita Monty.

– Il est temps de partir, dit Eliot. Même s'il est accordé, nous ne souhaitons pas que Simon renforce cet Écho plus que nécessaire. Et plus nous restons, plus il se consolide.

Un par un, nous traversâmes le pivot avec plus de facilité qu'à l'aller. Je serrai la main de Simon et le tirai derrière moi. Eliot s'assit lourdement sur les gradins qui étaient à nouveau dépliés.

– Nous allons devoir faire ça combien de fois ? s'enquit-il, l'air hagard.

– Autant qu'il le faudra, répondis-je en l'aidant à se relever.

Simon m'effleura la joue.

– Es-tu sûre que tu vas tenir le coup ?

– Aucun souci.

Une heure et demie plus tard, il était clair que nous avions un gros problème. Nous avions comme prévu accordé les événements Baroques, mais nous étions également tombés sur plusieurs inversions, chacune plus grave que la précédente.

– Je ne comprends pas, dis-je.

J'étais assise par terre sur le sol du foyer, à côté de Simon qui avait passé un bras autour de mes épaules, et je me blottis contre lui en tremblant.

– Pourquoi est-ce que le Monde Clé ne se stabilise pas ?

– Nous perdons du terrain, commenta Addie en se massant les tempes. Les événements Baroques tiennent le coup, mais les inversions sont de pire en pire.

– Nous devons réussir à les devancer.

– Impossible, rétorqua Eliot d'une voix lasse, avant de croquer dans une barre chocolatée. Les inversions se développent plus vite que nous accordons les événements Baroques. Regarde.

Il me tendit son téléphone et j'observai la carte. Les inversions se présentaient sous la forme de taches floues pixelisées là où il aurait dû y avoir des points lumineux fixes. Une autre explosion statique apparut alors dans le coin en bas à droite de l'écran.

– Comment on les arrête ? demandai-je. Et qu'est-ce qui les génère ?

– Je n'en sais rien, s'énerva mon ami. Je n'arrive pas à penser clairement avec toutes ces fréquences...

– Nous devons avertir l'Orphéon, intervint Addie. Ils vont s'en rendre compte de toute façon.

– Pas encore, suppliai-je.

– Il faut qu'on commence à cliver, annonça Eliot. C'est la seule solution.

– Surtout pas, protesta Monty tandis qu'un sifflement aigu emplissait l'air.

La pièce où nous nous trouvions se mit à clignoter.

– Il est temps de filer, dit Simon en tirant sur mon bras pour m'aider à me relever. Nous pourrons nous disputer quand nous serons en sécurité.

Nous nous élançâmes vers les bureaux de l'administration, où Monty se laissa tomber sur l'un des bancs de bois pour reprendre son souffle.

– Nous pourrions aller plus vite en formant deux équipes.

– C'est une très mauvaise idée, rétorqua Eliot. Dans toute l'histoire du cinéma, il n'y a pas une seule fois où scinder un groupe n'a pas mal tourné.

– C'est toujours mieux que de cliver. Et puis ce n'est pas un film, mais la vie de Simon. Nous sommes à court de temps.

– Del, nous devons en discuter, intervint Addie. Passer en revue les différentes possibilités.

– Discutez si ça vous chante, pendant ce temps, je vais arrêter l'inversion, dis-je en remontant le couloir au pas de course.

Le bruit s'échappant du foyer déferla sur moi tel un raz de marée. Les changements se succédaient à un rythme soutenu, le bleu électrique du tapis et le blanc des chaises alternant avec le beige et marron auquel j'étais habituée.

Je plongeai dans l'inversion avant que quiconque puisse m'en empêcher.

La dissonance était deux fois plus forte de ce côté-là, le mobilier était flou et le sol tanguait. Les dégâts étaient si étendus que je n'eus pas besoin de chercher un objet particulier, je fermai les yeux et tendis le bras, la fréquence m'écorchant la peau. Luttant contre mon instinct qui me poussait à retirer ma main, je l'y plongeai davantage et la trame du monde s'ouvrit. Je commençai alors à filtrer un million de fils différents à la recherche de ceux qui étaient désaccordés.

Ils étaient aussi fins et solides que de la soie d'araignée. Et élastiques. Quand je tirai, ils tiraient également, s'entremêlant de façon plus étroite à mesure que le monde se consolidait. J'imaginai Simon de l'autre côté du pivot en train d'essayer de trouver un passage. Il allait être furieux à mon retour.

Si je rentrais un jour.

Téméraire, pensai-je.

Le signal augmenta soudain, me perturbant suffisamment pour que je sois obligée d'interrompre mes recherches. C'était ce qu'ils disaient tous de moi : Addie, Simon, Eliot, mes parents, mes professeurs et l'Orphéon. Ma témérité m'avait conduite jusque-là, mais à présent je devais dépasser ça. Il fallait que je sois aussi bonne que je le prétendais, et cela signifiait faire appel à toutes mes compétences et à l'expérience acquise lors de mes escapades sauvages dans le multivers pour débusquer le fil capable d'apaiser ce monde.

Je soufflai et visualisai Simon, puis j'inspirai et plongeai une nouvelle fois la main dans la trame.

Je trouvai un fil soyeux, tordu et plein de nœuds, qui résonnait dans un ton différent des autres.

Je m'en saisis et le remontai jusqu'au grondement que je traquais, un amas de nœuds si large qu'il tenait dans mes deux mains réunies. Petit à petit, je lissai les fils, tirant et poussant, jusqu'à ce qu'ils soient en harmonie avec les autres.

Fait.

À l'instant où je les lâchai, la fréquence autour de moi se mit à rugir, et je tombai à genoux en essayant d'attraper le diapason à mon cou. Je tapai dessus une fois, deux fois, et suivis le signal.

Quatre paires de mains m'attrapèrent. La pièce tournoya.

– J'ai réussi ?

– Oui, tu as réussi. Et j'ai failli avoir une crise cardiaque, dit Simon en me prenant dans ses bras. Ça va ?

– En pleine forme, répondis-je en serrant les dents.

Sans un mot, Eliot me tendit une barre chocolatée.

Addie était pâle comme la mort, à l'exception de taches rouges au niveau des pommettes.

– Qu'est-ce que tu voulais prouver?

– Que nous pouvons nous séparer pour aller plus vite, comme l'a proposé Monty.

– C'est trop dangereux. De plus, sans Simon, Eliot et moi ne pouvons pas déclencher d'événement Baroque.

– Nous neutraliserons malgré tout le double d'inversions. Ce qui retardera les équipes de l'Orphéon.

Je me levai, le bras de Simon toujours autour de ma taille.

– Je t'en prie, Addie, nous ne pouvons pas abandonner maintenant.

Monty renchérit :

– Si elle veut essayer, je veillerai sur elle.

– Il se fait tard, protesta Addie en consultant sa montre. Encore une heure, Del. Si nous n'avons pas réglé le problème d'ici là, on abandonne.

– Compris.

À côté de moi, Simon et Monty approuvèrent également.

– Bonne chance, me souhaita ma sœur, tandis qu'Eliot fusillait Simon du regard.

Puis Eliot et Addie partirent.

– Et maintenant? s'enquit Simon.

– Maintenant, nous nous mettons en quête d'une autre inversion. Par là, dis-je en désignant l'aile où se trouvaient les salles de musique.

Simon me prit la main et aligna son pas sur le mien. Soudain, je pris conscience que Monty ne suivait pas. Il était avachi dans l'un des canapés du foyer désormais stable, l'air abattu, les mains tremblantes.

– Papi ? Tu es malade ?

Il était livide.

– Nous n'arriverons jamais à devancer les inversions.

– Mais tu as dit...

Il me tira sur le bras afin que je m'asseye à côté de lui.

– Qui se ressemble s'assemble. Tous les Échos qu'il a créés portent en eux le même défaut. Ils sont attirés ici en même temps que son défaut affaiblit le Monde Clé. Peu importe combien nous en accordons, ça ne s'arrêtera pas. Le phénomène ne fera que s'accélérer.

– Mais alors pourquoi as-tu voulu qu'on se sépare ?

– Nous devons emmener Simon loin d'ici. Trouver une autre branche afin de le cacher. (Il baissa la voix.) À la minute même où l'Orphéon comprendra ce qu'il est, ils le tueront.

– Vous voulez que nous prenions la fuite ? s'exclama Simon, indigné. Les inversions ne vont pas me suivre ?

– Si nous pouvions trouver un monde où il n'a jamais existé, une branche majeure, mais sans un Écho de lui, elle serait plus résistante aux inversions. Cela nous permettrait de gagner du temps. (Monty m'agrippa le bras.) Le temps est la seule chose que nous ne pouvons choisir. Il court comme une rivière, qu'importe la façon dont le monde se divise. Mais nous pouvons ralentir le processus si nous l'éloignons. Laisser le Monde Clé se rétablir et réparer les Échos.

Ça avait l'air dingue, mais je ne voyais pas d'autre solution. Nous avions effectivement besoin de temps pour réparer le Monde Clé, ainsi que le défaut dans la fréquence de Simon. Du temps dont nous ne disposions pas ici, où la réalité se dégradait.

– Je ne connais aucun Écho où il n'existe pas, Papi.

J'observais Simon depuis si longtemps que je n'arrivais même pas à imaginer un monde sans lui.

– Un endroit où il n'est jamais né, réfléchit Monty à voix

haute. Tes parents se sont rencontrés sur les lieux de l'accident de train, n'est-ce pas ? Près du Dépôt.

– Si l'accident ne s'est jamais produit… dit Simon, comprenant où Monty voulait en venir.

Il sortit ses clés de voiture et ajouta :

– C'est moi qui conduis.

– Nous avons intérêt à nous dépêcher, dit Monty en se levant avec difficulté. Les autres vont vite s'apercevoir que nous ne sommes plus là.

Je m'arrêtai. Addie allait nous suivre.

– Quelqu'un doit rester ici pour brouiller les pistes.

– N'importe quoi, répliqua Monty. Nous devons y aller tous les trois. Ta sœur ne pourra pas deviner où nous nous rendons.

– Si nous disparaissons, elle nous dénoncera à l'Orphéon. Il faut que tu restes ici pour l'en dissuader ou au moins la retarder.

– Et nous repartirons chercher Simon plus tard ? (Monty se renfrogna.) Tu connais les risques, Del. Il serait plus prudent que nous demeurions ensemble.

– Tu l'as dit toi-même. Nous n'avons pas le temps. S'il te plaît, Papi.

– Vous pensez pouvoir vous occuper d'Addie ? demanda Simon.

Monty se redressa, offensé.

– Ce n'est qu'une gamine. J'en ai maté de pires.

– Alors, allons-y.

Chapitre cinquante-deux

Comme tous les samedis midi, le Dépôt fourmillait d'activité. À travers la fenêtre, je voyais des serveuses vêtues de noir portant des plateaux de café au lait, inconscientes de la catastrophe qui menaçait.

– C'était chouette, comme rendez-vous, dit Simon.

Je souris malgré ma nervosité.

– Nous le referons bientôt.

– Je ne manquerai pas de te le rappeler.

Nous descendîmes de la Jeep.

– Est-ce que le mémorial est un pivot ?

– Le mémorial des Originaux a été élevé là où l'accident a eu lieu. Celui des Marcheurs est là où le conducteur a choisi de maintenir sa vitesse au lieu de ralentir. S'il avait freiné quelques minutes plus tôt, il n'y aurait pas eu d'accident.

La main dans la main, nous contournâmes le bâtiment avant de traverser le terre-plein herbeux qui le séparait des rails puis de suivre ces derniers sur une centaine de mètres. Je repérai le cairn de cailloux blancs au moment même où je sentis le pivot.

Je poussai un caillou égaré du bout du pied.

– C'est là.

– C'est ça, votre mémorial, un tas de cailloux ?

– C'est symbolique. Nous le reconstruisons chaque fois que nous franchissons le pivot, car il s'écroule à cause des vibrations du train. L'entropie.

Je l'enlaçai en luttant contre la panique qui rampait en moi.

– Prêt ?

Il hocha la tête, mâchoire serrée, regardant en direction de la déchirure dans l'air qu'il ne pouvait pas voir et dans laquelle il était sur le point de disparaître.

– Vu que ton ouïe est normale, tu ne devrais pas risquer l'empoisonnement fréquentiel. Tu seras en sécurité.

– Comment me retrouveras-tu ? s'enquit-il.

– Attends-moi au lycée jusqu'à ce que je revienne te chercher, dis-je en prenant son visage entre mes mains et en le forçant à soutenir mon regard. Je reviendrai, promis.

– Je sais. (Il m'embrassa jusqu'à ce que j'aie l'impression de planer.) Plus tôt nous commencerons, plus tôt je te reverrai.

Je mêlai mes doigts aux siens, mémorisant la façon dont nos mains s'imbriquaient, le contact de sa peau contre la mienne, le rythme syncopé des battements de nos cœurs. Nous avions traversé des mondes ensemble, mais cette fois j'allais devoir l'y laisser – pour un jour, une heure, une minute – et ça me semblait aussi contre-nature qu'un monde sans la couleur bleue.

Mon téléphone sonna.

– Quoi ?

– Où es-tu ? siffla Eliot.

– Sur le point de franchir un pivot, dis-je, ce qui était techniquement vrai. Pourquoi est-ce que tu chuchotes ?

– Addie est au téléphone avec ta mère. L'Orphéon a repéré les inversions au lycée. Ils envoient plusieurs équipes pour commencer les clivages. Ta mère voulait s'assurer que nous étions chez vous, comme convenu. (Un frisson glacé me parcourut la colonne vertébrale.) Nous devons partir d'ici avant qu'ils arrivent.

– Va chercher Monty et filez.

Un train passa à toute vitesse, provoquant un courant d'air qui fit voler mes cheveux. J'attendis de pouvoir à nouveau entendre et ajoutai :

– Je m'occupe de Simon.

Après un long silence, Eliot répliqua :

– Del, pour une fois dans ta vie, réfléchis. Ça ne fonctionnera pas. Tu ne pourras pas le cacher éternellement.

– Je n'ai pas besoin que ça dure éternellement, rétorquai-je avant de raccrocher.

Simon me dévisagea l'air soucieux.

– Tout va bien?

– Ça ira.

Je lui pris la main. Une fois de l'autre côté, Simon se secoua, un peu comme Iggy le faisait pour se sécher. La fréquence ici était basse, mais constante. Un bon signe.

Nous nous dirigeâmes vers le nord afin de rejoindre le lycée. Le centre-ville était situé différemment par rapport au Monde Clé, car proche de la gare. Nous passâmes devant les vitrines de boutiques de luxe et des restaurants haut de gamme.

– Qu'est-ce que je vais faire pendant que tu seras partie?

– Ce que tu veux. Les gens ne te remarqueront pas à moins que tu ne les touches. Et tu n'as pas à t'inquiéter de croiser un autre toi.

– Est-ce que je peux aller voir ma mère? Elle est peut-être en bonne santé ici.

– Amelia Lane existe dans ce monde, mais elle n'est pas ta mère. Elle n'a pas rencontré ton père sur le lieu de l'accident. D'ailleurs, il est possible qu'elle ne vive plus ici.

Elle ne vivait peut-être même plus du tout.

– L'Orphéon est en route, dis-je une fois devant les portes du lycée. Je dois rentrer et trouver une histoire à raconter.

– C'est pour ça qu'Eliot a appelé ? Pour t'avertir ?

Je hochai la tête et collai ma joue contre son torse.

– Je reviendrai cette nuit pour te tenir au courant. C'est une bonne chose que ce signal soit fort, je n'aurai aucun mal à le retrouver. Dans l'intervalle (je plongeai la main dans mon sac et en sortis le paquet de papier à origami), tu ferais mieux d'apprendre. Maintenant que je sais que tu peux Marcher, imagine comme nous allons nous amuser.

Il esquissa un sourire, qui s'évanouit un bref instant avant de s'épanouir réellement.

– Tu prendras soin d'Iggy, d'accord ? Et...

– Je n'aurai pas besoin de prendre soin d'Iggy, dis-je, la gorge douloureuse. Ou de qui que ce soit d'autre, je ne te laisserai pas ici.

– Del, juste au cas où...

Je l'interrompis avec un dernier baiser dans lequel je mis tout ce que j'étais incapable de lui dire, écoutant tout ce que je n'aurais pas supporté de l'entendre exprimer à voix haute.

– Tu me diras tout ça plus tard, dis-je.

– Dis-lui maintenant, intervint Addie.

Je m'écartai de Simon en sursautant et vis ma sœur debout à l'extrémité du parking, aussi froide et blanche que du marbre.

– Tu ne reviendras pas, Del. Jamais.

Chapitre cinquante-trois

– Comment nous as-tu retrouvés ?

Je poussai Simon derrière moi, comme si je pouvais lui servir de bouclier.

– Vous n'êtes pas bien compliqués à traquer, Del. Son signal résonne comme une fichue sirène. (Elle fonça sur moi et m'attrapa par les épaules.) Tu es devenue folle ? Sais-tu au moins ce que tu es en train de faire ?

– Il provoquait des inversions dans le Monde Clé, alors je l'ai déplacé. Comment nous as-tu retrouvés ?

– Eliot a entendu le train et il a compris ce qui se passait. Déplacer Simon ne suffira pas.

– Ça stabilisera le Monde Clé et détournera l'attention de l'Orphéon. C'est tout ce qui compte.

– Son signal est trop fort, répliqua Addie. Quand il était dans le Monde Clé, il y attirait les Échos. Maintenant, il les attire ici.

– C'est parfait. Les inversions vont s'arrêter.

– Toutes les fréquences sont concernées, dit-elle en m'obligeant à me retourner. Même le Monde Clé. Regarde.

Une reproduction de locomotive en fonte se dressait devant l'entrée de l'école. Alors que nous l'observions, elle céda la place à une statue de George Washington.

– Je ne comprends pas.

– Moi oui, dit Simon en venant se placer près de moi. Sais-tu qu'ils ont changé le symbole de l'école ?

– Sais-tu que je n'en ai rien à faire ?

– Il y a vingt ans, insista-t-il. Avant nous étions les Chevaux-de-Fer. Et après l'accident, ils ont renommé le lycée.

Le ciel vacilla et le monde s'assombrit.

– Je ne vois pas quel est le rapport.

– Le symbole de ce monde est un train, pas un président. Mais le Monde Clé est attiré ici. Vers moi.

– Nous ne pouvons pas gagner, dit ma sœur, les yeux emplis de pitié. L'Orphéon était au lycée quand je suis partie. Ils sont déjà en train de cliver les inversions. Ils vont trouver ce monde et le cliver, lui aussi.

Mon ventre se noua. Tous ces Échos, détruits. Tous ces Simon. Toutes ces vies pour lesquelles nous nous étions démenés, en train de se dissoudre.

– Respire, dit Simon en traçant du bout des doigts de petits cercles sur mon dos. Respire, Del. Inspire, et expire. Allez.

– Non. Non. Il doit y avoir un moyen d'éviter ça. (Je traînai Addie jusqu'au bord du chemin.) Si nous le ramenons, l'Orphéon le tuera.

– Nous ne le savons pas avec certitude. Peut-être qu'ils corrigeront ce qui ne va pas chez lui.

Je m'esclaffai.

– Ils ne veulent pas corriger. Ce n'est pas assez efficace, tu te souviens ? Pourquoi s'embêter à accorder un Écho quand on peut le cliver ? Pourquoi se casser la tête à sauver des vies quand on peut y mettre fin ?

– Ils préservent le Monde Clé. Tu le sais. Même les enfants le savent. C'est une des premières choses qu'on nous apprend.

– Exactement, répliquai-je. Il ne t'a jamais traversé l'esprit qu'ils ne nous disaient peut-être pas toute la vérité ?

« La vérité est aussi fluide que de l'eau, comporte autant de facettes qu'un diamant et est aussi défaillante que la mémoire. » Quelles étaient les autres facettes ? Quelle était la vérité des Marcheurs Libres ? Et celle des Échos ?

Quelle était la mienne ?

– Del, écoute-moi. Tu es la meilleure Marcheuse que j'aie jamais vue. Tu peux aller n'importe où. Te rendre dans n'importe quel monde. (Elle me secoua gentiment.) Tu peux avoir tout ce que tu veux. Mais pas lui.

C'était le choix le plus facile que j'avais jamais eu à faire.

– Alors je ne veux pas être une Marcheuse.

– Est-ce que j'ai mon mot à dire ? demanda Simon.

Il se plaça à côté de moi et me serra contre lui.

– Seulement si tu peux lui faire entendre raison, répondit ma sœur.

– Tu veux me livrer à l'Orphéon, dit-il avec le même regard calculateur qu'il avait quand il évaluait l'équipe adverse pendant un match de basket.

Elle soutint son regard.

– Tu es un type bien. Tu te soucies de Del, ce qui n'est pas toujours simple, et tu la rends heureuse. S'il y avait un autre moyen de résoudre le problème, je le ferais. Mais il n'y en a pas, et je ne vais pas laisser le multivers s'écrouler à cause d'une personne, quelle qu'elle soit. Je suis désolée.

– Monty a dit que ce monde était sûr, répliqua-t-il.

– Monty se trompait, rétorquai-je.

Monty s'était trompé sur beaucoup de choses ces derniers temps.

– S'ils ne parviennent pas à maîtriser les inversions, si le Monde Clé continue à se dégrader... qu'arrivera-t-il à ma mère ?

Je gardai le silence et il se tourna vers Addie, qui leva les mains, paumes vers le ciel, dans un geste d'impuissance.

– Et si je ne rentre pas ?

– Ils cliveront ce monde, répondit ma sœur. Une fois qu'ils auront compris que la source des inversions est là, la solution la plus simple sera de le détruire. Ça empêchera ton signal d'affecter le Monde Clé ainsi que les autres Échos connectés à celui-ci.

– Donc, si j'ai bien compris, soit je me rends aux gens qui ont enlevé mon père, soit ils me clivent. (Il déglutit avec difficulté.) Il faut reconnaître que pour des gens dont le boulot est en rapport avec les choix, ceux que vous m'offrez craignent un max.

– Les choix, murmurai-je.

Un plan surgit dans mon esprit avec la soudaineté d'un éclair, si violent qu'il me coupa le souffle. Simon dut le sentir, car il haussa les sourcils et baissa les yeux sur moi.

Je me hissai sur la pointe des pieds et l'embrassai.

– Tu me fais confiance ?

– Toujours.

Je me serrai davantage contre lui, faisant durer le baiser, savourant le goût de Simon, puisant de la force dans son signal et sa constance.

Addie se racla la gorge.

– Del. Nous devons y aller.

Je tournai la tête.

– Encore cinq minutes, Addie. Je t'en prie. Ils lui tomberont dessus à la minute où il mettra un pied dans le Monde Clé. Tu le sais. C'est ma dernière chance de lui dire au revoir.

Elle hésita, mais Simon croisa son regard et hocha une fois la tête. À quelques centimètres de nous, un pivot se forma.

– En privé, ajoutai-je.

– Très bien. (Elle consulta sa montre.) Je vais attendre au coin du bâtiment. Mais dans cinq minutes et une seconde, si vous n'êtes pas en train de vous diriger vers le pivot, je vous ramènerai en vous traînant par les cheveux.

– Tu n'auras pas à le faire, promis.

Chapitre cinquante-quatre

Aussitôt qu'Addie fut hors de vue, je me tournai vers Simon.

– Prêt à partir ?

– Quoi ?

– Nous avons cinq minutes. Moins le temps que nous perdrons à discuter. (Je tendis l'oreille vers le pivot qu'il venait de créer.) Embrasse-moi encore au cas où elle regarderait.

– Nous ne pouvons pas fuir.

– Si nous sommes perpétuellement en mouvement, peut-être qu'ils ne parviendront pas à nous retrouver.

– Fuir n'aidera pas. Tu l'as dit toi-même. Peu importe où j'irai, le Monde Clé me suivra. Tant que j'existerai, tous ceux que j'aime seront en danger. Ma mère. Iggy. Toi.

J'appuyai mon front contre son torse, et mes larmes se mirent à couler pour de bon.

– Je ne t'abandonnerai pas.

– Ces cliveurs dont vous n'arrêtez pas de parler. Ils font quoi ?

– Les Échos sont connectés entre eux par des fils. Les cliveurs sectionnent ceux qui relient un Écho au reste du multivers.

– Donc les mondes clivés sont complètement séparés des autres ? Sans aucune possibilité de revenir dans le Monde Clé ?

– Quand un Écho est clivé, sa trame s'effiloche. Une fois les fils coupés, cet Écho et tous ceux qui en partent se désintègrent, du plus vieux au plus récent.

– Donc ce n'est pas instantané. Tu auras le temps de partir.

C'est alors que je compris.

– Non, dis-je d'une voix brisée. Je ne te quitterai pas.

Il passa les mains dans mes cheveux et je fermai les yeux, luttant contre les larmes tandis qu'il rapprochait sa bouche de la mienne pour le baiser le plus passionné et désespéré que nous ayons jamais échangé. Il avait un goût de sel et de soleil, et l'odeur d'un jour de pluie, avant qu'elle tombe. Je ne pouvais pas le laisser partir, c'était hors de question.

– Est-ce que ça va faire mal ?

– Tu ne m'obligeras pas à faire ça !

J'essayai de nouer mes bras autour de son cou, mais il me saisit les poignets afin d'échapper à mon étreinte.

– Est-ce que ça va faire mal ?

– J'en sais rien ! Les Échos ne sentent rien, mais tu es réel. Tu es à moi.

– Tu dois m'aider, Del. Je ne peux pas trouver les fils tout seul.

– Ne fais pas ça, le suppliai-je. De toutes les personnes qui font partie de ma vie, il n'y a que toi qui me vois pour ce que je suis. Exactement comme je suis, et qui malgré tout continue...

– À t'aimer, termina-t-il. Et c'est le seul moyen de te sauver. De sauver tout le monde.

Sauf que ce n'était pas son boulot de sauver tout le monde, c'était le mien.

Cette fois, je ne pouvais nier la réalité. Simon était le cœur de l'anomalie, mais aussi mon cœur, et il n'y avait qu'une façon de réconcilier les deux. D'être à la fois une Marcheuse et moi-même.

– Nous restons ensemble. C'est un monde immense. Il lui faudra du temps pour s'effilocher complètement. Nous serons toujours en mouvement et nous n'abandonnerons pas.

– Tu survivras, me dit-il.

– Et toi aussi.

– Montre-moi les fils. Si je dois détruire le monde, j'aimerais au moins savoir à quoi ça ressemble.

– Ce sont des fils. Comme une tapisserie, sauf qu'ils ne forment pas une image, mais une symphonie. La plus extraordinaire des symphonies.

– Laisse-moi l'entendre, demanda-t-il. S'il te plaît. Avant que ça dégénère.

– Et après, nous partirons. Tu me le promets.

Il m'embrassa, un baiser infiniment doux et tendre.

Je lui caressai le visage du bout des doigts, sentant un début de barbe, la ligne ferme de sa mâchoire, la forme de sa bouche. Je pris ses mains et embrassai l'intérieur de ses paumes, comme il l'avait fait pour moi autrefois.

Puis je tendis le bras vers le pivot à côté de lui, cherchant les fils au centre du monde.

Là. Juste comme je le lui avais expliqué, une tapisserie de fils et de sons, forts et robustes, une mélodie fausse, mais pas désagréable, comme la musique d'un pays inconnu.

Il croisa mon regard et je lus dans le sien une lueur déterminée et triste. Il fit glisser sa main le long de ma manche jusqu'à ce que ses doigts se superposent aux miens.

– C'est extraordinaire, murmura-t-il en affichant une expression à la fois émerveillée et craintive.

– C'est la trame du monde. Tu touches l'infini.

– Et je suis en train de le détruire. Je suis désolé, Del.

– Ne t'excuse pas. Nous allons régler le problème.

– Non.

Avant que je puisse lui demander ce qu'il voulait dire, il tira sur les fils qui cassèrent proprement. La fréquence crissa et eut un raté.

– Je suis désolé, répéta-t-il, et le monde commença à se cliver.

Chapitre cinquante-cinq

La fin du monde n'est pas quelque chose d'anodin. Il devrait y avoir du tonnerre, des éclairs, des mers qui s'ouvrent. Ça devrait être monumental, retentissant, comme ce que l'on ressent alors. Parce que ça l'est.

Autour de nous, quelques feuilles encore obstinément accrochées aux arbres prirent une couleur boueuse, et l'écorce argentée vira au gris terne. Les briques orange du lycée devinrent du même beige que le mortier.

J'entendis ma sœur crier.

– Les cliveurs ! Il faut partir.

– Ce n'étaient pas les cliveurs, dis-je, prise de nausée. C'était nous.

Elle s'arrêta en dérapant.

– Quoi ? Pourquoi ?

– Parce que c'est le seul moyen, répondit Simon. Laissez-moi là et il n'y aura plus d'inversions.

– Laisse-nous ici, corrigeai-je, soudain mal à l'aise. Nous avons le temps de trouver une solution.

– Non ! Del, ce n'est pas une solution. Tu vas mourir. Nous devons rentrer. Maintenant.

– Elle a raison, renchérit Simon en portant ma main à ses lèvres. Tu as promis que tu prendrais soin de ma mère.

– Quoi? (Je le dévisageai.) Tu as promis qu'on s'enfuirait.

– Je n'ai jamais promis.

En effet. Il avait fait bien attention à ne pas promettre.

– Espèce de salaud.

Je frappai son torse à coups de poing. J'aurais voulu crier jusqu'à ce que le monde s'écroule. Le haïr pour oser me briser le cœur après m'avoir incitée à l'ouvrir.

– Je ne t'abandonnerai pas.

– Tu ne m'abandonnes pas. Je te demande de partir. (Il me poussa vers Addie tandis que l'herbe autour du lycée tournait au blanc argenté.) Ramène-la.

Je me libérai de l'étreinte de ma sœur et me précipitai vers lui.

– Ne fais pas ça, le suppliai-je. Rentre avec nous.

– Delancey Sullivan, murmura-t-il. La fille qui parcourt les mondes. Pas étonnant que je tombe sans arrêt amoureux de toi. Je n'arrive pas à imaginer un monde où ça ne serait pas le cas.

– Je t'aime, dis-je en laissant enfin libre cours à mes larmes.

Convaincue que je ne pourrais plus jamais les arrêter.

– Je suis heureux de l'entendre.

Il recula alors et Addie me prit par le bras, ses cris couverts par le bruit déchirant de mes sanglots.

Il y eut un crissement métallique, et un éclair argenté courut sur le sol : un gouffre, créé par l'inversion du lycée, s'ouvrit à nos pieds. Du côté de Simon, le monde s'assombrit comme si le soleil était caché par des nuages. Du mien, les bâtiments tanguèrent avant de s'affaisser et le sol devint mou. Si je ne retournais pas à la gare, nous allions rester coincées ici, avec Simon de l'autre côté de cette ligne, pour toujours hors de portée.

D'après Monty, Simon consolidait les mondes. Peut-être que

la partie dans laquelle il se trouvait allait s'effilocher plus lentement. Peut-être même assez lentement pour que je revienne le sauver. Je balançai mon sac par-dessus l'abîme qui s'élargissait de plus en plus. Si j'avais raison, il aurait plus que moi besoin de ce matériel.

– Ne te fais pas rattraper par le clivage, criai-je alors qu'il le ramassait. Ne t'arrête jamais d'avancer. Je te retrouverai.

– Del ! hurla Addie par-dessus les grésillements du clivage. Nous devons y aller !

– Pars ! cria Simon.

Je partis, tandis que le monde s'écroulait autour de moi.

Chapitre cinquante-six

Mes pieds frappaient la chaussée grisâtre et molle, tandis que j'essayais de fuir mon chagrin. Il me suivait de près, comme une créature tangible, une ombre pesante bloquant toute pensée rationnelle. Bien que rendue muette par le choc, Addie m'incitait à accélérer.

J'atteignis le pivot, les poumons en feu, les muscles tremblants. Le monticule blanc de ce côté avait été dispersé, les cailloux éparpillés dans l'herbe. Le pouvoir de l'entropie. Je tombai à genoux.

La douleur me saisit entre ses crocs et me brisa en deux.

– Debout ! m'exhorta Addie. Tu pourras te laisser aller quand nous serons à la maison. Reste avec moi, Del.

Je tendis l'oreille dans l'espoir d'entendre une dernière fois la fréquence de Simon, mais c'était inutile. Je ne le retrouverais jamais, je ne pourrais jamais le sauver. Le Monde Clé était endommagé, et tout était ma faute.

Sans tenir compte des suppliques de ma sœur, je ramassai un caillou et le lançai aussi fort que possible en direction de la grisaille qui se rapprochait. Il disparut. J'en jetai un autre. Et un autre. Et un autre, comme si ça pouvait d'une quelconque façon arrêter le processus, comme si mon geste pouvait le figer. J'étais en train de tâtonner à la recherche d'un énième caillou, quand j'effleurai autre chose. Du plastique lisse au lieu de la pierre rugueuse.

Je m'essuyai les yeux avec la manche de mon sweat-shirt et examinai plus attentivement le petit disque. Bleu marine, comme les yeux de Simon. Quatre trous au milieu, arrangés en carré, juste assez gros pour laisser passer une aiguille.

Ma mère tendant son gilet à mon grand-père. «J'ignore comment tu te débrouilles pour perdre autant de boutons.»

Monty me faisant un clin d'œil, un doigt sur les lèvres. «Des petits cailloux, Delancey. Pour retrouver son chemin.»

Il était posé, humble et inoffensif, au creux de ma paume, la preuve que Monty était venu là. J'en ramassai d'autres, écaille de tortue, bois poli, cuivre terni, familiers, accusateurs. À chaque bouton trouvé, la vérité se rapprochait, ainsi que le clivage.

Monty qui savait depuis le début que Simon était à moitié Marcheur.

Monty qui avait insisté pour qu'on vienne là.

Monty qui ferait n'importe quoi pour retrouver ma grand-mère.

«Je ne pense pas qu'il ait régressé, avait dit la mère de Simon, l'air troublée. Il est exactement comme dans mon souvenir.»

«Nous devons emmener Simon loin d'ici. Trouver une autre branche afin de le cacher.»

Le claquement de la paume d'Addie contre ma joue me ramena à moi.

– Arrête de jeter des pierres, s'énerva-t-elle. Nous devons partir. Maintenant.

– Monty, dis-je en lui montrant les boutons. Il est venu ici un paquet de fois.

– Qu'est-ce que ça peut faire? Il ne reviendra pas, et nous non plus.

Elle me prit la main et m'entraîna vers le pivot.

Mais Monty ignorait que nous finirions par le cliver. Il avait envoyé Simon dans ce monde-là pour qu'il le renforce, croyant que nous allions revenir. Mais pour quelle raison?

Pour retrouver la seule chose comptant à ses yeux. Rose.

Maman avait dit que ma grand-mère était une femme pragmatique. Monty et elle devaient avoir élaboré un plan. Elle avait dû fuir ici, dans un monde assez solide pour la supporter, et assez dissonant pour couvrir ses traces, avec beaucoup de branches pour se cacher. Elle avait abandonné son pendentif derrière elle parce qu'elle n'avait jamais eu l'intention de rentrer à la maison.

Elle n'aurait jamais laissé une piste claire que l'Orphéon aurait pu suivre. Mais un signe. Si petit que seul Monty pouvait le voir. Des petits cailloux.

« Rose est mon monde. »

Monty ne l'avait jamais cherchée pour la ramener. Il voulait la rejoindre.

Mais le plan avait mal tourné. Peut-être que l'Orphéon l'avait surveillé de trop près, peut-être que Monty avait été capturé. Les petits cailloux s'étaient fondus dans le décor et la piste avait disparu.

« Pourquoi n'êtes-vous pas en prison? »

« Qu'est-ce qui te fait dire que je n'y suis pas? »

Pour mon grand-père, un monde sans Rose était une prison.

Mais Simon consolidait les mondes. Une fois dans celui-ci, sa présence aurait redonné de l'énergie aux petits cailloux de Rose, les rendant aussi visibles que des balises.

Monty avait dû penser qu'il pourrait les suivre jusqu'à elle.

C'était impossible. Après tant de temps, c'était quasiment impossible.

« Rien n'est impossible, Delancey. »

Surtout si vous étiez prêt à risquer le monde entier.

Je pensai à Simon, ses cheveux bouclant par-dessus le col de sa chemise, la lueur de défi dans ses yeux, ses mains sur ma peau. Je l'imaginai en train de devenir gris, grésillant. Simon, perdu dans les mondes.

Ma mère secouant la tête. « Toi et Monty vous ressemblez comme deux gouttes d'eau. »

Elle avait vu juste, plus que ce qu'elle imaginait.

Chapitre cinquante-sept

J'empochai l'un des boutons et suivis Addie à travers le pivot, le sel séchant sur mes joues.

– Del ! (Eliot courait vers nous, Monty trottinant sur ses talons.) Tu vas bien ?

– Où est Simon ? demanda mon grand-père en regardant le pivot. Qu'avez-vous fait ?

– Je l'ai clivé. Une fois qu'il aura fini de s'effilocher, tout sera... (Je ravalai ma bile.) terminé.

Addie me prit dans ses bras.

– Comment ça, vous l'avez clivé ? (Le visage de Monty avait viré au gris.) Toute la branche ? Avec Simon à l'intérieur ?

– Qu'est-ce qu'elle aurait pu faire d'autre ? répliqua Eliot avant de se tourner vers moi. Les équipes de l'Orphéon sont au lycée en train de tout remettre en état.

Sa voix était hésitante et pleine de compassion.

– Super.

J'avais l'impression d'avoir un vide à la place du cœur, et mes membres étaient engourdis.

Monty se laissa tomber sur le banc le plus proche, la tête dans les mains.

– J'appelle Maman, dit ma sœur.

Je ne bougeai pas.

– Lattimer est en route, ajouta Eliot en me regardant comme si j'étais une équation qu'il ne parvenait pas à résoudre. Dis-moi comment arranger ça, Del.

– Tu ne peux pas.

– Lattimer n'est pas au courant pour Simon. Nous lui avons raconté qu'Addie et toi étiez venues ici pour réparer une inversion.

– Tu as menti à l'Orphéon. (L'engourdissement avait gagné tout mon corps.) Pourquoi ?

– Parce que j'ai une théorie dont j'aimerais te faire part.

– Attends une seconde.

Je me dirigeai vers Monty. Il avait l'air aussi brisé que je l'étais, une larve grise dans un vieux manteau usé. La colère m'envahit. Elle fit éclater la bulle d'indifférence qui m'enveloppait, et me redonna des forces.

– Eliot, tu pourrais m'apporter un Coca ? Contre l'empoisonnement fréquentiel.

Visiblement mal à l'aise, il jeta un coup d'œil à Monty.

– Je reviens dans une minute.

Sans un mot, je m'assis à côté de mon grand-père. Les pivots s'agglomérèrent autour de nous, petits et gros, choix après choix, se chevauchant, l'air dense de toutes ses possibilités. Il me suffisait d'en choisir une.

– Je n'aurais jamais cru que tu irais jusque-là, dit-il.

– Qui a dit que je l'avais fait ?

Je sortis le bouton de ma poche et le lui présentai tout en le gardant hors de sa portée.

– Eliot sera bientôt de retour, et Lattimer est en route, poursuivis-je d'une voix basse et pressante, désireuse qu'il me croie et qu'il ne remette pas en question mon histoire. Le monde n'a été clivé qu'en partie. Il est toujours là. Il n'est pas stable. Il bouge et devient plus fort, mais j'ai sectionné assez de fils pour arrêter les inversions. C'est pour ça qu'ils pensent qu'il a disparu.

– En partie ? dit-il avec dans la voix une note d'espoir. J'ignorais que c'était possible.

– Rien n'est impossible, n'est-ce pas ? (Je collai sur mon visage le même sourire rusé qu'il avait utilisé avec moi.) Ils n'y verront que du feu pendant au moins plusieurs semaines. Assez pour chercher Simon et grand-mère. Nous pouvons le faire, mais nous devons y aller maintenant.

– Maintenant ? (Il cligna des yeux.) Mais...

– Simon doit rester en mouvement. Plus nous attendons, plus il sera difficile à trouver. Eliot revient, dis-je en tirant sur sa manche.

Il me prit la main, le regard vif et brillant.

– Marche avec moi, Delancey.

Depuis que j'étais toute petite, nous avions commencé la plupart de nos Marches par ces mots.

Eliot nous appela, mais je lui fis signe de laisser tomber, tandis que Monty et moi contournions le Dépôt. Il se renfrogna, mais au lieu de nous suivre, il se dirigea vers Addie.

– Là. J'ai utilisé un autre pivot pour repartir, comme avec le ballon.

– Très futé, approuva Monty en riant. J'ai toujours dit que tu étais ma préférée.

Il franchit le pivot et disparut.

– Et tu étais la mienne, dis-je à l'intention de l'air scintillant.

– La sonorité est différente, dit Monty quand je le rejoignis.

Ce monde était presque identique au nôtre, jusqu'aux voitures garées sur le parking, et ne devait pas avoir plus de quelques heures. Monty aurait dû se rendre compte immédiatement de la supercherie. Mais le désespoir pousse les gens à croire à l'impossible. Le désespoir avait fait de nous deux des imbéciles.

– C'est Simon, répliquai-je. Il doit être tout près.

Monty se précipita vers l'avant de la gare ; cela faisait des années que je ne l'avais pas vu faire preuve d'un tel dynamisme.

– Es-tu certaine que nous sommes au bon endroit ?

– Sûre et certaine.

Je repliai les doigts autour des fils de l'Écho.

– Je croyais que tu l'avais clivé. (Il se tourna vers moi.) Del ?

– Je n'ai rien clivé du tout, rétorquai-je. C'est Simon qui l'a fait. Il m'a demandé de lui montrer les fils et il les a arrachés. Et maintenant, il a disparu.

La confusion brouilla les traits de Monty.

– Mais tu as dit...

– J'ai menti.

Ma fureur monta d'un cran, suffocante.

– Le concept t'est familier, non ? poursuivis-je. Ça fait combien de temps que tu prépares ça ? Depuis que j'ai clivé Park World ? Depuis que tu as découvert le nom de famille de Simon ? Ça fait combien de temps que tu te sers de nous ?

– Tu ne comprends pas, protesta-t-il, les yeux rivés sur ma main tremblante. Rose m'attend.

– Depuis combien de temps ?

– Après l'enlèvement de Gil et la disparition de Rose, l'Orphéon est venu me chercher. Un procès public aurait soulevé trop de questions, mais ils voulaient des réponses. Ils m'ont emmené dans des Échos et m'ont forcé à y rester jusqu'à ce que l'empoisonnement fréquentiel soit sur le point de me tuer. Tous les jours, pendant des semaines. Ils ont dit à tout le monde que je cherchais Rose, mais en réalité, ils faisaient de moi un exemple pour les Marcheurs Libres qui en entendraient parler. C'était Lattimer en personne qui supervisait l'opération.

– Mon Dieu, murmurai-je.

Un élan de sympathie s'amorça en moi, aussitôt écrasé par mon propre chagrin.

– Quand ils ont enfin décidé que le message était passé, il était trop tard. Le signal de Rose s'était dissipé. C'était ça, la vraie torture, tu sais ? Ils riaient en me regardant la perdre.

Il se passa la main sur le visage.

– Les Marcheurs Libres s'étaient éparpillés. Amelia refusait de me voir, pensant ainsi protéger Simon. Je ne pouvais plus rien faire. Et puis tu es arrivée, Del. Vive comme l'éclair, téméraire ; ma petite-fille adorée. Tu es arrivée à la maison, et j'ai su que tu serais ma planche de salut.

– Tout ce que tu m'as appris… toutes ces astuces, toutes nos Marches… ça faisait partie de ton plan ?

– Tu étais trop douée pour que je laisse l'Orphéon gâcher ton talent. Tu n'avais que quelques mois de moins que le fils de Gil. Qui mieux que toi pouvait veiller sur lui ?

Un souvenir jaillit de ma mémoire.

– Tu as choisi Doughnut World. Il allait là-bas tous les jeudis et tu m'as mise sur son chemin. Tu l'as appelé au bureau de l'administration dans la dystopie totalitaire afin que je vous y trouve tous les deux. Tu as organisé nos Marches de sorte que je tombe presque systématiquement sur lui.

Ce n'était pas l'univers qui nous avait réunis ; c'était mon grand-père.

– Je me suis dit que s'il te voyait dans les Échos, il serait plus enclin à te faire confiance dans ce monde. Malgré les airs que tu te donnes, Delancey, tu as le cœur tendre. Puis il t'a demandé d'aider Amelia, et tout s'est mis en place… jusqu'à ce que les inversions viennent à nouveau tout chambouler. Je n'ai pas encore compris à quoi elles étaient dues.

– Tu t'es servi de moi. De nous deux.

– Tu aurais fait la même chose, argumenta-t-il dans l'espoir de m'amadouer. Tu voulais le cacher, quand bien même tu savais à quel point il était dangereux. Tu aurais condamné le monde pour sauver celui que tu aimes.

– Le devoir d'un Marcheur est de protéger le Monde Clé, protestai-je mollement. Je n'aurais pas pu le faire.

– Mais tu l'aurais fait. C'est Simon qui a sectionné les fils, n'est-ce pas ? Pas toi.

Il se rapprocha, les mains levées, sans quitter le pivot des yeux.

– Il n'est pas trop tard. Nous pouvons encore les sauver.

– Arrête de mentir ! hurlai-je. Simon a disparu. Comme Rose. Pour toujours.

– Parce que tu les as abandonnés ! grogna-t-il avant de se reprendre.

Ses traits se détendirent et la rage y fut remplacée par la compassion et les remords. Mais c'était de la comédie, et je me demandai si c'était aussi le cas pour les crises de sénilité.

« Même les imbéciles peuvent être dangereux quand ils veulent quelque chose. »

– Je voulais rester. Sauver le Monde Clé. Sauver Simon. Nous aurions dû fuir, mais il m'en a empêchée. (Mes doigts se crispèrent.) Quel dommage qu'il ne soit pas là, maintenant.

– Delancey, dit-il d'une voix nerveuse. Réfléchis.

– C'est ce que je fais. Je réfléchis aux derniers mots de Simon. Je repense au moment où il m'a demandé si ça allait faire mal quand le clivage arriverait jusqu'à lui. Tu veux vérifier par toi-même ?

J'entendis le son fluctuant du pivot, la fréquence du Monde Clé, de l'autre côté, m'invitant à retourner dans une réalité où Simon n'était pas. Où il ne serait plus jamais.

Une main se posa sur mon bras.

– Del, ne fais pas ça.

– Addie ?

Je me tournai à moitié pour lui faire face, mais je refusai de lâcher les fils.

– Addison, elle ne va pas bien. Elle en a trop fait, et l'empoisonnement fréquentiel est revenu. Il faut la ramener à la maison.

– Je suis d'accord avec ça, dit-elle.

– Non. Tu ne sais pas ce qu'il a fait.

– Il a essayé de se servir de Simon pour trouver grand-mère.

Devant mon air abasourdi, elle haussa les épaules et ajouta :

– Je t'ai dit qu'Eliot avait compris. Il s'inquiète pour toi. Allez, viens.

Une équipe de trois hommes traversa le pivot, mais je raffermis ma prise.

– Non. Il ne partira pas. C'est un tout petit monde. Personne n'en aura rien à faire si je le clive.

– Mais toi, si.

– Simon a disparu.

Quelque chose en moi se brisa, comme du verre broyé jusqu'à se transformer en poussière.

– Je sais, dit-elle en détachant doucement mes doigts des fils.

Ses ongles d'ordinaire parfaitement manucurés étaient rongés jusqu'au sang.

– Il l'a fait pour te sauver, Del. Ne rends pas son sacrifice inutile.

Elle m'entraîna de l'autre côté, où nous attendaient Eliot et mes parents. Ma mère saisit le poignet de mon père. À peine nous étions-nous éloignées du pivot qu'ils se précipitèrent vers nous. Lattimer les suivait, solennel, mais l'air satisfait.

Alors que je ne voyais que celui qui n'était plus là.

Je restai immobile pendant que mes parents s'agitaient autour de nous. Maman me caressait les cheveux tandis que mon père me serrait dans ses bras. Quand il me relâcha, Lattimer se racla la gorge, et nos parents s'écartèrent.

– Tu t'es bien comportée, Delancey, dit Lattimer en posant la main sur mon épaule.

Je réprimai un mouvement de recul.

– Je savais que tu finirais par comprendre où était ton avenir.

Derrière moi, le pivot s'ouvrit sur Monty, escorté par les hommes de l'Orphéon.

Le sourire fier de Lattimer devint alors carnassier.

– Del ! Nous pouvons les ramener ! Il n'est pas trop tard ! cria Monty.

Du coin de l'œil, je le vis se faire traîner vers une camionnette noire dont le moteur tournait. Il se remit à crier :

– Il est plus important que tu l'imagines !

Il était tout pour moi. Comment pouvait-il être plus important que tout ?

– Il y a un autre moyen ! Des gens qui peuvent nous aider ! Rien n'est encore joué, Delancey ! Rien n'est...

Le claquement de la portière de la camionnette interrompit ses cris, et il n'y eut plus que le silence.

Chapitre cinquante-huit

Il se trouve que la fin d'un monde n'est pas la fin du monde. Même si sur le moment on peut en avoir l'impression. La vie continue avec une persévérance qui devrait être inspirante. Rassurante. Comme une affirmation des choses qui nous sont les plus chères.

Je ne me sentais pourtant pas rassurée. Je me sentais insignifiante. La vie continuait, me traînant dans son sillage, tel un morceau d'épave. La musique du multivers était devenue lointaine, sa mélodie un bruit de fond aussi monotone que mes journées.

Je marchais, mais plus entre les mondes. C'était terminé. Je marchais avec Iggy. Nous faisions de longues promenades sans but précis, qui nous laissaient tous les deux frissonnants et épuisés. Il était ainsi plus facile de trouver le sommeil, plus facile de ne pas penser aux rêves d'étoiles de papier sur fond de ciel gris dans lesquels un garçon aux yeux brillants me faisait signe de le rejoindre.

Une semaine après les événements, je fus convoquée devant l'Orphéon pour la seconde fois en autant de mois. Mes parents se tenaient à mes côtés, et Addie avait pris place près de la porte. Impossible de ne pas être frappée par l'absence de Monty.

La conseillère Crane croisa les mains devant elle et parla à la façon grave et formelle de l'Orphéon.

– Ta suspension devait durer jusqu'à la fin de l'année, Delancey. Nous espérions que cela te donnerait l'opportunité d'améliorer ta technique, mais également la retenue requise chez un Marcheur accrédité. (Elle me regarda par-dessus la monture de ses lunettes avec un sourire aussi avenant qu'une porte de prison.) Tu imagines notre surprise quand nous avons appris ton lien avec l'anomalie.

Je contemplai les ballerines que j'avais empruntées à ma sœur. La lumière fluorescente se reflétait dans le cuir verni et formait de minuscules étoiles.

La conseillère Bolton prit le relais, tapotant du doigt les papiers posés devant elle.

– Nous avons déterminé qu'il s'agissait d'une conspiration fomentée par Montrose Armstrong et les Marcheurs Libres, dont le but était de déstabiliser le Monde Clé. À présent que, grâce à toi, la source de l'anomalie a été clivée, le multivers n'est plus en danger.

Je jetai un regard en coin à Addie, qui ne quittait pas des yeux la conseillère Crane. Ma sœur et Eliot avaient coordonné nos versions avant que nous soyons interrogés par l'Orphéon afin de leur cacher le rôle joué par Amelia et Simon. Cela les avait obligés à faire porter le chapeau à Monty, mais ni l'un ni l'autre n'avait eu l'air rongé par la culpabilité. Pour ma part, je trouvais qu'il s'en tirait bien.

Je m'étais attendu à ce que Lattimer intervienne à son tour, mais il demeura en retrait, silencieux et songeur, tandis que Crane reprenait la parole.

– Bien que ton comportement ait été pour le moins anticonformiste, tes actions ont démontré ton engagement envers nos principes les plus fondamentaux : obéissance, zèle, sacrifice.

En retenant Montrose Armstrong, tu l'as empêché de se réfugier auprès des autres Marcheurs, eux-mêmes fugitifs.

Les autres Marcheurs. « Il y a des gens qui peuvent nous aider. » Encore un mensonge de Monty. J'enfonçai les ongles dans les paumes de ma main.

– Par conséquent, tu es réintégrée. Cette décision prend effet immédiatement. Tu reprendras donc ta formation, avec des points pour services rendus.

Ma mère poussa un soupir de soulagement et mon père me serra doucement l'épaule, mais je ne réagis pas. Ils me rendaient mon avenir aussi rapidement qu'ils me l'avaient enlevé.

Seulement je n'étais plus certaine de le vouloir ni de savoir où il me conduisait.

– Par ailleurs, ajouta Lattimer, nous souhaiterions présenter une requête.

Soudain, il avait toute mon attention.

– À ma demande, ta sœur a accéléré ta formation. Il était évident que, malgré ton manque de discipline, ton talent était considérable, et la façon dont tu as relevé le défi a dépassé mes attentes.

Il m'avait testée. Me préparant autant qu'il avait préparé Addie, et j'avais été trop aveugle pour m'en apercevoir. Cependant, autre chose m'échappait, mais quoi ?

– Comme tu as pu le constater, les Marcheurs Libres constituent une réelle menace pour notre mode de vie. Nos efforts pour réparer le Monde Clé se poursuivent. Vu les compétences que tu as démontrées et ta connaissance de la situation, tu es, plus que tout autre, qualifiée pour participer à la gestion des répercussions. Naturellement, nous en tiendrons compte lorsque le moment viendra de décider la branche dans laquelle tu feras ton apprentissage. Et nous souhaiterions que tu acceptes de nous aider si le besoin s'en faisait sentir.

Il essayait de m'acheter. Si j'aidais l'Orphéon, je pourrais choisir mes missions. J'aurais plus de liberté que je n'en avais jamais eu.

Mais pour quoi faire ? Marcher dans des mondes où Simon n'était pas ? Je ne voulais pas de ses Échos. Et je ne voulais surtout pas les voir se dissoudre sous mes yeux comme l'homme du magasin de chaussures.

Ce que je voulais, c'était la vérité. La vérité sur l'Orphéon et les Marcheurs Libres ; sur ma grand-mère et les Échos. Lattimer n'avait pas besoin de mon aide ; il me recrutait pour une autre raison, et je voulais la connaître. Il ne me l'avait pas dit franchement, mais c'était inutile. Observez avec suffisamment d'attention les mensonges d'une personne, ils laisseront échapper la vérité.

– J'en serais heureuse, répondis-je.

Et je le pensais presque.

Plus tard cette nuit-là, Addie frappa à ma porte.

– Maman a dit que tu retournais au lycée demain.

– Je suis curieuse de voir comment elle va s'y prendre, répliquai-je en ramenant les couvertures sur ma tête.

Elle tira dessus pour me découvrir.

– Arrête de te morfondre.

– Il y a des milliards de mondes qui t'attendent, Addie. Je t'en prie, va en visiter un. Ou tous.

– Je m'inquiète pour toi. Même Mme Lane va mieux que toi.

– Mme Lane peut se gaver de médicaments, lui rappelai-je. Et elle ne va pas mieux ; elle est effondrée. Je la vois tous les jours.

Simon m'avait fait promettre de prendre soin d'elle ; en fait, nous prenions soin l'une de l'autre.

– Il ne voudrait pas ça, Del. Il t'a sauvée. La moindre des choses serait de recommencer à vivre.

– Va au diable, Addie. N'essaye pas de me dire ce que Simon voudrait. Tu le connaissais à peine et tu ne l'aimais pas. Tu n'as pas le droit de parler en son nom.

– Très bien.

Elle hésita un instant avant de partir, et ajouta :

– Monty est passé devant les juges aujourd'hui. Il a plaidé la démence.

Mes muscles se contractèrent dans l'attente de la suite. L'Orphéon ne pouvait pas l'avoir remis en liberté. Pas après ce qu'il avait fait.

– Ils l'ont envoyé dans une oubliette, car il était trop dangereux pour être à nouveau lâché dans la nature.

Je sentis mon corps se détendre.

– Qu'il y pourrisse.

– Il a disjoncté. Il criait ton nom. Et il s'est mis à chanter la comptine qu'il avait composée pour toi. (Elle se rongea un ongle.) Je suis désolée.

Je haussai les épaules.

– Ce n'est pas de la musique, Addie, c'est juste du bruit. Et je ne veux plus jamais l'entendre.

Il était temps que j'écrive ma propre chanson.

Chapitre cinquante-neuf

Ma mère avait eu gain de cause. J'étais allée à l'école le lendemain, usée par les remarques qui avaient commencé au lever du soleil et n'avaient cessé que quand, accompagnée d'Eliot, j'avais quitté la maison.

– Elle va m'envoyer des textos toutes les heures pour s'assurer que tu ne sèches pas les cours, m'avertit-il.

Le ciel était d'un bleu terne, et le soleil un simple cercle pâle. Je remontai mes lunettes de soleil sur mon nez et continuai à marcher.

– Tu peux mentir.

– Je pourrais. Mais je ne le ferai pas. Il faut que tu t'occupes l'esprit. Tu devrais revenir à la formation aussi. Shaw n'arrête pas de demander de tes nouvelles.

– Pas prête, répondis-je.

Il garda le silence pendant le reste du trajet, mais un silence empreint de compassion. J'étais seule, mais il n'allait pas me laisser sombrer dans la solitude.

Toute la journée, je me surpris à chercher Simon. *Pas là, pas là, pas là*, me murmurais-je. Mais je ne pouvais m'en empêcher. Tout comme il m'était impossible de ne pas entendre les personnes s'interrogeant sur la raison qui avait conduit Simon

Lane à être si soudainement transféré dans un autre État, sans même un mot à son entraîneur, et ce malgré le grand tournoi qui se préparait.

Le cours de musique fut le plus éprouvant. Je gardai les yeux rivés sur la chaise de Simon sans me préoccuper des regards assassins de Bree ou de la leçon de Mme Powell.

Quand la sonnerie annonçant la fin du cours retentit, cette dernière vint me trouver.

– Del? Pourrais-je te parler, seule à seule?

– J'attendrai dehors, dit Eliot.

Elle leva le pouce pour le remercier et se percha sur le bord de mon bureau.

– J'aimerais que tu joues ta composition demain, si tu es prête. Le reste de la classe a terminé le devoir pendant que tu étais malade.

– OK.

Simon et moi avions presque fini les seize mesures. Je pouvais boucler ça dans la nuit après avoir promené Iggy. Cela me donnerait quelque chose à faire. Je me baissai pour attraper mon nouveau sac à dos, bien plus léger que celui que j'avais laissé à Simon. Je n'avais pas l'intention de Marcher, aussi n'avais-je pas besoin de mes outils.

– Une chose étrange m'est arrivée hier, dit-elle comme si ça lui revenait seulement à l'esprit. J'aurais juré apercevoir Simon.

– Il a déménagé, répliquai-je quand mon cœur se fut remis à battre. Vous avez dû voir quelqu'un qui lui ressemblait.

– Peut-être, admit-elle. Ce garçon semblait en effet légèrement différent. Un tour chez le coiffeur ne lui aurait pas fait de mal, et il avait une sorte de gros clou autour du poignet.

Un éclair argenté à la lueur d'un lampadaire.

– Un clou de chemin de fer.

– Je n'y avais pas pensé, mais… oui, ça devait être ça. Pas

vraiment le genre de chose qu'on porte sur un terrain de basket, n'est-ce pas ?

– Où avez-vous dit que c'était ? m'étranglai-je.

– Je ne l'ai pas dit.

Elle sourit et salua de la main un autre de ses élèves avant de poursuivre :

– C'était juste devant cette super pâtisserie en ville. À l'angle de Mainstreet et d'Evergreen. Tu connais ?

– Je crois.

Il n'y avait pas de pâtisserie à cet endroit. Pas dans le Monde Clé.

– J'aime bien y aller de temps en temps. Leurs bavarois ne sont pas de ce monde. (Elle croisa mon regard.) Je l'ai entendu, et il avait l'air en pleine forme, Del. Tu vois ce que je veux dire ?

Mme Powell avait vu l'Écho de Simon. Hier.

– Vous êtes une Marcheuse Libre.

– Je suis une amie. Tiens. Ça faisait un moment que je voulais te les rendre.

Elle tendit la main. Au creux de sa paume se trouvait un tas d'étoiles en papier. Mes étoiles, celles que j'avais laissées derrière moi ces dernières semaines. Depuis celle du monde dans lequel j'avais fui après le clivage de Park World, jusqu'à celle de la bibliothèque. Je les examinai de plus près, mais l'étoile vert foncé que j'avais fabriquée dans Doughnut World n'y était pas.

– Sacré travail, Del. Tu as traversé de dures épreuves. Mais il est temps de se concentrer sur l'avenir, et non sur le passé.

Eliot passa la tête dans la classe.

– Nous allons être en retard pour le prochain cours, dit-il juste au moment où la sonnerie retentit, nous arrachant à tous les trois une grimace.

– Nous en reparlerons bientôt, conclut Mme Powell.

Pas assez tôt.

– Si tu espères que je vais accepter que tu te fasses porter pâle pour le reste de la journée, tu peux toujours courir, dit ma sœur en répondant à mon appel.

– Qu'est-ce qui pourrait expliquer que les Échos de Simon soient encore vivants ?

– Tu es censée être en cours. Nous en parlerons ce soir.

– Réponds seulement à cette question. Pourquoi n'ont-ils pas disparu ?

– Il est possible qu'ils soient assez complexes pour se maintenir encore un moment. Ce n'est pas instantané, tu sais. Certains Échos en phase terminale mettent plusieurs années avant de s'effilocher.

– Mais ils ne devraient plus avoir de fréquence, non ? Si un Écho était en phase terminale, on s'en apercevrait juste en l'écoutant ?

– Oui. Es-tu allée en trouver un ?

Puis d'une voix compatissante, elle ajouta :

– Je ne pense pas que ce soit une bonne idée.

– Non. Je n'y suis pas allée. Disons qu'il n'est pas en phase terminale. Comment expliques-tu qu'il soit toujours là ?

Si Mme Powell était une Marcheuse Libre, elle devait savoir que je ne pouvais pas rejoindre Simon. Alors, pourquoi me parler de son Écho ? Et pourquoi avoir attendu si longtemps pour se manifester ?

Addie soupira.

– Les Échos ne disparaissent pas si l'Original existe, mais l'Orphéon a vérifié. Le monde que Simon a clivé n'émet plus de fréquence. Il s'est complètement dissous.

– Addie, c'est important. Je t'en prie, réfléchis bien. Y a-t-il une autre raison qui expliquerait que les Échos de Simon ne s'effilochent pas ?

– Il n’y a pas d’autre raison. Il a disparu pour de bon.

Mais l’Écho de Simon était toujours là, ce qui signifiait que c’était aussi le cas de l’Original.

Il avait échappé au clivage, et il était perdu dans les Échos.

Il ne me restait plus qu’à le retrouver.

Après tout, je le lui avais promis.

FIN DU TROISIÈME MOUVEMENT

Remerciements

Au cours de ma toute première conversation avec elle, Joanna Volpe m'a dit : « Écris ce livre. » Alors je l'ai fait, parce qu'elle est forte, brillante, infatigable, et qu'elle ne se trompe jamais. (D'excellentes qualités pour un agent, autant que pour une personne.) J'apprécie chaque jour la chance que j'ai de travailler avec elle. J'éprouve également une immense gratitude à l'égard de la merveilleuse équipe de New Leaf Literary : Kathleen Ortiz, pour la magie opérée sur les droits étrangers ; Danielle Barthel, pour m'avoir soutenue avec enthousiasme à chaque étape ; ainsi que les épatantes Suzie Townsend, Jaida Temperly et Pouya Shabbazian.

L'intelligence de Zareen Jaffery, sa clairvoyance, sa créativité et son cœur ont donné vie à ce livre. Elle a transformé cette histoire pour la rendre aussi belle que je l'avais rêvée. Travailler avec elle – et apprendre d'elle – a été un merveilleux cadeau. L'équipe de Simon & Schuster BFYR a offert à *Dissonance* le meilleur des foyers. En particulier Justin Chanda, Julia Maguire, Jenica Nasworthy, Brian Luster, Paul Crichton, Katy Hershberger, Siena Koncsol, Alexandra Cooper et Amy Rosenbaum. La magnifique couverture de Lizzy Bromely illustre parfaitement l'histoire de Del.

Les femmes de la RWA de Chicago Nord ont été une source d'inspiration et de soutien. Je suis particulièrement reconnaissante à Clara Kensie, Lynne Hartzer, Ryann Murphy et Melonie Johnson – toutes extrêmement talentueuses et terriblement drôles. Je dois également beaucoup à Paula Forman, Lisa McKernan, Genevieve O'Keefe, Lexie Craig et Judy Bergman pour leur acharnement à me traîner hors de mon bureau quand j'en avais le plus besoin. Jenn Rush, Susan Dennard, Leigh Bardugo, Sarah J. Maas et Monica Vavra m'ont apporté leur approbation et soutenu par email à chaque pas.

J'ai supplié Holly McDowell, Thomas Purnell et Joelle Charbonneau de m'aider pour tout ce qui concernait la musique, et elles ont gracieusement accepté. Ma géniale cousine, le docteur Katie Woodhams, m'a expliqué la génétique en utilisant des mots simples et des images, ce qui était exactement ce qu'il me fallait. Lisa Tonkery m'a approvisionnée en encouragements, messages désobligeants et cours sur le basket-ball comme seule une habitante de l'Indiana sait le faire. KC Solano m'a une fois de plus apporté son aide pour les rebondissements. Kim McCarron, Vanessa Barneveld, Sara Kendall et Hanna Martine ont lu un nombre incalculable de brouillons et m'ont offert de précieux retours et encouragements. Loretta Nyhan, en plus d'être sage et adorable, est une vraie conteuse et une amie extraordinaire.

Sans ma bien-aimée Eliza Evans, ce livre n'existerait pas, et je serais également une personne bien plus grincheuse et bien moins cultivée. Elle est tout simplement stupéfiante, et j'aurais du mal à me passer de sa perspicacité, de son humour et de son âme généreuse.

Merci à mes parents, non seulement pour leur amour et leur soutien, mais aussi pour m'avoir enseigné que les livres sont aussi essentiels que la nourriture et que l'air. En faisant cela, ils m'ont offert le monde, un million de fois. Merci également à ma formidable sœur, Kris, dont la force et la bravoure m'ont inspirée. Toute ma famille étendue m'a encouragée, mais personne ne l'a fait autant que ma tante, Patricia Layton, qui adorait les romances, Noël et la famille, et qui nous manque terriblement.

Chaque jour, mes filles m'émerveillent par leur intelligence, leur indépendance et leur cœur immense. Merci, mes amours, de vous enthousiasmer autant pour mes écrits, de vous occuper seules quand j'ai des délais à respecter, d'être aussi adorables, et surtout d'être vous.

Pour finir, je tiens tout particulièrement à remercier Danny de me faire autant rire que me pâmer, de me garder les pieds sur terre et la tête dans les étoiles. Merci de construire cette vie avec moi. Tu es mon cœur et mon foyer, pour l'éternité.

D'autres livres

Wiz
Albin Michel

Rafael ÀBALOS, *Grimpow, L'Élu des Templiers*
Rafael ÀBALOS, *Grimpow, Le Chemin invisible*
Rafael ÀBALOS, *Gótico*
Rafael ÀBALOS, *Poliedrum*
Rafael ÀBALOS, *Poliedrum, La Prophétie du héros*
Nina BLAZON, *Jade, fille de l'eau*
Stephen COLE, *Code Aztec*
Fabrice COLIN, *La Malédiction d'Old Haven*
Fabrice COLIN, *Le Maître des dragons*
Fabrice COLIN, *Bal de Givre à New York*
Neil GAIMAN, *Coraline*
Neil GAIMAN, *L'Étrange Vie de Nobody Owens*
Neil GAIMAN, *Odd et les géants de glace*
Rachel HAWKINS, *Hex Hall*
Rachel HAWKINS, *Hex Hall, Le Maléfice*
Rachel HAWKINS, *Hex Hall, Le Sacrifice*
Rachel HAWKINS, *Rebelle Belle*
Jackson PEARCE, *Sisters Red*
Rick RIORDAN, *Percy Jackson, Le Voleur de foudre*
Rick RIORDAN, *Percy Jackson, La Mer des monstres*
Rick RIORDAN, *Percy Jackson, Le Sort du Titan*
Rick RIORDAN, *Percy Jackson, La Bataille du Labyrinthe*
Rick RIORDAN, *Percy Jackson, Le Dernier Olympien*
Rick RIORDAN, *Percy Jackson et les dieux grecs*
Rick RIORDAN, *Héros de l'Olympe, Le Héros perdu*
Rick RIORDAN, *Héros de l'Olympe, La Fils de Neptune*
Rick RIORDAN, *Héros de l'Olympe, La Marque d'Athéna*
Rick RIORDAN, *Héros de l'Olympe, La Maison d'Hadès*
Rick RIORDAN, *Héros de l'Olympe, Le Sang de l'Olympe*
Rick RIORDAN, *Kane Chronicles, La Pyramide rouge*
Rick RIORDAN, *Kane Chronicles, Le Trône de feu*
Rick RIORDAN, *Kane Chronicles, L'Ombre du serpent*
Rick RIORDAN, *Magnus Chase et les dieux d'Asgard, L'épée de l'été*
Angie SAGE, *Magyk, Livre Un*
Angie SAGE, *Magyk, Livre Deux : Le Grand Vol*
Angie SAGE, *Magyk, Livre Trois : La Reine maudite*
Angie SAGE, *Magyk, Livre Quatre : La Quête*

Angie SAGE, *Magyk, Livre Cinq : Le Sortilège*
Angie SAGE, *Magyk, Livre Six : La Ténèbre*
Angie SAGE, *Magyk Book*
Jonathan STROUD, *La Trilogie de Bartiméus I. L'Amulette de Samarcande*
Jonathan STROUD, *La Trilogie de Bartiméus II. L'Œil du golem*
Jonathan STROUD, *La Trilogie de Bartiméus III. La Porte de Ptolémée*
Jonathan STROUD, *L'Anneau de Salomon*
Jonathan STROUD, *Les Héros de la vallée*
Jonathan STROUD, *Lockwood & Co, L'Escalier hurleur*
Jonathan STROUD, *Lockwood & Co, Le crâne qui murmure*
Ulrike SCHWEIKERT, *Nosferas*
Hilary WAGNER, *Catacomb City*
Hilary WAGNER, *Catacomb City, La Rébellion*

Logo Wiz : Laurent Besson

Composition IGS-CP
Impression CPI Brodard et Taupin *en mars 2016*
Éditions Albin Michel
22, rue Huyghens 75014 Paris
ISBN : 978-2-226-31530-4
ISSN : 1637-0236
N° d'édition : 21383/01. N° d'impression : 3016476
Dépôt légal : avril 2016
Loi n° 49-956 du 16 juillet 1949 sur les publications destinées à la jeunesse.
Imprimé en France.